天龍八部

金庸

THE SEMI-GODS AND THE SEMI-DEVILS

2

胡漢恩仇

鞠履厚「虎嘯風生，龍騰雲萃」
鞠履厚，江蘇華亭人，清乾隆年間雲間派的主要人物，
作風清麗工致，評者稱其篆刻深得六書遺意。
「北史‧張定和傳」：「虎嘯風生，龍騰雲起；英賢奮發，亦各因時。」

胡瓌「回獵圖」（部分）：胡瓌，五代時契丹人，原圖共繪三契丹人罷獵而歸，各攜獵犬。契丹人裝束的特徵，是頭頂剃光，兩邊留髮。

金農「採菱圖」（部分）：金農，清康熙至乾隆年間書畫家，浙江杭州人，「揚州八怪」之一。本圖繪吳興附近太湖中女郎划舟採菱。阿朱、阿碧與段譽在太湖中盪舟，水天小舟，當有彷彿處。

右頁圖／來楚生「山茶」：來楚生，當代國畫家。

上圖／黃慎「山茶臘梅」：黃慎，清康熙至乾隆年間書畫家，福建寧化人，「揚州八怪」之一。

山西太原晉祠宋塑宮女：宋代彩色泥塑宮女共四十四尊，由此可見到宋代上層社會婦女的裝束，左首宮女雙手持匕首。

雁門關附近形勢圖：錄自「古今圖書集成」。

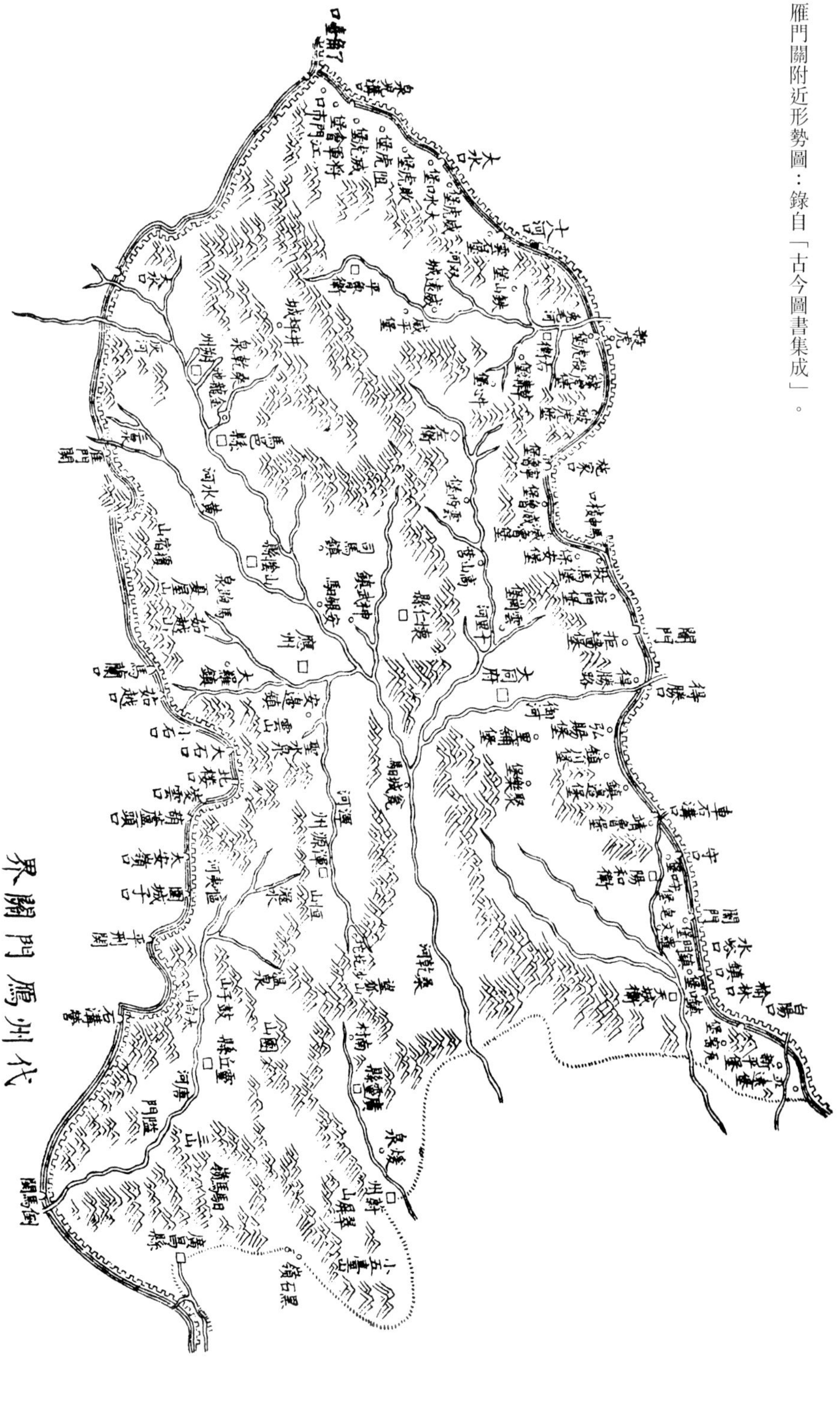

以下六圖／周臣「人物」：周臣是明初著名畫家，唐寅與仇英的老師。所繪減筆人物長卷，筆法遒勁，形象生動。現藏夏威夷大學博物館。明朝注重文人畫，所以周臣的名氣不及弟子唐寅，他解釋原因是：「只少唐生數千卷書。」意思說自己讀書較少，但他描寫下層社會的人物，非唐寅所及。本書選錄六幅，看來都是丐幫人物。

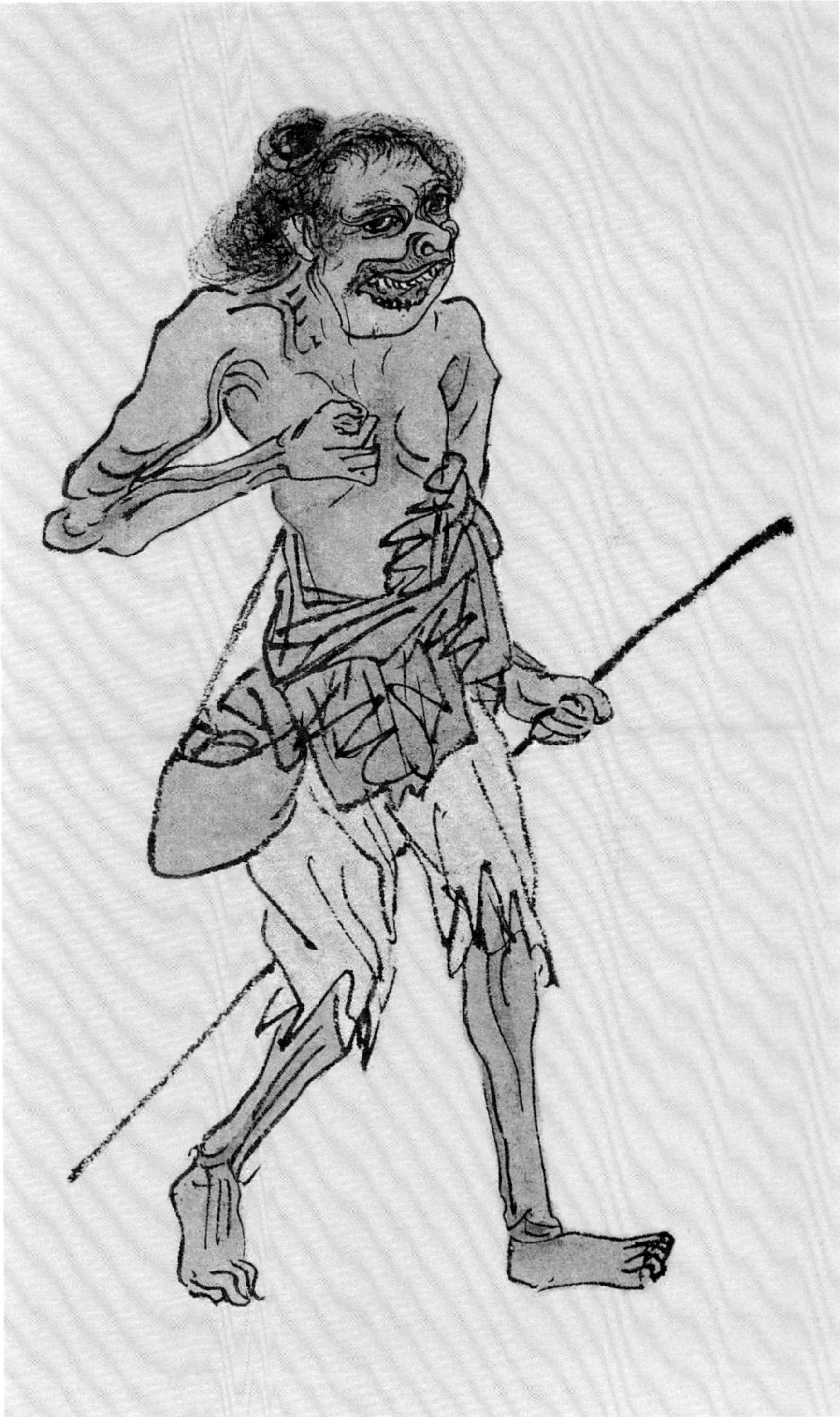

上圖／宋太祖半身像：便裝，頗有英雄之氣，似為寫實之作，與一般帝王圖像不同。

左圖／宋太祖坐像：宋朝開國皇帝趙匡胤武將出身，在後周柴世宗手下與契丹大軍交鋒時衝鋒陷陣，頗立戰功。民間傳說趙匡胤善於使棍，武術中之「太祖長拳」傳為其所創。本圖及上圖均原藏北京故宮南薰殿，現藏台北故宮博物院。

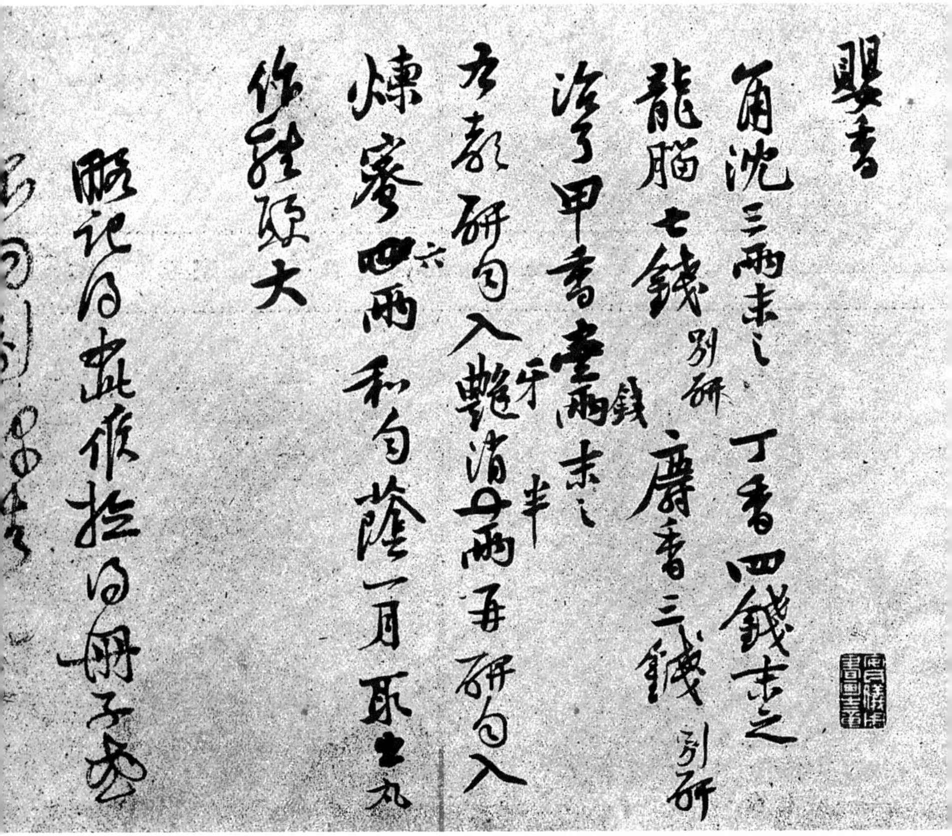

黃庭堅所書藥方：黃庭堅，北宋大書法家，詩人，詞人，與蕭峯、薛神醫等同時。

天龍八部

2

胡漢恩仇

金庸 著

目錄

（右回目調寄「蘇幕遮」．本意。蘇幕遮，胡人舞曲也。）

十一

向來痴

——

段譽伸個懶腰，坐起身來，說道：「睡了一大覺，倒叫兩位姊姊辛苦了。有一件事不便開口，兩位莫怪，我……我要解手！」

段譽被鳩摩智點了穴道，全身動彈不得，給幾名大漢橫架在一匹馬的鞍上，臉孔朝下，但見地面不住倒退，馬蹄翻飛，濺得他口鼻中都是泥塵，耳聽得眾漢子大聲吆喝，說的都是番話，也不知講些甚麼。他一數馬腿，共是十匹馬。

奔出十餘里後，來到一處岔路，只聽得鳩摩智嘰哩咕嚕的說了幾句話，五乘馬向左邊岔路行去，鳩摩智和帶著段譽那人以及其餘三乘則向右行。又奔數里，到了第二個岔路口，五乘馬中又有兩乘分道而行。段譽心知鳩摩智意在擾亂追兵，叫他們不知向何處追趕才是。

再奔得一陣，鳩摩智躍下馬背，取過一根皮帶，縛在段譽腰間，左手提著他身子，便從山坳裏行去，另外兩名漢子卻縱馬西馳。段譽暗暗叫苦，心道：「伯父便派遣鐵甲騎兵不停追趕，至多也不過將這番僧的九名隨從盡數擒去，可救我不得。」

鳩摩智手中雖提了一人，腳步仍極輕便。他越走越高，三個時辰之中，盡在荒山野嶺之間穿行。段譽見太陽西斜，始終從左邊射來，知道鳩摩智是帶著自己北行。

到得傍晚，鳩摩智提著他身子架在一株大樹的樹枝上，將皮帶纏住了樹枝，不跟他說一句話，甚至目光也不和他相對，只是背著身子，遞了幾塊乾糧麵餅給他，解開了他左手小臂的穴道，好讓他取食。段譽暗自伸出左手，想運氣以少澤劍劍法傷他，那知身上要穴被點，全身真氣阻塞，手指空自點點戳戳，全無半分內勁。

如此數日，鳩摩智提著他不停的向北行走。段譽幾次撩他說話，問他何以擒住自己，帶自己到北方去幹甚麼，鳩摩智始終不答。段譽一肚子的怨氣，心想那次給妹子木婉清擒住，雖然苦頭吃得更多，卻決不致如此氣悶無聊。何況給一個美貌姑娘抓住，香澤微聞，俏叱時作，比之給個裝聾作啞的番僧提在手中，苦樂自是不可同日而語。

這般走了十餘天，料想已出了大理國境，段譽察覺他行走的方向改向東北，仍然避開大路，始終取道於荒山野嶺。只是地勢越來越平坦，山漸少而水漸多，一日之中，往往要過渡數次。終於鳩摩智買了兩匹馬與段譽分乘，段譽身上的大穴自然不給他解開。

有一次段譽解手之時，心想：「我如使出『凌波微步』，這番僧未必追得我上？」可是只跨出兩步，真氣在被封的穴道處被阻，立時摔倒。他嘆了口氣，爬起身來，知道這最後一條路也行不通的了。

當晚兩人在一座小城一家客店中歇宿。鳩摩智命店伴取過紙墨筆硯，放在桌上，剔亮油燈，待店伴出房，說道：「段公子，小僧屈你大駕北來，多有得罪，好生過意不去。」段譽道：「好說，好說。」鳩摩智道：「公子可知小僧此舉，是何用意？」

段譽一路之上，心中所想的只是這件事，眼見桌上放了紙墨筆硯，更料到了十之八九，說道：「辦不到。」鳩摩智問道：「甚麼事辦不到？」段譽道：「你艷羨我段家的六脈神劍劍法，要逼我寫出來給你。這件事辦不到。」

鳩摩智搖頭道：「段公子會錯意了。小僧當年與慕容先生有約，要借貴門六脈神劍經去給他一觀。此約未踐，一直耿耿於懷。幸得段公子心中記得此經，無可奈何，只有將你帶到慕容先生墓前焚化，好讓小僧不致失信於故人。然而公子人中龍鳳，小僧與你無冤無仇，豈敢傷殘？這中間尚有一個兩全其美的法子。公子只須將經文圖譜一無遺漏的寫了出來，小僧自己決不看上一眼，立即固封，拿去在慕容先生墓前火化，了此宿願，便即恭送公子回歸大理。」

這番話鳩摩智於初入天龍寺時便曾說過，當時本因等均有允意，段譽也覺此法可行。但此後鳩摩智偷襲保定帝於先，擒拿自身於後，出手殊不光明，躲避追蹤時詭計百出，對九名部屬的生死安危全無絲毫顧念，這其間險刻戾狠之意已然表露無遺，段譽如何再信得過他？心中早就覺得，南海鱷神等「四大惡人」擺明了是惡人，反而遠較這偽裝「聖僧」的吐蕃和尚品格高得多了。他雖無處世經歷，但這二十餘日來，對此事早已深思熟慮，想明白了其中關竅，說道：「鳩摩智大師，你這番話是騙不倒我的。」

鳩摩智合什道：「阿彌陀佛，小僧對慕容先生當年一諾，尚且如此信守，豈肯為了守此一諾，另毀一諾？」

段譽搖頭道：「你說當年對慕容先生有此諾言，是真是假，誰也不知。你拿到了六脈神劍劍譜，自己必定細讀一番，是否要去慕容先生墓前焚化，誰也不知。就算真要焚化，以大師的聰明才智，讀得幾遍之後，豈有記不住的？說不定還怕記錯了，要筆錄副本，然後再去焚化。」

鳩摩智雙目精光大盛，惡狠狠的盯住段譽，但片刻之間，臉色便轉慈和，緩緩的道：「你我均是佛門弟子，豈可如此胡言妄語，罪過，罪過。小僧迫不得已，只好稍加逼迫了。這是為了救公子性命，尚請勿怪。」說著伸出左手掌，輕輕按在段譽胸口，說道：「公子抵受不住之時，願意書寫此經，只須點一點頭，小僧便即放手。」

段譽苦笑道：「我不寫此經，你終不死心，捨不得便殺了我。我倘若寫了出來，你怎麼還能容我活命？我寫經便是自殺，鳩摩智大師，這一節，我在十三天之前便已想明白了。」

鳩摩智嘆了口氣，說道：「我佛慈悲！」掌心便即運勁，料想這股勁力傳入段譽膻中大穴，他周身如萬蟻咬嚙，苦楚難當。這等嬌生慣養的公子哥兒，嘴上說得雖硬，當真身受死去活來的酷刑之時，勢非屈服不可。不料勁力甫發，立覺一股內力去得無影無蹤。他一驚之下，又即催勁，這次內力消失得更快，跟著體中內力洶湧奔瀉而出。鳩摩智大驚失色，右掌急出，在段譽肩頭奮力推去。段譽「啊」的一聲，摔在床上，後腦重重撞上牆壁。

鳩摩智早知段譽學過星宿老怪一門的「化功大法」，但要穴被封，不論正邪武功自然俱都半點施展不出，那知他掌發內勁，卻是將自身內力硬擠入對方「膻中穴」去，便如當日段譽全身動彈不得，張大了嘴巴任由莽牯朱蛤鑽入肚中一般，與身上穴道是否被封全不相干。

段譽哼哼唧唧的坐起身來，說道：「枉你自稱得道高僧，高僧是這麼出手打人的嗎？」

鳩摩智厲聲道：「你這『化功大法』，到底是誰教你的？」

段譽搖搖頭，說道：「化功大法，暴殄天物，猶日棄千金於地而不知自用，旁門左道，可笑！可笑！」這幾句話，他竟不知不覺的引述了玉洞帛軸上所寫的字句。

鳩摩智不明其故，卻也不敢再碰他身子，但先前點他神封、大椎、懸樞、京門諸穴卻又無礙，此人武功之怪異，實是不可思議，料想這門功夫，定是從一陽指與六脈神劍中變化出來，只是他初學皮毛，尚不會使用。這樣一來，對大理段氏的武學更是心嚮神往，突然舉起手掌，凌空一招「火燄刀」，將段譽頭上的書生巾削去了一片，喝道：「你當真不寫？我這一刀只消低得半尺，你的腦袋便怎樣了？」

段譽害怕之極，心想他當真惱將起來，戳瞎我一隻眼睛，又或削斷我一條臂膀，那便怎麼辦？一路上反覆思量而得的幾句話立時到了腦中，說出口來：「我倘若受逼不過，只好胡亂寫些，那就未必全對。你如傷殘我肢體，我恨你切骨，寫出來的劍譜更加不知所云。這樣罷，反正我寫的劍譜，你要拿去在慕容先生墓前焚化，你說過立即固封，決計不看上一眼，是對是錯，跟你並不相干。我胡亂書寫，不過是我騙了慕容先生的陰魂，他在陰間練得走火入魔，自絕鬼脈，也不會來怪你。」說著走到桌邊，提筆攤紙，作狀欲寫。

鳩摩智怒極，段譽這幾句話，將自己騙取六脈神劍劍譜的意圖盡皆揭破，同時說得明明白白，自己若用強逼迫，他寫出來的劍譜也必殘缺不全，偽者居多，那非但無用，閱之且有大害。他在天龍寺兩度鬥劍，六脈神劍的劍法真假自然一看便知，但這路劍法的要旨純在內力運使，那就無法分辨。當下豈僅老羞成怒，直是大怒欲狂，一招「火燄刀」揮出，嗤的一聲輕響，段譽手中筆管斷為兩截。

段譽大笑聲中，鳩摩智喝道：「賊小子，佛爺好意饒你性命，你偏執迷不悟。只有拿你去慕容先生墓前焚燒。你心中所記得的劍譜，總不會是假的罷？」

段譽笑道：「我臨死之時，只好將劍法故意多記錯幾招。對，就是這個主意，打從此刻起，我拚命記錯，越記越錯，到得後來，連我自己也是胡裏胡塗。」

鳩摩智怒目瞪視，眼中似乎也有火燄刀要噴將出來，恨不得手掌一揮，「火燄刀」的無形氣勁就從這小子的頭頸中一劃而過。

自此一路向東，又行了二十餘日，段譽聽著途人的口音，漸覺清雅綿軟，菜餚中也沒了辣椒。

這一日終於到了蘇州城外，段譽心想：「這就要去上慕容博的墳了。番僧逼不到劍譜，不會就此當真殺我，但在那慕容博的墓前，將我燒上一燒，烤上一烤，弄得半死不活，卻也未始不可。」將心一橫，也不去多想，縱目觀看風景。這時正是三月天氣，杏花夾徑，綠柳垂湖，暖洋洋的春風吹在身上，當真是醺醺欲醉。段譽不由得心懷大暢，脫口吟道：「波渺渺，柳依依，孤村芳草遠，斜日杏花飛。」

鳩摩智冷笑道：「死到臨頭，虧你還有這等閒情逸致，兀自在吟詩唱詞。」段譽笑道：「佛曰：『色身無常，無常即苦。』天下無不死之人。最多你不過多活幾年，又有甚麼開心了？」

鳩摩智不去理他，向途人請問「參合莊」的所在。但他連問了七八人，沒一個知道，言語不通，更是纏七夾八。最後一個老者說道：「蘇州城裏城外，嘸不一個莊子叫做啥參合莊格。你這位大和尚，定是聽錯哉。」鳩摩智道：「有一家姓慕容的大莊主，請問他住在甚麼地方？」那老者道：「蘇州城裏末，姓顧、姓陸、姓沈、姓張、姓周、姓文……那都是大莊主，那有甚麼姓慕容的？勿曾聽見過。」

鳩摩智正沒做理會處，忽聽得西首小路上一人說道：「聽說慕容氏住在城西三十里的燕子塢，咱們便過去瞧瞧。」另一人道：「嗯，到了地頭啦，可得小心在意才是。」說的是河南中州口音。這兩人說話聲音甚輕，鳩摩智內功修為了得，卻聽得清清楚楚，心道：「莫非這兩人故意說給我聽的？否則偏那有這麼巧？」斜眼看去，只見一人氣宇軒昂，身穿孝服，另一個卻矮小瘦削，像是個癆病鬼扒手。

鳩摩智一眼之下，便知這兩人身有武功，還沒打定主意是否要出言相詢，段譽已叫了起來：「霍先生，霍先生，你也來了？」原來那形容猥瑣的漢子正是金算盤崔百泉，另一個便是他師姪追魂手過彥之。

他二人離了大理後，一心一意要為柯百歲報仇，明知慕容氏武功極高，此仇十九難報，還是勇氣百倍的尋到了蘇州來。打聽到慕容氏住在燕子塢，而慕容博卻已逝世多年，那麼殺害柯百歲的，當是慕容家的另外一人。兩人覺得報仇多了幾分指望，趕到湖邊，剛好和鳩摩智、段譽二人遇上。

崔百泉突然聽到段譽的叫聲，一愕之下，快步奔將過來，只見一個和尚騎在馬上，左手拉住段譽坐騎的韁繩，段譽雙手僵直，垂在身側，顯是給點中了穴道，奇道：「小王爺，是你啊！喂，大和尚，你幹甚麼跟這位公子爺為難？你可知他是誰？」

鳩摩智自沒將這兩人放在眼裏，但想自己從未來過中原，慕容先生的家不易找尋，有這兩人領路，那就再好沒有了，說道：「我要去慕容氏的府上，相煩兩位帶路。」

崔百泉道：「請問大師上下如何稱呼？何以膽敢得罪段氏的小王爺？到慕容府去有何貴幹？」鳩摩智道：「到時自知。」崔百泉道：「大師是慕容家的朋友麼？」鳩摩智道：「不錯，慕容先生所居的參合莊坐落何處，霍先生若是得知，還請指引。」鳩摩智聽段譽稱之為「霍先生」，還道他真是姓霍。崔百泉搔了搔頭皮，向段譽道：「小王爺，我解開你手臂上的穴道再說。」說著走上幾步，伸手便要去替段譽解穴。

段譽心想鳩摩智武功高得出奇，當世只怕無人能敵，這崔過二人是萬萬打他不過的，若來妄圖相救，只不過枉送兩條性命，還是叫他二人趕快逃走的為妙，便道：「且慢！這位大師單身一人，打敗了我伯父和大理的五位高手，將我擒來。他是慕容先生的知交好友，要將我在慕容先生的墓前焚燒為祭。你二位和姑蘇慕容氏毫不相干，這就快快走罷。」

崔百泉和過彥之聽說這和尚打敗了保定帝等高手，心中已是一驚，待聽說他是慕容氏的知交，更加震駭。崔百泉心想自己在鎮南王府中躲了這十幾年，今日小王爺有難，豈能袖手不理？反正既來姑蘇，這條性命早就豁出去不要了，不論死在正點兒的算盤珠下或是旁人手中，也沒甚麼分別，當即伸手入懷，掏出一個金光燦爛的算盤，高舉搖晃，錚錚錚的亂響，說道：「大和尚，慕容先生是你的好朋友，這位小王爺卻是我的好朋友，我勸你還是放開了他罷。」過彥之一抖手間，也已取下纏在腰間的軟鞭。兩人同時向鳩摩智馬前搶去。

段譽大叫：「兩位快走，你們打他不過的。」

鳩摩智淡淡一笑，說道：「真要動手麼？」崔百泉道：「這一場架，叫做老虎頭上拍蒼蠅，明知打你不過，也得試上一試，生死……啊唷，啊唷！」

「生死」甚麼的還沒說出口，鳩摩智已伸手奪過過彥之的軟鞭，跟著拍的一聲，翻過軟鞭，捲著崔百泉手中的金算盤，鞭子一揚，兩件兵刃同時脫手飛向右側湖中，眼見兩件兵刃便要沉入湖底，那知鳩摩智手上勁力使得恰到好處，軟鞭鞭梢翻了過來，剛好纏住一根垂在湖面的柳枝，柳枝柔軟，一升一沉，不住搖動。金算盤款款拍著水面，點成一個個漪漣。

鳩摩智雙手合什，說道：「有勞兩位大駕，相煩引路。」崔過二人面面相覷，不知如何是好。鳩摩智道：「兩位倘若不願引路，便請示知燕子塢參合莊的途徑，由小僧覓路自去，那也不妨。」崔過二人見他武功如此高強，而神態卻又謙和之極，都覺翻臉也不是，不翻臉也不是。

便在此時，只聽得欸乃聲響，湖面綠波上飄來一葉小舟，一個綠衫少女手執雙槳，緩緩划水而來，口中唱著小曲，聽那曲子是：「菡萏香連十頃陂，小姑貪戲采蓮遲。晚來弄水船頭灘，笑脫紅裙裹鴨兒。」歌聲嬌柔無邪，歡悅動心。

段譽在大理時誦讀前人詩詞文章，於江南風物早就深為傾倒，此刻一聽此曲，不由得心魂俱醉。只見那少女一雙纖手皓膚如玉，映著綠波，便如透明一般。崔百泉和過彥之雖大敵當前，也不禁轉頭向她瞧了兩眼。

只有鳩摩智視若不見，聽如不聞，說道：「兩位既不肯見告參合莊的所在，小僧這就告辭。」

這時那少女划著小舟，已近岸邊，聽到鳩摩智的說話，接口道：「這位大師父要去參合莊，阿有啥事體？」說話聲音極甜極清，令人一聽之下，說不出的舒適。這少女約莫十六七歲年紀，滿臉都是溫柔，滿身盡是秀氣。

段譽心道：「想不到江南女子，一美至斯。」其實這少女也非甚美，比之木婉清頗有不如，但八分容貌，加上十二分的溫柔，便不遜於十分人才的美女。

鳩摩智道：「小僧欲到參合莊去，小娘子能指點途徑麼？」那少女微笑道：「參合莊的名字，外邊人勿會曉得，大師父從啥地方聽來？」鳩摩智道：「小僧是慕容先生方外至交，特來老友墓前一祭，以踐昔日之約。並盼得識慕容公子清範。」那少女沉吟道：「介末真正弗巧哉！慕容公子剛剛前日出仔門，大師父早來得三日末，介就碰著公子哉。」鳩摩智道：「與公子緣慳一面，教人好生惆悵，但小僧從吐蕃國萬里迢迢來到中土，願在慕容先生墓前一拜，以完當年心願。」那少女道：「大師父是慕容老爺的好朋友，先請去用一杯清茶，我再給你傳報，你講好哦？」鳩摩智道：「小娘子是公子府上何人？該當如何稱呼才是？」

那少女嫣然一笑，道：「啊唷，我是服侍公子撫琴吹笛的小丫頭，叫做阿碧。你勿要大娘子、小娘子的介客氣，叫我阿碧好哉！」她一口蘇州土白，本來不易聽懂，但她是武林世家的侍婢，想是平素官話聽得多了，說話中儘量加上了些官話，鳩摩智與段譽等尚可勉強明白。當下鳩摩智恭恭敬敬的道：「不敢！」（按：阿碧的吳語，書中只能略具韻味而已，倘若全部寫成蘇白，讀者固然不懂，鳩摩智和段譽加二要弄勿清爽哉。）

阿碧道：「這裏去燕子塢琴韻小築，都是水路，倘若這幾位通通要去，我划船相送，好哦？」她每問一句「好哦」，都是殷勤探詢，軟語商量，教人難以拒卻。

鳩摩智道：「如此有勞了。」攜著段譽的手，輕輕躍上小舟。那小舟只略沉少許，卻絕無半分搖晃。阿碧向鳩摩智和段譽微微一笑，似乎是說：「真好本事！」

過彥之低聲道：「師叔，怎麼辦？」他二人是來找慕容氏報仇的，但弄得如此狼狽，實在好不尷尬。

阿碧微笑道：「兩位大爺來啊來到蘇州哉，倘若無不啥要緊事體，介末請到敝處喝杯清茶，吃點點心。勿要看這隻船小，再坐幾個人也勿會沉格。」她輕輕划動小舟，來到柳樹之下，伸出纖手收起了算盤和軟鞭，隨手撥弄算珠，錚錚有聲。

段譽只聽得幾下，喜道：「姑娘，你彈的是『採桑子』麼？」原來她隨手撥動算珠，輕重疾徐，自成節奏，居然便是兩句清脆靈動的「採桑子」。阿碧嫣然一笑，道：「公子，你精通音律，也來彈一曲麼？」段譽見她天真爛漫，和藹可親，笑道：「我可不會彈算盤。」轉頭向崔百泉道：「霍先生，人家把你的算盤打得這麼好聽。」

崔百泉澀然一笑，道：「不錯，不錯。姑娘真是雅人，我這門最俗氣的傢生，到了姑娘手裏，就變成了一件樂器。」阿碧道：「啊喲，真正對勿起，這是霍大爺的麼？這算盤打造得真考究。你屋裏一定交關之有銅錢，連算盤也用金子做。霍大爺，還仔撥你。」她左手拿著算盤，伸長手臂。崔百泉人在岸上，無法拿到，他也真捨不得這個片刻不離身的老朋友，輕輕一縱，上了船頭，伸手將算盤接了過去，側過頭來向鳩摩智瞪了一眼。鳩摩智臉上始終慈和含笑，全無慍色。

阿碧左手拿著軟鞭鞭梢提高了，右手五指在鞭上一勒而下，手指甲觸到軟鞭一節節上凸起的稜角，登時發出叮、玲、東、瓏幾下清亮的不同聲音。她五指這麼一勒，就如是新試琵琶一般，一條鬥過大江南北、黑道白道英豪的兵刃，到了她一雙潔白柔嫩的手中，又成了一件樂器。

段譽叫道：「妙極，妙極！姑娘，你就彈它一曲。」阿碧向著過彥之道：「這軟鞭是這位大爺的了？我亂七八糟的拿來玩弄，忒也無禮了。大爺，你也上船來罷，等一歇我撥你吃鮮紅菱。」過彥之心切師仇，對姑蘇慕容一家恨之切骨，但見這個小姑娘語笑嫣然，天真爛漫，他雖滿腔恨毒，卻也難以向她發作，心想：「她引我到莊上去，那是再好不過，好歹也得先殺他幾個人給恩師報仇。」當下點了點頭，躍到船上。

阿碧好好的捲攏軟鞭，交給過彥之，木槳一扳，小舟便向西滑去。

崔百泉和過彥之交換了幾個眼色，都想：「今日深入虎穴，不知生死如何。慕容氏出手毒辣之極，這個小姑娘柔和溫雅，看來不假，但焉知不是慕容氏驕敵之計？教咱們去了防範之心，他便可乘機下手。」

舟行湖上，幾個轉折，便轉入了一座大湖之中，極目望去，但見煙波浩渺，遠水接天。過彥之更是暗暗心驚：「這大湖想必就是太湖了。我和崔師叔都不會水性，這小妮子只須將船一翻，咱二人便沉入湖中餵了魚鼈，還說甚麼替師報仇？」崔百泉也想到了此節，尋思若能把木槳拿在手中，這小姑娘便想弄翻船，也沒這麼容易，便道：「姑娘，我來幫你划船，你只須指點方向便是。」阿碧笑道：「啊喲，介末不敢當。我家公子倘若曉得仔，定規要罵我怠慢了客人。」崔百泉見她不肯，疑心更甚，笑道：「實不相瞞，我們是想聽聽姑娘在軟鞭上彈曲的絕技。我們是粗人，這位段公子卻是琴棋書畫，樣樣都精的。」

阿碧向段譽瞧了一眼，笑道：「我彈著好白相，又算啥絕技了?段公子這樣風雅，聽仔笑啊笑煞快哉，我勿來。」

崔百泉從過彥之手中接過軟鞭，交在她手裏，道：「你彈，你彈！」一面就接過了她手中的木槳。阿碧笑道：「好罷，你的金算盤再借我撥我一歇。」崔百泉心下暗感危懼：「她要將我們兩件兵刃都收了去，莫非有甚陰謀？」事到其間，已不便拒卻，只得將金算盤遞給她。阿碧將算盤放在身前的船板上，左手握住軟鞭之柄，左足輕踏鞭頭，將軟鞭拉得直了，右手五指飛轉輪彈，軟鞭登時發出丁東之聲，雖無琵琶的繁複清亮，爽朗卻有過之。

阿碧五指彈抹之際，尚有餘暇騰出手指在金算盤上撥弄，算盤珠的錚錚聲夾在軟鞭的玎玎聲中，更增清韻。便在此時，只見兩隻燕子從船頭掠過，向西疾飄而去。段譽心想：「慕容氏所住之處叫做燕子塢，想必燕子很多了。」

只聽得阿碧漫聲唱道：「二社良辰，千家庭院，翩翩又睹雙飛燕。鳳凰巢穩許為鄰，瀟湘煙暝來何晚？亂入紅樓，低飛綠岸，畫梁輕拂歌塵轉。為誰歸去為誰來？主人恩重珠簾捲。」

段譽聽她歌聲唱到柔曼之處，不由得迴腸蕩氣，心想：「我若終生僻處南疆，如何得能聆此仙樂？『為誰歸去為誰來，主人恩重珠簾捲。』慕容公子有婢如此，自是非常人物。」

阿碧一曲既罷，將算盤和軟鞭還了給崔過二人，笑道：「唱得不好，客人勿要笑。霍大爺，向左邊小港中划進去，是了！」

崔百泉見她交還兵刃，登感寬心，當下依言將小舟划入一處小港，但見水面上生滿了荷葉，若不是她指點，決不知荷葉間竟有通路。崔百泉划了一會，阿碧又指示水路：「從這裏划過去。」這邊水面上全是菱葉和紅菱，清波之中，紅菱綠葉，鮮艷非凡。阿碧順手採摘紅菱，分給眾人。

段譽一雙手雖能動彈，但穴道被點之後全無半分力氣，連一枚紅菱的硬皮也無法剝開。阿碧笑道：「公子爺勿是江南人，勿會剝菱，我撥你剝。」連剝數枚，放在他掌中。段譽見那菱皮肉光潔，送入嘴中，甘香爽脆，清甜非凡，笑道：「這紅菱的滋味清而不膩，便和姑娘唱的小曲一般。」阿碧臉上微微一紅，笑道：「拿我的歌兒來比水紅菱，今朝倒是第一趟聽到，多謝公子啦！」

菱塘尚未過完，阿碧又指引小舟從一叢蘆葦和茭白中穿了過去。這麼一來，連鳩摩智也起了戒心，暗暗記憶小舟的來路，以備回出時不致迷路，可是一眼望去，滿湖荷葉、菱葉、蘆葦、茭白，都是一模一樣，兼之荷葉、菱葉在水面飄浮，隨時一陣風來，便即變幻百端，就算此刻記得清清楚楚，霎時間局面便全然不同。鳩摩智和崔百泉、過彥之三人不斷注視阿碧雙目，都想從她眼光之中，瞧出她尋路的法子和指標。但她只是漫不經意的採菱撥水，隨口指引，似乎這許許多多縱橫交錯、棋盤一般的水道，便如她手掌中的掌紋一般明白，生而知之，不須辨認。

如此曲曲折折的划了兩個多時辰，未牌時分，遙遙望見遠處綠柳叢中，露出一角飛簷。阿碧道：「到啦！霍大爺，累得你幫我划了半日船。」崔百泉苦笑道：「只要有紅菱可吃，清歌可聽，我便這麼划他十年八年船，那也不累。」阿碧拍手笑道：「你要聽歌吃菱，介末交關便當？在這湖裏一輩子勿出去好哉！」

崔百泉聽到她說「在這湖裏一輩子勿出去」，不由得矍然一驚，斜著一雙小眼向她端相了一會，但見她笑吟吟的似乎全無機心，卻也不能就此放心。

阿碧接過木槳，將船直向柳蔭中划去，到得鄰近，只見一座松樹枝架成的木梯，垂下來通向水面。阿碧將小船繫在樹枝之上，忽聽得柳枝上一隻小鳥「莎莎都莎，莎莎都莎」的叫了起來，聲音清脆。阿碧模仿鳥鳴，也叫了幾下，回頭笑道：「請上岸罷！」

眾人逐一跨上岸去，見疏疏落落四五座房舍，建造在一個不知是小島還是半島之上。房舍小巧玲瓏，頗為精雅。小舍匾額上寫著「琴韻」兩字，筆致頗為瀟灑。鳩摩智道：「此間便是燕子塢參合莊麼？」阿碧搖頭道：「不。這是公子起給我住的，小小地方，實在不能接待貴客。不過這位大師父說要去拜祭慕容老爺的墓，我可作不了主，只好請幾位在這裏等一等，我去問問阿朱姊姊。」

鳩摩智一聽，心頭有氣，臉色微微一沉。他是吐蕃國護國法王，身分何等尊崇？別說在吐蕃國大受國主禮敬，即是來到大宋、大理、遼國、西夏的朝廷之中，各國君主也必待以貴賓之禮，何況他又是慕容先生的知交舊友，這番親來祭墓，慕容公子事前不知，已然出門，那也罷了，可是這下人不請他到正廳客舍隆重接待，卻將他帶到一個小婢的別院，實在太也氣人。但他見阿碧語笑盈盈，並無半分輕慢之意，心想：「這小丫頭甚麼也不懂，我何必跟她一般見識。」想到此節，便即心平氣和。

崔百泉問道：「你阿朱姊姊是誰？」阿碧笑道：「阿朱就是阿朱，伊只比我大一個月，介末就擺起阿姊架子來哉。我叫伊阿姊，介末叫做嘸不法子，啥人教伊大我一個月呢？你用勿著叫伊阿姊，你倘若叫伊阿姊末，伊越發要得意哩。」她咭咭咯咯的說著，語聲清柔，若奏管絃，將四人引進屋去。

到得廳上，阿碧請各人就座，便有男僕奉上清茶糕點。段譽端起茶碗，撲鼻一陣清香，揭開蓋碗，只見淡綠茶水中飄浮著一粒粒深碧的茶葉，便像一顆顆小珠，生滿纖細絨毛。段譽從未見過，喝了一口，只覺滿嘴清香，舌底生津。鳩摩智和崔、過二人見茶葉古怪，都不敢喝。這珠狀茶葉是太湖附近山峯的特產，後世稱為「碧螺春」，北宋之時還未有這雅致名稱，本地人叫做「嚇煞人香」，以極言其香。鳩摩智向在西域和吐蕃山地居住，喝慣了苦澀的黑色茶磚，見到這等碧綠有毛的茶葉，不免疑心有毒。

四色點心是玫瑰松子糖、茯苓軟糕、翡翠甜餅、藕粉火腿餃，形狀精雅，每件糕點都似不是做來吃的，而是用來玩賞一般。

段譽讚道：「這些點心如此精緻，味道定是絕美的了，可是教人又怎捨得張口去吃？」阿碧微笑道：「公子只管吃好哉，我們還有。」段譽吃一件讚一件，大快平生。鳩摩智和崔過二人卻仍不敢食用。段譽心下起疑：「這鳩摩智自稱是慕容博的好友，如何他也處處嚴加提防？而慕容莊上接待他的禮數，似乎也不大對勁。」

鳩摩智的耐心也真了得，等了半天，待段譽將茶水和四樣糕點都嚐了個遍，讚了個夠，才道：「如此便請姑娘去通知你的阿朱姊姊。」

阿碧笑道：「阿朱的莊子離這裏有四九水路，今朝來不及去哉，四位在這裏住一晚，明朝一早，我送四位去『聽香水榭』。」崔百泉問道：「甚麼四九水路？」阿碧道：「一九是九里，二九十八里，四九就是三十六里。你撥撥算盤就算出來哉。」原來江南一帶，說到路程距離，總是一九、二九的計算。

鳩摩智道：「早知如此，姑娘逕自送我們去聽香水榭，豈不爽快？」阿碧笑道：「這裏嘸不人陪我講閒話，悶也悶煞快。好容易來了幾個客人，幾花好？介末總歸要留你們幾位住上一日。」

過彥之一直沉著氣不說話，這時突然霍地站起，喝道：「慕容家的親人住在那裏？我過彥之上參合莊來，不是為了喝茶吃飯，更不是陪你說笑解悶，是來殺人報仇、流血送命的。姓過的既到此間，也沒想再生出此莊。姑娘，請你去說，我是伏牛派柯百歲的弟子，今日跟師父報仇來啦！」說著軟鞭一晃，喀喇喇一聲響，將一張紫檀木茶几和一張湘妃竹椅子打成了碎片。

阿碧既不驚惶，也不生氣，說道：「江湖上英雄豪傑來拜會公子的，每個月總有幾起，也有很多像過大爺這般兇霸霸、惡狠狠的，我小丫頭倒也嘸沒嚇煞……」

她話未說完，後堂轉出一個鬚髮如銀的老人，手中撐著一根拐杖，說道：「阿碧，是誰在這裏大呼小叫的？」說的卻是官話，語音甚是純正。

崔百泉縱身離椅，和過彥之並身而立，喝問：「我師兄柯百歲到底是死在誰的手下？」

段譽見這老人弓腰曲背，滿臉都是縐紋，沒九十也有八十歲，只聽他嘶啞著嗓子說道：「柯百歲，柯百歲，嗯，年紀活到一百歲，早就該死啦！」

過彥之一到蘇州，立時便想到慕容氏家中去大殺大砍一場，替恩師報仇，只是給鳩摩智奪去兵刃，折了銳氣，再遇上阿碧這樣天真可愛的一個小姑娘，滿腔怨憤，無可發洩，這時聽這老人說話無禮，軟鞭揮出，鞭頭便點向他後心。他見鳩摩智坐在西首，防他出手干預，這一鞭便從東邊揮擊過去。

那知鳩摩智手臂一伸，掌心中如有磁力，遠遠的便將軟鞭抓了過去，說道：「過大俠，咱們遠來是客，有話可說，不必動武。」將軟鞭捲成一團，還給了他。

過彥之滿臉脹得通紅，接又不是，不接又不是，轉念心想：「今日報仇乃是大事，寧可受一時之辱，須得有兵刃在手。」便伸手接了。

鳩摩智向那老人道：「這位施主尊姓大名？是慕容先生的親戚，還是朋友？」那老人裂嘴一笑，說道：「老頭兒是公子爺的老僕，有甚麼尊姓大名？聽說大師父是我們故世老爺的好朋友，不知有甚麼吩咐？」鳩摩智道：「我的事要見到公子後當面奉告。」那老人道：「那可不巧了，公子爺前天動身出門，說不定那一天才回來。」鳩摩智問道：「公子去了何處？」那老人側過了頭，伸手敲敲自己的額角，道：「這個麼，我可老胡塗了，好像是去西夏國，又說甚麼遼國，也說不定是吐蕃，要不然便是大理。」

鳩摩智哼了一聲，心中不悅，當時天下五國分峙，除了當地是大宋所轄，這老人卻把其餘四國都說全了。他明知這老人是假裝胡塗，說道：「既是如此，我也不等公子回來了，請管家帶我去慕容先生墓前一拜，以盡故人之情。」

那老人雙手亂搖，說道：「這個我可作不起主，我也不是甚麼管家。」鳩摩智道：「那麼尊府的管家是誰？請出來一見。」那老人連連點頭，說道：「很好，很好！我去請管家來。」轉過身子，搖搖擺擺的走了出去，自言自語：「這個年頭兒啊，世上甚麼壞人都有，假扮了和尚道士，便想來化緣騙人。我老頭兒甚麼沒見過，才不上這個當呢。」

段譽哈哈一聲，笑了出來。阿碧忙向鳩摩智道：「大師父，你勿要生氣，老黃伯伯是個老胡塗。他自以為聰明，不過說話總歸要得罪人。」

崔百泉拉拉過彥之的衣袖，走到一旁，低聲道：「這賊禿自稱是慕容家的朋友，但這兒明明沒將他當貴客看待。咱們且別莽撞，瞧個明白再說。」過彥之道：「是！」兩人回歸原座。但過彥之本來所坐的那隻竹椅已給他自己打碎，變成了無處可坐。阿碧將自己的椅子端著送過去，微笑道：「過大爺，請坐！」過彥之點了點頭，心想：「我縱能將慕容氏一家殺得乾乾淨淨，這個小丫頭也得饒了。」

段譽當那老僕進來之時，隱隱約約覺得有件事十分彆扭，顯得非常不對，但甚麼事情不對，卻全然說不上來。他仔細打量這小廳中的陳設傢具，庭中花木，壁上書畫，再瞧阿碧、鳩摩智、崔百泉、過彥之四個人，甚麼特異之處都沒發見，心中卻越來越覺異樣。

過了半晌，只聽得腳步聲響，內堂走出一個五十來歲的瘦子，臉色焦黃，頦下留一叢山羊短鬚，一副精明能幹的模樣，身上衣著頗為講究，左手小指戴一枚漢玉扳指，看來便是慕容府中的管家了。這瘦子向鳩摩智等行禮，說道：「小人孫三拜見各位。大師父，你老人家要到我們老爺墓前去拜祭，我們實在感激之至。可是公子爺出門去了，沒人還禮，太也不夠恭敬。待公子爺回來，小人定將大師父這番心意轉告便是……」

他說到這裏，段譽忽然聞到一陣淡淡的香氣，心中一動：「奇怪，奇怪。」

當先前那老僕來到小廳，段譽便聞到一陣幽雅的香氣。這香氣依稀與木婉清身上的體香有些相似，雖然頗為不同，然而總之是女兒之香。起初段譽還道這香氣發自阿碧身上，也不以為意，可是那老僕一走出廳堂，這股香氣就此消失，待那自稱為孫三的管家走進廳來，段譽又聞到了這股香氣，這才領會到，先前自己所以大覺彆扭，原來是為了在一個八九十歲老公公的身上，聞到了十七八歲小姑娘的體香，尋思：「莫非後堂種植了甚麼奇花異卉，有誰從後堂出來，身上便帶有幽香？要不然那老僕和這瘦子都是女子扮的。」

這香氣雖令段譽起疑，其實氣息極淡極微，鳩摩智等三人半點也沒察覺。段譽所以能夠辨認，只因他曾與木婉清在石室中經歷了一段奇險的時刻，這淡淡的處女幽香，旁人絲毫不覺，於他卻是銘心刻骨，比甚麼麝香、檀香、花香還更強烈得多。鳩摩智內功雖然深厚，但一生嚴守色戒，紅顏綠鬢，在他眼中只是白骨骷髏，香粉胭脂，於他鼻端直同膿血穢臭，渾不知男人女子體氣之有異。

段譽雖疑心孫三是女子所扮，但瞧來瞧去，委實無半點破綻，此人不但神情舉止全是男人，而形貌聲音亦無絲毫女態。忽然想起：「女人要扮男人，這喉結須假裝不來。」凝目向孫三喉間瞧去，只見他山羊鬍子垂將下來，剛好擋住了喉頭。段譽站起身來，假意觀賞壁上的字畫，走到孫三側面，斜目偷睨，但見他喉頭毫無突起之狀，又見他胸間飽滿，雖不能就此說是女子，但這樣精瘦的一個男人，胸間決不會如此肌肉豐隆。段譽發覺了這個秘密，甚覺有趣，心想：「好戲還多著呢，且瞧她怎生做下去。」

鳩摩智嘆道：「我和你家老爺當年在川邊相識，談論武功，彼此佩服，結成了好友。沒想到天妒奇才，似我這等庸碌之輩，兀自在世上偷生，你家老爺卻遽赴西方極樂。我從吐蕃國來到中土，只不過為了故友情重，要去他墓前一拜，有沒有人還禮，又那打甚麼緊？相煩管家領路便是。」孫三皺起眉頭，顯得十分為難，說道：「這個……這個……」鳩摩智道：

「不知這中間有何為難之處，倒要請教。」

孫三道：「大師父既是我家老爺生前的至交好友，自必知道老爺的脾氣。我家老爺最怕有人上門拜訪，他說來到我們府中的，不是來尋仇生事，便是來拜師求藝，更下一等的，則是來打抽豐討錢，要不然是混水摸魚，順手牽羊，想偷點甚麼東西去。他說和尚尼姑更加靠不住，啊喲……對不住……」他說到這裏，警覺這幾句話得罪了鳩摩智，忙伸手按住嘴巴。

這副神氣卻全然是個少女的模樣，睜著圓圓的眼睛，烏黑的眼珠骨溜溜的一轉，雖然立即垂下眼皮，但段譽一直就在留心，不由得心中一樂：「這孫三不但是女子，而且還是個年輕姑娘。」斜眼瞧阿碧時，見她唇角邊露出一絲狡獪的微笑，心下更無懷疑，暗想：「這孫三和那老黃明明便是一人，說不定就是那個阿朱姊姊。」

鳩摩智嘆道：「世人險詐者多而誠信者少，慕容先生不願多跟俗人結交，確然也是應當的。」孫三道：「是啊。我家老爺遺言說道：如果有誰要來祭墳掃墓，一概擋駕。他說道：『這些賊禿啊，多半沒安著好心，定是想掘我的墳墓。』啊喲，大師父，你可別多心，我家老爺罵的賊禿，多半並不是說你。」

段譽暗暗好笑：「所謂『當著和尚罵賊禿』，當真是半點也不錯。」又想：「這個賊禿仍然半點不動聲色，越是大奸大惡之人，越沉得住氣。這賊禿當真是非同小可之輩。」

鳩摩智道：「你家老爺這幾句遺言，原很有理。他生前威震天下，結下的仇家太多。有人當他在世之時奈何他不得，報不了仇，在他死後想去動他遺體，倒也不可不防。」

孫三道：「要動我家老爺的遺體，哈哈，那當真是『老貓聞鹹魚』了。」鳩摩智一怔，問道：「甚麼『老貓聞鹹魚』？」孫三道：「這叫做『嗅鯗啊嗅鯗』，就是『休想啊休想』！」鳩摩智道：「嗯，原來如此。我和慕容先生知己交好，只是在故人墓前一拜，別無他意，管家不必多疑。」

孫三道：「實實在在，這件事小人作不起主，若是違背了老爺遺命，公子爺回家後查問起來，可不要打折小人的腿麼？這樣罷，我去請老太太拿個主意，再來回覆如何？」鳩摩智道：「老太太？是那一位老太太？」孫三道：「慕容老太太，是我家老爺的叔母。每逢老爺的朋友們到來，都是要向她磕頭行禮的。公子不在家，甚麼事便都得請示老太太了。」鳩摩智道：「如此甚好，請你向老太太稟告，說是吐蕃國鳩摩智向老夫人請安。」孫三道：「大師父太客氣了，我們可不敢當。」說著走進內堂。

段譽尋思：「這位姑娘精靈古怪，戲弄鳩摩智這賊禿，不知是何用意？」過了好一會，只聽得環珮玎璫，內堂走出一位老夫人來，人未到，那淡淡的幽香已先傳來。段譽禁不住微笑，心道：「這次卻扮起老夫人來啦。」只見她身穿古銅緞子襖裙，腕戴玉鐲，珠翠滿頭，打扮得雍容華貴，臉上皺紋甚多，眼睛迷迷濛濛的，似乎已瞧不見東西。段譽暗暗喝采：「這小妮子當真了得，扮甚麼，像甚麼，更難得的是，她只這麼一會兒便即改裝完畢，手腳之利落，令人嘆為觀止矣。」

那老夫人撐著拐杖，顫巍巍的走到堂上，說道：「阿碧，是你家老爺的朋友來了麼？怎不向我磕頭？」腦袋東轉西轉，像是兩眼昏花，瞧不見誰在這裏。阿碧向鳩摩智連打手勢，低聲道：「快磕頭啊，你一磕頭，太夫人就高興了，甚麼事都能答允。」老夫人側過了頭，伸手掌張在耳邊，以便聽得清楚些，大聲問道：「小丫頭，你說甚麼？人家磕了頭沒有？」

鳩摩智道：「老夫人，你好，小僧給你老人家行禮了。」深深長揖，雙手發勁，磚頭上登時發出咚咚之聲，便似是磕頭一般。

崔百泉和過彥之對望一眼，均自駭然：「這和尚的內勁如此了得，咱們只怕在他手底走不了一招。」

老夫人點點頭，說道：「很好，很好！如今這世界上奸詐的人多，老實的人少，就是磕一個頭，有些壞胚子也要裝神弄鬼，明明沒磕頭，卻在地下弄出咚咚咚的聲音來，欺我老太太瞧不見。你小娃兒很好，很乖，磕頭磕得響。」

段譽忍不住嘿的一聲，笑了出來。老夫人慢慢轉過頭來，說道：「阿碧，是有人放了個屁麼？」說著伸手在鼻端搧動。阿碧忍笑道：「老太太，不是的。這位段公子笑了一聲。」老夫人道：「斷了，甚麼東西斷了？」阿碧道：「不是斷了，人家是姓段，段家的公子。」老夫人點頭道：「嗯，公子長公子短的，你從朝到晚，便是記掛著你家公子。」阿碧臉上一紅，說道：「老太太耳朵勿靈，講閒話要牽絲扳藤？」

老夫人向著段譽道：「你這娃娃，見了老太太怎不磕頭？」段譽道：「老太太，我有句話想跟你說。」老夫人問道：「你說甚麼？」段譽道：「我有一個姪女兒，最是聰明伶俐不過，可是卻也頑皮透頂。她最愛扮小猴兒玩，今天扮公的，明兒扮母的，還會變把戲呢。老太太見了她一定歡喜。可惜這次沒帶她來向你老人家磕頭。」

這老夫人正是慕容府中另一個小丫頭阿朱所扮。她喬裝改扮之術神乎其技，不但形狀極似，而言語舉止，無不畢肖，可說沒半點破綻，因此以鳩摩智之聰明機智，崔百泉之老於江湖，都沒絲毫疑心，不料段譽卻從她身上無法掩飾的一些淡淡幽香之中發覺了真相。

阿朱聽他這麼說，吃了一驚，但絲毫不動聲色，仍是一副老態龍鍾、耳聾眼花的模樣，說道：「乖孩子，乖孩子，真聰明，我從來沒見過像你這麼精乖的孩子。乖孩子別多口，老太太定有好處給你。」

段譽心想：「她言下之意要我不可揭穿她底細。她在對付鳩摩智這賊禿，那是朋友而非敵人。」便道：「老夫人儘可放心，在下既到尊府，一切但憑老夫人吩咐便是。」

阿朱說道：「你聽我話，那才是乖孩子啊。好，先對老婆婆磕上三個響頭，我決計不會虧待了你。」

段譽一怔，心道：「我是堂堂大理國的皇太弟世子，豈能向你一個小丫頭磕頭？」

阿朱見他神色尷尬，嘿嘿冷笑，說道：「乖孩子，我跟你說，還是向奶奶磕幾個頭來得便宜。」

段譽一轉頭，只見阿碧抿著嘴，笑吟吟的斜眼瞅著自己，膚白如新剝鮮菱，嘴角邊一粒細細的黑痣，更增俏媚，不禁心中一動，問道：「阿碧姊姊，聽說尊府還有一位阿朱姊姊，她……她可是跟你一般美麗俊雅麼？」阿碧微笑道：「啊喲！我這種醜八怪算得啥介？阿朱姊姊倘使聽得你直梗問法，一定要交關勿開心哉。我怎麼比得上人家，阿朱姊姊比我齊整十倍。」段譽道：「當真？」阿碧笑道：「我騙你做啥？」段譽道：「比你俊美十倍，世上當無其人，除非是……除非是那位玉洞仙子。只要跟你差不多，已是少有的美人了。」阿碧紅暈上頰，羞道：「老夫人叫你磕頭，啥人要你瞎三話四的討好我？」

段譽道：「老夫人本來必定也是一位國色天香的美人。老實說，對我有沒有好處，我段譽倒也沒怎麼放在心上，但對美人兒磕幾個頭，倒也是心甘情願的。」說著便跪了下去，心想：「既然磕頭，索性磕得響些，我對那個洞中玉像已磕了幾千幾百個頭，對一位江南美人磕上三個頭，又有何妨？」當下咚咚咚的磕了三個響頭。

阿朱十分歡喜，心道：「這位公子爺明知我是個小丫頭，居然還肯向我磕頭，當真十分難得。」說道：「乖孩子，很好，很好。可惜我身邊沒帶見面錢……」阿碧搶著道：「老太太勿要忘記就是啦，下趟補給人家也是一樣。」

阿朱白了她一眼，向崔百泉和過彥之道：「這兩位客人怎不向老婆子磕頭見禮？」過彥之哼了一聲，粗聲粗氣的道：「你會武功不會？」阿朱道：「你說甚麼？」過彥之道：「我問你會不會武功。倘若武功高強，姓過的在慕容老夫人手底領死！如不是武林中人，也不必跟你多說甚麼。」阿朱搖頭道：「甚麼蜈蚣百腳？蜈蚣自然是有的，咬人很痛呢。」向鳩摩智道：「大和尚，聽說你想去瞧我姪兒的墳墓，你要偷盜甚麼寶貝啊？」

鳩摩智雖沒瞧出她是少女假扮，卻也已料到她是裝聾作啞，決非當真老得胡塗了，心底增多了幾分戒備之意，尋思：「慕容先生如此了得，他家中的長輩自也決非泛泛。」當下裝作沒聽見「掘墓」的話，說道：「小僧與慕容先生是知交好友，聞知他逝世的噩耗，特地從吐蕃國趕來，要到他墓前一拜。小僧生前曾與慕容先生有約，要取得大理段氏六脈神劍的劍譜，送與慕容先生一觀。此約不踐，小僧心中有愧。」

阿朱與阿碧對看了一眼，均想：「這和尚終於說上正題啦。」阿朱道：「六脈神劍劍譜取得了怎樣？取不到又怎樣？」鳩摩智道：「當年慕容先生與小僧約定，只須小僧取得六脈神劍劍譜給他觀看幾天，就讓小僧在尊府『還施水閣』看幾天書。」阿朱一凜：「這和尚竟知道『還施水閣』的名字，那麼或許所言不虛。」當下假裝胡塗，問道：「甚麼『稀飯水餃』？你要香梗米稀飯、鷄湯水餃麼？那倒容易，你是出家人，吃得葷腥麼？」

鳩摩智轉頭向阿碧道：「這位老太太也不知是真胡塗，還是假胡塗，如此拒人於千里之外，豈不令人心冷？」

阿朱道：「嗯，你的心涼了。阿碧，你去做碗熱熱的鷄鴨血湯，給大師父暖暖心肺。」阿碧忍笑道：「大師父勿吃葷介。」阿朱點頭道：「那麼不要用真鷄真鴨，改用素鷄素鴨好了。」阿碧道：「老太太，勿來事格，素鷄嘸不血的。」阿朱道：「那怎麼辦呢？」

兩個小姑娘一搭一檔，儘是胡扯。蘇州人大都伶牙利齒，後世蘇州評彈之技名聞天下，便由於此。這兩個小丫頭平素本是頑鬧說笑慣了的，這時作弄得鳩摩智直是無法可施。

他此番來到姑蘇，原盼見到慕容公子後商議一件大事，那知正主兒見不著，所見到之人一個個都纏夾不清，若有意，若無意，虛虛實實，令他不知如何著手才好。他略一凝思，已斷定慕容老夫人、孫三、黃老僕、阿碧等人，都是意在推搪，既不讓自己祭墓，當然更不讓進入「還施水閣」觀看武學秘籍，眼下不管他們如何裝腔作勢，自當先將話兒說明白了，此後或以禮相待，或恃強用武，自己都是先佔住了道理，當下心平氣和的道：「這六脈神劍劍譜，小僧是帶來了，因此斗膽要依照舊約，到尊府『還施水閣』去觀看圖書。」

阿碧道：「慕容老爺已經故世哉。一來口說無憑，二來大師父帶來這本劍譜，我們這裏也嘸不啥人看得懂，從前就算有啥舊約，自然是一概無效的了。」阿朱道：「甚麼劍譜？在那裏？先給我瞧瞧是真還是假的。」

鳩摩智指著段譽道：「這位段公子的心裏，記得全套六脈神劍劍譜，我帶了他人來，就同是帶了劍譜來一樣。」阿碧微笑道：「我還道真有甚麼劍譜呢，原來大師父是說笑的。」鳩摩智道：「小僧何敢說笑？那六脈神劍的原本劍譜，已在大理天龍寺中為枯榮大師所毀，幸好段公子原原本本的記得。」阿碧道：「段公子記得，是段公子的事，就算是到『還施水閣』看書，也應當請段公子去。同大師父有啥相干？」鳩摩智道：「小僧為踐昔日之約，要將段公子在慕容先生墓前燒化了。」

此言一出，眾人都是一驚，但見他神色寧定，一本正經，決不是隨口說笑的模樣，驚訝更甚。阿碧道：「大師父這不是講笑話嗎，好端端一個人，那能撥你隨便燒化？」鳩摩智淡淡的道：「小僧要燒了他，諒他也抗拒不得。」阿碧微笑道：「大師父說段公子心中記得全部六脈神劍劍譜，可見得全是瞎三話四。想這六脈神劍是何等厲害的功夫，段公子倘若真是會得使這路劍法，又怎能屈服於你？」鳩摩智點了點頭，道：「姑娘只知其一，不知其二。段公子被我點中了穴道，全身內勁使不出來。」

阿朱不住搖頭，道：「我更加半點也不信了。你倒解開段公子的穴道，教他施展施展六脈神劍看。我瞧你九成九是在說謊。」鳩摩智點點頭，道：「很好，可以一試。」

段譽稱讚阿碧美貌，對她的彈奏歌唱大為心醉，阿碧自是歡喜；他不揭穿阿朱喬裝，反向她磕了三個響頭，又得了阿朱的歡心，因此這兩個小丫頭聽說段譽被點了穴道，都想騙得鳩摩智解開他穴道。不料鳩摩智居然一口答允。

只見他伸出手掌，在段譽背上、胸前、腿前虛拍數掌。段譽經他這幾掌一拍，只覺被封穴道中立時血脈暢通，微一運氣，內息便即轉動自如。他試行照著中衝劍法的運氣法門，將內力提到右手中指的中衝穴中，便感中指炙熱，知道只須手指一伸，劍氣便可射出。

鳩摩智道：「段公子，慕容老夫人不信你已練會六脈神劍，請你一試身手。如我這般，將這株桂花樹斬下一根枝椏來。」說著左掌斜斜劈出，掌上已蓄積真力，使出的正是「火燄刀」中的一招。只聽得喀的一聲輕響，庭中桂樹上一條樹枝無風自折，落下地來，便如用刀劍劈削一般。

崔百泉和過彥之禁不住「啊」的一聲驚呼，他二人雖見這番僧武功十分怪異，總還當是旁門左道的邪術一類，這時見他以掌力切斷樹枝，才知他內力之深，實是罕見罕聞。

段譽搖頭道：「我甚麼武功也不會，更加不會甚麼七脈神劍、八脈神刀。人家好端端一株桂花樹，你幹麼弄毀了它？」鳩摩智道：「段公子何必過謙？大理段氏高手中，以你武功第一。當世除了慕容公子和區區在下之外，能勝得過你的，只怕寥寥無幾。姑蘇慕容府上乃天下武學的府庫，你施展幾手，請老太太指點指點，那也是極大的美事。」段譽道：「大和尚，你一路上對我好生無禮，將我橫拖直拉、順提倒曳的帶到江南來。我本來不想再跟你多說一句話，但到得姑蘇，見到這般宜人的美景，幾位神仙一般的姑娘，我心中一口怨氣倒也消了。咱們從此一刀兩斷，誰也不用理誰。」

阿朱與阿碧聽他一副書獃子口氣，不由得暗暗好笑，而他言語中讚譽自己，也不免芳心竊喜。

鳩摩智道：「公子不肯施展六脈神劍，那不是顯得我說話無稽麼？」

段譽道：「你本來是信口開河嘛。你既與慕容先生有約，幹麼不早日到大理來取劍經？卻等到慕容先生仙逝之後，死無對證，這才到慕容府上來囉唣不休。我瞧你啊，乃是心慕姑蘇慕容氏武功高強，捏造一派謊話，想騙得老太太應允你到藏書閣中，去偷看慕容氏的拳經劍譜，學一學慕容氏『以彼之道，還施彼身』的法門。你也不想想，人家既在武林中有這麼大的名頭，難道連這一點兒粗淺法門也不懂？倘若你只憑這麼一番花言巧語，便能騙得到慕容氏的武功秘訣，天下的騙子還少得了？誰又不會來這麼胡說八道一番？」

阿朱、阿碧同聲稱是。

鳩摩智搖搖頭，道：「段公子的猜測不對。小僧與慕容先生訂約雖久，但因小僧閉關修習這『火燄刀』功夫，九年來足不出戶，不克前往大理。小僧『火燄刀』功夫要是練不成功，這次便不能全身而出天龍寺了。」

段譽道：「大和尚，你名氣也有了，權位也有了，武功又這般高強，太太平平的在吐蕃國做你的護國法王，豈不甚妙？何必到江南來騙人？我勸你還是早早回去罷？」

鳩摩智道：「公子倘若不肯施展六脈神劍，莫怪小僧無禮。」段譽道：「你早就無禮過了，難道還有甚麼更無禮的？最多不過是一刀將我殺了，那又有甚麼了不起？」鳩摩智道：「好！看刀！」左掌一立，一股勁風，直向段譽面門撲到。

段譽早已打定了主意，自己武功遠不及他，跟他鬥不鬥結果都是一樣，他要向人證明自己會使六脈神劍，就偏偏不如他之意。因此當鳩摩智以內勁化成的刀鋒劈將過來，段譽將心一橫，竟然不擋不架。鳩摩智一驚，六脈神劍劍譜要著落在他身上取得，決不願在得到劍譜之前便殺了他，手掌急抬，刷的一聲涼風過去，段譽的頭髮被剃下了一大片。

崔百泉和過彥之相顧駭然，阿朱與阿碧也不禁花容失色。

鳩摩智森然道：「段公子寧可送了性命，也不出手？」

段譽早將生死置之度外，哈哈一笑，說道：「貪嗔愛欲痴，大和尚一應俱全，居然妄稱為佛門高僧，當真是浪得虛名。」

鳩摩智突然揮掌向阿碧劈去，說道：「說不得，我先殺慕容府上一個小丫頭立威。」

這一招突然而來，阿碧大吃一驚，斜身急閃避開，擦的一聲響，她身後一張椅子被這股內勁裂成兩半。鳩摩智右手跟著又是一刀。阿碧伏地急滾，身手雖快，情勢已甚為狼狽。鳩摩智暴喝聲中，第三刀又已劈去。

阿碧嚇得臉色慘白，對這無影無蹤的內力實不知如何招架才好。阿朱不暇思索，揮杖便向鳩摩智背心擊去。她站著說話，緩步而行，確是個七八十歲的老太太，這一情急拚命，卻是身法矯捷，輕靈之極。

鳩摩智一瞥之下便即瞧破了，笑道：「天下竟有十六七歲的老夫人，你到底想騙和尚到幾時？」回手一掌，喀的一聲，將她手中的木杖震成三截，跟著揮掌又向阿碧劈去。阿碧驚惶中反手抓起桌子，斜過桌面擋格，拍拍兩聲，一張紫檀木的桌子登時碎裂，她手中只賸了兩條桌腿。

段譽見阿碧背靠牆壁，已退無可退，而鳩摩智一掌又劈了過去，其時只想到救人要緊，沒再顧慮自己全不是鳩摩智的敵手，中指戳出，內勁自「中衝穴」激射而出，嗤嗤聲響，正是中衝劍法。鳩摩智並非當真要殺阿碧，只是要逼得段譽出手，否則「火燄刀」上的神妙招數使將出來，阿碧如何躲避得了？他見段譽果然出手，當下迴掌砍擊阿朱。疾風到處，阿朱一個踉蹌，肩頭衣衫被內勁撕裂，「啊」的一聲，驚叫出來。段譽左手「少澤劍」跟著刺出，擋架他的左手「火燄刀」。

頃刻間阿朱、阿碧雙雙脫險，鳩摩智的雙刀全被段譽的六脈神劍接了過去。鳩摩智賣弄本事，又要讓人瞧見段譽確是會使六脈神劍功夫，故意與他內勁相撞，嗤嗤有聲。段譽集數大高手的修為於一身，其時的內力實已較鳩摩智為強，苦在不會半分武功，在天龍寺中所記劍法，也全然不會當真使用。鳩摩智把他渾厚的內力東引西帶，只刺得門窗板壁上一個個都是洞孔，連說：「這六脈神劍果然好厲害，無怪當年慕容先生私心竊慕。」

崔百泉大為驚訝：「我只道段公子全然不會武藝，那知他神功如此精妙。大理段氏當真名不虛傳。幸好我在鎮南王府中沒做絲毫歹事，否則這條老命還能留到今日麼？」越想越心驚，額頭背心都是汗水。

鳩摩智和段譽鬥了一會，每一招都能隨時制他死命，卻故意拿他玩耍，但鬥到後來，輕視之意漸去，察覺他的內勁渾厚之極，實不在自己之下，只不知怎的，使出來全然不是那回事，就像是一個三歲孩童手上有萬貫家財，就是不會使用。鳩摩智又拆數招，忽地心動：

「倘若他將來福至心靈，一旦豁然貫通，領悟了武功要訣，以此內力和劍法，豈非是個厲害之極的勁敵？」

段譽自知自己的生死已全操於鳩摩智之手，叫道：「阿朱、阿碧兩位姊姊，你們快快逃走，再遲便來不及了。」阿朱道：「段公子，你為甚麼要救我們？」段譽道：「這和尚自恃武功高強，橫行霸道的欺侮人。只可惜我不會武功，難以和他相敵，你們快快走罷。」

鳩摩智笑道：「來不及啦。」跨上一步，左手手指伸出，點向段譽的穴道。段譽叫聲：「啊喲！」待要閃避，卻那裏能夠？身上三處要穴又被他接連點中，立時雙腿酸麻，摔倒在地，大叫：「阿朱、阿碧，快走，快走！」

鳩摩智笑道：「死在臨頭，自身難保，居然尚有憐香惜玉之心。」說著回身歸座，向阿朱道：「你這位姑娘也不必再裝神弄鬼了，府上之事，到底由誰作主？段公子心中記得有全套六脈神劍劍譜，只是他不會武功，難以使用。明日我把他在慕容先生墓前焚了，慕容先生地下有知，自會明白老友不負當年之約。」

阿朱知道今日「琴韻小築」之中無人是這和尚的敵手，眉頭一皺，笑道：「好罷！大和尚的話，我們信了。老爺的墳墓離此有一日水程。今日天時已晚，明晨一早我姊妹親自送大和尚和段公子去掃墓。四位請休息片刻，待會就用晚飯。」說著挽了阿碧的手，退入內堂。

過得小半個時辰，一名男僕出來說道：「阿碧姑娘請四位到『聽雨居』用晚飯。」鳩摩智道：「多謝了！」伸手挽住了段譽的手臂，跟隨那男僕而行。曲曲折折的走過數十丈鵝卵石鋪成的小徑，繞過幾處山石花木，來到水邊，只見柳樹下停著一艘小船。那男僕指著水中央一座四面是窗的小木屋，道：「就在那邊。」鳩摩智、段譽、崔百泉、過彥之四人跨入小船，那男僕將船划向小屋，片刻即到。

段譽從松木梯級走上「聽雨居」門口，只見阿碧站著候客，一身淡綠衣衫。她身旁站著個身穿淡絳紗衫的女郎，也是盈盈十六七年紀，向著段譽似笑非笑，一臉精靈頑皮的神氣。阿碧是瓜子臉，清雅秀麗，這女郎是鵝蛋臉，眼珠靈動，另有一股動人氣韻。

段譽一走近，便聞到她身上淡淡的幽香，笑道：「阿朱姊姊，你這樣一個小美人，難為你扮老太太扮得這樣像。」那女郎正是阿朱，斜了他一眼，笑道：「你向我磕了三個頭，心中不服氣，是不是？」段譽連連搖頭，道：「這三個頭磕得大有道理，只不過我猜得不大對了。」阿朱道：「甚麼事猜錯了？」段譽道：「我早料到姊姊跟阿碧姊姊一般，也是一位天下少見的美人，可是我心中啊，卻將姊姊想得跟阿碧姊姊差不多，那知道一見面，這個……這個……」阿朱搶著道：「原來遠遠及不上阿碧？」阿碧同時道：「你見她比我勝過十倍，大吃一驚，是不是？」

段譽搖頭道：「都不是。我只覺老天爺的本事，當真令人大為欽佩。他既挖空心思，造了阿碧姊姊這樣一位美人兒出來，江南的靈秀之氣，該當是一舉用得乾乾淨淨了。那知又能另造一位阿朱姊姊。兩個兒的相貌全然不同，卻各有各的好看，叫我想讚美幾句，卻偏偏一句也說不出口。」

阿朱笑道：「呸，你油嘴滑舌的已讚了這麼一大片，反說一句話也說不出口。」

阿碧微微一笑，轉頭向鳩摩智等道：「四位駕臨敝處，嘸不啥末事好吃，只有請各位喝杯水酒，隨便用些江南本地的時鮮。」當下請四人入座，她和阿朱坐在下首相陪。

段譽見那「聽雨居」四面皆水，從窗中望出去，湖上煙波盡收眼底，回過頭來，見席上杯碟都是精緻的細磁，心中先喝了聲采。

一會兒男僕端上蔬果點心。四碟素菜是為鳩摩智特備的，跟著便是一道道熱菜，菱白蝦仁，荷葉冬筍湯，櫻桃火腿，龍井茶葉雞丁等等，每一道菜都十分別致。魚蝦肉食之中混以花瓣鮮果，顏色既美，且別有天然清香。段譽每樣菜餚都試了幾筷，無不鮮美爽口，讚道：「有這般的山川，方有這般的人物。有了這般的人物，方有這般的聰明才智，做出這般清雅的菜餚來。」

阿朱道：「你猜是我做的呢，還是阿碧做的？」段譽道：「這櫻桃火腿，梅花糟鴨，嬌紅芳香，想是姊姊做的。這荷葉冬筍湯，翡翠魚圓，碧綠清新，當是阿碧姊姊手製了。」

阿朱拍手笑道：「你猜謎兒的本事倒好，阿碧，你說該當獎他些甚麼才好？」阿碧微笑道：「段公子有甚麼吩咐，我們自當盡力，甚麼獎不獎的，我們做丫頭的配麼？」阿朱道：「啊唷，你一張嘴就是會討好人家，怪不得人人都說你好，說我壞。」段譽笑道：「溫柔斯文，活潑伶俐，兩樣一般的好。阿碧姊姊，我剛才聽你在軟鞭上彈奏，實感心曠神怡。想請你用真的樂器來演奏一曲，明日就算給這位大和尚燒成了灰燼，也就不虛此生了。」

阿碧盈盈站起，說道：「只要公子勿怕難聽，自當獻醜，以娛嘉賓。」說著走到屏風後面，捧了一具瑤琴出來。阿碧端坐錦凳，將瑤琴放在身前几上，向段譽招招手，笑道：「段公子，你請過來看看，可識得我這是甚麼琴。」

段譽走到她身前，只見這琴比之尋常七絃琴短了尺許，卻有九條絃線，每絃顏色各不相同，沉吟道：「這九絃琴，我生平倒是第一次得見。」阿朱走過去伸指在一條絃線上一撥，錚的一聲，聲音甚是洪亮，原來這條絃是金屬所製。段譽道：「姊姊這琴……」

剛說了這四個字，突覺足底一虛，身子向下直沉，忍不住「啊喲」一聲大叫，跟著便覺跌入一個軟綿綿的所在，同時耳中不絕傳來「啊喲」、「不好」，又有撲通、撲通的水聲，隨即身子晃動，被甚麼東西托著移了出去。這一下變故來得奇怪之極，又是急遽之極，急忙撐持著坐起，只見自己已處身在一隻小船之中，阿朱、阿碧二女分坐船頭船尾，各持木槳急划。轉過頭來，只見鳩摩智、崔百泉、過彥之三人的腦袋剛從水面探上來。阿朱、阿碧二女只划得幾下，小船離「聽雨居」已有數丈。

猛見一人從湖中濕淋淋的躍起，正是鳩摩智，他踏上「聽雨居」屋邊實地，隨手折斷一根木柱，對準坐在船尾的阿碧急擲而至，呼呼聲響，勢道甚猛。阿碧叫道：「段公子，快伏低。」段譽與二女同時伏倒，半截木柱從頭頂急掠而過，疾風只颳得頸中隱隱生疼。

阿朱彎著身子，扳槳又將小船划出丈許，突然間撲通、撲通幾聲巨響，小船在水面上直拋而起，隨即落下，大片湖水潑入船中，霎時間三人全身盡濕。段譽回過頭來，只見鳩摩智已打爛了「聽雨居」的板壁，不住將屋中的石鼓、香爐等重物投擲過來。阿碧看著物件的來勢，扳槳移船相避，阿朱則一鼓勁兒的前划，每划得一槳，小船離「聽雨居」便遠得數尺，鳩摩智仍不住投擲，但物件落水處離小船越來越遠，眼見他力氣再大，卻也投擲不到了。

二女仍不住手的扳槳。段譽回頭遙望，只見崔百泉和過彥之二人爬上了「聽雨居」的梯級，心中正是一喜，跟著叫道：「啊喲！」只見鳩摩智跳入了一艘小船。

阿朱叫道：「惡和尚追來啦！」她用力划了幾槳，回頭一望，突然哈哈大笑。段譽轉過頭去，只見鳩摩智的小船在水面上團團打轉，原來他武功雖強，卻不會划船。

三人登時寬心。可是過不多時，望見鳩摩智已弄直了小船，急划追來。阿碧嘆道：「這個大師父實頭聰明，隨便啥不會格事體，一學就會。」阿朱道：「咱們跟他捉迷藏。」木槳在左舷扳了幾下，將小船划入密密層層的菱葉叢中。太湖中千港百汊，小船轉了幾個彎，鑽進了一條小浜，料想鳩摩智再也難以追蹤。

段譽道：「可惜我身上穴道未解，不能幫兩位姊姊划船。」阿碧安慰他道：「段公子勿要擔心，大和尚追勿著哉。」

段譽道：「這『聽雨居』中的機關，倒也有趣。這隻小船，剛好裝在姊姊撫琴的几凳之下，是不是？」阿碧微笑道：「是啊，所以我請公子過來看琴。阿朱姊姊在琴上撥一聲，就是信號，外頭的男佣人聽得仔，開了翻板，大家就撲通、撲通、撲通了！」三人齊聲大笑。阿碧急忙按住嘴巴，笑道：「勿要撥和尚聽得仔。」

忽聽得遠遠聲音傳來：「阿朱姑娘，阿碧姑娘，你們將船划回來。快回來啊，和尚是你們公子的朋友，決不難為你們。」正是鳩摩智的聲音，這幾句話柔和可親，令人不由自主的便要遵從他的吩咐。

阿朱一怔，說道：「大和尚叫咱們回去，說決計不傷害我們。」說著停槳不划，頗似意動。阿碧也道：「那麼我們回去罷！」段譽內力極強，絲毫不為鳩摩智的聲音所惑，急道：「他是騙人的，說的話怎可相信？」只聽鳩摩智和藹的聲音緩緩送入耳來：「兩位小姑娘，你們公子爺回來了，說要見你們，這就快划回來，是啊，快划回來。」阿朱道：「是！」提起木槳，掉轉了船頭。

段譽心想：「慕容公子倘若當真回來，自會出言招呼阿朱、阿碧，何必要他代叫？那多半是攝人心魄的邪術。」心念動處，伸手船外，在湖面上撕下幾片菱葉，搓成一團，塞在阿碧耳中，跟著又去塞住了阿朱的耳朵。

阿朱一定神，失聲道：「啊喲，好險！」阿碧也驚道：「這和尚會使勾魄法兒，我們險些著了他的道兒。」阿朱掉過船頭，用力划槳，叫道：「阿碧，快划，快划！」

兩人划著小船，直向菱塘深處滑了進去。過了好一陣，鳩摩智的呼聲漸遠漸輕，終於再也聽不到了。段譽打手勢叫二人取出耳中塞著的菱葉。

阿碧拍拍心口，吁了口長氣，說道：「嚇煞快哉！阿朱姊姊，耐末你講怎麼辦？」阿朱道：「我們就在這湖裏跟那和尚大兜圈子，跟他耗著。肚子餓了，就採菱挖藕來吃，就是和他耗上十天半月，也不打緊。」阿碧微微一笑，道：「這法子倒有趣。勿曉得段公子嫌勿嫌氣悶？」段譽拍手笑道：「湖中風光，觀之不足，能得兩位為伴，作十日遨遊，就是做神仙也沒這般快活。」阿碧抿嘴輕輕一笑，道：「這裏向東南去，小河支流最多，除了本地的捉魚人，隨便啥人也不容易認得路。我們一進了百曲湖，這和尚再也追不上了。」

二女持槳緩緩盪舟。段譽平臥船底，仰望天上繁星閃爍，除了槳聲以及菱葉和船身相擦的沙沙輕聲，四下裏一片寂靜，湖上清風，夾著淡淡的花香，心想：「就算一輩子這樣，那也好得很啊。」又想：「阿朱、阿碧兩位姊姊這樣的好人，想來慕容公子也不是窮凶極惡之輩，少林寺玄悲大師和霍先生的師兄，不知是不是他殺的？唉，我家服侍我的婢女雖多，卻沒一個及得上阿朱、阿碧兩位姊姊。」

過了良久，迷迷糊糊的正要合眼睡去，忽聽得阿碧輕輕一笑，低聲道：「阿朱姊姊，你過來。」阿朱也低聲道：「做啥介？」阿碧道：「你過來，我同你講。」阿朱放下木槳，走到船尾坐下。阿碧攬著她肩頭，在她耳邊低聲笑道：「你同我想個法子，耐末醜煞人哉。」阿朱笑道：「啥事體介？」阿碧道：「講輕點。段公子阿睏著？」阿朱道：「勿曉得，你問問俚看。」阿碧道：「問勿得，阿朱阿姊，我……我……我要解手。」

她二人說得聲如蚊鳴，但段譽內力既強，自然而然聽得清清楚楚，聽阿碧這麼說，當下不敢稍動，假裝微微發出鼾聲，免得阿碧尷尬。

只聽阿朱低聲笑道：「段公子睏著哉。你解手好了。」阿碧忸怩道：「勿來事格。倘若我解到仔一半，段公子醒仔轉來，耐末勿得了。」阿朱忍不住格的一聲笑，忙伸手按住了嘴巴，低聲道：「有啥勿得了？人人都要解手，唔啥希奇。」阿碧搖搖她身子，央求道：「好阿姊，你同我想個法子。」阿朱道：「我遮住你，你解手好了，段公子就算醒轉仔，也看勿見。」阿碧道：「有聲音格，撥俚聽見仔，我……我……」阿朱笑道：「介末嘸不法子哉。你解手解在身上好哩，段公子聞勿到。」阿碧道：「我勿來，有人在我面前，我解勿出。」

阿朱道：「解勿出，介就正好。」阿碧急得要哭了出來，只道：「勿來事格，勿來事格。」

阿朱突然又是格的一聲笑，說道：「都是你勿好，你勿講末，我倒也忘記脫哩，撥你講三講四，我也要解手哉。這裏到王家舅太太府上，不過半九路，就划過去解手罷。」阿碧道：「王家舅太太不許我們上門，兇是兇得來，撥俚看見仔，定歸要給我們幾個耳光吃吃。」阿朱道：「勿要緊格。王家舅太太同老太太尋相罵，老太太都故世哉。我同你兩個小丫頭，嘸啥事體得罪俚，做啥要請我們吃耳光？我們悄悄上岸去，解完仔手馬上回來，舅太太那能會曉得？」阿碧道：「倒勿錯。」微一沉吟，說道：「格末等歇叫段公子也上岸去解手，否則……否則，俚急起上來，介末也尷尬。」

阿朱輕笑道：「你就是會體貼人。小心公子曉得仔吃醋。」阿碧嘆了口氣，說道：「格種小事體，公子真勿會放在心上。我們兩個小丫頭，公子從來就勿曾放在心上。」阿朱道：「我要俚放在心上做啥？阿碧妹子，你也勿要一日到夜牽記公子，嘸不用格。」阿碧輕嘆一聲，卻不回答。阿朱拍拍她肩頭，低聲道：「你又想解手，又想公子，兩樁事體想在一淘，實頭好笑！」阿碧輕輕一笑，說道：「阿姊講閒話，阿要唔輕頭？」

阿朱回到船頭，提起木槳划船。兩女划了一會，天色漸漸亮了。

段譽內力渾厚，穴道不能久閉，本來鳩摩智過得幾個時辰便須補指，過了這些時候，只覺內息漸暢，被封住的幾處穴道慢慢鬆開。他伸個懶腰，坐起身來，說道：「睡了一大覺，倒叫兩位姊姊辛苦了。有一事不便出口，兩位莫怪，我……我要解手！」他想不如自己出口，免得兩位姑娘為難。

阿朱、阿碧兩人同時嗤的一聲笑了出來。阿朱笑道：「過去不遠，便是我們一家姓王的親戚家裏，公子上岸去方便就是。」段譽道：「如此再好不過。」阿朱隨即正色道：「不過王家太太脾氣很古怪，不許陌生男人上門。公子一上岸，立刻就得回到船裏來，我們別在這裏惹上麻煩。」段譽道：「是，我理會得。」

十二
從此醉
——

他伸手溪中，洗淨了雙手泥污，
架起了腳坐在大石上，
對那株「眼兒媚」正面瞧瞧，側面望望，
心下正自得意，忽聽得腳步細碎，
有兩個女子走了過來。只聽得一人說道：
「這裏最是幽靜，沒人來的……」

小船轉過一排垂柳，遠遠看見水邊一叢花樹映水而紅，燦若雲霞。段譽「啊」的一聲低呼。

阿朱道：「怎麼啦？」段譽指著花樹道：「這是我們大理的山茶花啊，怎麼太湖之中，居然也種得有這種滇茶？」山茶花以雲南所產者最為有名，世間稱之為「滇茶」。阿朱道：「是麼？這莊子叫做曼陀山莊，種滿了山茶花。」段譽心道：「山茶花又名玉茗，另有個名字叫作曼陀羅花。此莊以曼陀為名，倒要看看有何名種。」

阿朱扳動木槳，小船直向山茶花樹駛去，到得岸邊，一眼望將出去，都是紅白繽紛的茶花，不見房屋。段譽生長大理，山茶花是司空見慣，絲毫不以為異，心想：「此處山茶花雖多，似乎並無佳品，想來真正名種必是植於莊內。」

阿朱將船靠在岸旁，微笑道：「段公子，我們進去一會兒，立刻就出來。」攜著阿碧之手，正要躍上岸去，忽聽得花林中腳步細碎，走出一個青衣小鬟來。

那小鬟手中拿著一束花草，望見了阿朱、阿碧，快步奔近，臉上滿是歡喜之色，說道：「阿朱、阿碧，你們好大膽子，又偷到這兒來啦。夫人說：『兩個小丫頭的臉上都用刀劃個十字，破了她們如花如玉的容貌。』」

阿朱笑道：「幽草阿姊，舅太太不在家麼？」那小鬟幽草向段譽瞧了兩眼，轉頭向阿朱、阿碧笑道：「夫人還說：『兩個小蹄子還帶了陌生男人上曼陀山莊來，快把那人的兩條腿都給砍了！』」她話沒說完，已抿著嘴笑了起來。

阿碧拍拍心口，說道：「幽草阿姊，勿要嚇人噢！到底是真是假？」

阿朱笑道：「阿碧，你勿要給俚嚇，舅太太倘若在家，這丫頭膽敢這樣嘻皮笑臉麼？幽草妹子，舅太太到那兒去啦？」幽草笑道：「呸！你幾歲？也配做我阿姊？你這小精靈，居然猜到夫人不在家。」輕輕嘆了口氣，道：「阿朱、阿碧兩位妹子，好容易你們來到這裏，我真想留你們住一兩天。可是……」說著搖了搖頭。阿碧道：「我何嘗不是想多同你做一會兒伴？幽草阿姊，幾時你到我們莊上來，我三日三夜不睏的陪你，阿好？」兩女說著躍上岸去。阿碧在幽草耳邊輕聲說了幾句。幽草嗤的一笑，向段譽望了一眼。阿碧登時滿臉通紅。幽草一手拉著阿朱，一手拉著阿碧，笑道：「進屋去罷。」阿碧轉頭道：「段公子，請你在這兒等一歇，我們去去就來。」

段譽道：「好！」目送三個丫鬟手拉著手，親親熱熱的走入了花林。

他走上岸去，眼看四下無人，便在一株大樹後解了手。在小船旁坐了一會，無聊起來，心想：「且去瞧瞧這裏的曼陀羅花有何異種？」信步觀賞，只見花林中除山茶外更無別樣花卉，連最常見的牽牛花、月月紅、薔薇之類也是一朵都無。但所植山茶卻均平平無奇，唯一好處只是得個「多」字。走出數十丈後，只見山茶品種漸多，偶爾也有一兩本還算不錯，卻也栽種不得其法，心想：「這莊子枉自以『曼陀』為名，卻把佳種山茶給糟蹋了。」

又想：「我得回去了，阿朱和阿碧回來不見了我，只怕心中著急。」轉身沒行得幾步，暗叫一聲：「糟糕！」他在花林中信步而行，所留神的只是茶花，忘了記憶路徑，眼見小路東一條、西一條，不知那一條才是來路，要回到小船停泊處卻有點兒難了，心想：「先走到水邊再說。」

可是越走越覺不對，眼中山茶都是先前沒見過的，正暗暗擔心，忽聽得左首林中有人說話，正是阿朱的聲音。段譽大喜，心想：「我且在這裏等她們一陣，待她們說完了話，就可一齊回去。」

只聽得阿朱說道：「公子身子很好，飯量也不錯。這兩個月中，他是在練丐幫的『打狗棒法』，想來是要和丐幫中的人物較量較量。」段譽心想：「阿朱是在說慕容公子的事，我不該背後偷聽旁人的說話，該當走遠些好。可是又不能走得太遠，否則她們說完了話我還不知道。」

便在此時，只聽得一個女子的聲音輕輕一聲嘆息。

霎時之間，段譽不由得全身一震，一顆心怦怦跳動，心想：「這一聲嘆息如此好聽，世上怎能有這樣的聲音？」只聽得那聲音輕輕問道：「他這次出門，是到那裏去？」段譽聽得一聲嘆息，已然心神震動，待聽到這兩句說話，更是全身熱血如沸，心中又酸又苦，說不出的羨慕和妒忌：「她問的明明是慕容公子。她對慕容公子這般關切，這般掛在心懷。慕容公子，你何幸而得此仙福？」

只聽阿朱道：「公子出門之時，說是要到洛陽去會會丐幫中的好手，鄧大哥隨同公子前去。姑娘放心好啦。」

那女子悠悠的道：「丐幫『打狗棒法』與『降龍十八掌』兩大神技，是丐幫的不傳之秘。你們『還施水閣』和我家『瑯嬛玉洞』的藏譜拼湊起來，也只一些殘缺不全的棒法、掌法。運功的心法卻全然沒有。你家公子可怎生練？」

阿朱道：「公子說道，這『打狗棒法』的心法既是人創的，他為甚麼就想不出？有了棒法，自己再想了心法加上去，那也不難。」

段譽心想：「慕容公子這話倒也有理，想來他人既聰明，又是十分有志氣。」

卻聽那女子又輕輕嘆了口氣，說道：「就算能創得出，只怕也不是十年、八年的事，旦夕之間，又怎辦得了？你們看到公子練棒法了麼？是不是有甚麼為難窒滯之處？」阿朱道：「公子這路棒法使得很快，從頭至尾便如行雲流水一般……」那女子「啊」的一聲輕呼，道：「不好！他……他當真使得很快？」阿朱道：「是啊，有甚麼不對麼？」那女子道：「自然不對。打狗棒法的心法我雖然不知，但從棒法中看來，有幾路定是越慢越好，有幾路卻要忽快忽慢，快中有慢，慢中有快，那是確然無疑的，他……他一味搶快，跟丐幫中高手動上了手，只怕……只怕……你們……可有法子能帶個信去給公子麼？」

阿朱「嗯」了一聲，道：「公子落腳在那裏，我們就不知道了，也不知這時候是不是已跟丐幫中的長老們會過面？公子臨走時說道，丐幫冤枉他害死了他們的馬副幫主，他到洛陽去，為的是分說這回事，倒也不是要跟丐幫中人動手，否則他和鄧大哥兩個，終究是好漢敵不過人多。就只怕說不明白，雙方言語失和……」

阿碧問道：「姑娘，這打狗棒法使得快了，當真很不妥麼？」那女子道：「自然不妥，還有甚麼可說的？他……臨去之時，為甚麼不來見我一趟？」說著輕輕頓足，顯得又煩躁，又關切，語音卻仍是嬌柔動聽。

段譽聽得大為奇怪，心想：「我在大理聽人說到『姑蘇慕容』，無不既敬且畏。但聽這位姑娘說來，似乎慕容公子的武藝，尚須由她指點指點。難道這樣一個年輕女子，竟有這麼大的本領麼？」一時想得出神，腦袋突然在一根樹枝上一撞，禁不住「啊」的一聲，急忙掩口，已是不及。

那女子問道：「是誰？」

段譽知道掩飾不住，便即咳嗽一聲，在樹叢後說道：「在下段譽，觀賞貴莊玉茗，擅闖至此，伏乞恕罪。」

那女子低聲道：「阿朱，是你們同來的那位相公麼？」阿朱忙道：「是的。姑娘莫去理他，我們這就去了。」那女子道：「慢著，我要寫封書信，跟他說明白，要是不得已跟丐幫中人動手，千萬別使打狗棒法，只用原來的武功便是。不能『以彼之道，還施彼身』，那也沒法子了。你們拿去設法交給他。」阿朱猶豫道：「這個……舅太太曾經說過……」

那女子道：「怎麼？你們只聽夫人的話，不聽我的話麼？」言語中似乎微含怒氣。阿朱忙道：「姑娘只要不讓舅太太得知，婢子自然遵命。何況這於公子有益。」那女子道：「你們隨我到書房中去取信罷。」阿朱仍是遲疑，勉勉強強的應了聲：「是！」

段譽自從聽了那女子的一聲嘆息之後，此後越聽越是著迷，聽得她便要離去，這一去之後，只怕從此不能再見，那實是畢生的憾事，拚著受人責怪冒昧，務當見她一面，當下鼓起勇氣說道：「阿碧姊姊，你在這裏陪我，成不成？」說著從樹叢後跨步出來。

那女子聽得他走了出來，驚噫一聲，背轉了身子。

段譽一轉過樹叢，只見一個身穿藕色紗衫的女郎，臉朝著花樹，身形苗條，長髮披向背心，用一根銀色絲帶輕輕挽住。段譽望著她的背影，只覺這女郎身旁似有煙霞輕籠，當真非塵世中人，便深深一揖，說道：「在下段譽，拜見姑娘。」

那女子左足在地下一頓，嗔道：「阿朱、阿碧，都是你們鬧的，我不見外間不相干的男人。」說著便向前行，幾個轉折，身形便在山茶花叢中冉冉隱沒。

阿碧微微一笑，向段譽道：「段公子，這位姑娘脾氣真大，咱們快些走罷。」阿朱也輕笑道：「多虧段公子來解圍，否則王姑娘非要我們傳遞信柬不可，我姊妹這兩條小命，就可有點兒危險了。」

段譽莽莽撞撞的闖將出來，被那女子數說了幾句，心下老大沒趣，只道阿朱和阿碧定要埋怨，不料她二人反有感激之意，倒非始料所及，只是見那女子人雖遠去，似乎倩影猶在眼前，心下一陣惆悵，獃獃的瞧著她背影隱沒處的花叢。

阿碧輕輕扯扯他的袖子，段譽兀自不覺。阿朱笑道：「段公子，咱們走罷！」段譽全身跳了起來，一定神，才道：「是，是。咱們真要走了罷？」見阿朱、阿碧當先而行，只得跟在後面，一步一回頭，戀戀不捨。

三人相偕回入小船。阿朱和阿碧提槳划了出去。段譽凝望岸上的茶花，心道：「我段譽若是無福，怎地讓我聽到這位姑娘的幾聲嘆息、幾句言語？又讓我見到了她神仙般的體態？若說有福，怎麼連她的一面也見不到？」眼見山茶花叢漸遠，心下黯然。

突然之間，阿朱「啊」的一聲驚呼，說道：「舅太太……舅太太回來了。」

段譽回過頭來，只見湖面上一艘快船如飛駛來，轉眼間便已到了近處。快船船頭上彩色繽紛的繪滿了花朵，駛得更近些時便看出也都是茶花。阿朱和阿碧站起身來，俯首低眉，神態極是恭敬。阿碧向段譽連打手勢，要他也站起來。段譽微笑搖頭，說道：「待主人出艙說話，我自當起身。男子漢大丈夫，也不必太過謙卑。」

只聽得快船中一個女子聲音喝道：「那一個男子膽敢擅到曼陀山莊來？豈不聞任何男子不請自來，均須斬斷雙足麼？」那聲音極具威嚴，可也頗為清脆動聽。段譽朗聲道：「在下段譽，避難途經寶莊，並非有意擅闖，謹此謝過。」那女子道：「你姓段？」語音中微帶詫異。段譽道：「正是！」

那女子道：「哼，阿朱、阿碧，是你們這兩個小蹄子！慕容復這小子就是不學好，鬼鬼祟祟的專做歹事。」阿朱道：「啟稟舅太太，婢子是受敵人追逐，路過曼陀山莊。我家公子出門去了，此事與我家公子的確絕無干係。」艙中女子冷笑道：「哼，花言巧語。別這麼快就走了，跟我來。」阿朱、阿碧齊聲應道：「是。」划著小船跟在快船之後。其時離曼陀山莊不遠，片刻間兩船先後靠岸。

只聽得環珮叮咚，快船中一對對的走出許多青衣女子，都是婢女打扮，手中各執長劍，霎時間白刃如霜，劍光映照花氣，一直出來了九對女子。十八個女子排成兩列，執劍腰間，斜向上指，一齊站定後，船中走出一個女子。

段譽一見那女子的形貌，忍不住「啊」的一聲驚噫，張口結舌，便如身在夢境，原來這女子身穿鵝黃綢衫，衣服裝飾，竟似極了大理無量山山洞中的玉像。不過這女子是個中年美婦，四十歲不到年紀，洞中玉像卻是個十八九歲的少女。段譽一驚之下，再看那美婦的相貌時，見她比之洞中玉像，眉目口鼻均無這等美艷無倫，年紀固然不同，臉上也頗有風霜歲月的痕跡，但依稀有五六分相似。阿朱和阿碧見他向王夫人目不轉睛的呆看，實在無禮之極，心中都連珠價的叫苦，連打手勢，叫他別看，可是段譽一雙眼睛就盯住在王夫人臉上。

那女子向他斜睨一眼，冷冷的道：「此人如此無禮，待會先斬去他雙足，再挖了眼睛，割了舌頭。」一個婢女躬身應道：「是！」

段譽心中一沉：「真的將我殺了，那也不過如此。但要斬了我雙足，挖了眼睛，割了舌頭，弄得死不死、活不活的，這罪可受得大了。」他直到此時，心中才真有恐懼之意，回頭向阿朱、阿碧望了一眼，只見她二人臉如死灰，呆若木雞。

王夫人上了岸後，艙中又走出兩個青衣婢女，手中各持一條鐵鍊，從艙中拖出兩個男人來。兩人都是雙手給反綁了，垂頭喪氣。一人面目清秀，似是富貴子弟，另一個段譽竟然認得，是無量劍派中一名弟子，記得他名字叫作唐光雄。段譽大奇：「此人本來在大理啊，怎地給王夫人擒到了江南來？」

只聽王夫人向唐光雄道：「你明明是大理人，怎地抵賴不認？」唐光雄道：「我是雲南人，我家鄉在大宋境內，不屬大理國。」王夫人道：「你家鄉距大理國多遠？」唐光雄道：「四百多里。」王夫人道：「不到五百里，也就算是大理國人。去活埋在曼陀花下，當作肥料。」唐光雄大叫：「我到底犯了甚麼事？你給說個明白，否則我死不瞑目。」王夫人冷笑道：「只要是大理國人，或者是姓段的，撞到了我便得活埋。你到蘇州來幹甚麼？既然來到蘇州，怎地還是滿嘴大理口音，在酒樓上大聲嚷嚷的？你雖非大理國人，但與大理國鄰近，那就一般辦理。」

段譽心道：「啊哈，你明明衝著我來啦。我也不用你問，直截了當的自己承認便是。」大聲道：「我是大理國人，又是姓段的，你要活埋，乘早動手。」王夫人冷冷的道：「你早就報過名了，自稱叫作段譽，哼，大理段家的人，可沒這麼容易便死。」

她手一揮，一名婢女拉了唐光雄便走。唐光雄不知是被點了穴道，還是受了重傷，竟無半點抗禦之力，只是大叫：「天下沒這個規矩，大理國幾百萬人，你殺得完麼？」但見他被拉入了花林之中，漸行漸遠，呼聲漸輕。

王夫人略略側頭，向那面目清秀的男子說道：「你怎麼說？」那男子突然雙膝一曲，跪倒在地，哀求道：「家父在京中為官，膝下唯有我一個獨子，但求夫人饒命。夫人有甚麼吩咐，家父定必允可。」王夫人冷冷的道：「你父親是朝中大官，我不知道麼？饒你性命，那也不難，你今日回去即刻將家中的結髮妻子殺了，明天娶了你外面私下結識的苗姑娘，須得三書六禮，一應俱全。成不成？」那公子道：「這個……要殺我妻子，實在下不了手。明媒正娶苗姑娘，家父家母也決計不能答允。這不是我……」王夫人道：「將他帶去活埋了！」那牽著他的婢女應道：「是！」拖了鐵鍊便走。那公子嚇得渾身亂顫，說道：「我……我答允就是。」王夫人道：「小翠，你押送他回蘇州城裏，親眼瞧著他殺了自己妻子，和苗姑娘拜堂成親，這才回來。」小翠應道：「是！」拉著那公子，走向岸邊泊著的一艘小船。

那公子求道：「夫人開恩。拙荊和你無怨無仇，你又不識得苗姑娘，何必如此幫她，逼我殺妻另娶？我……我又素來不識得你，從來……從來不敢得罪了你。」王夫人道：「你已有了妻子，就不該再去糾纏別的閨女，既然花言巧語的將人家騙上了，那就非得娶她為妻不可。這種事我不聽見便罷，只要給我知道了，當然這麼辦理。你這事又不是第一樁，抱怨甚麼？小翠，你說這是第幾樁了？」小翠道：「婢子在常熟、丹陽、無錫、嘉興等地，一共辦過七起，還有小蘭、小詩她們也辦過一些。」

那公子聽說慣例如此，只一疊聲的叫苦。小翠扳動木槳，划著小船自行去了。

段譽見這位王夫人行事不近情理之極，不由得目瞪口呆，全然傻了，心中所想到的只是「豈有此理」四個字，不知不覺之間，便順口說了出來：「豈有此理，豈有此理！」王夫人哼了一聲，道：「天下更加豈有此理的事兒，還多著呢。」

段譽又是失望，又是難過，那日在無量山石洞中見了神仙姊姊的玉像，心中何等仰慕，眼前這人形貌與玉像著實相似，言行舉止，卻竟如妖魔鬼怪一般。

他低了頭呆呆出神，只見四個婢女走入船艙，捧了四盆花出來。段譽一見，不由得精神一振。四盆都是山茶，更是頗為難得的名種。普天下山茶花以大理居首，而鎮南王府中名種不可勝數，更是大理之最，段譽從小就看慣了，暇時聽府中十餘名花匠談論講評，山茶的優劣習性自是爛熟於胸，那是不習而知，猶如農家子弟必辨菽麥、漁家子弟必識魚蝦一般。他在曼陀山莊中行走里許，未見真正了不起的佳品，早覺「曼陀山莊」四字未免名不副實，此刻見到這四盆山茶，暗暗點頭，心道：「這才有點兒道理。」

只聽得王夫人道：「小茶，這四盆『滿月』山茶，得來不易，須得好好照料。」那叫做小茶的婢女應道：「是！」段譽聽她這句話太也外行，嘿的一聲冷笑。王夫人又道：「湖中風大，這四盆花在船艙裏放了幾天，不見日光，快拿到日頭裏晒晒，多上些肥料。」小茶又應道：「是！」段譽再也忍耐不住，放聲大笑。

王夫人聽他笑得古怪，問道：「你笑甚麼？」段譽道：「我笑你不懂山茶，偏偏要種山茶。如此佳品竟落在你的手中，當真是焚琴煮鶴，大煞風景之至。可惜，可惜，好生令人心疼。」王夫人怒道：「我不懂山茶，難道你就懂了？」突然心念一動：「且慢！他是大理人姓段，說不定倒真懂得山茶。」但兀自說得嘴硬：「本莊名叫曼陀山莊，莊內莊外都是曼陀羅花，你瞧長得何等茂盛爛漫？怎說我不懂山茶？」段譽微笑道：「庸脂俗粉，自然粗生粗長。這四盆白茶卻是傾城之色，你這外行人要是能種得好，我就不姓段。」

王夫人極愛茶花，不惜重資，到處去收購佳種，可是移植到曼陀山莊之後，竟沒一本名貴茶花能欣欣向榮，往往長得一年半載，便即枯萎，要不然便奄奄一息。她常自為此煩惱，聽得段譽的話後，不怒反喜，走上兩步，問道：「我這四盆白茶有甚麼不同？要怎樣纔能種好？」段譽道：「你如向我請教，當有請教的禮數。倘若威逼拷問，你先砍了我的雙腳，再問不遲。」

王夫人怒道：「要斬你雙腳，又有甚麼難處？小詩，先去將他左足砍了。」那名叫小詩的婢女答應了一聲，挺劍上前。阿碧急道：「舅太太，勿來事格，你倘若傷仔俚，這人倔強之極，寧死也不肯說了。」王夫人原意本在嚇嚇段譽，左手一舉，小詩當即止步。

段譽笑道：「你砍下我的雙腳，去埋在這四本白茶之旁，當真是上佳的肥料，這些白茶就越開越大，說不定有海碗大小，哈哈，美啊，妙極，妙極！」

王夫人心中本就這樣想，但聽他語氣說的全是反語，一時倒說不出話來，怔了一怔，才道：「你胡吹甚麼？我這四本白茶，有甚麼名貴之處，你且說來聽聽。倘若說得對了，再禮待你不遲。」

段譽道：「王夫人，你說這四本白茶都叫作『滿月』，壓根兒就錯了。你連花也不識，怎說得上懂花？其中一本叫作『紅妝素裹』，一本叫作『抓破美人臉』。」王夫人奇道：「『抓破美人臉』？這名字怎地如此古怪？是那一本？」

段譽道：「你要請教在下，須得有禮才是。」

王夫人倒給他弄得沒有法子，但聽他說這四株茶花居然各有一個特別名字，倒也十分歡喜，微笑道：「好！小詩，吩咐廚房在『雲錦樓』設宴，款待段公子。」小詩答應著去了。

阿碧和阿朱你望望我，我望望你，見段譽不但死裏逃生，王夫人反而待以上賓之禮，真是喜出望外。

先前押著唐光雄而去的那名婢女回報：「那大理人姓唐的，已埋在『紅霞樓』前的紅花旁了。」段譽心中一寒。只見王夫人漫不在乎的點點頭，說道：「段公子，請！」段譽道：「冒昧打擾，賢主人勿怪是幸。」王夫人道：「大賢光降，曼陀山莊蓬蓽生輝。」兩人客客氣氣的向前走去，全不似片刻之前段譽生死尚自繫於一線。

王夫人陪著段譽穿過花林，過石橋，穿小徑，來到一座小樓之前。段譽見小樓簷下一塊匾額，寫著「雲錦樓」三個墨綠篆字，樓下前後左右種的都是茶花。但這些茶花在大理都不過是三四流貨色，和這精緻的樓閣亭榭相比，未免不襯。

王夫人卻甚有得意之色，說道：「段公子，你大理茶花最多，但和我這裏相比，只怕猶有不如。」段譽點頭道：「這種茶花，我們大理人確是不種的。」王夫人笑吟吟的道：「是麼？」段譽道：「大理就是尋常鄉下人，也懂得種這些俗品茶花，未免太過不雅。」王夫人臉上變色，怒道：「你說甚麼？你說我這些茶花都是俗品？你這話未免……欺人太甚。」

段譽道：「夫人既不信，也只好由得你。」指著樓前一株五色斑斕的茶花，說道：「這一株，想來你是當作至寶了，嗯，這花旁的玉欄干，乃是真正的和闐美玉，很美，很美。」他嘖嘖稱賞花旁的欄干，於花朵本身卻不置一詞，就如品評旁人書法，一味稱讚墨色烏黑、紙張名貴一般。

這株茶花有紅有白、有紫有黃，花色極是繁富華麗，王夫人向來視作珍品，這時見段譽頗有不屑之意，登時眉頭蹙起，眼中露出了殺氣。段譽道：「請問夫人，此花在江南叫作甚麼名字？」王夫人氣忿忿的道：「我們也沒甚麼特別名稱，就叫它五色茶花。」段譽微笑道：「我們大理人倒有一個名字，叫它作『落第秀才』。」

王夫人「呸」的一聲，道：「這般難聽，多半是你揑造出來的。這株花富麗堂皇，那裏像個落第秀才了？」段譽道：「夫人你倒數一數看，這株花的花朵共有幾種顏色。」王夫人道：「我早數過了，至少也有十五六種。」段譽道：「一共是十七種顏色。大理有一種名種茶花，叫作『十八學士』，那是天下的極品，一株上共開十八朵花，朵朵顏色不同，紅的就是全紅，紫的便是全紫，決無半分混雜。而且十八朵花形狀朵朵不同，各有各的妙處，開時齊開，謝時齊謝，夫人可曾見過？」王夫人怔怔的聽著，搖頭道：「天下竟有這種茶花！我聽也沒聽過。」

段譽道：「比之『十八學士』次一等的，『十三太保』是十三朵不同顏色的花生於一株，『八仙過海』是八朵異色同株，『七仙女』是七朵，『風塵三俠』是三朵，『二喬』是一紅一白的兩朵。這些茶花必須純色，若是紅中夾白，白中帶紫，便是下品了。」王夫人不由得悠然神往，抬起了頭，輕輕自言自語：「怎麼他從來不跟我說。」

段譽又道：「『八仙過海』中必須有深紫和淡紅的花各一朵，那是鐵拐李和何仙姑，要是少了這兩種顏色，雖然八花異色，也不能算『八仙過海』，那叫作『八寶妝』，也算是名種，但比『八仙過海』差了一級。」王夫人道：「原來如此。」

段譽又道：「再說『風塵三俠』，也有正品和副品之分。凡是正品，三朵花中必須紫色者最大，那是虬髯客，白色者次之，那是李靖，紅色者最嬌艷而最小，那是紅拂女。如果紅花大過了紫花、白花，便屬副品，身分就差得多了。」有言道是「如數家珍」，這些名種茶花原是段譽家中珍品，他說起來自是熟悉不過。王夫人聽得津津有味，嘆道：「我連副品也沒見過，還說甚麼正品。」

段譽指著那株五色茶花道：「這一種茶花，論顏色，比十八學士少了一色，偏又是駁而不純，開起來或遲或早，花朵又有大有小。它處處東施效顰，學那十八學士，卻總是不像，那不是個半瓶醋的酸丁麼？因此我們叫它作『落第秀才』。」王夫人不由得噗哧一聲，笑了出來，道：「這名字起得忒也尖酸刻薄，多半是你們讀書人想出來的。」

到了這一步，王夫人於段譽之熟知茶花習性自是全然信服，當下引著他上得雲錦樓來。段譽見樓上陳設富麗，一幅中堂繪的是孔雀開屏，兩旁一副木聯，寫的是：「漆葉雲差密，茶花雪妒妍」。不久開上了酒筵，王夫人請段譽上座，自己坐在下首相陪。

這酒筵中的菜餚，與阿朱、阿碧所請者大大不同。朱碧雙鬟的菜餚以清淡雅致見長，於尋常事物之中別具匠心。這雲錦樓的酒席卻注重豪華珍異，甚麼熊掌、魚翅，無一不是名貴之極。但段譽自幼生長於帝王之家，甚麼珍奇的菜餚沒吃過，反覺曼陀山莊的酒筵遠不如琴韻小築了。

酒過三巡，王夫人問道：「大理段氏乃武林世家，公子卻何以不習武功？」段譽道：「大理姓段者甚多，皇族宗室的貴胄子弟，方始習武，似晚生這等尋常百姓，都是不會武功的。」他想自己生死在人掌握之中，如此狼狽，決不能吐露身世真相，沒的墮了伯父與父親的威名。王夫人道：「公子是尋常百姓？」段譽道：「是。」王夫人道：「公子可識得幾位姓段的皇室貴胄嗎？」段譽一口回絕：「全然不識。」

王夫人出神半晌，轉過話題，說道：「適才得聞公子暢說茶花品種，令我茅塞頓開。我這次所得的四盆白茶，蘇州城中花兒匠說叫做『滿月』，公子卻說其一叫作『紅妝素裹』，另一本叫作『抓破美人臉』，不知如何分別，願聞其詳。」

段譽道：「那本大白花而微有隱隱黑斑的，才叫作『滿月』，那些黑斑，便是月中的桂枝。那本白瓣上有兩個橄欖核兒黑斑的，卻叫作『眼兒媚』。」王夫人喜道：「這名字取得好。」

段譽又道：「白瓣而灑紅斑的，叫作『紅妝素裹』。白瓣而有一抹綠暈、一絲紅條的，叫作『抓破美人臉』，但如紅絲多了，卻又不是『抓破美人臉』了，那叫作『倚欄嬌』。夫人請想，凡是美人，自當嫻靜溫雅，臉上偶爾抓破一條血絲，總不會自己梳妝時粗魯弄損，也不會給人抓破，只有調弄鸚鵡之時，給鳥兒抓破一條血絲，卻也是情理之常。因此花瓣這抹綠暈，是非有不可的，那就是綠毛鸚哥。倘若滿臉都抓破了，這美人老是與人打架，還有甚麼美之可言？」

王夫人本來聽得不住點頭，甚是歡喜，突然間臉色一沉，喝道：「大膽，你是譏刺於我麼？」

段譽吃了一驚，忙道：「不敢！不知甚麼地方冒犯了夫人？」王夫人怒道：「你聽了誰的言語，捏造了這種種鬼話，前來辱我？誰說一個女子學會了武功，就會不美？嫻靜溫雅，又有甚麼好了？」段譽一怔，說道：「晚生所言，僅以常理猜度，會得武功的女子之中，原是有不少既美貌又端莊的。」不料這話在王夫人聽來仍是大為刺耳，厲聲道：「你說我不端莊嗎？」

段譽道：「端莊不端莊，夫人自知，晚生何敢妄言。只是逼人殺妻另娶，這種行徑，自非端人所為。」他說到後來，心頭也有氣了，不再有何顧忌。

王夫人左手輕揮，在旁伺候的四名婢女一齊走上兩步，躬身道：「是！」王夫人道：「押著這人下去，命他澆灌茶花。」四名婢女齊聲應道：「是！」

王夫人道：「段譽，你是大理人，又是姓段的，早就該死之極。現下死罪暫且寄下了，罰你在莊前莊後照料茶花，尤其今日取來這四盆白花，務須小心在意。我跟你說，這四盆白花倘若死了一株，便砍去你一隻手，死了兩株，砍去雙手，四株齊死，你便四肢齊斷。」段譽道：「倘若四株都活呢？」王夫人道：「四株種活之後，你再給我培養其他的名種茶花。甚麼十八學士、十三太保、八仙過海、七仙女、風塵三俠、二喬這些名種，每一種我都要幾本。倘若辦不到，我挖了你的眼珠。」

段譽大聲抗辯：「這些名種，便在大理也屬罕見，在江南如何能輕易得到？每一種都有幾本，那還說得上甚麼名貴？你乘早將我殺了是正經。今天砍手，明天挖眼，我才不受這個罪呢。」王夫人叱道：「你活得不耐煩了，在我面前，膽敢如此放肆？押了下去！」

四名婢女走上前來，兩人抓住了他衣袖，一人抓住他胸口，另一人在他背上一推，五人拖拖拉拉的一齊下樓。這四名婢女都會武功，段譽在她們挾制之下，絲毫抗禦不得，心中只是暗叫：「倒霉，倒霉！」

四名婢女又拉又推，將他擁到一處花圃，一婢將一柄鋤頭塞在他手中，一婢取過一隻澆花的木桶，說道：「你聽夫人吩咐，乖乖的種花，還可活得性命。你這般衝撞夫人，不立刻活埋了你，算你是天大的造化。」另一名婢女道：「除了種花澆花之外，莊子中可不許亂闖亂走，你若闖進了禁地，那可是自己該死，誰也沒法救你。」四婢十分鄭重的囑咐一陣，這才離去。段譽呆在當地，當真哭笑不得。

在大理國中，他位份僅次於伯父保定帝和父親鎮南王，將來父親繼承皇位，他便是儲君皇太子，豈知給人擒來到江南，要燒要殺，要砍去手足、挖了雙眼，那還不算，這會兒卻被人逼著做起花匠來。雖然他生性隨和，在大理皇宮和王府之中，也時時瞧著花匠修花剪草，鋤地施肥，和他們談談說說，但在王子心中，自當花匠是卑微之人。

幸好他天性活潑快樂，遇到逆境挫折，最多沮喪得一會兒，不久便高興起來。自己譬解：「我在無量山玉洞之中，已拜了那位神仙姊姊為師。這位王夫人和那神仙姊姊相貌好像，只不過年紀大些，我便當她是我師伯，有何不可？師長有命，弟子服其勞，本來應該的。何況蒔花原是文人韻事，總比動刀掄槍的學武高雅得多了。至於比之給鳩摩智在慕容先生的墓前活活燒死，更是在這兒種花快活千倍萬倍。只可惜這些茶花品種太差，要大理王子來親手服侍，未免是大才小用、殺鷄用牛刀了。哈哈，你是牛刀嗎？有何種花大才？」

又想：「在曼陀山莊多躭些時候，總有機緣能見到那位身穿藕色衫子的姑娘一面，這叫做『段譽種花，焉知非福！』」

一想到禍福，便拔了一把草，心下默禱：「且看我幾時能見到那位姑娘的面。」將這把草右手交左手，左手交右手的卜算，一卜之下，得了個艮上艮下的「艮」卦，心道：「『艮其背，不獲其身，行其庭，不見其人。无咎。』這卦可靈得很哪，雖然不見，終究無咎。」

再卜一次，得了個兌上坎下的「困」卦，暗暗叫苦：「『困于株木，入于幽谷，三歲不覿。』三年都見不到，真乃困之極矣。」轉念又想：「三年見不到，第四年便見到了。來日方長，何困之有？」

占卜不利，不敢再卜了，口中哼著小曲，負了鋤頭，信步而行，心道：「王夫人叫我種活那四盆白茶。這四盆花確是名種，須得找個十分優雅的處所種了起來，方得相襯。」一面走，一面打量四下景物，突然之間，哈哈哈的大聲笑了出來，心道：「王夫人對茶花一竅不通，偏偏要在這裏種茶花，居然又稱這莊子為曼陀山莊。卻全不知茶花喜陰不喜陽，種在陽光烈照之處，縱然不死，也難盛放，再大大的施上濃肥，甚麼名種都給她坑死了，可惜，可惜！好笑，好笑！」

他避開陽光，只往樹蔭深處行去，轉過一座小山，只聽得溪水淙淙，左首一排綠竹，四下裏甚是幽靜。該地在山丘之陰，日光照射不到，王夫人只道不宜種花，因此上一株茶花也無。段譽大喜，說道：「這裏最妙不過。」

回到原地，將四盆白茶逐一搬到綠竹叢旁，打碎瓷盆，連著盆泥一起移植在地。他雖從未親手種過，但自來看得多了，依樣葫蘆，居然做得極是妥貼。不到半個時辰，四株白茶已種在綠竹之畔，左首一株「抓破美人臉」，右首是「紅妝素裹」和「滿月」，那一株「眼兒媚」則斜斜的種在小溪旁一塊大石之後，自言自語：「此所謂『千呼萬喚始出來，猶抱琵琶半遮面』也，要在掩掩映映之中，才增姿媚。」中國歷來將花比作美人，蒔花之道，也如裝扮美人一般。段譽出身皇家，幼讀詩書，於這等功夫自然是高人一等。

他伸手溪中，洗淨了雙手泥污，架起了腳坐在大石上，對那株「眼兒媚」正面瞧瞧，側面望望，心下正自得意，忽聽得腳步細碎，有兩個女子走了過來。只聽得一人說道：「這裏最是幽靜，沒人來的……」

語音入耳，段譽心頭怦的一跳，分明是日間所見那身穿藕色紗衫的少女所說。段譽屏氣凝息，半點聲音也不敢出，心想：「她說過不見不相干的男子，我段譽自是個不相干的男子了。我只要聽她說幾句話，聽幾句她仙樂一般的聲音，也已是無窮之福，千萬不能讓她知道了。」他的頭本來斜斜側著，這時竟然不敢回正，就讓腦袋這麼側著，生恐頭頸骨中發出一絲半毫輕響，驚動了她。

只聽那少女繼續說道：「小茗，你聽到了甚麼……甚麼關於他的消息？」段譽不由得心中一酸，那少女口中的那個「他」，自然決不會是我段譽，而是慕容公子。從王夫人言下聽來，那慕容公子似乎單名一個「復」字。那少女的詢問之中顯是滿腔關切，滿懷柔情。段譽不自禁既感羨慕，亦復自傷。只聽小茗囁嚅半晌，似是不便直說。

那少女道：「你跟我說啊！我總不忘了你的好處便是。」小茗道：「我怕……怕夫人責怪。」那少女道：「你這傻丫頭，你跟我說了，我怎麼會對夫人說？」小茗道：「夫人倘若問你呢？」那少女道：「我自然也不說。」

小茗又遲疑了半晌，說道：「表少爺是到少林寺去了。」那少女道：「去了少林寺？阿朱、阿碧她們怎地說他去了洛陽丐幫？」

段譽心道：「怎麼是表少爺？嗯，那慕容公子是她的表哥，他二人是中表之親，青梅竹馬，那個……那個……」

小茗道：「夫人這次出外，在途中遇到公冶二爺，說道得知丐幫的頭腦都來到了江南，要向表少爺大興問甚麼之師的。公冶二爺又說接到表少爺的書信，他到了洛陽，找不到那些叫化頭兒，就上嵩山少林寺去。」那少女道：「他去少林寺幹甚麼？」小茗道：「公冶二爺說，表少爺信中言道，他在洛陽聽到信息，少林寺有一個老和尚在大理死了，他們竟又冤枉是『姑蘇慕容』殺的。表少爺很生氣，好在少林寺離洛陽不遠，他就要去跟廟裏的和尚說個明白。」

那少女道：「倘若說不明白，可不是要動手嗎？夫人既得到了訊息，怎地反而回來，不趕去幫表少爺的忙？」小茗道：「這個……婢子就不知道了。想來，夫人不喜歡表少爺。」那少女憤憤的道：「哼，就算不喜歡，終究是自己人。姑蘇慕容氏在外面丟了人，咱們王家就很有光采麼？」小茗不敢接口。

那少女在綠竹叢旁走來走去，忽然間看到段譽所種的三株白茶，又見到地下的碎瓷盆，「咦」的一聲，問道：「是誰在這裏種茶花？」

段譽更不怠慢，從大石後一閃而出，長揖到地，說道：「小生奉夫人之命，在此種植茶花，沖撞了小姐。」他雖深深作揖，眼睛卻仍是直視，深怪小姐說一句「我不見不相干的男子」，就此轉身而去，又錯過了見面的良機。

他一見到那位小姐，耳朵中「嗡」的一聲響，但覺眼前昏昏沉沉，雙膝一軟，不由自主跪倒在地，若不強自撐住，幾乎便要磕下頭去，口中卻終於叫了出來：「神仙姊姊，我……我想得你好苦！弟子段譽拜見師父。」

眼前這少女的相貌，便和無量山石洞中的玉像全然的一般無異。那王夫人已然和玉像頗為相似了，畢竟年紀不同，容貌也不及玉像美艷，但眼前這少女除了服飾相異之外，臉型、眼睛、鼻子、嘴唇、耳朵、膚色、身材、手足，竟然沒一處不像，宛然便是那玉像復活。他在夢魂之中，已不知幾千百遍的思念那玉像，此刻眼前親見，真不知身在何處，是人間還是天上？

那少女還道他是個瘋子，輕呼一聲，向後退了兩步，驚道：「你……你……」

段譽站起身來，他目光一直瞪視著那少女，這時看得更加清楚了些，終於發覺，眼前少女與那洞中玉像畢竟略有不同：玉像冶艷靈動，頗有勾魂攝魄之態，眼前少女卻端莊中帶有稚氣，相形之下，倒是玉像比之眼前這少女更加活些，說道：「自那日在石洞之中，拜見神仙姊姊的仙範，已然自慶福緣非淺，不意今日更親眼見到姊姊容顏。世間真有仙子，當非虛語也！」

那少女向小茗道：「他說甚麼？他……他是誰？」小茗道：「他就是阿朱、阿碧帶來的那個書獃子。他說會種茶花，夫人倒信了他的胡說八道。」那少女問段譽道：「書獃子，剛才我和她的說話，你都聽見了麼？」

段譽笑道：「小生姓段名譽，大理國人氏，非書獃子也。神仙姊姊和這位小茗姊姊的言語，我無意之中都聽到了，不過兩位大可放心，小生決不洩漏片言隻語，擔保小茗姊姊決計不會受夫人責怪便是。」

那少女臉色一沉，道：「誰跟你姊姊妹妹的亂叫？你還不認是書獃子，你幾時又見過我了？」段譽道：「我不叫你神仙姊姊，卻叫甚麼？」那少女道：「我姓王，你叫我王姑娘就是。」

段譽搖頭道：「不行，不行，天下姓王的姑娘何止千千萬萬，如姑娘這般天仙人物，如何也只稱一聲『王姑娘』？可是叫你作甚麼呢？那倒為難得緊了。稱你作王仙子嗎？似乎太俗氣。叫你曼陀公主罷？大宋、大理、遼國、吐蕃、西夏，那一國沒有公主？那一個能跟你相比？」

那少女聽他口中唸唸有辭，越覺得他獃氣十足，不過聽他這般傾倒備至、失魂落魄的稱讚自己美貌，終究也有點歡喜，微笑道：「總算你運氣好，我媽沒將你的兩隻腳砍了。」

段譽道：「令堂夫人和神仙姊姊一般的容貌，只是性情特別了些，動不動就殺人，未免和這神仙體態不稱……」

那少女秀眉微蹙，道：「你趕緊去種茶花罷，別在這裏嘮嘮叨叨的，我們還有要緊話要說呢。」神態間便當他是個尋常花匠一般。

段譽卻也不以為忤，只盼能多和她說一會話，能多瞧上她幾眼，心想：「要引得她心甘情願的和我說話，只有跟她談論慕容公子，除此之外，她是甚麼事也不會放在心上的。」便道：「少林寺是武林中的泰山北斗，寺中高僧好手沒有一千，也有八百，大都精通七十二般絕技。這次少林派玄悲大師在大理陸涼州身戒寺中人毒手而死，眾和尚認定是『姑蘇慕容』下的手。慕容公子孤身犯險，可大大不妥。」

那少女果真身子一震。段譽不敢直視她臉色，心下暗道：「她為了慕容復這小子而關心掛懷，我見了她的臉色，說不定會氣得流下淚來。」但見到她藕色綢衫的下襬輕輕顫動，聽到她比洞簫還要柔和的聲調問道：「少林寺的和尚為甚麼冤枉『姑蘇慕容』？你可知道麼？你……你快跟我說。」

段譽聽她這般低語央求，心腸一軟，立時便想將所知說了出來，轉念又想：「我所知其實頗為有限，只不過玄悲大師身中『韋陀杵』而死，大家說『以彼之道，還施彼身』的，天下就只『姑蘇慕容』一家。這些情由，三言兩語便說完了。我只一說完，她便又催我去種茶花，再要尋甚麼話題來跟她談談說說，那可不容易了。我得短話長說，小題大做，每天只說這麼一小點兒，東拉西扯，不著邊際，有多長就拖多長，叫她日日來尋我說話，只要尋我不著，那就心癢難搔。」於是咳嗽一聲，說道：「我自己是不會武功的，甚麼『金鷄獨立』、『黑虎偷心』，最容易的招式也不會一招。但我家裏有一個朋友，姓朱，名叫朱丹臣，外號叫作『筆硯生』，你別瞧他文文弱弱的，好像和我一樣，只道也是個書獃子，嘿，他的武功可真不小。有一天我見他把扇子一收攏，倒了轉來，噗的一聲，扇子柄在一條大漢的肩膀上這麼一點，那條大漢便縮成了一團，好似一堆爛泥那樣，動也不會動了。」

那少女道：「嗯，這是『清涼扇』法的打穴功夫，第三十八招『透骨扇』，倒轉扇柄，斜打肩貞。這位朱先生是崑崙旁支、三因觀門下的弟子，這一派的武功，用判官筆比用扇柄更是厲害。你說正經的罷，不用跟我說武功。」

這一番話若叫朱丹臣聽到了，非佩服得五體投地不可，那少女不但說出了這一招的名稱手法，連他的師承來歷、武學家數，也都說得清清楚楚。假如另一個武學名家聽了，比如是段譽的伯父段正明、父親段正淳，也要大吃一驚：「怎地這個年輕姑娘，於學武之道見識竟如此淵博精闢？」但段譽全然不會武功，這姑娘輕描淡寫的說來，他也只輕描淡寫的聽著。他也不知這少女所說的對不對，一雙眼只是瞧著她淡淡的眉毛這麼一軒，紅紅的嘴唇這麼一撅，她說得對也好，錯也好，全然的不在意下。

那少女問道：「那位朱先生怎麼啦？」段譽指著綠竹旁的一張青石條凳，道：「這事說來話長，小姐請移尊步，到那邊安安穩穩的坐著，然後待我慢慢的稟告。」那少女道：「你這人囉哩囉唆，爽爽快快不成麼？我可沒功夫聽你的。」段譽道：「小姐今日沒空，明日再來找我，那也可以。倘若明日無空，過得幾日也是一樣。只要夫人沒將我的舌頭割去，小姐但有所問，我自是知無不言，言無不盡。」

那少女左足在地下輕輕一頓，轉過頭不再理他，問小茗道：「夫人還說甚麼？」小茗道：「夫人說：『哼，亂子越惹越大了。結上了丐幫的冤家，又成了少林派的對頭，只怕你姑蘇慕容家死……死無葬身之地。』」那少女急道：「媽明知表少爺處境凶險，怎地毫不理會？」小茗道：「是。小姐，怕夫人要找我了，我得去啦！剛才的話，小姐千萬別說是我說的，婢子還想服侍你幾年呢。」那少女道：「你放心好啦。我怎會害你？」小茗告別而去。段譽見她目光中流露恐懼的神氣，心想：「王夫人殺人如草芥，確是令人魂飛魄散。」

那少女緩步走到青石凳前，輕輕巧巧的坐了下來，卻並不叫段譽也坐。段譽自不敢貿然坐在她的身旁，但見一株白茶和她相距甚近，兩株離得略遠，美人名花，當真相得益彰，嘆道：「『名花傾國兩相歡』，不及，不及。當年李太白以芍藥比喻楊貴妃之美，他若有福見到小姐，就知道花朵雖美，然而無嬌嗔，無軟語，無喜笑，無憂思，那是萬萬不及了。」

那少女幽幽的道：「你不停的說我很美，我也不知真不真。」

段譽大為奇怪，說道：「不知子都之美者，無目者也。於男子尚且如此，何況如姑娘這般驚世絕艷？想是你一生之中聽到讚美的話太多，也聽得厭了。」

那少女緩緩搖頭，目光中露出了寂寞之意，說道：「從來沒人對我說美還是不美。這曼陀山莊之中，除了我媽之外，都是婢女僕婦。她們只知道我是小姐，誰來管我是美是醜？」段譽道：「那麼外面的人呢？」那少女道：「甚麼外面的人？」段譽道：「你到外面去，別人見到你這天仙般的美女，難道不驚喜讚嘆、低頭膜拜嗎？」那少女道：「我從來不到外邊去，到外邊去幹甚麼？媽媽也不許我出去。我到姑媽家的『還施水閣』去看書，也遇不上甚麼外人，不過是他的幾個朋友鄧大哥、公冶二哥、包三哥、風四哥他們，他們……又不像你這般獃頭獃腦的。」說著微微一笑。

段譽道：「難道慕容公子……他也從來不說你很美嗎？」

那少女慢慢的低下了頭，只聽得瑟的一下極輕極輕的聲響，跟著又是這麼一聲，幾滴眼淚滴在地下的青草上，晶瑩生光，便如是清晨的露珠。

段譽不敢再問，也不敢說甚麼安慰的話。

過了好一會，那少女輕嘆一聲，說道：「他……他是很忙的，一年到頭，從早到晚，沒甚麼空閒的時候。他和我在一起時，不是跟我談論武功，便是談論國家大事。我……我討厭武功。」

段譽一拍大腿，叫道：「不錯，不錯，我也討厭武功。我伯父和我爹爹叫我學武，我說甚麼也不學，寧可偷偷的逃了出來。」

那少女一聲長嘆，說道：「我為了要時時見他，雖然討厭武功，但看了拳經刀譜，還是牢牢記在心中，他有甚麼地方不明白，我就好說給他聽。不過我自己卻是不學的。女孩兒家掄刀使棒，總是不雅……」段譽打從心底裏讚出來：「是啊，是啊！像你這樣天下無雙的美人兒，怎能跟人動手動腳，那太也不成話了。啊喲……」他突然想到，這句話可得罪了自己母親。那少女卻沒留心他說些甚麼，續道：「那些歷代帝皇將相，今天你殺我，明天我殺你的事，我實在不願知道。可是他最愛談這些，我只好去看這些書，說給他聽。」

段譽奇道：「為甚麼要你看了說給他聽，他自己不會看麼？」那少女白了他一眼，嗔道：「你道他是瞎子麼？他不識字麼？」段譽忙道：「不，不！我說他是天下第一的好人，好不好？」他話是這麼說，心中卻忍不住一酸。

那少女嫣然一笑，說道：「他是我表哥。這莊子中，除了姑媽、姑丈和表哥之外，很少有旁人來。但自從我姑丈去世之後，我媽跟姑媽吵翻了。我媽連表哥也不許來。我也不知他是不是天下最好的人。天下的好人壞人，我誰也見不到。」段譽道：「怎不問你爹爹？」

那少女道：「我爹爹早故世了，我沒生下來，他就已故世了，我……我從來沒見過他一面。」說著眼圈兒一紅，又是泫然欲涕。

段譽道：「嗯，你姑媽是你爹爹的姊姊，你姑丈是你姑媽的丈夫，他……他……他是你姑媽的兒子。」那少女笑了出來，說道：「瞧你這般傻裏傻氣的。我是我媽媽的女兒，他是我的表哥。」

段譽見逗引得她笑了，甚是高興，說道：「啊，我知道了，想是你表哥很忙，沒功夫看書，因此你就代他看。」那少女道：「也可以這麼說，不過另外還有原因的。我問你，少林寺的和尚們，為甚麼冤枉我表哥殺了他們少林派的人？」

段譽見她長長的睫毛上兀自帶著一滴淚珠，心想：「前人云：『梨花一枝春帶雨』，以此比擬美人之哭泣。可是梨花美則美矣，梨樹卻太過臃腫，而且雨後梨花，片片花朵上都是淚水，又未免傷心過份。只有像王姑娘這麼，山茶朝露，那才美了。」

那少女等了一會，見他始終不答，伸手在他手背上輕輕一推，道：「你怎麼了？」段譽全身一震，跳起身來，叫道：「啊喲！」那少女給他嚇了一跳，道：「怎麼？」段譽滿臉通紅，道：「你手指在我手背上一推，我好像給你點了穴道。」

那少女睜著圓圓的眼睛，不知他在說笑，說道：「這邊手背上沒有穴道的。『液門』、『中渚』、『陽池』三穴都在掌緣，『陽谿』、『養老』兩穴近手腕了，離得更遠。」她說著伸出自己手背來比劃。

段譽見到她左手食指如一根葱管，點在右手雪白嬌嫩的手背之上，突覺喉頭乾燥，頭腦中一陣暈眩，問道：「姑……姑娘，你叫甚麼名字？」

那少女微笑道：「你這人真是古裏古怪的。好，說給你知道也不打緊。反正我就不說，阿朱、阿碧兩個丫頭也會說的。」伸出手指，在自己手背上畫了三個字：「王語嫣」。

段譽叫道：「妙極，妙極！語笑嫣然，和藹可親。」心想：「我把話說在頭裏，倘若她跟她媽媽一樣，說得好端端地，突然也板起臉孔，叫我去種花，那就跟她的名字不合了。」

王語嫣微笑道：「名字總是取得好聽些的。史上那些大奸大惡之輩，名字也是挺美的。曹操不見得有甚麼德操，朱全忠更是大大的不忠。你叫段譽，你的名譽很好麼？只怕有點兒沽名……」段譽接口道：「……釣譽！」兩人同聲大笑起來。

王語嫣秀美的面龐之上，本來總是隱隱帶著一絲憂色，這時縱聲大笑，歡樂之際，更增嬌麗。段譽心想：「我若能一輩子逗引你喜笑顏開，此生復有何求？」

不料她只歡喜得片刻，眼光中又出現了那朦朦朧朧的憂思，輕輕的道：「他……他老是一本正經的，從來不跟我說這些無聊的事。唉！燕國，燕國，就真那麼重要麼？」

「燕國，燕國」這四個字鑽入段譽耳中，陡然之間，許多本來零零碎碎的字眼，都串連在一起了：「慕容氏」、「燕子塢」、「參合莊」、「燕國」……脫口而出：「這位慕容公子，是五胡亂華時鮮卑人慕容氏的後代？他是胡人，不是中國人？」

王語嫣點頭道：「是的，他是燕國慕容氏的舊王孫。可是已隔了這幾百年，又何必還念念不忘的記著祖宗舊事？他想做胡人，不做中國人，連中國字也不想識，中國書也不想讀。可是啊，我就瞧不出中國書有甚麼不好。有一次我說：『表哥，你說中國書不好，那麼有甚麼鮮卑字的書，我倒想瞧瞧。』他聽了就大大生氣，因為壓根兒就沒有鮮卑字的書。」

她微微抬起頭，望著遠處緩緩浮動的白雲，柔聲道：「他……他比我大十歲，一直當我是他的小妹妹，以為我除了讀書、除了記書上的武功之外，甚麼也不懂。他一直不知道，我讀書是為他讀的，記憶武功也是為他記的。若不是為了他，我寧可養些小鷄兒玩玩，或者是彈彈琴，寫寫字。」

段譽顫聲道：「他當真一點也不知你……你對他這麼好？」

王語嫣道：「我對他好，他當然知道。他待我也是很好的。可是……可是，咱倆就像同胞兄妹一般，他除了正經事情之外，從來不跟我說別的。從來不跟我說起，他有甚麼心思。也從來不問我，我有甚麼心事。」說到這裏，玉頰上泛起淡淡的紅暈，神態靦腆，目光中露出羞意。

段譽本來想跟她開句玩笑，問她：「你有甚麼心事？」但見到她的麗色嬌羞，便不敢唐突佳人，說道：「你也不用老是跟他談論史事武學。詩詞之中，不是有甚麼子夜歌、會真詩麼？」此言一出，立即大悔：「就讓她含情脈脈，無由自達，豈不是好？我何必教她法子？當真是傻瓜之至了。」

王語嫣更是害羞，忙道：「怎……怎麼可以？我是規規矩矩的閨女，怎可提到這些……這些詩詞，讓表哥看輕了？」

段譽噓了口長氣，道：「是，正該如此！」心下暗罵自己：「段譽，你這傢伙不是正人君子。」

王語嫣這番心事，從來沒跟誰說過，只是在自己心中千番思量，百遍盤算，今日遇上段譽這個性格隨隨便便之人，不知怎地，竟然對他十分信得過，將心底的柔情密意都吐露了出來。其實，她暗中思慕表哥，阿朱、阿碧，以及小茶、小茗、幽草等丫鬟何嘗不知，只是誰都不說出口來而已。她說了一陣話，心中愁悶稍去，道：「我跟你說了許多不相干的閒話，沒說到正題。少林寺到底為甚麼要跟我表哥為難？」

段譽眼見再也不能拖延了，只得道：「少林寺的方丈叫做玄慈大師，他有一個師弟叫做玄悲。玄悲大師最擅長的武功，乃是『韋陀杵』。」王語嫣點頭道：「那是少林七十二絕藝中的第四十八門，一共只有十九招杵法，使將出來時卻極為威猛。」

段譽道：「這位玄悲大師來到我們大理，在陸涼州的身戒寺中，不知怎地給人打死了，而敵人傷他的手法，正是玄悲大師最擅長的『韋陀杵』。他們說，這種傷人的手法只有姑蘇慕容氏才會，叫做甚麼『以彼之道，還施彼身』。」王語嫣點頭道：「說來倒也有理。」

段譽道：「除了少林派之外，還有別的人也要找慕容氏報仇。」王語嫣道：「還有些甚麼人？」段譽道：「伏牛派有個叫做柯百歲的人，他的拿手武功叫做甚麼『天靈千裂』。」王語嫣道：「嗯！那是伏牛派百勝軟鞭第廿九招中的第四個變招，雖然招法古怪，卻算不得是上乘武學，只不過是力道十分剛猛而已。」段譽道：「這人也死在『天靈千裂』這一招之下，他的師弟和徒弟，自是要找慕容氏報仇了。」

王語嫣沉吟道：「那個柯百歲，說不定是我表哥殺的，玄悲和尚卻一定不是。我表哥不會『韋陀杵』功夫，這門武功難練得很。不過，你如見到我表哥，可別說他不會這門武功，更加不可說是我說的，他聽了一定要大大生氣……」

正說到這裏，忽聽得兩人急奔而來，卻是小茗和幽草。

幽草臉上神色甚是驚惶，氣急敗壞的道：「小姐，不……不好啦，夫人吩咐將阿朱、阿碧二人……」說到這裏，喉頭塞住了，一時說不下去。小茗接著道：「要將她二人的右手砍了，罰她們擅闖曼陀山莊之罪。又說：這兩個小丫頭倘若再給夫人見到，立刻便砍了腦袋。

那……那怎麼辦呢？」

段譽急道：「王姑娘，你……你快得想個法兒救救她們才好！」

王語嫣也甚為焦急，皺眉道：「阿朱、阿碧二女是表哥的心腹使婢，要是傷殘了她們肢體，我如何對得起表哥？幽草，她們在那裏？」幽草和朱、碧二女最是交好，聽得小姐有意相救，登時生出一線希望，忙道：「夫人吩咐將二人送去『花肥房』，我求嚴婆婆遲半個時辰動手，這時趕去求懇夫人，還來得及。」王語嫣心想：「向媽求懇，多半無用，可是除此之外，也別無他法。」當下點了點頭，帶了幽草、小茗二婢便去。

段譽瞧著她輕盈的背影，想追上去再跟她說幾句話，但只跨出一步，便覺無話可說，怔怔的站住了，回想適才跟她這番對答，不由得痴了。

王語嫣快步來到上房，見母親正斜倚在床上，望著壁上的一幅茶花圖出神，便叫了聲：「媽！」

王夫人慢慢轉過頭來，臉上神色嚴峻，說道：「你想跟我說甚麼？要是跟慕容家有關，我便不聽。」王語嫣道：「媽，阿朱和阿碧這次不是有意來的，你就饒了她們這一回罷。」王夫人道：「你怎知道她們不是有意來的？我斬了她們的手，你怕你表哥從此不睬你，是不是？」王語嫣眼中淚水滾動，道：「表哥是你的親外甥，你……你何必這樣恨他？就算姑媽得罪了你，你也不用惱恨表哥。」她鼓著勇氣說了這幾句話，但一出口，心中便怦怦亂跳，自驚怎地如此大膽，竟敢出言衝撞母親。

王夫人眼光如冷電，在女兒臉上掃了幾下，半晌不語，跟著便閉上了眼睛。王語嫣大氣也不敢透一口，不知母親心中在打甚麼主意。

過了好一陣，王夫人睜開眼來，說道：「你怎知道姑媽得罪了我？她甚麼地方得罪了我？」王語嫣聽得她聲調寒冷，一時嚇得話也答不出來。王夫人道：「你說好了。反正你現今年紀大了，不用聽我話啦。」王語嫣又急又氣，流下淚來，道：「媽，你……你這樣恨姑媽家裏，自然是姑媽得罪了你。可是她怎樣得罪了你，你從來不跟我說。現下姑媽也過世啦，你……你也不用再記她的恨了。」王夫人厲聲道：「你聽誰說過沒有？」王語嫣搖搖頭，道：「你從來不許我出去，也不許外人進來，我聽誰說啊？」

王夫人輕輕吁了口氣，一直繃緊著的臉登時鬆了，語氣也和緩了些，說道：「我是為你好。世界上壞人太多，殺不勝殺，你年紀輕輕，一個女孩兒家，還是別見壞人的好。」說到這裏，突然間想起一事，說道：「新來那個姓段的花匠，說話油腔滑調，不是好人。要是他跟你說一句話，立時便吩咐丫頭將他殺了，不能讓他說第二句，知不知道？」王語嫣心想：「甚麼第一句、第二句，只怕連一百句、二百句話也說過了。」

王夫人道：「怎麼？似你這等面慈心軟，這一生一世可不知要吃多少虧呢。」她拍掌兩下，小茗走了過來。王夫人道：「你傳下話去，有誰和那姓段的花匠多說一句話，兩人一齊都割了舌頭。」小茗神色木然，似乎王夫人所說的乃是宰鷄屠犬，應了聲：「是！」便即退下。王夫人向女兒揮手道：「你也去罷！」

王語嫣應道：「是。」走到門邊時，停了一停，回頭道：「媽，你饒了阿朱、阿碧，命她們以後無論如何不可再來便是。」王夫人冷冷的道：「我說過的話，幾時有過不作數的？你多說也是無用。」

王語嫣咬了咬牙，低聲道：「我知道你為甚麼恨姑媽，為甚麼討厭表哥。」左足輕輕一頓，便即出房。

王夫人道：「回來！」這兩個字說得並不如何響亮，卻充滿了威嚴。王語嫣重又進房，低頭不語。王夫人望著几上香爐中那彎彎曲曲不住顫動的青煙，低聲道：「嫣兒，你知道了甚麼？不用瞞我，甚麼都說出來好了。」王語嫣咬著下唇，說道：「姑媽怪你胡亂殺人，得罪了官府，又跟武林中人多結冤家。」

王夫人道：「是啊，這是我王家的事，跟他慕容家又有甚麼相干？她不過是你爹爹的姊姊，憑甚麼來管我？哼，她慕容家幾百年來，就做的是『興復燕國』的大夢，只想聯絡天下英豪，為他慕容家所用。又聯絡又巴結，嘿嘿，這會兒可連丐幫與少林派都得罪下來啦。」

王語嫣道：「媽，那少林派的玄悲和尚決不是表哥殺的，他不會使……」剛要說到「韋陀杵」三字，急忙住口，母親一查問這三字的來歷，那段譽難免殺身之禍，轉口道：「……他的武功只怕還夠不上。」

王夫人道：「是啊。這會兒他可上少林寺去啦。那些多嘴丫頭們，自然巴巴的趕著來跟你說了。『南慕容，北喬峯』，名頭倒著實響亮得緊。可是一個慕容復，再加上個鄧百川，到少林寺去討得了好嗎？當真是不自量力。」

王語嫣走上幾步，柔聲道：「媽，你怎生想法子救他一救，你派人去打個接應好不好？

他……他是慕容家的一線單傳。倘若他有甚不測，姑蘇慕容家就斷宗絕代了。」王夫人冷笑道：「姑蘇慕容，哼，慕容家跟我有甚麼相干？你姑媽說她慕容家『還施水閣』的藏書，勝過了咱們『瑯嬛玉洞』的，那麼讓她的寶貝兒子慕容復到少林寺去大顯威風好了。」揮手道：「出去，出去！」王語嫣道：「媽，表哥……」王夫人厲聲道：「你越來越放肆了！」

王語嫣眼中含淚，低頭走了出去，芳心無主，不知如何是好，走到西廂廊下，忽聽得一人低聲問道：「姑娘，怎麼了？」王語嫣抬頭一看，正是段譽，忙道：「你……你別跟我說話。」

原來段譽見王語嫣去後，發了一陣獃，迷迷惘惘的便跟隨而來，遠遠的等候，待她從王夫人房中出來，又是身不由主的跟了來。他見王語嫣臉色慘然，知道王夫人沒有答允，道：「就算夫人不答允，咱們也得想個法子。」王語嫣道：「媽沒答允，那還有甚麼法子可想？她，她，她……我表哥身有危難，她袖手不理。」越說心中越委曲，忍不住又要掉淚。

段譽道：「嗯，慕容公子身有危難……」突然想起一事，問道：「你懂得這麼多武功，為甚麼自己不去幫他？」王語嫣睜著烏溜溜的眼珠，瞪視著他，似乎他這句話真是天下再奇怪不過的言語，隔了好一陣，才道：「我……我只懂得武功，自己卻不會使。再說，我怎麼能去？媽是決計不許的。」段譽微笑道：「你母親自然不會准許，可是你不會自己偷偷的走麼？我便曾自行離家出走。後來回得家去，爹爹媽媽也沒怎樣責罵。」

王語嫣聽了這幾句話，當真茅塞頓開，雙目一亮，心道：「是啊，我偷著出去幫表哥，就算回來給媽狠狠責打一場，那又有甚麼要緊？當真她要殺我，我總也已經幫了表哥。」想到能為了表哥而受苦受難，心中一陣辛酸，一陣甜蜜，又想：「這人說他曾偷偷逃跑，嗯，我怎麼從來沒想過這種事？」

段譽偷看她神色，顯是意動，當下極力鼓吹，勸道：「你老是住在曼陀山莊之中，不去瞧瞧外面的花花世界麼？」

王語嫣搖頭道：「那有甚麼好瞧的？我只是擔心表哥。不過我從來沒練過武功，他當真遇上了凶險，我也幫不上忙。」段譽道：「怎麼幫不上忙？幫得上之至。你表哥跟人動手，你在旁邊說上幾句，大有幫助。這叫作『旁觀者清』。人家下棋，眼見輸了，我在旁指點了幾著，那人立刻就反敗為勝，那還是剛不久之前的事。」王語嫣甚覺有理，但總是鼓不起勇氣，猶豫道：「我從來沒出過門，也不知少林寺在東在西。」

段譽立即自告奮勇，道：「我陪你去，一路上有甚麼事，一切由我來應付就是。」至於他行走江湖的經歷其實也高明得有限，此刻自然決計不提。

王語嫣秀眉緊蹙，側頭沉吟，拿不定主意。段譽又問：「阿朱、阿碧她們怎樣了？」王語嫣道：「媽也是不肯相饒。」段譽道：「一不做，二不休，倘若阿朱、阿碧給斬斷了一隻手，你表哥定要怪你，不如就去救了她二人，咱四人立即便走。」王語嫣伸了伸舌頭，道：「這般的大逆不道，我媽怎肯干休？你這人膽子忒也大了！」

段譽情知此時除了她表哥之外，再無第二件事能打動她心，當下以退為進，說道：「既然如此，咱們即刻便走，任由你媽媽斬了阿朱、阿碧的一隻手。日後你表哥問起，你只推不知便了，我也決計不洩漏此事。」
王語嫣急道：「那怎麼可以？這不是對表哥說謊了麼？」心中大是躊躇，說道：「唉！朱碧二婢是他的心腹，從小便服侍他的，要是有甚好歹，他慕容家和我王家的怨可結得更加深了。」左足一頓，道：「你跟我來。」

段譽聽到「你跟我來」這四字，當真是喜從天降，一生之中，從未聽見過有四個字是這般好聽的，見她向西北方行去，便跟隨在後。

片刻之間，王語嫣已來到一間大石屋外，說道：「嚴媽媽，你出來，我有話跟你說。」只聽得石屋中桀桀怪笑，一個乾枯的聲音說道：「好姑娘，你來瞧嚴媽媽做花肥麼？」段譽首次聽到幽草與小茗她們說起，甚麼阿朱、阿碧已給送到了「花肥房」中，當時並沒在意，此刻聽到這陰氣森森的聲音說到「花肥房」三字，心中驀地裏一凜：「甚麼『花肥房』？是種花的肥料麼？啊喲，是了，王夫人殘忍無比，將人活生生的宰了，當作茶花的肥料。要是我們已來遲了一步，朱碧二女的右手已給斬下來做了肥料，那便如何是好？」心中怦怦亂跳，臉上登時全無血色。

王語嫣道：「嚴媽媽，我媽有事跟你說，請你過去。」石屋裏那女子道：「我正忙著。夫人有甚麼要緊事，要小姐親自來說？」王語嫣道：「我媽說……嗯，她們來了沒有？」

她一面說，一面走進石屋。只見阿朱和阿碧二人被綁在兩根鐵柱子上，口中塞了甚麼東西，眼淚汪汪的，卻說不出話來。段譽探頭一看，見朱碧二女尚自無恙，先放了一半心，再看兩旁時，稍稍平靜的心又大跳特跳起來。只見一個弓腰曲背的老婆子手中拿著一柄雪亮的長刀，身旁一鍋沸水，煮得直冒水氣。

王語嫣道：「嚴媽媽，媽說叫你先放了她們，媽有一件要緊事，要向她們問個清楚。」嚴媽媽轉過頭來，段譽眼見她容貌醜陋，目光中盡是煞氣，兩根尖尖的犬齒露了出來，便似要咬人一口，登覺說不出的噁心難受，只見她點頭道：「好，問明白之後，再送回來砍手。」喃喃自言自語：「嚴媽媽最不愛看的就是美貌姑娘。這兩個小妞兒須得砍斷一隻手，那才好看。我跟夫人說說，該得兩隻手都斬了才是，近來花肥不大夠。」段譽大怒，心想這老婆子作惡多端，不知已殺了多少人，只恨自己手無縛鷄之力，否則須當結結實實打她幾個嘴巴，打掉她兩三枚牙齒，這才去放朱碧二女。

嚴媽媽年紀雖老，耳朵仍靈，段譽在門外呼吸粗重，登時便給她聽見了，問道：「誰在外邊？」伸頭出來一張，見到段譽，惡狠狠的問道：「你是誰？」段譽笑道：「我是夫人命我種茶花的花兒匠，請問嚴媽媽，有新鮮上好的花肥沒有？」嚴媽媽道：「你等一會，過不多時就有了。」轉過頭來向王語嫣道：「小姐，表少爺很喜歡這兩個丫頭罷？」

王語嫣道：「是啊，你還是別傷了她們的好。」嚴媽媽點頭道：「小姐，夫人吩咐，割了兩個小丫頭的右手，趕出莊去，再對她們說：『以後只要再給我見到，立刻砍了腦袋！』是不是？」王語嫣道：「是啊。」她這兩字一出口，立時知道不對，急忙伸手按住了嘴唇。段譽暗暗叫苦：「唉，這位小姐，連撒個謊也不會。」

幸好嚴媽媽似乎年老胡塗，對這個大破綻全沒留神，說道：「小姐，麻繩綁得很緊，你來幫我解一解。」

王語嫣道：「好罷！」走到阿朱身旁，去解縛住她手腕的麻繩，驀然間喀喇一聲響，鐵柱中伸出一根弧形鋼條，套住了她的纖腰。王語嫣「啊」的一聲，驚呼了出來。那鋼條套住在她腰間，尚有數寸空隙，但要脫出，卻是萬萬不能。

段譽一驚，忙搶進屋來，喝道：「你幹甚麼？快放了小姐。」

嚴媽媽嘰嘰嘰的連聲怪笑，說道：「夫人既說再見到兩個小丫頭，立時便砍了腦袋，怎會叫她們去問話？夫人有多少丫頭，何必要小姐親來？這中間古怪甚多。小姐，你在這兒待一會，讓我去親自問過夫人再說。」

王語嫣怒道：「你沒上沒下的幹甚麼？快放開我！」嚴媽媽道：「小姐，我對夫人忠心耿耿，不敢做半點錯事。慕容家的姑太太實在對夫人不起，說了許多壞話，誹謗夫人的清白名聲，別說夫人生氣，我們做下人的也是恨之入骨。那一日只要夫人一點頭，我們立時便去掘了姑太太的墳，將她屍骨拿到花肥房來，一般的做了花肥。小姐，我跟你說，姓慕容的沒一個好人，這兩個小丫頭，夫人是定然不會相饒的。但小姐既這麼吩咐，待我去問過夫人再說，倘然確是如此，老婆子再向小姐磕頭陪不是，你用家法板子打老婆子背脊好了。」王語嫣大急，道：「喂，喂，你別去問夫人，我媽要生氣的。」

嚴媽媽更無懷疑，小姐定是背了母親弄鬼，為了迴護表哥的使婢，假傳號令。她要乘機領功，說道：「很好，很好！小姐稍待片刻，老婆子一會兒便來。」王語嫣叫道：「你別去，先放開我再說。」嚴媽媽那來理她，快步便走出屋去。

段譽見事情緊急，張開雙手，攔住她去路，笑道：「你放了小姐，再去請問夫人，豈不是好？你是下人，得罪了小姐，終究不妙。」

嚴媽媽瞇著一雙小眼，側過了頭，說道：「你這小子很有點不妥。」一翻手便抓住了段譽的手腕，將他拖到鐵柱邊，扳動機括，喀的一聲，鐵柱中伸出鋼環，也圈住了他腰。段譽大急，伸右手牢牢抓住她左手手腕，死也不放。

嚴媽媽一給他抓住，立覺體中內力源源不斷外洩，說不出的難受，怒喝：「放開手！」她一出聲呼喝，內力外洩更加快了，猛力掙扎，脫不開段譽的掌握，心下大駭，叫道：「臭小子……你幹甚麼？快放開我。」

段譽和她醜陋的臉孔相對，其間相距不過數寸。他背心給鐵柱頂住了，腦袋無法後仰，眼見她既黃且髒的利齒似乎便要來咬自己咽喉，又是害怕，又想作嘔，但知此刻千鈞一髮，要是放脫了她，王語嫣固受重責，自己與朱碧二女更將性命不保，只有閉上眼睛不去瞧她。

嚴媽媽道：「你……你放不放我？」語聲已有氣無力。段譽最初吸取無量劍七弟子的內力需時甚久，其後更得了不少高手的部份內力，他內力越強，北冥神功的吸力也就越大，這時再吸嚴媽媽的內力，那只片刻之功。嚴媽媽雖然兇悍，內力卻頗有限，不到一盞茶時分，已然神情委頓，只上氣不接下氣的道：「放……開我，放……放……放手……」

段譽道：「你開機括先放我啊。」嚴媽媽道：「是，是！」蹲下身來，伸出右手去撥動藏在桌子底下的機括，喀的一聲，圈在段譽腰間的鋼環縮了回去。段譽指著王語嫣和朱碧二女，命她立即放人。

嚴媽媽伸指去扳扣住王語嫣的機括，扳了一陣，竟紋絲不動。段譽怒道：「你還不快放了小姐？」嚴媽媽愁眉苦臉的道：「我……我半分力氣也沒有了。」

段譽伸手到桌子底下，摸到了機鈕，用力一扳，喀的一聲，圈在王語嫣腰間的鋼環緩緩縮進鐵柱之中。段譽大喜，但右手兀自不敢就此鬆開嚴媽媽的手腕，拾起地下長刀，挑斷了縛在阿碧手上的麻繩。

阿碧接過刀來，割開阿朱手上的束縛。兩人取出口中的麻核桃，又驚又喜，半晌說不出話來。

王語嫣向段譽瞪了幾眼，臉上神色又是詫異，又有些鄙夷，說道：「你怎麼會使『化功大法』？這等污穢的功夫，學來幹甚麼？」

段譽搖頭道：「我這不是化功大法。」心想如從頭述說，一則說來話長，二則她未必入信，不如隨口揑造個名稱，便道：「這是我大理段氏家傳的『六陽融雪功』，是從一陽指和六脈神劍中變化出來的，和化功大法一正一邪，一善一惡，全然的不可同日而語。」

王語嫣登時便信了，嫣然一笑，說道：「對不起，那是我孤陋寡聞。大理段氏的一陽指和六脈神劍我是久仰的了，『六陽融雪功』卻是今日第一次聽到。日後還要請教。」

段譽聽得美人肯向自己求教，自是求之不得，忙道：「小姐但有所詢，自當和盤托出，不敢有半點藏私。」

阿朱和阿碧萬萬料不到段譽會在這緊急關頭趕到相救，而見他和王小姐談得這般投機，更是大感詫異。阿朱道：「姑娘，段公子，多謝你們兩位相救。我們須得帶了這嚴媽媽去，免得她洩漏機密。」

嚴媽媽大急，心想給這小丫頭帶了去，十九性命難保，叫道：「小姐，小姐，慕容家的姑太太說夫人偷漢子，說你……」阿朱左手揑住她面頰，右手便將自己嘴裏吐出來的麻核桃塞入她口中。

段譽笑道：「妙啊，這是慕容門風，叫作『以彼之道，還施彼身』。」

王語嫣道：「我跟你們一起去，去瞧瞧他……」說著滿臉紅暈，低聲道：「瞧瞧他……他怎樣了。」她一直猶豫難決，剛才一場變故卻幫她下了決心。

阿朱喜道：「姑娘肯去援手，當真再好也沒有了。那麼這嚴媽媽也不用帶走啦。」二女拉過嚴媽媽，推到鐵柱之旁，扳動機括，用鋼環圈住了她。四人輕輕帶上了石屋的石門，快步走向湖邊。

幸好一路上沒撞到莊上婢僕，四人上了朱碧二女划來的小船，扳槳向湖中划去。阿朱、阿碧、段譽三人一齊扳槳，直到再也望不見曼陀山莊花樹的絲毫影子，四人這才放心。但怕王夫人駛了快船追來，仍是手不停划。

划了半天，眼見天色向晚，湖上煙霧漸濃，阿朱道：「姑娘，這兒離婢子的下處較近，今晚委屈你暫住一宵，再商量怎生去尋公子，好不好？」王語嫣道：「嗯，就是這樣。」她離曼陀山莊越遠，越是沉默。

段譽見湖上清風拂動她的衫子，黃昏時分，微有寒意，心頭忽然感到一陣淒涼之意，初出來時的歡樂心情漸漸淡了。

又划良久，望出來各人的眼鼻都已朦朦朧朧，只見東首天邊有燈光閃爍。阿碧道：「那邊有燈火處，就是阿朱姊姊的聽香水榭。」小船向著燈火直划。段譽忽想：「此生此世，只怕再無今晚之情。如此湖上泛舟，若能永遠到不了燈火處，豈不是好？」突然間眼前一亮，一顆大流星從天邊劃過，拖了一條長長的尾巴。

王語嫣低聲說了句話，段譽卻沒聽得清楚。黑暗之中，只聽她幽幽嘆了口氣。阿碧柔聲道：「姑娘放心，公子這一生逢凶化吉，從來沒遇到過甚麼危難。」王語嫣道：「少林寺享名數百年，畢竟非同小可。但願寺中高僧明白道理，肯聽表哥分說，我就只怕……就只怕表哥脾氣大，跟少林寺的和尚們言語衝突起來，唉……」她頓了一頓，輕輕的道：「每逢天上飛過流星，我這願總是許不成。」

江南自來相傳，當流星橫過天空之時，如有人能在流星消失前說一個願望，則不論如何為難之事，都能如意稱心。但流星總是一閃即沒，許願者沒說得幾個字，流星便已不見。千百年來，江南的小兒女不知因此而懷了多少夢想，遭了多少失望。王語嫣雖於武學所知極多，那兒女情懷，和尋常的農家女孩、湖上姑娘也沒甚麼分別。

段譽聽了這段話，心中又是一陣難過，明知她所許的願望必和慕容公子有關，定是祈求他平安無恙，萬事順遂。驀地想起：「在這世界上，可也有那一個少女，會如王姑娘這般在暗暗為我許願麼？婉妹從前愛我甚深，但她既知我是她的兄長之後，自當另有一番心情。這些日子中不知她到了何處？是否遇上了如意郎君？鍾靈呢？她知不知我是她的親哥哥？就算不知，她偶爾想到我之時，也不過心中一動，片刻間便拋開了，決不致如王姑娘這般，對她意中人如此銘心刻骨的思念。」

十三　水榭聽香　指點羣豪戲

——

包不同公然逐客，
段譽雖對王語嫣戀戀不捨，
總不能老著臉皮硬留下來，
當下一狠心，站起身來，說道：
「王姑娘，阿朱、阿碧兩位姑娘，
在下這便告辭，後會有期。」

小船越划越近，阿朱忽然低聲道：「阿碧，你瞧，這樣子有點兒不對。」阿碧點頭道：「嗯，怎麼點了這許多燈？」輕笑了兩聲，說道：「阿朱阿姊，你家裏在鬧元宵嗎？這般燈燭輝煌的，說不定他們是在給你做生日。」阿朱默不作聲，只是凝望湖中的點點燈火。

段譽遠遠望去，見一個小洲上八九間房屋，其中兩座是樓房，每間房子窗中都有燈火映出來。他心道：「阿朱所住之處叫做『聽香水榭』，想來和阿碧的『琴韻小築』差不多。聽香水榭中處處紅燭高燒，想是因為阿朱姊姊愛玩熱鬧。」

小船離聽香水榭約莫里許時，阿朱停住了槳，說道：「王姑娘，我家裏來了敵人。」王語嫣吃了一驚，道：「甚麼？來了敵人？你怎知道？是誰？」阿朱道：「是甚麼敵人，那可不知。不過你聞啊，這般酒氣薰天的，定是許多惡客亂攪出來的。」王語嫣和阿碧用力嗅了幾下，都嗅不出甚麼。段譽辨得出的只是少女體香，別的也就與常人無異。

阿朱的鼻子卻特別靈敏，說道：「糟啦，糟啦！他們打翻了我的茉莉花露、玫瑰花露，啊喲不好，我的寒梅花露也給他們蹧蹋了……」說到後來，幾乎要哭出聲來。

段譽大是奇怪，問道：「你眼睛這麼好，瞧見了麼？」阿朱哽咽道：「不是的。我聞得到。我花了很多心思，才浸成了這些花露，這些惡客定是當酒來喝了！」阿碧道：「阿朱姊姊，怎麼辦？咱們避開呢，還是上去動手？」阿朱道：「不知敵人是不是很厲害……」段譽道：「不錯，倘若厲害呢，那就避之則吉。如是一些平庸之輩，還是去教訓教訓他們的好，免得阿朱姊姊的珍物再受損壞。」阿朱心中正沒好氣，聽他這幾句話說了等如沒說，便道：「避強欺弱，這種事誰不會做？你怎知敵人很厲害呢，還是平庸之輩？」段譽張口結舌，說不出話來。

阿朱道：「咱們這就過去瞧個明白，不過大夥兒得先換套衣衫，扮成了漁翁、漁婆兒一般。」她手指東首，說道：「那邊所住的打漁人家，都認得我的。咱們借衣裳去。」段譽拍手笑道：「妙極，妙極！」阿朱木槳一扳，便向東邊划去，想到喬裝改扮，便即精神大振，於家中來了敵人之事也不再如何著惱了。

阿朱先和王語嫣、阿碧到漁家借過衣衫換了。她自己扮成個老漁婆，王語嫣和阿碧則扮成了中年漁婆，然後再喚段譽過去，將他裝成個四十來歲的漁人。阿朱的易容之術當真巧妙無比，拿些麵粉泥巴，在四人臉上這裏塗一塊，那邊黏一點，霎時之間，各人的年紀、容貌全都大異了。她又借了漁舟、漁網、釣桿、活魚等等，划了漁舟向聽香水榭駛去。

段譽、王語嫣等相貌雖然變了，聲音舉止卻處處露出破綻，阿朱那喬裝的本事，他們連一成都學不上。王語嫣笑道：「阿朱，甚麼事都由你出頭應付，我們只好裝啞巴。」阿朱笑道：「是了，包你不穿便是。」

漁舟緩緩駛到水榭背後。段譽只見前後左右處處都是楊柳，但陣陣粗暴的轟叫聲不斷從屋中傳出來。這等叫嚷吆喝，和周遭精巧幽雅的屋宇花木實是大大不稱。

阿朱嘆了一口氣，十分不快。阿碧在她耳邊道：「阿朱阿姊，趕走了敵人之後，我來幫你收作。」阿朱捏了捏她的手示謝。

她帶著段譽等三人從屋後走到廚房，見廚師老顧忙得滿頭大汗，正不停口的向鑊中吐唾沫，跟著雙手連搓，將污泥不住搓到鑊中。阿朱又好氣、又好笑，叫道：「老顧，你在幹甚麼？」老顧嚇了一跳，驚道：「你……你……」阿朱笑道：「我是阿朱姑娘。」老顧大喜，道：「阿朱姑娘，來了好多壞人，逼著我燒菜做飯，你瞧！」一面說，一面醒了些鼻涕抛在菜中，吃吃的笑了起來。阿朱皺眉道：「你燒這般髒的菜。」老顧忙道：「姑娘吃的菜，我做的時候一雙手洗得乾乾淨淨。壞人吃的，那是有多髒，便弄多髒。」阿朱道：「下次我見到你做的菜，想起來便噁心。」老顧道：「不同，不同，完全不同。」阿朱雖是慕容公子的使婢，但在聽香水榭卻是主人，另有婢女、廚子、船夫、花匠等服侍。

阿朱問道：「有多少敵人？」老顧道：「先來的一伙有十八九個，後來的一伙有二十多個。」阿朱道：「有兩伙麼？是些甚麼人？甚麼打扮？聽口音是那裏人？」老顧罵道：「操他伊啦娘……」罵人的言語一出口，急忙伸手按住嘴巴，甚是惶恐，道：「阿朱姑娘，老顧真該死。我……我氣得胡塗了。這兩起壞人，一批是北方蠻子，瞧來都是強盜。另一批是四川人，個個都穿白袍，也不知是啥路道。」阿朱道：「他們來找誰？有沒傷人？」老顧道：「第一批強盜來找老爺，第二批怪人來找公子爺。我們說老爺故世了，公子爺不在，他們不信，前前後後的大搜了一陣。莊上的丫頭都避開了，就是我氣不過，操……」本來又要罵人，一句粗話到得口邊，總算及時縮回。阿朱等見他左眼烏黑，半邊臉頰高高腫起，想是吃了幾下狠的，無怪他要在菜餚中吐唾沫、醒鼻涕，聊以洩憤。

阿朱沉吟道：「咱們得親自去瞧瞧，老顧也說不明白。」帶著段譽、王語嫣、阿碧三人從廚房側門出去，經過了一片茉莉花壇，穿過兩扇月洞門，來到花廳之外。離花廳後的門窗尚有數丈，已聽得廳中一陣陣喧譁之聲。

阿朱悄悄走近，伸指甲挑破窗紙，湊眼向裏張望。但見大廳上燈燭輝煌，可是只照亮了東邊的一面，十八九個粗豪大漢正在放懷暢飲，桌上杯盤狼藉，地下椅子東倒西歪，有幾人索性坐在桌上，有的手中抓著雞腿、豬蹄大嚼。有的揮舞長刀，將盤中一塊塊牛肉用刀尖挑起了往口裏送。

阿朱再往西首望去，初時也不在意，但多瞧得片刻，不由得心中發毛，背上暗生涼意，但見二十餘人都身穿白袍，肅然而坐，桌上只點了一根蠟燭，燭光所及不過數尺方圓，照見近處那六七人個個臉上一片木然，既無喜容，亦無怒色，當真有若殭屍，這些人始終不言不動的坐著，若不是有幾人眼珠偶爾轉動，真還道個個都是死人。

阿碧湊近身去，握住阿朱的手，只覺她手掌冷冰冰地，更微微發顫，當下也挑破窗紙向裏張望，她眼光正好和一個蠟黃臉皮之人雙目相對。那人半死不活的向她瞪了一眼，阿碧吃了一驚，不禁「啊」的一聲低呼。

砰砰兩聲，長窗震破，四個人同時躍出，兩個是北方大漢，兩個是川中怪客，齊聲喝問：「是誰？」

阿朱道：「我們捉了幾尾鮮魚，來問老顧要勿要。今朝的蝦兒也是鮮龍活跳的。」她說的是蘇州土白，四條大漢原本不懂，但見四人都作漁人打扮，手中提著的魚蝦不住跳動，不懂也就懂了。一條大漢從阿朱手裏將魚兒搶過去，大聲叫道：「廚子，廚子，拿去做醒酒湯喝。」另一個大漢去接段譽手中的鮮魚。

那兩個四川人見是賣魚的，不再理會，轉身便回入廳中。阿碧當他二人經過身旁時，聞到一陣濃烈的男人體臭，忍不住伸手掩住鼻子。一個四川客一瞥之間見到她衣袖褪下，露出小臂膚白勝雪，嫩滑如脂，疑心大起：「一個中年漁婆，肌膚怎會如此白嫩？」反手一把抓住阿碧，問道：「格老子的，你幾歲？」阿碧吃了一驚，反手甩脫他手掌，說道：「你做啥介？動手動腳的？」她說話聲音嬌柔清脆，這一甩又出手矯捷，那四川客只覺手臂酸麻，一個踉蹌，向外跌了幾步。

這麼一來，底細登時揭穿，廳外的四人同聲喝問，廳中又湧出十餘人來，將段譽等團團圍住。一條大漢伸手去扯段譽的鬍子，假鬚應手而落。另一個漢子要抓阿碧，被阿碧斜身反推，跌倒在地。

眾漢子更大聲吵嚷起來：「是奸細，是奸細！」「喬裝假扮的賊子！」「快吊起來拷打！」擁著四人走進廳內，向東首中坐的老者稟報道：「姚寨主，拿到了喬裝的奸細。」

那老者身材魁梧雄偉，一部花白鬍子長至胸口，喝道：「那裏來的奸細？裝得鬼鬼祟祟的，想幹甚麼壞事？」

王語嫣道：「扮作老太婆，一點也不好玩，阿朱，我不裝啦。」說著伸手在臉上擦了幾下，泥巴和麵粉堆成的滿臉皺紋登時紛紛跌落，眾漢子見到一個中年漁婆突然變成了一個美麗絕倫的少女，無不目瞪口呆，霎時間大廳中鴉雀無聲，坐在西首一眾四川客的目光也都射在她身上。

王語嫣道：「你們都將喬裝去了罷。」向阿碧笑道：「都是你不好，洩漏了機關。」阿朱、阿碧、段譽三人當下各自除去了臉上的化裝。眾人看看王語嫣，又看看阿朱、阿碧，想不到世間竟有這般粉裝玉琢似的姑娘。

隔了好一陣，那魁梧老者才問：「你們是誰？到這裏來幹甚麼？」阿朱笑道：「我是這裏主人，竟要旁人問我到這裏來幹甚麼，豈不奇怪？你們是誰？到這裏來幹甚麼？」那老者點頭道：「嗯，你是這裏的主人，那好極了。你是慕容家的小姐？慕容博是你爹爹罷？」阿朱微笑道：「我只是個丫頭，怎有福氣做老爺的女兒？閣下是誰？到此何事？」那老者聽她自稱是個丫頭，意似不信，沉吟半晌，才道：「你去請主人出來，我方能告知來意。」阿朱道：「我們老主人故世了，少主人出門去了。閣下有何貴幹，就跟我說好啦。閣下的姓名，難道不能示知麼？」那老者道：「嗯，我是雲州秦家寨的姚寨主，姚伯當便是。」阿朱道：「久仰，久仰。」姚伯當笑道：「你一個小小姑娘，久仰我甚麼？」

王語嫣道：「雲州秦家寨，最出名的武功是五虎斷門刀，當年秦公望前輩自創斷門刀六十四招後，後人忘了五招，聽說只有五十九招傳下來。姚寨主，你學會的是幾招？」

姚伯當大吃一驚，衝口而出：「我秦家寨五虎斷門刀原有六十四招，你怎麼知道？」王語嫣道：「書上是這般寫的，那多半不錯罷？缺了的五招是『白虎跳澗』、『一嘯風生』、『剪撲自如』、『雄霸羣山』，那第五招嘛，嗯，是『伏象勝獅』，對不對？」

姚伯當摸了摸鬍鬚，本門刀法中有五招最精要的招數失傳，他是知道的，但這五招是甚麼招數，本門之中卻誰也不知。這時聽她侃侃而談，又是吃驚，又是起疑，對她這句問話卻答不上來。

西首白袍客中一個三十餘歲的漢子陰陽怪氣的道：「秦家寨五虎斷門刀少了那五招，姚寨主貴人事忙，已記不起啦。這位姑娘，跟慕容博慕容先生如何稱呼？」王語嫣道：「慕容老爺子是我姑丈。閣下尊姓大名？」那漢子冷笑道：「姑娘家學淵源，熟知姚寨主的武功家數。在下的來歷，倒要請姑娘猜上一猜。」王語嫣微笑道：「那你得顯一下身手才成。單憑幾句說話，我可猜不出來。」

那漢子點頭道：「不錯。」左手伸入右手衣袖，右手伸入左手衣袖，便似冬日籠手取暖一般，隨即雙手伸出，手中已各握了一柄奇形兵刃，左手是柄六七寸長的鐵錐，錐尖卻曲了兩曲，右手則是個八角小鎚，鎚柄長僅及尺，鎚頭還沒常人的拳頭大，兩件兵器小巧玲瓏，倒像是孩童的玩具，用以臨敵，看來全無用處。東首的北方大漢見了這兩件古怪兵器，當下便有數人笑出聲來。一個大漢笑道：「川娃子的玩意兒，也拿出來丟人現眼！」西首眾人齊向他怒目而視。

王語嫣道：「嗯，你這是『雷公轟』，閣下想必長於輕功和暗器了。書上說『雷公轟』是四川青城山青城派的獨門兵刃，『青』字九打，『城』字十八破，奇詭難測。閣下多半是複姓司馬罷？」

那漢子一直臉色陰沉，聽了她這幾句話，不禁聳然動容，和他身旁三名副手面面相覷，隔了半晌，才道：「姑蘇慕容氏於武學一道淵博無比，果真名不虛傳。在下司馬林。請問姑娘，是否『青』字真有九打，『城』字真有十八破？」

王語嫣道：「你這句話問得甚好。我以為『青』字稱作十打較妥，鐵菩提和鐵蓮子外形雖似，用法大大不同，可不能混為一談。至於『城』字的十八破，那『破甲』、『破盾』、『破牌』三種招數無甚特異之處，似乎故意拿來湊成十八之數，其實可以取消或者合併，稱為十五破或十六破，反而更為精要。」

司馬林只聽得目瞪口呆，他的武功『青』字只學會了七打，鐵蓮子和鐵菩提的分別，全然不知；至於破甲、破盾、破牌三種功夫，原是他畢生最得意的武學，向來是青城派的鎮山絕技，不料這少女卻說儘可取消。他先是一驚，隨即大為惱怒，心道：「我的武功、姓名，慕容家自然早就知道了，他們想折辱於我，便編了這樣一套鬼話出來，命一個少女來大言炎炎。」當下也不發作，只道：「多謝姑娘指教，令我茅塞頓開。」微一沉吟間，向他左首的副手道：「諸師弟，你不妨向這位姑娘領教領教。」

那副手諸保昆是個滿臉麻皮的醜陋漢子，似比司馬林還大了幾歲，一身白袍之外，頭上更用白布包纏，宛似滿身喪服，於朦朧燭光之下更顯得陰氣森森。他站起身來，雙手在衣袖中一拱，取出的也是一把短錐，一柄小鎚，和司馬林一模一樣的一套「雷公轟」，說道：「請姑娘指點。」

旁觀眾人均想：「你的兵刃和那司馬林全無分別，這位姑娘既識得司馬林的，難道就不識得你的？」王語嫣也道：「閣下既使這『雷公轟』，自然也是青城一派了。」司馬林道：「我這諸師弟是帶藝從師。本來是那一門那一派，卻要考較考較姑娘的慧眼。」心想：「諸師弟原來的功夫門派，連我也不大了然，你要是猜得出，那可奇了。」王語嫣心想：「這倒確是個難題。」

她尚未開言，那邊秦家寨的姚伯當搶著說道：「司馬掌門，你要人家姑娘識出你師弟的本來面目，那有甚麼意思？這豈不是沒趣之極麼？」司馬林愕然道：「甚麼沒趣之極？」姚伯當笑道：「令師弟現下滿臉密圈，彫琢得十分精細。他的本來面目嘛，自然就沒這麼考究了。」東首眾大漢盡皆轟聲大笑。

諸保昆生平最恨人嘲笑他的麻臉，聽得姚伯當這般公然譏嘲，如何忍耐得住？也不理姚伯當是北方大豪、一寨之主，左手鋼錐尖對準了他胸膛，右手小鎚在錐尾一擊，嗤的一聲急響，破空聲有如尖嘯，一枚暗器向姚伯當胸口疾射過去。

秦家寨和青城派一進聽香水榭，暗中便較上了勁，雙方互不為禮，你眼睛一瞪，我鼻孔一哼，倘若王語嫣等不來，一場架多半已經打上了。姚伯當出口傷人，原是意在挑釁，但萬萬想不到對方說幹就幹，這暗器竟來得如此迅捷，危急中不及拔刀擋格，左手搶過身前桌上的燭台，看準了暗器一擊。噹的一聲響，暗器向上射去，拍的一下，射入樑中，原來是根三寸來長的鋼針。鋼針雖短，力道卻十分強勁，姚伯當左手虎口一麻，燭台掉在地下，嗆啷啷的直響。

秦家寨羣盜紛紛拔刀，大聲叫嚷：「暗器傷人麼？」「算是那一門子的英雄好漢？」「不要臉，操你奶奶的雄！」一個大胖子更滿口污言穢語，將對方的祖宗十八代都罵上了。青城派眾人卻始終陰陽怪氣的默不作聲，對秦家寨羣盜的叫罵宛似不聞不見。

姚伯當適才忙亂中去搶燭台，倉卒之際，原是沒有拿穩，但以數十年的功力修為，竟給小小一枚鋼針打落了手中物事，以武林中的規矩而論，已是輸了一招，心想：「對方的武功頗有點邪門，聽那小姑娘說，青城派有甚麼『青』字九打，似乎都是暗青子的功夫，要是不小心在意，怕要吃虧。」當下揮手止住屬下羣盜叫鬧，笑道：「諸兄弟這一招功夫俊得很，可也陰毒得很哪！那叫甚麼名堂？」

諸保昆嘿嘿冷笑，並不答話。

秦家寨的大胖子道：「多半叫作『不要臉皮，暗箭傷人』！」另一個中年人笑道：「人家本來是不要臉皮了嘛。這一招的名稱很好，名副其實，有學問，有學問！」言語之中，又是取笑對方的麻臉。

王語嫣搖了搖頭，柔聲道：「姚寨主，這就是你的不對了。」姚伯當道：「怎麼？」王語嫣道：「任誰都難保有病痛傷殘。小時候不小心摔一交，說不定便跌跛了腿。跟人交手，說不定便丟了一手一目。武林中的朋友們身上有甚麼損傷，那是平常之極的事，是不是？」姚伯當只得點了點頭。王語嫣又道：「這位諸爺幼時患了惡疾，身上有些疤痕，那有甚麼可笑？男子漢大丈夫，第一論人品心腸，第二論才幹事業，第三論文學武功。臉蛋兒俊不俊，有甚麼相干？」

姚伯當不由得啞口無言，哈哈一笑，說道：「小姑娘的言語倒也有些道理。這麼說來，是老夫取笑諸兄弟的不是了。」

王語嫣嫣然一笑，道：「老爺子坦然自認其過，足見光明磊落。」轉臉向諸保昆搖了搖頭，道：「不行的，那沒有用。」說這句話時，臉上神情又溫柔，又同情，便似是一個做姊姊的，看到小兄弟忙得滿頭大汗要做一件力所不勝的事，因而出言規勸一般，語調也甚是親切。

諸保昆聽她說武林中人身上有何損傷乃是家常便飯，又說男子漢大丈夫當以品格功業為先，心中甚是舒暢，他一生始終為一張麻臉而鬱鬱不樂，從來沒聽人開解得如此誠懇，如此有理，待聽她最後說「不行的，那沒有用」，便問：「姑娘說甚麼？」心想：「她說我這『天王補心針』不行麼？沒有用麼？她不知我這錐中共有一十二枚鋼針。倘若不停手的擊鎚連發，早就要了這老傢伙的性命。只是在司馬林之前，卻不能洩漏了機關。」

只聽得王語嫣道：「你這『天王補心針』，果然是一門極霸道的暗器……」諸保昆身子一震，「哦」的一聲。司馬林和另外兩個青城派高手不約而同的叫了出來：「甚麼？」諸保昆臉色已變，說道：「姑娘錯了，這不是天王補心針。這是我們青城派的暗器，是『青』字第四打的功夫，叫做『青蜂釘』。」

王語嫣微笑道：「『青蜂釘』的外形倒是這樣的。你發這天王補心針，所用的器具、手法，確和青蜂釘完全一樣，但暗器的本質不在外形和發射的姿式，而在暗器的勁力和去勢。大家發一枚鋼鏢，少林派有少林派的手勁，崑崙派有崑崙派的手勁，那是勉強不來的。你這是……」

諸保昆眼光中陡然殺氣大盛，左手的鋼錐倏忽舉到胸前，只要鎚子在錐尾這麼一擊，立時便有鋼針射向王語嫣。旁觀眾人中倒有一半驚呼出聲，適才見他發針射擊姚伯當，去勢之快，勁道之強，暗器中罕有其匹，顯然那鋼錐中空，裏面裝有強力的機簧，否則決非人力之所能，而錐尖彎曲，更使人決計想不到可由此中發射暗器，誰知錐中空管卻是筆直的。虧得姚伯當眼明手快，這才逃過了一劫，倘若他再向王語嫣射出，這樣一個嬌滴滴的美人如何閃避得過？但諸保昆見她如此麗質，畢竟下不了殺手，又想到她適才為己辯解，心存感激，喝道：「姑娘，你別多嘴，自取其禍。」

就在此時，一人斜身搶過擋在王語嫣之前，卻是段譽。

王語嫣微笑道：「段公子，多謝你啦。諸大爺，你不下手殺我，也多謝你。不過你就算殺了我，也沒用的。青城、蓬萊兩派世代為仇。你所圖謀的事，八十餘年之前，貴派第七代掌門人海風子道長就曾試過了。他的才幹武功，只怕都不在你之下。」

青城派眾人聽了這幾句話，目光都轉向諸保昆，狠狠瞪視，無不起疑：「難道他竟是我們死對頭蓬萊派的門下，到本派臥底來的？怎地他一口四川口音，絲毫不露山東鄉談？」

原來山東半島上的蓬萊派雄長東海，和四川青城派雖一個在東，一個在西，但百餘年前兩派高手結下了怨仇，從此輾轉報復，仇殺極慘。兩派各有絕藝，互相剋制，當年雙方所以結怨生仇，也就是因談論武功而起。經過數十場大爭鬥、大仇殺，到頭來蓬萊固然勝不了青城，青城也勝不了蓬萊。每鬥到慘烈處，往往是雙方好手兩敗俱傷，同歸於盡。

王語嫣所說的海風子乃是蓬萊派中的傑出人才。他細細參究兩派武功的優劣長短，知道憑著自己的修為，要在這一代中蓋過青城，那並不難，但日後自己逝世，青城派中出了聰明才智之士，便又能蓋過本派。為求一勞永逸，於是派了自己最得意的弟子，混入青城派中偷學武功，以求知己知彼，百戰百勝。可是那弟子武功沒學全，便給青城派發覺，即行處死。

這麼一來，雙方仇怨更深，而防備對方偷學本派武功的戒心，更是大增。

這數十年中，青城派規定不收北方人為徒，只要帶一點兒北方口音，別說他是山東人，便是河北、河南、山西、陝西，也都不收。後來規矩更加嚴了，變成非川人不收。

「青蜂釘」是青城派的獨門暗器，「天王補心針」則是蓬萊派的功夫。諸保昆發的明明是「青蜂釘」，王語嫣卻稱之為「天王補心針」，這一來青城派上下自是大為驚懼。要知蓬萊派和青城派一般的規矩，也是嚴定非山東人不收，其中更以魯東人為佳，甚至魯西、魯南之人，要投入蓬萊派也是千難萬難。一個人喬裝改扮，不易露出破綻，但說話的鄉音語調，一千句話中總難免洩漏一句。諸保昆出自川西灌縣諸家，那是川西的世家大族，怎地會是蓬萊派的門下？各人當真做夢也想不到。司馬林先前要王語嫣猜他的師承來歷，只不過出個題目難難這小姑娘，全無懷疑諸保昆之意，那知竟得了這樣一個驚心動魄的答案。

這其中吃驚最甚的，自然是諸保昆了。原來他師父叫作都靈道人，年輕時曾吃過青城派的大虧，處心積慮的謀求報復，在四川各地暗中窺視，找尋青城派的可乘之隙。這一年在灌縣見到了諸保昆，那時他還是個孩子，但根骨極佳，實是學武的良材，於是籌劃到一策。他命人扮作江洋大盜，潛入諸家，綁住諸家主人，大肆劫掠之後，拔刀要殺了全家滅口，又欲姦淫諸家的兩個女兒。都靈子早就等在外面，直到千鈞一髮的最危急之時，這才挺身而出，逐走一羣假盜，奪還全部財物，令諸家兩個姑娘得保清白。諸家的主人自是千恩萬謝，感激涕零。

都靈子動以言辭，說道：「若無上乘武藝，縱有萬貫家財，也難免為歹徒所欺。這羣盜賊武功不弱，這番受了挫折，難免不捲土重來。」那諸家是當地身家極重的世家，眼見家中所聘的護院武師給盜賊三拳兩腳便即打倒在地，聽說盜賊不久再來，嚇得魂飛天外，苦苦哀求都靈子住下。都靈子假意推辭一番，才勉允所請，過不多時，便引得諸保昆拜之為師。

都靈子除了刻意與青城派為仇之外，為人倒也不壞，武功也甚了得。他囑咐諸家嚴守秘密，暗中教導諸保昆練武。十年之後，諸保昆已成為蓬萊派中數一數二的人物。這都靈子也真耐得，他自在諸府定居之後，當即扮作啞巴，自始至終，不與誰交談一言半語，傳授諸保昆功夫之時，除了手腳比劃姿式，一切指點講授全是用筆書寫，絕不吐出半句山東鄉談。因此諸保昆雖和他朝夕相處十年之久，卻一句山東話也沒聽見過。

待得諸保昆功夫大成，都靈子寫下前因後果，要弟子自決，那假扮盜賊一節，自然隱瞞不提。在諸保昆心中，師父不但是全家的救命恩人，這十年來，更待己恩澤深厚，將全部蓬萊派的武功傾囊相授，早就感激無已，一明白師意，更無半分猶豫，立即便去投入青城派掌門司馬衛的門下。這司馬衛，便是司馬林的父親。

其時諸保昆年紀已經不小，兼之自稱曾跟家中護院的武師練過一些三腳貓的花拳繡腿，司馬衛原不肯收。但諸家是川西大財主，有錢有勢，青城派雖是武林，終究在川西生根，不願與當地豪門失和，再想收一個諸家的子弟為徒，頗增本派聲勢，就此答允了下來。待經傳藝，發覺諸保昆的武功著實不錯，盤問了幾次，諸保昆總是依著都靈子事先的指點，揑造了一派說辭以答。司馬衛礙著他父親的面子，也不過份追究，心想這等富家子弟，能學到這般身手，已算是十分難得了。

諸保昆投入青城之後，得都靈子詳加指點，那幾門青城派的武學須得加意鑽研。他逢年過節，送師父、師兄，以及眾同門的禮極重，師父有甚麼需求，不等開言示意，搶先便辦得妥妥貼貼，反正家中有的是錢，一切輕而易舉。司馬衛心中過意不去，在武功傳授上便也絕不藏私，如此七八年下來，諸保昆已盡得青城絕技。

本來在三四年之前，都靈子已命他離家出遊，到山東蓬萊山去出示青城武功，以便盡知敵人的秘奧，然後一舉而傾覆青城派。但諸保昆在青城門下數年，覺得司馬衛待己情意頗厚，傳授武功時與對所有親厚弟子一般無異，想到要親手覆滅青城一派，誅殺司馬衛全家，實在頗有不忍，暗暗打定主意：「總須等司馬衛師父去世之後，我才能動手。司馬林師兄待我平平，殺了他也沒甚麼。」因此上又拖了幾年。都靈子幾次催促，諸保昆總是推說：青城派中的「青」字九打和「城」字十八破並未學全。都靈子花了這許多心血，自不肯功虧一簣，只待他盡得其秘，這才發難。

但到去年冬天，司馬衛在川東白帝城附近，給人用「城」字十二破中的「破月錐」功夫穿破耳鼓，內力深入腦海，因而斃命。那「破月錐」功夫雖然名稱中有個「錐」字，其實並非使用鋼錐，而是五指成尖錐之形戳出，以渾厚內力穿破敵人耳鼓。

司馬林和諸保昆在成都得到訊息，連夜趕來，查明司馬衛的傷勢，兩人又驚又悲，均想本派能使這「破月錐」功夫的，除了司馬衛自己之外，只有司馬林、諸保昆，以及其他另外兩名耆宿高手。但事發之時，四人明明皆在成都，正好相聚在一起，誰也沒有嫌疑。然則殺害司馬衛的兇手，除了那號稱「以彼之道，還施彼身」的姑蘇慕容氏之外，再也不可能有旁人了。當下青城派傾巢而出，盡集派中高手，到姑蘇來尋慕容氏算帳。

諸保昆臨行之前，暗中曾向都靈子詢問，是否蓬萊派下的手腳。都靈子用筆寫道：「司馬衛武功與我在伯仲之間，我若施暗算，僅用天王補心針方能取他性命。倘若多人圍攻，須用本派鐵拐陣。」諸保昆心想不錯，他此刻已深知兩位師父的武功修為誰也奈何不了誰，說到要用「破月錐」殺死司馬衛，別說都靈子不會這門功夫，就是會得，也無法勝過司馬衛的功力。是以他更無懷疑，隨著司馬林到江南尋仇。都靈子也不加阻攔，只叫他事事小心，但求多增閱歷見聞，不可枉自為青城派送了性命。

到得蘇州，一行人四下打聽，好容易來到聽香水榭，雲州秦家寨的羣盜已先到了一步。青城派門規甚嚴，若無掌門人的號令，誰也不敢亂說亂動，見到秦家寨羣盜這般亂七八糟，都是好生瞧他們不起，雙方言語間便頗不客氣。青城派志在復仇，於聽香水榭中的一草一木都不亂動半點，所吃的乾糧也是自己帶來。這一來倒反佔了便宜，老顧的滿口唾沫、滿手污泥，青城派眾人就沒嘗到。

王語嫣、阿朱等四人突然到來，奇變陡起。諸保昆以青城手法發射「青蜂釘」，連司馬衛生前也絲毫不起疑心，那知王語嫣這小姑娘竟爾一口叫破。這一下諸保昆猝不及防，要待殺她滅口，只因一念之仁，下手稍慢，已然不及。何況「天王補心針」五字既被司馬林等聽了去，縱將王語嫣殺了，也已無濟於事，徒然更顯作賊心虛而已。

這當兒諸保昆全身冷汗直淋，腦中一團混亂，一回頭，只見司馬林等各人雙手籠在衣袖之中，都狠狠瞪著自己。

司馬林冷冷的道：「諸爺，原來你是蓬萊派的？」他不再稱諸保昆為師弟，改口稱之為諸爺，顯然不再當他是同門了。

諸保昆承認也不是，不承認也不是，神情極為尷尬。

司馬林雙目圓睜，怒道：「你到青城派來臥底，學會了『破月錐』的絕招，便即害死我爹爹。你這狼心狗肺之徒，忒也狠毒。」雙臂向外一張，手中已握了雷公轟雙刃。他想，本派功夫既被諸保昆學得，自去轉授蓬萊派的高手。他父親死時，諸保昆雖確在成都，但蓬萊派既學到了這手法，那就誰都可以用來害他父親。

諸保昆臉色鐵青，心想師父都靈子派他混入青城派，原是有此用意，但迄今為止，自己可的確沒洩漏過半點青城派武功。事情到了這步田地，如何能夠辯白？看來眼前便是一場惡戰，對方人多勢眾，司馬林及另外兩位高手的功夫全不在自己之下，今日眼見性命難保，心道：「我雖未做此事，但自來便有叛師之心，就算給青城派殺了，那也罪有應得。」當下將心一橫，只道：「師父決不是我害死的……」

司馬林喝道：「自然不是你親自下手，但這門功夫是你所傳，同你親自下手更有甚麼分別？」向身旁兩個高高瘦瘦的老者說道：「姜師叔、孟師叔，對付這種叛徒，不必講究武林中單打獨鬥的規矩，咱們一起上。」兩名老者點了點頭，雙手從衣袖之中伸出，也都是左手持錐，右手握鎚，分從左右圍上。

諸保昆退了幾步，將背脊靠在廳中的一條大柱上，以免前後受敵。

司馬林大叫：「殺了這叛徒，為爹爹復仇！」向前一衝，舉鎚便往諸保昆頭頂打去。諸保昆側身讓過，左手還了一錐。那姓姜老者喝道：「你這叛徒奸賊，虧你還有臉使用本派武功。」左手錐刺他咽喉，右手小鎚「鳳點頭」連敲三鎚。

秦家寨羣盜見那姓姜老者小鎚使得如此純熟，招數又極怪異，均大起好奇之心。姚伯當等都暗暗點頭，心想：「青城派名震川西，實非倖至。」

司馬林心急父仇，招數太過莽撞，諸保昆倒還能對付得來，可是姜孟兩個老者運起青城派「穩、狠、陰、毒」四大要訣，錐刺鎚擊，招招往他要害招呼，諸保昆左支右絀，頃刻間險象環生。

他三人的鋼錐和小鎚招數，每一招諸保昆都爛熟於胸，看了一招，便推想得到以後三四招的後著變化。全仗於此，這才以一敵三，支持不倒，又拆十餘招，心中突然一酸，暗想：「司馬師父待我實在不薄，司馬林師兄和姜孟兩位師叔所用的招數，我無一不知。練功拆招之時尚能故意藏私，不露最要緊的功夫，此刻生死搏鬥，他們三人自然竭盡全力，可見青城派功夫確是已盡於此。」他感激師恩，忍不住大叫：「師父決不是我害死的……」

便這麼一分心，司馬林已撲到離他身子尺許之處。青城派所用兵刃極短極小，厲害處全在近身肉搏。司馬林這一撲近身，如果對手是別派人物，他可說已然勝了七八成，但諸保昆的武功與他一模一樣，這便宜雙方卻是相等。燭光之下，旁觀眾人均感眼花繚亂，只見司馬林和諸保昆二人出招都是快極，雙手亂揮亂舞，只在雙眼一睞的剎那之間，兩人已拆了七八招。鋼錐上戳下挑，小鎚橫敲豎打，二人均似發了狂一般。但兩人招數練得熟極，對方攻擊到來，自然而然的擋格還招。兩人一師所授，招數法門殊無二致，司馬林年輕力壯，諸保昆經驗較富。頃刻間數十招過去，旁觀眾人但聽得叮叮噹噹的兵刃撞擊之聲，兩人如何進攻守禦，已全然瞧不出來。

孟姜二老者見司馬林久戰不下，突然齊聲唿哨，著地滾去，分攻諸保昆下盤。

凡使用短兵刃的，除了女子，大都均擅地堂功夫，在地下滾動跳躍，使敵人無所措手。諸保昆於這「雷公著地轟」的功夫原亦熟知，但雙手應付司馬林的一錐一鎚之後，再無餘裕去對付姜孟二老，只有竄跳閃避。姜老者鐵鎚自左向右擊去，孟老者的鋼錐卻自右方戳來。諸保昆飛左足逕踢孟老者下顎。孟老者罵道：「龜兒子，拚命麼？」向旁一退。姜老者乘勢直上，小鎚疾掃，便在此刻，司馬林的小鎚也已向他眉心敲到。諸保昆在電光石火之間權衡輕重，舉鎚擋格司馬林的小鎚，左腿硬生生的受了姜老者的一擊。

鎚子雖小，敲擊的勁力卻著實厲害，諸保昆但覺痛入骨髓，一時也不知左腿是否已經折斷，噹的一聲，雙鎚相交，火星閃爆，「啊」的一聲大叫，左腿又中了孟老者一錐。

這一錐他本可閃避，但如避過了這一擊，姜孟二老的「雷公著地轟」即可組成「地母雷網」，便成無可抵禦之勢，反正料不定左腿是否已斷，索性再抵受鋼錐的一戳。數招之間，他腿上鮮血飛濺，灑得四壁粉牆上都是斑斑點點。

王語嫣見阿朱皺著眉頭，撅起了小嘴，知她厭憎這一干人羣相鬥毆，弄髒了她雅潔的房舍，微微一笑，叫道：「喂，你們別打了，有話好說，為甚麼這般蠻不講理？」司馬林等三人一心要將「弒師奸徒」斃於當場；諸保昆雖有心罷手，卻那裏能夠？王語嫣見四人只顧惡鬥，不理自己的話，而不肯停手的主要是司馬林等三人，便道：「都是我隨口說一句『天王補心針』的不好，洩漏了諸爺的門戶機密。司馬掌門，你們快住手！」司馬林喝道：「父仇不共戴天，焉能不報？你囉唆甚麼？」王語嫣道：「你不停手，我可要幫他了！」

司馬林心中一凜：「這美貌姑娘的眼光十分厲害，武功也必甚高，她一幫對方，可有點兒不妙。」隨即轉念：「咱們青城派好手盡出，最多是一擁而上，難道還怕了她這麼一個嬌滴滴的小姑娘？」手上加勁，更如狂風驟雨般狠打急戳。

王語嫣道：「諸爺，你使『李存孝打虎勢』，再使『張果老倒騎驢』！」諸保昆一怔，心想：「前一招是青城派武功，後一招是蓬萊派的功夫，這兩招決不能混在一起，怎可相聯使用？」但這時情勢緊急，那裏更有詳加考究的餘暇，一招「李存孝打虎」使將出去，噹噹兩聲，恰好擋開了司馬林和姜老者擊來的兩鎚，跟著轉身，歪歪斜斜的退出三步，正好避過姜老者的三下伏擊。姜老者這一招伏擊錐鎚並用，連環三擊，極是陰毒狠辣。諸保昆這三步每一步都似醉漢踉蹌，不成章法，卻均在間不容髮的空隙之中，恰好避過了對方的狠擊，兩人倒似是事先練熟了來炫耀本事一般。

這三下伏擊本已十分精巧，閃避更是妙到毫巔。秦家寨羣盜只瞧得心曠神怡，諸保昆每避過一擊，便喝一聲采，連避三擊，羣盜三個連環大采。青城派眾人本來臉色陰沉，這時神氣更加難看。

段譽叫道：「妙啊，妙啊！諸兄，王姑娘有甚麼吩咐，你只管照做，包你不會吃虧。」

諸保昆走這三步「張果老倒騎驢」時，全沒想到後果，腦海中一片渾渾噩噩，但覺死也好，活也好，早就將性命甩了出去；沒料到青城、蓬萊兩派截然不同的武功，居然能連接在一起運使，就此避過這三下險招。他心中的驚駭，比秦家寨、青城派諸人更大得多了。

只聽王語嫣又叫：「你使『韓湘子雪擁藍關』，再使『曲徑通幽』！」這是先使蓬萊派武功，再使青城派武功，諸保昆想也不想，小鎚和鋼錐在身前一封，便在此時，司馬林和孟老者雙錐一齊戳到。三人原是同時出手，但在旁人瞧來，倒似諸保昆先行嚴封門戶，而司馬林和孟老者二人明明見到對方封住門戶，無隙可乘，仍然花了極大力氣使一著廢招，將兩柄鋼錐戳到他鎚頭之上，噹的一聲，兩柄鋼錐同時彈開。諸保昆更不思索，身形一矮，鋼錐反手斜斜刺出。

姜老者正要搶上攻他後路，萬萬想不到他這一錐竟會在這時候從這方位刺到。「曲徑通幽」這一招是青城派的武功，姜老者熟知於胸，如此刺法全然不合本派武功的基本道理，諸保昆如在平日練招時使將出來，姜老者非哈哈大笑不可。可是就這麼無理的一刺，姜老者便如要自殺一般，快步奔前，將身子湊向他的鋼錐，明知糟糕，卻已不及收勢，噗的一聲響，鋼錐已插入他腰間。他身形一晃，俯身倒地。青城派中搶出二人，將他扶了回去。

司馬林罵道：「諸保昆你這龜兒子，你親手傷害姜師叔，總不再是假的了罷？」王語嫣道：「這位姜老爺子是我叫他傷的。你們快停手罷！」司馬林怒道：「你有本領，便叫他殺了我！」王語嫣微笑道：「諸爺，你使一招『鐵拐李月下過洞庭』，再使一招『鐵拐李玉洞論道』。」

諸保昆應道：「是！」心想：「我蓬萊派武功之中，只有『呂純陽月下過洞庭』，只有

『漢鍾離玉洞論道』，怎地這位姑娘牽扯到鐵拐李身上去啦？想來她於本派武功所知究屬有限，隨口說錯了。」但當此緊急之際，司馬林和孟老者決不讓他出口發問，仔細參詳，只得依平時所學，使一招「呂純陽月下過洞庭」。

這招「月下過洞庭」本來大步而前，姿式飄逸，有如凌空飛行一般，但他左腿接連受了兩處創傷之後，大步跨出時一跛一拐，那裏還像呂純陽，不折不扣便是個鐵拐李。可是一跛一拐，竟然也大有好處，司馬林連擊兩錐，盡數落了空。跟著「漢鍾離玉洞論道」這招，也是左腿一拐，身子向左傾斜，右手中小鎚當作蒲扇，橫掠而出時，孟老者正好將腦袋送將上來。拍的一聲，這一鎚剛巧打在他嘴上，滿口牙齒，登時便有十餘枚擊落在地，只痛得他亂叫亂跳，拋去兵刃，雙手捧住了嘴巴，一屁股坐倒。

司馬林暗暗心驚，一時拿不定主意，要繼續鬥將下去，還是暫行罷手，日後再作復仇之計。眼見王語嫣剛才教的這兩招實在太也巧妙，事先算定孟老者三招之後，定會撲向諸保昆右側，而諸保昆在那時小鎚橫搶出去，正好擊中他嘴巴。偏偏諸保昆左腿跛了，「漢鍾離玉洞論道」變成了「鐵拐李玉洞論道」，小鎚斜著出去，否則正擊而出，便差了數寸，打他不中，這其中計算之精，料敵之準，實是可驚可駭。

司馬林尋思：「要殺諸保昆這龜兒子，須得先阻止這女娃子，不許她指點武功。」正在計謀如何下手加害王語嫣，忽聽她說道：「諸相公，你是蓬萊派弟子，混入青城派去偷學武功，原是大大不該。我信得過司馬衛老師父不是你害的，憑你所學，就算去教了別的好手，也決不能以『破月錐』這招，來害死司馬老師父。但偷學武功，總是你的不是，快向司馬掌門陪個不是，也就是了。」

諸保昆心想此言不錯，何況她於自己有救命之恩，全仗她所教這幾招方得脫險，她的吩咐自不能違拗，當即向司馬林深深一揖，說道：「掌門師哥，是小弟的不是……」

司馬林向旁一讓，惡狠狠的罵道：「你先人板板，你龜兒還有臉叫我掌門師哥？」

王語嫣叫道：「快！『遨遊東海』！」

諸保昆心中一凜，身子急拔，躍起丈許，但聽得嗤嗤嗤響聲不絕，十餘枚青蜂釘從他腳底射過，相去只一瞬眼之間。若不是王語嫣出言提醒，又若不是她叫出「遨遊東海」這一招，單只說「提防暗器」，自己定然凝神注視敵人，那知道司馬林居然在袖中發射青蜂釘，再要閃避，已然不及了。

司馬林這門「袖裏乾坤」的功夫，那才是青城派司馬氏傳子不傳徒的家傳絕技。這是司馬氏本家的規矩，孟姜二老者也是不會，司馬衛不傳諸保昆，只不過遵守祖訓，也算不得藏私。殊不知司馬林臉上絲毫不動聲色，雙手只在袖中這麼一攏，暗暗扳動袖中「青蜂釘」的機括，王語嫣卻已叫破，還指點了一招避這門暗器的功夫，那便是蓬萊派的「遨遊東海」。

司馬林這勢所必中的一擊竟然沒有成功，如遇鬼魅，指著王語嫣大叫：「你不是人，你是鬼，你是鬼！」

孟老者滿口牙齒被小鎚擊落，有三枚在忙亂中吞入了肚。他年紀已高，但眼明髮烏，牙齒堅牢，向來以此自負，其時牙齒掉一枚便少一枚，無假牙可裝，自是十分痛惜，滿口漏風的大叫：「抓了這女娃子，抓了這女娃子！」

青城派中門規甚嚴，孟老者輩份雖高，但一切事務都須由掌門人示下。眾弟子目光都望著司馬林，只待他一聲令下，便即齊向王語嫣撲去。

司馬林冷冷的道：「王姑娘，本派的武功，何以你這般熟悉？」王語嫣道：「我是從書上看來的。青城派武功以詭變險狠見長，變化也不如何繁複，並不難記。」司馬林道：「那是甚麼書？」王語嫣道：「嗯，也不是甚麼了不起的書。記載青城武功的書有兩部，一部是『青字九打』，一部是『城字十八破』，你是青城派掌門，自然都看過了。」

司馬林暗叫：「慚愧！」他幼時起始學藝之時，父親便對他言道：「本門武功，原有青字九打，城字十八破，可惜後來日久失傳，殘缺不全，以致這些年來，始終跟蓬萊派打成個僵持不決的局面。倘若有誰能找到這套完全的武功，不但滅了蓬萊派只一舉手之勢，就是稱雄天下，也不足為奇。」這時聽她說看過此書，不由得胸頭火熱，說道：「此書可否借與在下一觀，且看與本派所學，有何不同之處？」

王語嫣尚未回答，姚伯當已哈哈大笑，說道：「姑娘別上這小子的當。他青城派武功簡陋得緊，青字最多有這麼三打四打，城字也不過這麼十一二破。他想騙你的武學奇書來瞧，千萬不能借。」

司馬林給他拆穿了心事，青鬱鬱的一張臉上泛起黑氣，說道：「我自向王姑娘借書，又關你秦家寨甚麼事了？」

姚伯當笑道：「自然關我秦家寨的事。王姑娘這個人，心中記得了這許許多多希奇古怪的武功，誰得到她，誰便是天下無敵。我姓姚的見到金銀珠寶，俊童美女，向來伸手便取，如王姑娘這般千載難逢的奇貨，如何肯不下手？司馬兄弟，你青城派想要借書，不妨來問問我，問我肯是不肯。哈哈，哈哈！你倒猜上一猜，我肯是不肯？」

姚伯當這幾句話說得無禮之極，傲慢之至，但司馬林和孟姜二老聽了，都不由得怦然心動：「這小小女子，於武學上所知，當真深不可測。瞧她這般弱不禁風的模樣，要自己動手取勝，當然是不能的，但她經眼看過的武學奇書顯然極多，兼之又能融會貫通。咱們若能將她帶到青城派中，也不僅僅是學全那青字九打、城字十八破而已。秦家寨已起不軌之心，今日勢須大戰一場了。」

只聽姚伯當又道：「王姑娘，我們原本是來尋慕容家晦氣的，瞧這模樣，你似乎是慕容家的人了。」

王語嫣聽到「你似乎是慕容家的人了」這句話，心中又羞又喜，紅暈滿臉，輕輕啐了一口，說道：「慕容公子是我表哥，你找他有甚麼事？他又有甚麼地方得罪你了？」

姚伯當哈哈一笑，說道：「你是慕容復的表妹，那再好也沒有了。姑蘇慕容家祖上欠了我姚家一百萬兩金子，一千萬兩銀子，至今已有好幾百年，利上加利，這筆帳如何算法？」王語嫣一愕，道：「那有這種事？我姑丈家素來豪富，怎會欠你家的錢？」姚伯當道：「是欠還是不欠，你這小姑娘懂得甚麼？我找慕容博討債，他倒答允還的，可是一文錢也沒還，便雙腳一挺死了。老子死了，只好向兒子討。那知慕容復見債主臨門，竟然躲起來不見，我有甚麼法子，只好找一件抵押的東西。」

王語嫣道：「我表哥慷慨豪爽，倘若欠了你錢，早就還了，就算沒欠，你向他要些金銀使用，他也決不拒卻，豈有怕了你而躲避之理？」

姚伯當眉頭一皺，說道：「這樣罷，這種事情一時也辯不明白。姑娘今日便暫且隨我北上，到秦家寨去盤桓一年半載。秦家寨的人決不動姑娘一根寒毛。我姚伯當的老婆是河朔一方出名的雌老虎，老姚在女色上面一向規矩之極，姑娘儘管放心便是。你也不用收拾了，咱們拍手就走。待你表哥湊齊了金銀，還清了這筆陳年舊債，我自然護送姑娘回到姑蘇，跟你表哥完婚。秦家寨自當送一筆重禮，姚伯當還得來喝你的喜酒呢。」說著裂開了嘴，又哈哈大笑。

這番言語十分粗魯，最後這幾句更是隨口調侃，但王語嫣聽來卻心中甜甜的十分受用，微笑道：「你這人便愛胡說八道的，我跟你到秦家寨去幹甚麼？要是我姑丈家真的欠了你銀錢，多半是年深月久，我表哥也不知道，只要雙方對證明白，我表哥自然會還你的。」

姚伯當本意是想擄走王語嫣，逼她吐露武功，甚麼一百萬兩黃金、一千萬兩白銀，全是信口開河，這時聽她說得天真，居然對自己的胡謅信以為真，便道：「你還是跟我去罷。秦家寨好玩得很，我們養有打獵用的黑豹、大鷹，又有梅花鹿、四不像，包你一年半載也玩不厭。你表哥一得知訊息，立刻便會趕來和你相會。就算他不還我錢，我也就馬馬虎虎算了，讓你和他同回姑蘇，你說好不好？」這幾句話，可當真將王語嫣說得怦然心動。

司馬林見她眼波流轉，臉上喜氣浮動，心想：「倘若她答允同去雲州秦家寨，我再出口阻止，其理就不順了。」當下不等她接口，搶著便道：「雲州是塞外苦寒之地，王姑娘這般嬌滴滴的江南大小姐，豈能去挨此苦楚？我成都府號稱錦官城，所產錦繡甲於天下，何況風景美麗，好玩的東西更比雲州多上十倍。以王姑娘這般人才，到成都去多買些錦緞穿著，當真是紅花綠葉，加倍的美麗。慕容公子才貌雙全，自也喜歡你打扮得花花俏俏的。」他既認定父親是蓬萊派所害，對姑蘇慕容氏也就沒有仇冤了。

姚伯當喝道：「放屁，放屁，放你娘個狗臭屁！姑蘇城難道還少得了絲綢錦緞？你睜大狗眼瞧瞧，眼前這三位美貌姑娘，那一位不會穿著衣衫？」司馬林冷哼一聲，道：「很臭，果然很臭。」姚伯當怒道：「你是說我麼？」司馬林道：「不敢！我說狗臭屁果然很臭。」

姚伯當刷的一聲，從腰間拔出單刀，叫道：「司馬林，我秦家寨對付你青城派，大概半斤八兩，旗鼓相當。但若秦家寨和蓬萊派聯手，多半能滅了你青城派罷？」

司馬林臉上變色，心想：「此言果然不假。我父親故世後，青城派力量已不如前，再加諸保昆這奸賊已偷學了本派武功，倘若秦家寨再和我們作對，此事大大可慮。常言道先下手為強，後下手遭殃。格老子，今日之事，只有殺他個措手不及。」當下淡淡的道：「你待怎樣？」

姚伯當見他雙手籠在衣袖之中，知他隨時能有陰毒暗器從袖中發出，當下全神戒備，說道：「我請王姑娘到雲州去作客，待慕容公子來接她回去。你卻來多管閒事，偏不答允，是不是？」

司馬林道：「你雲州地方太差，未免委屈了王姑娘，我要請王姑娘去成都府耍子。」姚伯當道：「好罷，咱們便在兵刃上分勝敗，是誰得勝，誰就做王姑娘的主人。」司馬林道：

「便是這樣。反正打敗了的，便想作主人，也總不能將王姑娘請到陰曹地府去。」言下之意是說，這場比拚並非較量武功，實是判生死、決存亡的搏鬥。姚伯當哈哈一笑，大聲說道：「姚某一生過的，就是刀頭上舐血的日子，司馬掌門想用這『死』字來嚇人，老子絲毫沒放在心上。」司馬林道：「咱們如何比法？我跟你單打獨鬥，還是大夥兒一擁齊上？」

姚伯當道：「就是老夫陪司馬掌門玩玩罷……」只見司馬林突然轉頭向左，臉現大驚之色，似乎發生了極奇特的變故。姚伯當一直目不轉睛的瞪著他，防他忽施暗算，此時不由自主的也側頭向左瞧去，只聽得嗤嗤嗤三聲輕響，猛地警覺，暗器離他胸口已不到三尺。他心中一酸，自知已然無倖。

便在這千鈞一髮的當兒，突然間一件物事橫過胸前，噠噠幾聲，將射來的幾枚毒釘盡數打落。毒釘本已極快，以姚伯當如此久經大敵，兀自不能避開，可是這件物事更快了數倍，後發先至，格開了毒釘。這物事是甚麼東西，姚伯當和司馬林都沒看見。

王語嫣卻歡聲叫了起來：「是包叔叔到了嗎？」

只聽得一個極古怪的聲音道：「非也非也，不是包叔叔到了。」

王語嫣笑道：「你還不是包叔叔？人沒到，『非也非也』已經先到了。」那聲音道：「非也非也，我不是包叔叔。」王語嫣笑道：「非也非也，那麼你是誰？」那聲音道：「慕容兄弟叫我一聲『三哥』，你卻叫我『叔叔』。非也非也！你叫錯了！」王語嫣暈生雙頰，笑道：「你還不出來？」

那聲音卻不答話。過了一會，王語嫣見絲毫沒有動靜，叫道：「喂，你出來啊，快幫我們趕走這些亂七八糟的人。」可是四下裏寂然無聲，顯然那姓包之人已然遠去。王語嫣微感失望，問阿朱道：「他到那裏去啦？」

阿朱微笑道：「包三哥自來便是這般脾氣，姑娘你說『你還不出來？』他本來是要出來的，聽了你這句話，偏偏跟你鬧個別扭。只怕今日是再也不來了。」

姚伯當這條性命十成中已去了九成九，多承那姓包的出手相救，心下自是感激。他和青城派本來並無怨無仇，這時卻不免要殺司馬林而後快，單刀一豎，喝道：「無恥之徒，偷放暗器，能傷得了老夫嗎？」揮刀便向司馬林當頭劈去。司馬林雙手一分，左手鋼錐，右手小鎚，和姚伯當的單刀鬥了起來。

姚伯當膂力沉猛，刀招狠辣，司馬林則以輕靈小巧見長。青城派和秦家寨今日第一次較量，雙方都由首腦人物親自出戰，勝敗不但關係生死，且亦牽連到兩派的興衰榮辱，是以兩人誰也不敢有絲毫怠忽。

拆到七十餘招後，王語嫣忽向阿朱道：「你瞧，秦家寨的五虎斷門刀，所失的只怕不止五招。那一招『負子渡河』和『重節守義』，姚當家的不知何以不用？」阿朱全然不懂秦家寨「五虎斷門刀」的武功家數，只能唯唯以應。

姚伯當在酣鬥之際，驀地聽到這幾句話，又是大吃一驚：「這小姑娘的眼光恁地了得。五虎斷門刀的六十四招刀法，近數十年來只賸下五十九招，那原本不錯，可是到了我師父手上，因資質和悟性較差，沒學成『負子渡河』和『重節守義』那兩招。這兩招就此失傳了。這樣一來，只賸下了五十七招。為了顧全顏面，我將兩個變招稍加改動，補足了五十九招之數，竟也給她瞧了出來。」

本來普天下綠林山寨都是烏合之眾，任何門派的武人都可聚在一起，幹那打家劫舍的勾當，惟有雲州秦家寨的眾頭領都是「五虎斷門刀」的門人弟子。別門別派的好手明知在秦家寨不會給當作自己人，也不會前去投奔入夥。姚伯當的師父姓秦，既是秦家寨坐第一把交椅的大頭領，又是「五虎斷門刀」的掌門人，因親生兒子秦伯起武功才幹都頗平庸，便將這位子傳給了大弟子姚伯當。數月之前，秦伯起在陝西被人以一招三橫一直的「王字四刀」砍在面門而死，那正是「五虎斷門刀」中最剛最猛的絕招，人人料想必是姑蘇慕容氏下的手。姚伯當感念師恩，盡率本寨好手，到蘇州來為師弟報仇。不料正主兒沒見，險些便喪生於青城派的毒釘之下，反是慕容復的朋友救了自己性命。

他既恨司馬林陰毒暗算，聽得王語嫣叫破自己武功中的缺陷後又心下有愧，急欲打敗司馬林，以便在本寨維持威嚴。可是這一求勝心切，登時心浮氣躁。他連使險著，都給司馬林避過。姚伯當大喝一聲，揮刀斜砍，待司馬林向左躍起，驀地右腿踢出。司馬林身在半空，無法再避，左手鋼錐便向對方腳背上猛戳下去，要姚伯當自行收足。姚伯當這一腳果然不再踢實，左腿卻鴛鴦連環，向他右腰疾踢過去。

司馬林小鎚斜揮，拍的一聲，正好打在姚伯當的鼻樑正中，立時鮮血長流，便在此時，姚伯當的左腿也已踢在司馬林腰間。只是他臉上受擊在先，心中一驚，這一腿的力道還不到平時的兩成。司馬林雖被踢中，除了略覺疼痛外，並沒受傷。就這麼先後頃刻之差，勝敗已分，姚伯當虎吼一聲，提刀欲待上前相攻，但覺頭痛欲裂，登時腳下踉蹌，站立不穩。

司馬林這一招勝得頗有點僥倖，知道倘若留下了對方這條性命，此後禍患無窮，當下起了趕盡殺絕之心，右手小鎚急晃，待姚伯當揮刀擋架，左手鋼錐向他心窩中直戳下去。

秦家寨副寨主見情勢不對，一聲胡哨，突然單刀脫手，向司馬林擲去。一瞬眼間，大廳上風聲呼呼，十餘柄單刀齊向司馬林身上招呼。

原來秦家寨武功之中，有這麼一門單刀脫手投擲的絕技。每柄單刀均有七八斤至十來斤重，用力擲出，勢道極猛，何況十餘柄單刀同時飛到，司馬林實是擋無可擋，避無可避。眼見他便要身遭亂刀分屍之禍，驀地裏燭影一暗，一人飛身躍到司馬林身旁，伸掌插入刀叢之中，東抓西接，將十餘柄單刀盡數接過，以左臂圍抱在胸前，哈哈一聲長笑，大廳正中椅上已端端正正的坐著一人。跟著嗆啷啷一陣響，十餘柄單刀盡數投在足邊。

眾人駭然相視，但見是個容貌瘦削的中年漢子，身形甚高，穿一身灰布長袍，臉上帶著一股乖戾執拗的神色。眾人適才見了他搶接鋼刀的身手，無不驚佩，誰都不敢說甚麼話。只有段譽笑道：「這位兄台出手甚快，武功想必是極高的了。尊姓大名，可得聞歟？」

那高瘦漢子尚未答話，王語嫣走上前去，笑道：「包三哥，我只道你不回來了，正好生牽記。不料你又來啦，真好，真好。」

段譽道：「唔，原來是包三先生。」那包三先生向他橫了一眼，冷冷道：「你這小子是誰，膽敢跟我囉裏囉唆的？」段譽道：「在下姓段名譽，生來無拳無勇，可是混跡江湖，居然迄今未死，也算是奇事一件。」包三先生眼睛一瞪，一時倒不知如何發付於他。

司馬林上前深深一揖，說道：「青城派司馬林多承相助，大恩大德，永不敢忘。請問包三先生的名諱如何稱呼，也好讓在下常記在心。」

包三先生雙眼一翻，飛起左腳，砰的一聲，踢了他一個觔斗，喝道：「憑你也配來問我名字？我又不是存心救你，只不過這兒是我阿朱妹子的莊子，人家將你這臭小子亂刀分屍，豈不污了這聽香水榭的地皮？快滾，快滾！」

司馬林見他一腳踢出，急待要躲，已然不及，這一個觔斗摔得好生狼狽，聽他說得如此欺人，按照江湖上的規矩，若不立刻動手拚命，也得訂下日後的約會，決不能在眾人眼前受此羞辱而沒個交代。他硬了頭皮，說道：「包三先生，我司馬林今日受人圍攻，寡不敵眾，險些命喪於此，多承你出手相救。司馬林恩怨分明，有恩報恩，有怨報怨，請了，請了！」他明知這一生不論如何苦練，也決不能練到包三先生這般武功，只好以「有恩報恩，有怨報怨」八個字，含含混混的交代了場面。

包三先生渾沒理會他說些甚麼，自管自問王語嫣道：「王姑娘，舅太太怎地放你到這裏來？」王語嫣笑道：「你倒猜猜，是甚麼道理？」包三先生沉吟道：「這倒有點難猜。」

司馬林見包三先生只顧和王語嫣說話，對自己的場面話全沒理睬，那比之踢自己一個觔斗欺辱更甚，不由得心中深種怨毒，適才他相救自己的恩德那是半分也不顧了，左手一揮，帶了青城派的眾人便向門外走去。

包三先生道：「且住，你站著聽我吩咐。」司馬林回過身來，問道：「甚麼？」包三先生道：「聽說你到姑蘇來，是為了替你父親報仇。這可找錯了人。你父親司馬衛，不是慕容公子殺的。」司馬林道：「何以見得？包三先生怎麼知道？」

包三先生怒道：「我既說不是慕容公子殺的，自然就不是他殺的了。就算真是他殺的，我說過不是，那就不能算是。難道我說過的話，都作不得數麼？」

司馬林心想：「這話可也真個橫蠻之至。」便道：「父仇不共戴天，司馬林雖然武藝低微，但就算粉身碎骨，也當報此深仇。先父到底是何人所害，還請示知。」包三先生哈哈一笑，說道：「你父親又不是我兒子，是給誰所殺，關我甚麼事？我說你父親不是慕容公子殺的，多半你不肯相信。好罷，就算我殺的。你要報仇，衝著我來罷！」司馬林臉孔鐵青，說道：「殺父之仇，豈是兒戲？包三先生，我自知不是你敵手，你要殺便殺，如此辱我，卻萬萬不能。」包三先生笑道：「我偏偏不殺你，偏偏要辱你，瞧你怎生奈何得我？」

司馬林氣得胸膛都要炸了，但說一怒之下就此上前拚命，卻終究不敢，站在當地，進退兩難，好生尷尬。

包三先生笑道：「憑你老子司馬衛這點兒微末功夫，那用得著我慕容兄弟費心？慕容公子武功高我十倍，你自己想想，司馬衛也配他親自動手麼？」

司馬林尚未答話，諸保昆已抽出兵刃，大聲道：「包三先生，司馬衛老先生是我授藝的恩師，我不許你這般辱他死後的聲名。」包三先生笑道：「你是個混入青城派偷師學藝的奸細，管甚麼隔壁閒事？」諸保昆大聲道：「司馬師父待我仁至義盡，諸保昆愧無以報，今日為維護先師聲名而死，稍減我欺瞞他的罪孽。包三先生，你向司馬掌門認錯道歉。」

包三先生笑道：「包三先生生平決不認錯，決不道歉，明知自己錯了，一張嘴也要死撐到底。司馬衛生前沒甚麼好聲名，死後聲名更糟。這種人早該殺了，殺得好！殺得好！」

諸保昆怒叫：「你出兵刃罷！」

包三先生笑道：「司馬衛的兒子徒弟，都是這麼一批膿包貨色，除了暗箭傷人，甚麼都不會。」

諸保昆叫道：「看招！」一招「上天下地」，左手鋼錐，右手小鎚，同時向他攻去。包三先生更不起身，左手衣袖揮出，一股勁風向他面門撲去。諸保昆但感氣息窒迫，斜身閃避。包三先生右足一勾，諸保昆撲地倒了。包三先生右腳乘勢踢出，正中他臀部，將他直踢出廳門。

諸保昆在空中一個轉折，肩頭著地，一碰便即翻身站起，一蹺一拐的奔進廳來，又舉錐向包三先生胸上戳到。包三先生伸掌抓住他手腕，一甩之下，將他身子高高拋起，拍的一聲巨響，重重撞在樑間。諸保昆摔跌下地，翻身站起，第三次又撲將過來。包三先生皺眉道：「你這人真也不知好歹，難道我就殺你不得麼？」諸保昆叫道：「你殺了我最好……」

包三先生雙臂探出，抓住他雙手向前一送，喀喀兩聲，諸保昆雙臂臂骨已然拗斷，跟著一錐戳在自己左肩，一鎚擊在自己右肩，雙肩登時鮮血淋漓。他這一下受傷極重，雖然仍想拚命，卻已有心無力。

青城派眾人面面相覷，不知是否該當上前救護。但見他為了維護先師聲名而不顧性命，確非虛假，對他恨惡之心卻也消了大半。

阿朱一直在旁觀看，默不作聲，這時忽然插口道：「司馬大爺、諸大爺，我姑蘇慕容氏倘若當真殺了司馬老先生，豈能留下你們性命？包三哥若要盡數殺了你們，只怕也不是甚麼難事，至少他不必救司馬大爺性命。王姑娘也不會一再相救諸大爺。到底是誰出手傷害司馬老先生，各位還是回去細細訪查為是。」

司馬林心想這話甚是有理，便欲說幾句話交代。包三先生怒道：「這裏是我阿朱妹子的莊子，主人已下逐客令了，你兀自不識好歹？」司馬林道：「好！後會有期。」微一點頭，走了出去。諸保昆等都跟了出去。

姚伯當見包三先生武功高強，行事詭怪，頗想結識這位江湖奇人，兼之對王語嫣胸中包羅萬有的武學，覬覦之心也是未肯便收，當下站起身來，便欲開言。包三先生大聲道：「姚伯當，我跟你說，你那膿包師弟秦伯起，他再練三十年，也不配慕容公子去砍他一刀。再練一百二十年，慕容公子也不屑去砍他四刀。我不許你說一句話，快快給我滾了出去。」姚伯當一愕之下，臉色鐵青，伸手按住了刀柄。包三先生道：「你這點微末功夫，休在我面前班門弄斧。我叫你快滾，你便快滾，那還有第二句說話的餘地？」

秦家寨羣盜適才以單刀飛擲司馬林，手中兵刃都被包三先生接了下去，堆在足邊，眼見他對姚伯當大加侮辱，均起了一拚之心，只是赤手空拳，卻如老虎沒了爪牙。

包三先生哈哈一笑，右足連踢，每一腳都踢在刀柄之上，十餘柄單刀紛紛飛起，向秦家寨羣盜射了過去，只是去勢甚緩。羣豪隨手接過，刀一入手，便是一怔，接這柄刀實在方便之至，顯是對方故意送到自己面前，跟著不能不想到，他能令自己如此方便的接刀，自也能令自己在接刀時異常困難，甚至刀尖轉向，插入了自己身子，也毫不為奇。人人手握刀柄，神色卻極為狼狽。

包三先生道：「姚伯當，你滾不滾出去？」姚伯當苦笑道：「包三先生於姚伯當有救命之恩，我這條性命全是閣下所賜。閣下有命，自當遵從，告辭了。」說著躬身行禮，左手一揮，道：「大夥兒走罷！」

包三先生道：「我是叫你滾出去，不是叫你走出去。」姚伯當一愕，道：「在下不懂包三先生的意思。」包三先生道：「滾便是滾，你到底滾不滾？」姚伯當心想此人古怪，瘋瘋顛顛，不可理喻，當下更不多言，快步便向廳門走去。

包三先生喝道：「非也非也！此是行，是奔，是走，是跑，總之不是滾。」身形晃動，已欺到了姚伯當身後，左手探出，抓住了他後頸。姚伯當右肘反撞，包三先生左手一提，姚伯當身子離地，右肘這一撞便落了空。

包三先生右手跟著抓住他後臀提起，大聲喝道：「我阿朱妹子的莊子，豈由得你說來便來，說去便去，有這麼容易？滾你媽的罷！」雙手一送，姚伯當一個龐大的身子便著地直滾了出去。

姚伯當已被他順手閉住了穴道，無法站立，就像一根大木柱般直滾到門邊，幸好廳門甚寬，不曾撞到頭腳，骨碌碌的便滾了出去。秦家寨羣盜發一聲喊，紛紛追出，將他抱起。姚伯當道：「快走，快走！」眾人一窩蜂般去了。

包三先生向段譽橫看豎看，捉摸不透他是何等樣人，問王語嫣道：「這人是甚麼路數？要不要叫他滾出去？」

王語嫣道：「我和阿朱、阿碧都讓嚴媽媽給捉住了，處境十分危急，幸蒙這位段公子相救。再說，他知道玄悲和尚給人以『韋陀杵』打死的情形，咱們可以向他問問。」包三先生道：「這麼說，你是要他留著了？」王語嫣道：「不錯。」包三先生微笑道：「你不怕我慕容兄弟喝醋？」王語嫣睜著大大的眼睛，道：「甚麼喝醋？」包三先生指著段譽道：「這人油頭粉臉，油腔滑調，你可別上了他的當。」王語嫣仍是不解，問道：「我上了他甚麼當？你說他會揑造少林派的訊息麼？我想不會罷。」

包三先生聽她言語一片天真爛漫，倒也不便多說，向著段譽嘿嘿嘿的冷笑三聲，說道：「聽說少林寺玄悲和尚在大理給人用『韋陀杵』功夫打死了，又有一批胡塗混蛋賴在我們慕容氏頭上，到底是怎麼一回事，你照實說來。」

段譽心中有氣，冷笑道：「你是審問囚犯不是？我若不說，你便要拷打我不是？」包三先生一怔，不怒反笑，喃喃的道：「大膽小子，大膽小子！」突然走上前去，一把抓住他的左臂，手上微一用力，段譽已痛入骨髓，大叫：「喂，你在幹甚麼？」

包三先生道：「我是在審問囚犯，嚴刑拷打。」段譽任其自然，只當這條手臂不是自己的，微笑道：「你只管拷打，我可不來理你了。」包三先生手上加勁，只揑得段譽臂骨格格作響，如欲斷折。段譽強忍痛楚，只是不理。

阿碧忙道：「三哥，這位段公子的脾氣高傲得緊，他是我們救命恩人，你別傷他。」包三先生點點頭，道：「很好，很好，脾氣高傲，那就合我『非也非也』的胃口。」說著緩緩放開了段譽的手臂。

阿朱笑道：「說到胃口，大家也都餓了。老顧，老顧！」提高嗓子叫了幾聲。老顧從側門中探頭進來，見姚伯當、司馬林等一干人已經不在，歡天喜地的走進廳來。阿朱道：「你先去刷兩次牙，洗兩次臉，再洗三次手，然後給我們弄點精緻的小菜。有一點兒不乾淨，包三爺定要給你過不去。」老顧微笑點頭，連說：「包你乾淨，包你乾淨！」

聽香水榭中的婢僕在一間花廳中設了筵席。阿朱請包三先生坐了首座，段譽坐了次位，王語嫣坐第三位，阿碧和她自己在下首相陪。

王語嫣沒等斟酒，便問：「三哥，他……他……」

包三先生向段譽白了一眼，說道：「王姑娘，這裏有外人在座，有些事情是說不得的，何況油頭粉臉的小白臉，我更是信不過……」

段譽聽得氣往上衝，霍地站起，便欲離座而去。

阿碧忙道：「段公子你勿要生氣，我們包三哥的脾氣末，向來是這樣的。他大號叫作包不同，一定要跟人家挺撞幾句，才吃得落飯。他說話如果不得罪人，日頭從西天出來了。你請坐。」

段譽向王語嫣瞧去，見她臉色似乎也要自己坐下，雖然不能十分確定，終究捨不得不跟她同席，於是又坐了下來，說道：「包三先生說我油頭粉臉，靠不住得很。你們的慕容公子呢，相貌卻跟包三先生差不多嗎？」

包不同哈哈大笑，說道：「這句話問得好。我們公子爺比段兄可英俊得多了……」王語嫣聽了這話，登時容光煥發，似乎要打從心底裏笑出來，只聽包不同續道：「……我們公子爺的相貌英氣勃勃，雖然俊美，跟段兄的膿包之美可大不相同，大不相同。至於區區在下，則是英而不俊，一般的英氣勃勃，卻是醜陋異常，可稱英醜。」段譽等都笑了起來。

包不同喝了一杯酒，說道：「公子派我去福建路辦一件事，那是暗中給少林派幫一個大忙，至於辦甚麼事，要等這位段兄走了之後才可以說。我們既要跟少林派交朋友，那就決不會隨便去殺少林寺的和尚，何況公子爺從來沒去過大理，『姑蘇慕容』武功雖高，萬里外發出『韋陀杵』拳力取人性命的本事，只怕還沒練成。」

段譽點頭道：「包兄此言倒也有理。」

包不同搖頭道：「非也，非也！」段譽一怔，心想：「我說你的話有理，怎地你反說不對？」只聽包不同道：「並不是我的話說得有理，而是實情如此。段兄只說我的話有理，倒似實情未必如此，只不過我能言善道，說得有理而已。你這話可就大大不對了。」段譽微笑不語，心想也不必跟他多辯。

包不同道：「我昨天回到蘇州，遇到了風四弟，哥兒倆一琢磨，定是有甚麼王八羔子跟『姑蘇慕容』過不去，暗中傷人，讓人家把這些帳都寫在『姑蘇慕容』的帳上。本來那也是一件大大的美事，有架可打，何樂而不為？」阿朱笑道：「四哥一定開心得不得了，那正是求之不得。」包不同搖頭道：「非也，非也！四弟要打架，如何會求之不得？他是無求而不得，走遍天下，總是會有架打的。」

段譽見他對阿朱的話也要駁斥，才相信阿碧先前的話不錯，此人果然以挺撞旁人為樂。

王語嫣道：「你跟風四哥琢磨出來甚麼沒有？是誰暗中在跟咱們過不去？」包不同道：

「第一，不會是少林派。第二，不會是丐幫，因為他們的副幫主馬大元給人用『鎖喉功』殺了。『鎖喉功』是馬大元的成名絕技。殺馬大元沒甚麼大不了，用『鎖喉功』殺馬大元，當然是要嫁禍於『姑蘇慕容』。」段譽點了點頭。包不同道：「段兄，你連連點頭，心中定是說，我這幾句話倒也有理。」

段譽道：「非也，非也！第一，我只不過點了一點頭，而非連連點頭。第二，那是實情如此，而非單只包兄說得有理。」

包不同哈哈大笑，說道：「你這是『以彼之道，還施彼身』之法，你想投入『姑蘇慕容』麾下嗎？用意何在？是看中了我的阿碧小妹子嗎？」

阿碧登時滿臉通紅，嗔道：「三哥，你又來瞎三話四了，我可嘸沒得罪你啊。」包不同道：「非也，非也。人家看中你，那是因為你溫柔可愛。我這樣說，為了你沒得罪我，要是你得罪我，我就說你看中人家小白臉，人家小白臉卻看不中你。」阿碧更加窘了。阿朱道：「三哥，你別欺侮我阿碧妹子。你再欺侮她，下次我去欺侮你的靚靚。」

包不同哈哈大笑，說道：「我女兒闖名包不靚，你叫她靚靚，那是捧她的場，不是欺侮她。阿碧妹子，我不敢欺侮你了。」似乎人家威脅要欺侮他女兒，他倒真有點忌憚。

他轉頭向王語嫣道：「到底那個王八蛋在跟咱們過不去，遲早會打聽出來的。風四弟也是剛從江西回來，詳情不大清楚。我們哥兒倆便上青雲莊去。鄧大嫂說得到訊息，丐幫大批好手來到江南，多半是要跟咱們過不去。四弟立時便要去打架，好容易給大嫂勸住了。」阿朱微笑道：「畢竟大嫂有本事，居然勸得住四哥，叫他別去打架。」包不同道：「非也，非也。不是大嫂有本事，而是她言語有理。大嫂說道：公子爺的大事為重，不可多樹強敵。」

他說了這句話，王語嫣、阿朱、阿碧三人對望了一眼，臉色都很鄭重。

段譽假裝沒注意，挾起一筷薺菜炒鷄片送入口中，說道：「老顧的手段倒也不錯，但比阿朱姊姊、阿碧姊姊，畢竟還差著老遠。」阿碧微笑道：「老顧燒菜比阿朱阿姊差點，比我可好得多了。」包不同道：「非也，非也。你兩個各有各的好。」阿朱笑道：「三哥，今日小妹不能親自下廚給你做菜，下次你駕臨時補數……」

剛說了這句話，忽然間空中傳來玎玲、玎玲兩響清脆的銀鈴之聲。

包不同和阿朱、阿碧齊道：「二哥有訊息捎來。」三人離席走到簷前，抬起頭來，只見一頭白鴿在空中打了一個圈子，撲將下來，停在阿朱手中。阿碧伸過手去，解下縛在鴿子腿上的一個小竹筒，倒出一張紙箋來。包不同夾手搶過，看了幾眼，說道：「既是如此，咱們快去！」向王語嫣道：「喂，你去不去？」

王語嫣問道：「去那裏？有甚麼事？」

包不同一揚手中的紙箋，道：「二哥有信來，說西夏國『一品堂』有大批好手突然來到江南，不知是何用意，要我帶同阿朱、阿碧兩位妹子去查查。」

王語嫣道：「我自然跟你們一起去。西夏『一品堂』的人，也要跟咱們為難嗎？對頭可越來越多了。」說著微微皺眉。

包不同道：「也未必是對頭，不過他們來到江南，總不會是為了遊山玩水，燒香拜佛。好久沒遇上高手了，又是丐幫，又是西夏『一品堂』，嘿嘿，這一次可熱鬧了。」說著眉飛色舞，顯然頗以得能參與大戰為喜。

王語嫣走近身去，要瞧瞧信上還寫些甚麼。包不同將信遞了給她。王語嫣見信上寫了七八行字，字跡清雅，頗有勁力，雖然每一個字都識得，但全然不成文理。她讀過的書著實不少，這般文字卻是第一次看到，皺眉道：「那是甚麼？」

阿朱微笑道：「這是公冶二哥想出來的古怪玩意，是從詩韻和切音中變化出來的，平聲字讀作入聲，入聲字讀作上聲，一東的當作三江，如此掉來掉去。我們瞧慣了，便知信中之意，在外人看來，那是全然的不知所云。」

阿碧見王語嫣聽到「外人」兩字，臉上微有不豫之色，忙道：「王姑娘又勿是外人。王姑娘，你如要知道，待會我跟你說便是了。」王語嫣登時現出喜色。

包不同道：「早就聽說，西夏『一品堂』搜羅的好手著實不少，中原西域甚麼門派的人都有，有王姑娘同去，只消看得幾眼，就清楚了他們的底細。這件事了結之後，咱們便去河南，跟公子爺取齊。」

王語嫣大喜，拍手叫道：「好極，好極。我也去。」

阿碧道：「咱們儘快辦好這裏的事，趕去河南，不要公子爺卻又回來，路上錯過了。還有那個吐蕃和尚，不知在我那邊搗亂得怎麼了。」包不同道：「公冶二嫂已派人去查過，那和尚已經走了。你放心，下次三哥再幫你打這和尚。」段譽心道：「三哥是說甚麼也打不過和尚的。和尚不打你三哥，你三哥就該謝天謝地了。」

包不同道：「就只怕王姑娘跟著咱們，王夫人下次見到我，非狠狠罵我一頓不可……」

突然轉過頭來，向段譽道：「你老是在旁聽著，我說話可有多不痛快！姓段的，你這就請便罷。我們談論自己的事，似乎不必要你來加上一雙耳朵，一張嘴巴。我們去和人家比武，也不必要你觀戰喝采。」

段譽明知在這裏旁聽，不免惹人之厭，這時包不同更公然逐客，而且言語十分無禮，雖對王語嫣戀戀不捨，總不能老著臉皮硬留下來，當下一狠心，站起身來，說道：「王姑娘，阿朱、阿碧兩位姑娘，在下這便告辭，後會有期。」

王語嫣道：「半夜三更的，你到那裏去？太湖中的水道你又不熟，不如今晚在這兒歇宿一宵，明日再走不遲。」

段譽聽她言語中雖是留客，但神思不屬，顯然一顆心早已飛到了慕容公子身畔，不由得又是惱怒，又是沒趣。他是皇室世子，自幼任性，雖然最近經歷了不少驚險折磨，卻從未受過這般奚落冷遇，當即說道：「今天走明天走，那也沒多大分別，告辭了。」

阿朱道：「既是如此，我派人送你出湖便是。」

段譽見阿朱也不堅留，更是不快，尋思：「那慕容公子到底有甚麼了不起，人人都當他是天上鳳凰一般。甚麼少林派、丐幫、西夏『一品堂』，他們都不怎麼放在心上，只盼望儘快去和慕容公子相會。」便道：「也不用了，你只須借我一船一槳，我自己會划出去的。」

阿碧沉吟道：「你不認得湖中水道，恐怕不大好罷。小心別又撞上那個和尚。」

段譽氣憤憤的道：「你們還是趕緊去和慕容公子相會為是。我再撞上和尚，最多也不過給他燒了。我又不是你們的表兄表弟，公子少爺，何勞關懷？」說著大踏步便走出廳門。只聽包不同道：「那吐蕃和尚不知是甚麼來歷，也得查個明白。」王語嫣道：「表哥多半知道的，只要見到了他……」

阿朱和阿碧送段譽出去。阿碧道：「段公子，將來你和我們公子爺見了面，說不定能結成好朋友呢。我們公子爺是挺愛結交朋友的。」段譽冷笑道：「這個我可高攀不上。」阿碧聽他語聲中頗含氣憤，很感奇怪，問道：「段公子，你為甚麼不高興？可是我們相待太過簡慢麼？」阿朱道：「我們包三哥向來是這般脾氣，段公子不必太過介意。我和阿碧妹子跟你陪罪啦。」說著笑嘻嘻的行下禮去，阿碧跟著行禮。

段譽還了一揖，揚長便走，快步走到水邊，踏入一艘小船，扳槳將船盪開，駛入湖中。只覺胸中鬱悶難當，到底為了甚麼原因，自己卻也說不上來，只知再在岸上待得片時，說不定便要失態，甚至是淚水奪眶而出。依稀聽得阿碧說道：「阿朱阿姊，公子替換的內衣褲夠不夠？今晚咱兩個趕著一人縫一套好不好？」阿朱道：「好啊，你真細心，想得周到。」

十四

劇飲千杯男兒事

—

那大漢道：「酒保，再打二十斤酒來。」

那酒保伸了伸舌頭，去抱了一大罈酒來。

段譽和那大漢你一碗，我一碗，

喝了個旗鼓相當，只一頓飯時分，

兩人都已喝了三十來碗。

段譽受無量劍和神農幫欺凌、為南海鱷神逼迫、被延慶太子囚禁、給鳩摩智俘虜、在曼陀山莊當花匠種花，所經歷的種種苦楚折辱著實不小，但從未有如此刻這般的怨憤氣惱。

其實聽香水榭中並沒那一個當真令他十分難堪。包不同雖然要他請便，卻也留了餘地，既不如對付諸保昆那麼斷臂傷肩，也不如對付姚伯當那麼踢得他滾了出去。王語嫣出口請他多留一宵，阿朱、阿碧殷勤有禮的送出門來，但他心中便是說不出的鬱悶。

湖上晚風陣陣，帶著菱葉清香。段譽用力扳槳，不知要恨誰才好，他實在說不出為甚麼這樣氣惱。當日木婉清、南海鱷神、延慶太子、鳩摩智、王夫人等給他的凌辱，可都厲害得多了，但他泰然而受，並沒感到太大的委屈。

他內心隱隱約約的覺得，只因為他深慕王語嫣，而這位姑娘心中，卻全沒他段譽的半點影子，甚至阿朱、阿碧，也沒當他是一回事。他從小便給人當作心肝寶貝，自大理國皇帝、皇后以下，沒一個不覺得他是了不起之至。就算遇上了敵人，南海鱷神是一心一意的要收他為徒；鳩摩智不辭辛勞的從大理擄他來到江南，自也對他頗為重視。至於鍾靈、木婉清那些少女，更是一見他便即傾心。

他一生中從未受過今日這般的冷落輕視，別人雖然有禮，卻是漠不關心的有禮。在旁人心目中，慕容公子當然比他重要得多，這些日子來，只要有誰提到慕容公子，立時便人人聳動，無不全神貫注的傾聽。王語嫣、阿朱、阿碧、包不同，以至甚麼鄧大爺、公冶二爺、風四爺，個個都似是為慕容公子而生。

段譽從來沒嘗過妒忌和羨慕的滋味，這時候獨自蕩舟湖上，好像見到慕容公子的影子在天空中向他冷笑，好像聽到慕容公子在出聲譏嘲：「段譽啊段譽，你怎及得上我身上一根寒毛？你對我表妹有意，可不是癩蝦蟆想吃天鵝肉嗎？你不覺得可恥可笑嗎？」

他心中氣悶，扳槳時使的力氣便特別來得大，划得一個多時辰，充沛的內力緩緩發勁，竟越划越覺精神奕奕，心中的煩惡鬱悶也漸漸消減。又划了一個多時辰，天漸漸亮了，只見北方迷濛雲霧中裹著一座小小山峯。他約略辨認方位，聽香水榭和琴韻小築都在東方，只須向北划去，便不會重回舊地。可是他每划一槳，心中總生出一絲戀戀之感，不自禁的想到，小舟向北駛出一尺，便離王語嫣遠了一尺。

將近午時，划到了小山腳下，上岸一問土人，這山叫做馬跡山，已離無錫甚近。

他在書上看到過無錫的名字，知道那是在春秋時便已出名的一座大城。當下回入舟中，更向北划，申牌時分，到了無錫城畔。

進得城去，行人熙來攘往，甚是繁華，比之大理別有一番風光。信步而行，突然間聞到一股香氣，乃是焦糖、醬油混著熟肉的氣味。他大半天沒吃東西了，划了這幾個時辰的船，早已甚是飢餓，當下循著香氣尋去，轉了一個彎，只見老大一座酒樓當街而立，金字招牌上寫著「松鶴樓」三個大字。招牌年深月久，被煙熏成一團漆黑，三個金字卻閃爍發光，陣陣酒香肉氣從酒樓中噴出來，廚子刀杓聲和跑堂吆喝聲響成一片。

他上得樓來，跑堂過來招呼。段譽要了一壺酒，叫跑堂配四色酒菜，倚著樓邊欄干自斟自飲，驀地裏一股淒涼孤寂之意襲上心頭，忍不住一聲長嘆。

西首座上一條大漢回過頭來，兩道冷電似的目光霍地在他臉上轉了兩轉。段譽見這人身材甚是魁偉，三十來歲年紀，身穿灰色舊布袍，已微有破爛，濃眉大眼，高鼻闊口，一張四方的國字臉，頗有風霜之色，顧盼之際，極有威勢。

段譽心底暗暗喝了聲采：「好一條大漢！這定是燕趙北國的悲歌慷慨之士。不論江南或是大理，都不會有這等人物。包不同自吹自擂甚麼英氣勃勃，似這條大漢，才稱得上『英氣勃勃』四字！」

那大漢桌上放著一盤熟牛肉，一大碗湯，兩大壺酒，此外更無別物，可見他便是吃喝，也是十分的豪邁自在。

那大漢向段譽瞧了兩眼，便即轉過頭去，自行吃喝。段譽正感寂寞無聊，有心要結交朋友，便招呼跑堂過來，指著那大漢的背心說道：「這位爺台的酒菜帳都算在我這兒。」

那大漢聽到段譽吩咐，回頭微笑，點了點頭，卻不說話。段譽有心要和他攀談幾句，以解心中寂寞，卻不得其便。

又喝了三杯酒，只聽得樓梯上腳步聲響，走上兩個人來。前面一人跛了一足，撐了一條拐杖，卻仍行走迅速，第二人是個愁眉苦臉的老者。兩人走到那大漢桌前，恭恭敬敬的彎腰行禮。那大漢只點了點頭，並不起身還禮。

那跛足漢子低聲道：「啟稟大哥，對方約定明日一早，在惠山涼亭中相會。」那大漢點了點頭，道：「未免迫促了些。」那老者道：「兄弟本來跟他們說，約會定於三日之後。但對方似乎知道咱們人手不齊，口出譏嘲之言，說道倘若不敢赴約，明朝不去也成。」那大漢道：「是了。你傳言下去，今晚三更大夥兒在惠山聚齊。咱們先到，等候對方前來赴約。」

兩人躬身答應，轉身下樓。

這三人說話聲音極低，樓上其餘酒客誰都聽不見，但段譽內力充沛，耳目聰明，雖不想故意偷聽旁人私語，卻自然而然的每一句話都聽見了。

那大漢有意無意的又向段譽一瞥，見他低頭沉思，顯是聽到了自己的說話，突然間雙目中精光暴亮，重重哼了一聲。段譽吃了一驚，左手一顫，噹的一響，酒杯掉在地下，摔得粉碎。那大漢微微一笑，說道：「這位兄台何事驚慌？請過來同飲一杯如何？」

段譽笑道：「最好，最好！」吩咐酒保取過杯筷，移到大漢席上坐下，請問姓名。那大漢笑道：「兄台何必明知故問？大家不拘形跡，喝上幾碗，豈非大是妙事？待得敵我分明，便沒有餘味了。」段譽笑道：「兄台想必是認錯了人，以為我是敵人。不過『不拘形跡』四字，小弟最是喜歡，請啊，請啊！」斟了一杯酒，一飲而盡。

那大漢微笑道：「兄台倒也爽氣，只不過你的酒杯太小。」叫道：「酒保，取兩隻大碗來，打十斤高粱。」那酒保和段譽聽到「十斤高粱」四字，都嚇了一跳。酒保陪笑道：「爺台，十斤高粱喝得完嗎？」那大漢指著段譽道：「這位公子爺請客，你何必給他省錢？十斤不夠，打二十斤。」酒保笑道：「是！是！」過不多時，取過兩隻大碗，一大罎酒，放在桌上。

那大漢道：「滿滿的斟上兩碗。」酒保依言斟了。這滿滿的兩大碗酒一斟，段譽登感酒氣刺鼻，有些不大好受。他在大理之時，只不過偶爾喝上幾杯，那裏見過這般大碗的飲酒，不由得皺起眉頭。那大漢笑道：「咱兩個先來對飲十碗，如何？」

段譽見他眼光中頗有譏嘲輕視之色，若是換作平時，他定然敬謝不敏，自稱酒量不及，但昨晚在聽香水榭中飽受冷漠，又想：「這大漢看來多半是慕容公子的一夥，不是甚麼鄧大爺、公冶二爺，便是風四爺了。他已和人家約了在惠山比武拚鬥，對頭不是丐幫，便是甚麼西夏『一品堂』。哼，慕容公子又怎麼了？我偏不受他手下人的輕賤，最多也不過是醉死，又有甚麼大不了的？」當即胸膛一挺，大聲道：「在下捨命陪君子，待會酒後失態，兄台莫怪。」說著端起一碗酒來，骨嘟骨嘟的便喝了下去。他喝這大碗酒乃是負氣，王語嫣雖不在身邊，在他卻與喝給她看一般無異，乃是與慕容復爭競，決不肯在心上人面前認輸，別說不過是一大碗烈酒，就是鴆酒毒藥，也毫不遲疑的喝了下去。

那大漢見他竟喝得這般豪爽，倒頗出意料之外，哈哈一笑，說道：「好爽快。」端起碗來，也是仰脖子喝乾，跟著便又斟了兩大碗。

段譽笑道：「好酒，好酒！」呼一口氣，又將一碗酒喝乾。那大漢也喝了一碗，再斟兩碗。這一大碗便是半斤，段譽一斤烈酒下肚，腹中便如有股烈火在熊熊焚燒，頭腦中混混沌沌，但仍然在想：「慕容復又怎麼了？好了不起麼？我怎可輸給他的手下人？」端起第三碗酒來，又喝了下來。

那大漢見他霎時之間醉態可掬，心下暗暗可笑，知他這第三碗酒一下肚，不出片刻，便要醉倒在地。

段譽未喝第三碗酒時，已感煩惡欲嘔，待得又是半斤烈酒灌入腹中，五臟六腑似乎都欲翻轉。他緊緊閉口，不讓腹中酒水嘔將出來。突然間丹田中一動，一股真氣衝將上來，只覺此刻體內的翻攪激盪，便和當日真氣無法收納之時的情景極為相似，當即依著伯父所授的法門，將那股真氣納向大椎穴。體內酒氣翻湧，竟與真氣相混，這酒水是有形有質之物，不似真氣內力可在穴道中安居。他卻也任其自然，讓這真氣由天宗穴而肩貞穴，再經左手手臂上的小海、支正、養老諸穴而通至手掌上的陽谷、後谿、前谷諸穴，由小指的少澤穴中傾瀉而出。他這時所運的真氣線路，便是六脈神劍中的「少澤劍」。少澤劍本來是一股有勁無形的劍氣，這時他小指之中，卻有一道酒水緩緩流出。

初時段譽尚未察覺，但過不多時，頭腦便感清醒，察覺酒水從小指尖流出，暗叫：「妙之極矣！」他左手垂向地下，那大漢並沒留心，只見段譽本來醉眼矇矓，但過不多時，便即神采奕奕，不禁暗暗生奇，笑道：「兄台酒量居然倒也不弱，果然有些意思。」又斟了兩大碗。

段譽笑道：「我這酒量是因人而異。常言道：酒逢知己千杯少。這一大碗嘛，我瞧也不過二十來杯，一千杯須得裝上四五十碗才成。兄弟恐怕喝不了五十大碗啦。」說著便將眼前這一大碗酒喝了下去，隨即依法運氣。他左手搭在酒樓臨窗的欄干之上，從小指甲流出來的酒水，順著欄干流到了樓下牆腳邊，當真神不知、鬼不覺，沒半分破綻可尋。片刻之間，他喝下去的四大碗酒已然盡數逼了出來。

那大漢見段譽漫不在乎的連盡四碗烈酒，甚是歡喜，說道：「很好，很好，酒逢知己千杯少，我先乾為敬。」斟了兩大碗，自己連乾兩碗，再給段譽斟了兩碗。段譽輕描淡寫、談笑風生的喝了下去，喝這烈酒，直比喝水飲茶還更瀟灑。

他二人這一賭酒，登時驚動了松鶴樓樓上樓下的酒客，連灶下的廚子、火伕，也都上樓來圍在他二人桌旁觀看。

那大漢道：「酒保，再打二十斤酒來。」那酒保伸了伸舌頭，這時但求看熱鬧，更不勸阻，便去抱了一大罈酒來。

段譽和那大漢你一碗，我一碗，喝了個旗鼓相當，只一頓飯時分，兩人都已喝了三十來碗。

段譽自知手指上玩弄玄虛，這烈酒只不過在自己體內流轉一過，瞬即瀉出，酒量可說無窮無盡，但那大漢卻全憑真實本領，眼見他連盡三十餘碗，兀自面不改色，略無半分酒意，心下好生欽佩，初時尚因他是慕容公子一夥而懷有敵意，但見他神情豪邁，英風颯爽，不由得起了愛惜之心，尋思：「如此比拚下去，我自是有勝無敗。但這漢子飲酒過量，未免有傷身體。」堪堪喝到四十大碗時，說道：「仁兄，咱兩個都已喝了四十碗罷？」

那大漢笑道：「兄台倒還清醒得很，數目算得明白。」段譽笑道：「你我棋逢敵手，將遇良材，要分出勝敗，只怕很不容易。這樣喝將下去，兄弟身邊的酒錢卻不夠了。」伸手懷中，取出一個繡花荷包來，往桌上一擲，只聽得嗒的一聲輕響，顯然荷包中沒甚麼金銀。段譽被鳩摩智從大理擒來，身邊沒攜帶財物。這隻繡花荷包纏了金絲銀線，一眼便知是名貴之物，但囊中羞澀，卻也是一望而知。

那大漢見了大笑，從身邊摸出一錠銀子來，擲在桌上，攜了段譽的手，說道：「咱們走罷！」

段譽心中喜歡，他在大理之時，身為皇子，難以交結甚麼真心朋友，今日既不以文才，又不以武功，卻以無中生有的酒量結交了這條漢子，實是生平未有之奇。

兩人下得樓來，那大漢越走越快，出城後更邁開大步，順著大路急趨而前，段譽提一口氣，和他並肩而行，他雖不會武功，但內力充沛之極，這般快步急走，卻也絲毫不感心跳氣喘。那大漢向他瞧了一眼，微微一笑，道：「好，咱們比比腳力。」當即發足疾行。

段譽奔出幾步，只因走得急了，足下一個踉蹌，險些跌倒，乘勢向左斜出半步，這才站穩，這一下恰好踏了「凌波微步」中的步子。他無意踏了這一步，居然搶前了數尺，心中一喜，第二步走的又是「凌波微步」，便即追上了那大漢。兩人並肩而前，只聽得風聲呼呼，道旁樹木紛紛從身邊倒退而過。

段譽學那「凌波微步」之時，全沒想到要和人比試腳力，這時如箭在弦，不能不發，只有盡力而為，至於勝過那大漢的心思，卻是半分也沒有。他只是按照所學步法，加上渾厚無比的內力，一步步的跨將出去，那大漢到底在前在後，卻全然的顧不到了。

那大漢邁開大步，越走越快，頃刻間便遠遠趕在段譽之前，但只要稍緩得幾口氣，段譽便即追了上來。那大漢斜眼相睨，見段譽身形瀟灑，猶如庭除閒步一般，步伐中渾沒半分霸氣，心下暗暗佩服，加快幾步，又將他拋在後面，但段譽不久又即追上。這麼試了幾次，那大漢已知段譽內力之強，猶勝於己，要在十數里內勝過他並不為難，一比到三四十里，勝敗之數就難說得很，比到六十里之外，自己非輸不可。他哈哈一笑，停步說道：「慕容公子，喬峯今日可服你啦。姑蘇慕容，果然名不虛傳。」

段譽幾步衝過了他身邊，當即轉身回來，聽他叫自己為「慕容公子」，忙道：「小弟姓段名譽，兄台認錯人了。」

那大漢神色詫異，說道：「甚麼?你……你不是慕容復慕容公子?」

段譽微笑道：「小弟來到江南，每日裏多聞慕容公子的大名，實是仰慕得緊，只是至今無緣得見。」心下尋思：「這漢子將我誤認為慕容復，那麼他自不是慕容復一夥了。」想到這裏，對他更增幾分好感，問道：「兄台自道姓名，可是姓喬名峯麼?」

那大漢驚詫之色尚未盡去，說道：「正是，在下喬峯。」段譽道：「小弟是大理人氏，初來江南，便結識喬兄這樣的一位英雄人物，實是大幸。」喬峯沉吟道：「嗯，你是大理段氏的子弟，難怪，難怪。段兄，你到江南來有何貴幹?」

段譽道：「說來慚愧，小弟是為人所擒而至。」當下將如何被鳩摩智所擒，如何遇到慕容復的兩名丫鬟等情，極簡略的說了。雖是長話短說，卻也並無隱瞞，對自己種種倒霉的醜事，也不文飾遮掩。

喬峯聽後，又驚又喜，說道：「段兄，你這人十分直爽，我生平從所未遇，你我一見如故，咱倆結為金蘭兄弟如何?」段譽喜道：「小弟求之不得。」兩人敘了年歲，喬峯比段譽大了十一歲，自然是兄長了。當下撮土為香，向天拜了八拜，一個口稱「賢弟」，一個連叫「大哥」，均是不勝之喜。

段譽道：「小弟在松鶴樓上，私聽到大哥與敵人今晚訂下了約會。小弟雖然不會武功，卻也想去瞧瞧熱鬧。大哥能允可麼?」

喬峯向他查問了幾句，知他果然真的絲毫不會武功，不由得嘖嘖稱奇，道：「賢弟身具如此內力，要學上乘武功，那是如同探囊取物一般，絕無難處。賢弟要觀看今晚的會鬥，也無不可，只是生怕敵人出手狠辣陰毒，賢弟千萬不可貿然現身。」段譽喜道：「自當遵從大哥囑咐。」喬峯笑道：「此刻天時尚早，你我兄弟回到無錫城中，再去喝一會酒，然後同上惠山不遲。」

段譽聽他說又要去喝酒，不由得吃了一驚，心想：「適才喝了四十大碗酒，只過得一會兒，他又要喝酒了。」便道：「大哥，小弟和你賭酒，其實是騙你的，大哥莫怪。」當下說明怎生以內力將酒水從小指「少澤穴」中逼出。喬峯驚道：「兄弟，你……你這是『六脈神劍』的奇功麼？」段譽道：「正是，小弟學會不久，還生疏得緊。」

喬峯呆了半晌，嘆道：「我曾聽家師說起，武林中故老相傳，大理段氏有一門『六脈神劍』的功夫，能以無形劍氣殺人，也不知是真是假。原來當真有此一門神功。」

段譽道：「其實這功夫除了和大哥賭酒時作弊取巧之外，也沒甚麼用處。我給鳩摩智那和尚擒住了，就絕無還手餘地。世人於這六脈神劍渲染過甚，其實失於誇大。大哥，酒能傷人，須適可而止，我看今日咱們不能再喝了。」

喬峯哈哈大笑，道：「賢弟規勸得是。只是愚兄體健如牛，自小愛酒，越喝越有精神，今晚大敵當前，須得多喝烈酒，好好的和他們周旋一番。」

兩人說著重回無錫城中，這一次不再比拚腳力，並肩緩步而行。

段譽喜結良友，心情極是歡暢，但於慕容復及王語嫣兩人，卻總是念念不忘，閒談了幾句，忍不住問道：「大哥，你先前誤認小弟為慕容公子，莫非那慕容公子的長相，與小弟有幾分相似不成？」

喬峯道：「我素聞姑蘇慕容氏的大名，這次來到江南，便是為他而來。聽說慕容復儒雅英俊，約莫二十八九歲年紀，本來比賢弟是要大著好幾歲，但我決計想不到江南除了慕容復之外，另有一位武功高強、容貌俊雅的青年公子，因此認錯了人，好生慚愧。」

段譽聽他說慕容復「武功高強，容貌俊雅」，心中酸溜溜的極不受用，又問：「大哥遠來尋他，是要結交他這個朋友麼？」

喬峯嘆了口氣，神色黯然，搖頭道：「我本來盼望得能結交這位朋友，但只怕無法如願了。」段譽問道：「為甚麼？」喬峯道：「我有一個至交好友，兩個多月前死於非命，人家都說是慕容復下的毒手。」段譽矍然道：「以彼之道，還施彼身！」喬峯道：「不錯。我這個朋友所受致命之傷，正是以他本人的成名絕技所施。」說到這裏，聲音哽咽，神情酸楚。他頓了一頓，又道：「但江湖上的事奇詭百出，人所難料，不能單憑傳聞之言，便貿然定人之罪。愚兄來到江南，為的是要查明真相。」

段譽道：「真相到底如何？」喬峯搖了搖頭，說道：「這時難說得很。我那朋友成名已久，為人端方，性情謙和，向來行事又極穩重，不致平白無端的去得罪慕容公子。他何以會受人暗算，實令人大惑不解。」

段譽點了點頭，心想：「大哥外表粗豪，內心卻十分精細，不像霍先生、過彥之、司馬林他們，不先詳加查訪，便一口咬定慕容公子是兇手。」又問：「那與大哥約定明朝相會的強敵，卻又是些甚麼人？」

喬峯道：「那是……」只說得兩個字，只見大路上兩個衣衫破爛、乞兒模樣的漢子疾奔而來，喬峯便即住口。那兩人施展輕功，晃眼間便奔到眼前，一齊躬身，一人說道：「啟稟幫主，有四個點子闖入『大義分舵』，身手甚是了得，蔣舵主見他們似乎來意不善，生怕抵擋不住，命屬下請『大仁分舵』遣人應援。」

段譽聽那二人稱喬峯為「幫主」，神態恭謹之極，心道：「原來大哥是甚麼幫會的一幫之主。」

喬峯點了點頭，問道：「點子是些甚麼人？」一名漢子道：「其中三個是女的，一個是高高瘦瘦的中年漢子，十分橫蠻無理。」喬峯哼了一聲，道：「蔣舵主忒也把細了，對方只不過單身一人，難道便對付不了？」那漢子道：「啟稟幫主，那三個女子似乎也有武功。」喬峯笑了笑，道：「好罷，我去瞧瞧。」那兩名漢子臉露喜色，齊聲應道：「是！」垂手閃到喬峯身後。

喬峯向段譽道：「兄弟，你和我同去嗎？」段譽道：「這個自然。」

兩名漢子在前引路，前行里許，折而向左，曲曲折折的走上了鄉下的田徑。這一帶都是極肥沃的良田，到處河港交叉。

行得數里，繞過一片杏子林，只聽得一個陰陽怪氣的聲音從杏花叢中傳出來：「我慕容兄弟上洛陽去會你家幫主，怎麼你們丐幫的人都到無錫來了？這不是故意的避而不見麼？你們膽小怕事，那也不打緊，豈不是累得我慕容兄弟白白的空走一趟？豈有此理，真正的豈有此理！」

段譽一聽到這聲音，心中登時怦怦亂跳，那正是滿口「非也非也」的包三先生，心想：「王姑娘跟著他一起來了？不是說還有三個女子嗎？」又想：「丐幫是天下第一大幫，難道我今日竟和丐幫的幫主拜了把子？」

只聽得一個北方口音的人大聲道：「慕容公子是跟敝幫喬幫主事先訂下了約會嗎？」包三先生道：「訂不訂約會都一樣。慕容公子既上洛陽，丐幫的幫主總不能自行走開，讓他撲一個空啊。豈有此理，真正的豈有此理！」那人道：「慕容公子有無信帖知會敝幫？」包三先生道：「我怎麼知道？我既不是慕容公子，又不是丐幫幫主，怎會知道？你這句話問得太也沒有道理了，豈有此理，豈有此理！」

喬峯臉一沉，大踏步走進林去。段譽跟在後面，但見杏子林中兩起人相對而立，包三先生身後站著三個少女。段譽的目光一碰到其中一個女郎的臉，便再也移不開了。

那少女自然是王語嫣，她輕噫一聲，道：「你也來了？」段譽道：「我也來了。」就此痴痴的目不轉睛的凝視著她。王語嫣雙頰暈紅，轉開了頭，心想：「這人如此瞧我，好生無禮。」但她知道段譽十分傾慕自己的容貌，心下不自禁的暗有喜悅之意，倒也並不著惱。

杏林中站在包不同對面的是一羣衣衫襤褸的化子，當先一人眼見喬峯到來，臉有喜色，立刻搶步迎上，他身後的丐幫幫眾一齊躬身行禮，大聲道：「屬下參見幫主。」

喬峯抱拳道：「眾兄弟好。」

包三先生仍然一般的神情嚣張，說道：「嗯，這位是丐幫的喬幫主麼？兄弟包不同，你一定聽到過我的名頭了。」喬峯道：「原來是包三先生，在下久慕英名，今日得見尊範，大是幸事。」包不同道：「非也，非也！我有甚麼英名？江湖上臭名倒是有的。人人都知我包不同一生惹事生非，出口傷人。嘿嘿嘿，喬幫主，你隨隨便便的來到江南，這就是你的不是了。」

丐幫是天下第一大幫會，幫主的身分何等尊崇，諸幫眾對幫主更是敬若神明。眾人見包不同對幫主如此無禮，一開口便是責備之言，無不大為憤慨。大義分舵蔣舵主身後站著的六七個人或手按刀柄，或磨拳擦掌，都是躍躍欲動。

喬峯卻淡淡的道：「如何是在下的不是，請包三先生指教。」

包不同道：「我家慕容兄弟知道你喬幫主是個人物，知道丐幫中頗有些人才，因此特地親赴洛陽去拜會閣下，你怎麼自得其樂的來到江南？嘿嘿，豈有此理，豈有此理！」

喬峯微微一笑，說道：「慕容公子駕臨洛陽敝幫，在下倘若事先得知訊息，確當恭候大駕，失迎之罪，先行謝過。」說著抱拳一拱。

段譽心中暗讚：「大哥這幾句話好生得體，果然是一幫之主的風度，倘若他和包三先生對發脾氣，那便有失身分了。」

不料包不同居然受之不疑，點了點頭，道：「這失迎之罪，確是要謝過的，雖然常言道得好：不知者不罪。可是到底要罰要打，權在別人啊！」

他正說得洋洋自得，忽聽得杏樹叢後幾個人齊聲大笑，聲震長空。大笑聲中有人說道：

「素聞江南包不同愛放狗屁，果然名不虛傳。」

包不同道：「素聞響屁不臭，臭屁不響，剛才的狗屁卻又響又臭，莫非是丐幫六老所放嗎？」

杏樹後那人道：「包不同既知丐幫六老的名頭，為何還在這裏胡言亂語？」話聲甫歇，杏樹叢後走出四名老者，有的白鬚白髮，有的紅光滿面，手中各持兵刃，分佔四角，將包不同、王語嫣等四人圍住了。

包不同自然知道，丐幫乃江湖上一等一的大幫會，幫中高手如雲，丐幫六老更是望重武林，但他性子高傲，自幼便是天不怕、地不怕的一副脾氣，眼見丐幫六老中倒有四老現身，隱然合圍，暗叫：「糟糕，糟糕，今日包三先生只怕要英名掃地。」但臉上絲毫不現懼色，說道：「四個老兒有甚麼見教？想要跟包三先生打上一架麼？為甚麼還有兩個老兒不一齊上來？偷偷埋伏在一旁，想對包三先生橫施暗算麼？很好，很好，好得很！包三先生最愛的便是打架。」

忽然間半空中一人說道：「世間最愛打架的是誰？是包三先生嗎？錯了，錯了，那是江南一陣風風波惡。」

段譽抬起頭來，只見一株杏樹的樹枝上站著一人，樹枝不住晃動，那人便隨著樹枝上下起伏。那人身形瘦小，約莫三十二三歲年紀，面頰凹陷，留著兩撇鼠尾鬚，眉毛下垂，容貌十分醜陋。段譽心道：「看來這人便是阿朱、阿碧所說的風四哥了。」果然聽得阿碧叫道：「風四哥，你聽到了公子的訊息麼？」

風波惡叫道：「好啊，今天找到了好對手。阿朱、阿碧，公子的事，待會再說不遲。」一半空中一個倒栽觔斗翻了下來，向北方那身材矮胖的老者撲去。

那老者手持一條鋼杖，陡然向前推出，點向風波惡胸口。這條鋼杖有鵝蛋粗細，推出時勢挾勁風，甚是威猛。風波惡猱身直上，伸手便去奪那鋼杖。那老者手腕一抖，鋼杖翻起，點向他胸口。風波惡叫道：「妙極！」突然矮身，去抓對方腰脅。那矮胖老者鋼杖已打在外門，見敵人欺近身來，收杖抵禦已然不及，當即飛腿踢他小腹。

風波惡斜身閃過，卻撲到東首那紅臉老者身前，白光耀眼，他手中已多了一柄單刀，橫砍而至。那紅臉老者手中拿的是一把鬼頭刀，背厚刃薄，刀身甚長，見風波惡揮刀削來，鬼頭刀豎立，以刀碰刀，往他刀刃上硬碰過去。風波惡叫道：「你兵刃厲害，不跟你碰。」倒縱丈許，反手一刀，砍向南邊的白鬚老者。

那白鬚老者右手握著一根鐵鐧，鐧上生滿倒齒，乃是一件鎖拿敵人的外門兵刃。他見風波惡單刀反砍，而紅臉老者的鬼頭刀尚未收勢，倘若自己就此上前招架，便成了前後夾擊之形。他自重身分，不願以二對一，當即飄身避開，讓了他一招。

豈知風波惡好鬥成性，越打得熱鬧，越是過癮，至於誰勝誰敗，倒不如何計較，而打鬥的種種規矩更從來不守。白鬚老者這一下閃身而退，誰都知道他有意相讓，風波惡卻全不理會這些武林中的禮節過門，眼見有隙可乘，刷刷刷刷連砍四刀，全是進手招數，勢若飄風，迅捷無比。

那白鬚老者沒想到他竟會乘機相攻，實是無理已極，忙揮鐧招架，連退了四步方始穩定身形。這時他背心靠到了一株杏子樹上，已然退無可退，橫過鐵鐗，呼的一鐗打出，這是他轉守為攻的殺手鐗之一。那知風波惡喝道：「再打一個。」竟然不架而退，單刀舞成圈子，向丐幫四老中的第四位長老旋削過去。白鬚長老這一鐗打出，敵人已遠遠退開，只惱得他連連吹氣，白鬚高揚。

這第四位長老兩條手臂甚長，左手中提著一件軟軟的兵刃，見風波惡攻到，左臂一提，抖開兵刃，竟是一隻裝米的麻袋。麻袋受風一鼓，口子張開，便向風波惡頭頂罩落。

風波惡又驚又喜，大叫：「妙極，妙極，我和你打！」他生平最愛的便是打架，倘若對手身有古怪武功，或是奇異兵刃，那更是心花怒放，就像喜愛遊覽之人見到奇山大川，講究飲食之人嚐到新穎美味一般。眼見對方以一隻粗麻布袋作武器，他從來沒和這種兵刃交過手，連聽也沒聽見過，喜悅之餘，暗增戒懼，小心翼翼的以刀尖戳去，要試試是否能用刀割破麻袋。長臂老者陡然間袋交右手，左臂迴轉，揮拳往他面門擊去。

風波惡仰頭避過，正要反刀去撩他下陰，那知道長臂老者練成了極高明的「通臂拳」功夫，這一拳似乎拳力已盡，偏是力盡處又有新力生出，拳頭更向前伸了半尺。幸得風波惡一生好鬥，大戰小鬥經歷了數千場，應變經驗之豐，當世不作第二人想，百忙中張開口來，便往他拳頭上咬落。長臂老者滿擬這一拳可將他牙齒打落幾枚，那料得到拳頭將到他口邊，他一口白森森的牙齒竟然咬了過來，急忙縮手，已然遲了一步，「啊」的一聲大叫，指根處已被他咬出血來。旁觀眾人有的破口而罵，有的哈哈大笑。

包不同一本正經的道：「風四弟，你這招『呂洞賓咬狗』，名不虛傳，果然已練到了出神入化的境地，不枉你十載寒暑的苦練之功，咬死了一千八百條白狗、黑狗、花狗，方有今日的修為造詣。」

王語嫣和阿朱、阿碧都笑了起來。段譽笑道：「王姑娘，天下武學，你無所不知，無所不曉。這一招咬人的功夫，卻屬於何門何派？」王語嫣微微一笑，說道：「這是風四哥的獨門功夫，我可不懂了。」包不同道：「你不懂？嘿嘿，太也孤陋寡聞了。『呂洞賓咬狗大九式』，每一式各有正反八種咬法，八九七十二，一共七十二咬。這是很高深的武功啊。」段譽見王語嫣喜歡，聽包不同如此胡說八道，也想跟著說笑幾句，猛地想起：「那長臂老者是喬大哥的下屬，我怎可取笑於他？」急忙住口。

這時場中呼呼風響，但見長臂老者將麻袋舞成一團黃影，似已將風波惡籠罩在內。但風波惡刀法精奇，遮攔進擊，儘自抵敵得住。只是麻袋上的招數尚未見底，通臂拳的厲害他適才卻已領教過，「呂洞賓咬狗」這一招，究竟只能僥倖得逞，可一咬而不可再咬，是以不敢有絲毫輕忽。

喬峯見風波惡居然能和這位丐幫四老之一的長臂叟惡鬥百餘招而不落敗，心下也暗暗稱奇，對慕容公子又看得高了一層。丐幫其餘三位長老各自退在一旁，凝神觀鬥。

阿碧見風波惡久戰不下，擔起憂來，問王語嫣道：「王姑娘，這位長臂老先生使一隻麻袋，那是甚麼武功？」王語嫣皺眉道：「這路武功我在書上沒見過，他拳腳是通臂拳，使那麻袋的手法，有大別山迴打軟鞭十三式的勁道，也夾著湖北阮家八十一路三節棍的套子，瞧來那麻袋的功夫是他自己獨創的。」

她這幾句話說得並不甚響，但「大別山迴打軟鞭十三式」以及「湖北阮家八十一路三節棍」這兩個名稱，聽在長臂叟耳中卻如轟轟雷鳴一般。他本是湖北阮家的子弟，三節棍是家傳的功夫，後來殺了本家長輩，犯了大罪，於是改姓換名，捨棄三節棍決不再用，再也無人得知他的本來面目，不料幼時所學的武功雖然竭力摒棄，到了劇鬥酣戰之際，自然而然的便露了出來，心下大驚：「這女娃兒怎地得知我的底細？」他還道自己隱瞞了數十年的舊事已為她所知，這麼一分心，被風波惡連攻數刀，竟有抵擋不住之勢。

他連退三步，斜身急走，眼見風波惡揮刀砍到，當即飛起左足，往他右手手腕上踢去。風波惡單刀斜揮，逕自砍他左足。長臂叟右足跟著踢出，鴛鴦連環，身子已躍在半空。風波惡見他恁大年紀，身手矯健，不減少年，不由得一聲喝采：「好！」左手呼的一拳擊出，打向他的膝蓋。眼見長臂叟身在半空，難以移動身形，這一拳只要打實了，膝蓋縱不碎裂，腿骨也必折斷。

風波惡見自己這一拳距他膝頭已近，對方仍不變招，驀覺風聲勁急，對方手中的麻袋張開大口，往自己頭頂罩落。他這拳雖能打斷長臂叟的腿骨，但自己老大一個腦袋被人家套在麻袋之中，豈不糟糕之極？這一拳直擊急忙改為橫掃，要將麻袋揮開。長臂叟右手微側，麻袋口一轉，已套住了他拳頭。

麻袋的大口和風波惡小小一個拳頭相差太遠，套中容易，卻決計裹他不住。風波惡手一縮，便從麻袋中伸了出來。突然間手背上微微一痛，似被細針刺了一下，垂目看時，登時嚇了一跳，只見一隻小小蝎子釘在自己手背之上。這隻蝎子比常蝎為小，但五色斑斕，模樣可怖。風波惡情知不妙，用力甩動，可是蠍子尾巴牢牢釘住了他手背，怎麼也甩之不脫。

風波惡急忙翻轉左手，手背往自己單刀刀背上拍落，擦的一聲輕響，五色蠍子立時爛成一團。但長臂叟既從麻袋中放了這頭蠍子出來，決不是好相與之物，尋常一個丐幫子弟，所使毒物已十分厲害，何況是六大長老中的一老？他立即躍開丈許，從懷中取出一顆解毒丸，拋入口中吞下。

長臂叟也不追擊，收起了麻袋，不住向王語嫣打量，尋思：「這女娃兒如何得知我是湖北阮家的？」

包不同甚是關心，忙問：「四弟覺得如何？」風波惡左手揮了兩下，覺得並無異狀，大是不解：「麻袋中暗藏五色小蠍，決不能沒有古怪。」說道：「沒有甚麼……」只說得這四個字，突然間咕咚一聲，向前仆摔下去。包不同急忙扶起，連問：「怎麼？怎麼？」只見他臉上肌肉僵硬，笑得極是勉強。

包不同大驚，忙伸手點了他手腕、肘節和肩頭三處關節中的六個穴道，要止住毒氣上行，豈知那五色彩蠍的毒性行得快速之極，雖然不是「見血封喉」，卻也是如響斯應，比一般毒蛇的毒性發作得更快。風波惡張開了口想說話，卻只發出幾下極難聽的啞啞之聲。包不同眼見毒性厲害，只怕已然無法醫治，悲憤難當，一聲大吼，便向長臂老者撲了過去。

那手持鋼杖的矮胖老者叫道：「想車輪戰麼？讓我矮冬瓜來會會姑蘇的英豪。」鋼杖遞出，點向包不同。這兵刃本來甚為沉重，但他舉重若輕，出招靈動，直如一柄長劍一般。包不同雖然氣憤憂急，但對手大是勁敵，卻也不敢怠慢，只想擒住這矮胖長老，逼長臂叟取出解藥來救治風四弟，當下施展擒拿手，從鋼杖的空隙中著著進襲。

阿朱、阿碧分站風波惡兩側，都是目中含淚，只叫：「四哥，四哥！」

王語嫣於使毒、治毒的法門一竅不通，心下大悔：「我看過的武學書籍之中，講到治毒法門的著實不少，偏生我以為沒甚麼用處，瞧也不瞧。當時只消看上幾眼，多多少少能記得一些，此刻總不至束手無策，眼睜睜的讓風四哥死於非命。」

喬峯見包不同與矮長老勢均力敵，非片刻間能分勝敗，向長臂叟道：「陳長老，請你給這位風四爺解了毒罷！」長臂叟陳長老一怔，道：「幫主，此人好生無禮，武功倒也不弱，救活了後患大是不小。」喬峯點了點頭，道：「話是不錯。但咱們尚未跟正主兒朝過相，先傷他的下屬，未免有恃強凌弱之嫌。咱們還是先站定了腳跟，佔住了理數。」陳長老氣憤憤的道：「馬副幫主明明是那姓慕容的小子所害，報仇雪恨，還有甚麼仁義理數好說。」喬峯臉上微有不悅之色，道：「你先給他解了毒，其餘的事慢慢再說不遲。」

陳長老心中雖一百個不願意，但幫主之命終究不敢違拗，說道：「是。」從懷中取出一個小瓶，走上幾步，向阿朱和阿碧道：「我家幫主仁義為先，這是解藥，拿去罷！」

阿碧大喜，忙走上前去，先向喬峯恭恭敬敬的行了一禮，又向陳長老福了福，道：「多謝喬幫主，多謝陳長老。」接過了那小瓶，問道：「請問長老，這解藥如何用法？」陳長老道：「吸盡傷口中的毒液之後，將解藥敷上。」他頓了一頓，又道：「毒液若未吸盡，解藥敷上去有害無益，不可不知。」阿碧道：「是！」回身拿起了風波惡的手掌，張口便要去吸他手背上創口中的毒液。

陳長老大聲喝道：「且慢！」阿碧一愕，道：「怎麼？」陳長老道：「女子吸不得！」阿碧臉上微微一紅，道：「女子怎麼了？」陳長老道：「這蝎毒是陰寒之毒，女子性陰，陰上加陰，毒性更增。」

阿碧、阿朱、王語嫣三人都將信將疑，雖覺這話頗為古怪，但也不是全然無理，倘若真的毒上加毒，那可不妙；自己這一邊只賸下包不同是男人，但他與矮老者鬥得正劇，但見杖影點點，掌勢飄飄，一時之間難以收手。阿朱叫道：「三哥，暫且罷鬥，且回來救了四哥再說。」

但包不同的武功和那矮老者在伯仲之間，一交上了手，要想脫身而退，卻也不是數招內便能辦到。高手比武，每一招均牽連生死，要是誰能進退自如，那便可隨便取了對方性命，豈能要來便來、要去便去？包不同聽到阿朱的呼叫，心知風波惡傷勢有變，心下焦急，搶攻數招，只盼擺脫矮老者的糾纏。

矮老者與包不同激鬥已逾百招，雖仍是平手之局，但自己持了威力極強的長大兵刃，對方卻是空手，強弱顯已分明。矮老者揮舞鋼杖，連環進擊，均被包不同一一化解，情知再鬥下去，多半有輸無贏，待見包不同攻勢轉盛，還道他想一舉擊敗自己，當下使出全力反擊。丐幫四老在武功上個個有獨到的造詣，青城派的諸保昆、司馬林、秦家寨的姚伯當都被包不同在談笑之間輕易打發，這矮老者卻著實不易對付。包不同雖佔上風，但要真的勝得一招半式，卻還須看對方的功力如何，而矮老者顯然長力甚強。

喬峯見王語嫣等三個少女臉色驚惶，想起陳長老所飼彩蝎毒性極為厲害，也不知「女子不能吸毒」之言是真是假。他若命屬下攻擊敵人，情勢便再凶險百倍，也是無人敢生怨心，但要人干冒送命之險，去救治敵人，這號令可無論如何不能出口。他當即說道：「我來給風四爺吸毒好了。」說著便走向風波惡身旁。

段譽見到王語嫣的愁容，早就起了替風波惡吸去手上毒液之心，只是心想喬峯是結義兄長，自己去助他敵人，於金蘭之義著實有虧，雖然喬峯曾命陳長老取出解藥，卻不知他是真情還是假意。待見喬峯走向風波惡身前，真的要助他除毒，忙道：「大哥，讓小弟來吸好了。」一步跨出，自然而然是「凌波微步」中的步法，身形側處，已搶在喬峯之前，抓起風波惡的手掌，張口便往他手背上的創口吸去。

其時風波惡一隻手掌已全成黑色，雙眼大睜，連眼皮肌肉也已僵硬，無法合上。段譽吸出一口毒血，吐在地下，只見那毒血色如黑墨，眾人看了，均覺駭異。段譽還待再吸，卻見傷口中汨汨的流出黑血。段譽一怔，心道：「讓這黑血流去後再吸較妥。」他不知只因自己服食過萬毒之王的莽牯朱蛤，那是任何毒物的剋星，彩蠍的毒質遠遠不及，一吸之下，便順勢流了出來。突然風波惡身子一動，說道：「多謝！」

阿朱等盡皆大喜。阿碧道：「四哥，你會說話了。」只見黑血漸淡，慢慢變成了紫色，又流一會，紫血變成了深紅色。阿碧忙給他敷上解藥，喬峯給他解開穴道。頃刻之間，風波惡高高腫起的手背已經平復，說話行動，也已全然如初。

風波惡向段譽深深一揖，道：「多謝公子爺救命之恩。」段譽急忙還禮，道：「些許小事，何足掛齒？」風波惡笑道：「我的性命在公子是小事，在我卻是大事。」從阿碧手中接過小瓶，擲向陳長老，道：「還了你的解藥。」又向喬峯抱拳道：「喬幫主仁義過人，不愧為武林中第一大幫的首領。風波惡十分佩服。」喬峯抱拳還禮，道：「不敢！」

風波惡拾起單刀，左手指著陳長老道：「今天我輸了給你，風波惡甘拜下風，待下次撞到，咱們再打過，今天是不打了。」陳長老微笑道：「自當奉陪。」風波惡一斜身，向手中持鐧的長老叫道：「我來領教領教閣下高招。」阿朱、阿碧都大吃一驚，齊聲叫道：「四哥不可，你體力尚未復元。」風波惡叫道：「有架不打，枉自為人！」單刀霍霍揮動，身隨刀進，已砍向持鐧長老。

那使鐧的老者白眉白鬚，成名數十載，江湖上甚麼人物沒會過，然見風波惡片刻之前還是十成中已死了九成，豈知一轉眼間，立即又生龍活虎般的殺來，如此兇悍，實所罕有，不禁心下駭然。他的鐵鐧本來變化繁複，除了擊打掃刺之外，更有鎖拿敵人兵刃的奇異手法，這時心下一怯，功夫減了幾成，變成了只有招架之功，而無還手之力。

喬峯眉頭微皺，心想：「這位風朋友太也不知好歹，我段兄弟好意救了你的性命，怎地不分青紅皂白的又去亂鬥？」

眼見包不同和風波惡兩人都漸佔上風，但也非轉眼間即能分出勝敗，高手比武，瞬息萬變，只要有一招一式使得巧了，或者對手偶有疏忽，本來處於劣勢者立時便能平反敗局。局中四人固然不敢稍有怠忽，旁觀各人也均凝神觀看。

段譽忽聽得東首有不少人快步走來，跟著北方也有人過來，人數更多。段譽向喬峯低聲道：「大哥，有人來了！」喬峯也早聽見，點了點頭，心想：「多半是慕容公子伏下的人馬到了。原來這姓包和姓風的兩人先來纏住我們，然後大隊人手一齊來攻。」正要暗傳號令，命幫眾先行向西、向南分別撤走，自己和四長老及蔣舵主斷後，忽聽得西方和南方同時有腳步雜沓之聲。卻是四面八方都來了敵人。

喬峯低聲道：「蔣舵主，南方敵人力道最弱，待會見我手勢，立時便率領眾兄弟向南退走。」蔣舵主道：「是！」

便在此時，東方杏子樹後奔出五六十人，都是衣衫襤褸，頭髮蓬亂，或持兵器，或拿破碗竹杖，均是丐幫中幫眾。跟著北方也有八九十名丐幫弟子走了出來，各人神色嚴重，見了喬峯也不行禮，反而隱隱含有敵意。

包不同和風波惡斗然間見到有這許多丐幫人眾出現，暗自心驚，均想：「如何救得王姑娘、阿朱、阿碧三人脫身才好？」

然而這時最驚訝的卻是喬峯。這些人都是本幫幫眾，平素對自己極為敬重，只要遠遠望見，早就奔了過來行禮，何以今日突如其來，連「幫主」也不叫一聲？他正大感疑惑，只見西首和南首也趕到了數十名幫眾，不多時之間，便將杏林叢中的空地擠滿了，然而幫中的首腦人物，除了先到的四大長老和蔣舵主之外，餘人均不在內。喬峯越來越驚，掌心中冷汗暗生，他就算遇到最強最惡的敵人，也從來不似此刻這般駭異，只想：「難道丐幫忽生內亂？傳功、執法兩位長老和分舵舵主遭了毒手？」但包不同、風波惡和二長老兀自激戰不休，王語嫣等又在一旁，當著外人之面，不便出言詢問。

陳長老忽然高聲叫道：「結打狗陣！」東南西北四面的丐幫幫眾之中，每一處都奔出十餘人、二十餘人不等，各持兵刃，將包不同、矮長老等四人圍住。

包不同見丐幫頃刻間布成陣勢，若要硬闖，自己縱然勉強能全身而退，風波惡中毒後元氣大耗，非受重傷不可，要救王語嫣等三人更是難上加難。當此情勢，莫過於罷手認輸，在丐幫羣相進擊之下，兩人因寡不敵眾而認輸，實於聲名無損。但包不同性子執拗，常人認為理所當然之事，他偏偏要反其道而行之，風波惡卻又是愛鬥過於性命，只要有打鬥的機會，不論是勝是敗，結果是生是死，又不管誰是誰非，總之是惡鬥到底再說。是以強弱之勢早已分明，包風二人卻仍大呼酣戰，絲毫不屈。

王語嫣叫道：「包三哥、風四哥，不成了。丐幫這打狗陣，你們兩位破不了的，還是及早住手罷。」

風波惡道：「我再打一會，等到真的不成，再住手好了。」他說話時一分心，嗤的一聲響，肩頭被白髮長老掃了一鐧，鐧上倒齒鉤得他肩頭血肉淋漓。風波惡罵道：「你奶奶的，這一招倒厲害。」刷刷刷連進三招，直是要和對方同歸於盡的模樣。白鬚老者心道：「我和你又無不共戴天之仇，何必如此拚命？」當下守住門戶，不再進攻。

陳長老長聲唱道：「南面弟兄來討飯喲，啊喲哎唷喲……」他唱的是乞丐的討飯調，其實是在施發進攻的號令。站在南首的數十名乞丐各舉兵刃，只等陳長老歌聲一落，立時便即湧上。

喬峯自知本幫這打狗陣一發動，四面幫眾便此上彼下，非將敵人殺死殺傷，決不止歇。他在查明真相之前，不願和姑蘇慕容氏貿然結下深仇，當下左手一揮，喝道：「且慢！」晃身欺到風波惡身側，左手往他面門抓去。風波惡向右急閃，喬峯右手順勢而下，已抓住他手腕，夾手將他單刀奪了過來。

王語嫣叫道：「好一招『龍爪手』『搶珠三式』！包三哥，他左肘要撞你胸口，右掌要斬你腰脅，左手便抓你的『氣戶穴』，這是『龍爪手』中的『沛然有雨』！」

她說「左肘要撞你胸口」，喬峯出手和她所說若合符節，左肘正好去撞包不同胸口，待得王語嫣說「右掌要斬你腰脅」，他右掌正好去斬包不同腰脅，一個說，一個作，便練也練不到這般合拍。王語嫣說到第三句上，喬峯右手五指成鉤，已抓在包不同的「氣戶穴」上。

包不同只感全身酸軟，再也動彈不得，氣憤憤的道：「好一個『沛然有雨』！大妹子，你說得不遲不早，有甚麼用？早說片刻，也好讓我有個預備。」王語嫣歉然道：「他武功太強，出手時事先全沒朕兆，我瞧不出來，真是對不起了。」包不同道：「甚麼對得起，對不起？咱們今天的架是打輸啦，丟了燕子塢的臉。」回頭一看，只見風波惡直挺挺的站著。卻是喬峯奪他單刀之時，順勢便點了他的穴道，否則他怎肯乖乖的罷手不鬥？

陳長老見幫主已將包、風二人制住，那一句歌調沒唱完，便即戛然而止。丐幫四長老和幫中高手見喬峯一出手便制住對手，手法之妙，實是難以想像，無不衷心欽佩。

喬峯放開包不同的「氣戶穴」，左手反掌在風波惡肩頭輕拍幾下，解開了他被封住的穴道，說道：「兩位請便罷。」

包不同性子再怪，也知道自己武功和他實在相差太遠，人家便沒甚麼「打狗陣」，沒甚麼四長老聯手，那也輕輕易易的便操勝算，這時候自己多說一句話，便是多丟一分臉，當下一言不發，退到了王語嫣身邊。
風波惡卻道：「喬幫主，我武功是不如你，不過適才這一招輸得不大服氣，你有點出我不意，攻我無備。」喬峯道：「不錯，我確是出你不意，攻你無備。咱們再試幾招，我接你的單刀。」一句話甫畢，虛空一抓，一股氣流激動地下的單刀，那刀竟然跳了起來，躍入了他手中。喬峯手指一撥，單刀倒轉刀柄，便遞向風波惡的身前。
風波惡登時便怔住了，顫聲道：「這……這是『擒龍功』罷？世上居然真的……真的有人會此神奇武功。」
喬峯微笑道：「在下初窺門徑，貽笑方家。」說著眼光不自禁的向王語嫣射去。適才王語嫣說他那一招「沛然有雨」，竟如未卜先知一般，實令他詫異之極，這時頗想知道這位精通武學的姑娘，對自己這門功夫有甚麼品評。
不料王語嫣一言不發，對喬峯這手奇功宛如視而不見，原來她正自出神：「這位喬幫主武功如此了得，我表哥跟他齊名，江湖上有道是『北喬峯，南慕容』，可是……可是我表哥的武功，怎能……怎能……」
風波惡搖了搖頭，道：「我打你不過，強弱相差太遠，打起來興味索然。喬幫主，再見了。」他打了敗仗，竟絲毫沒有垂頭喪氣，所謂「勝固欣然敗亦喜」，只求有架打，打得緊張火熾，那便心滿意足，是輸是贏，卻是全不縈懷，實可說深得「鬥道」之三昧。他舉手和喬峯別過，向包不同道：「三哥，聽說公子爺去了少林寺，那兒人多，定然有架打，我這便撩撩去。你們慢慢再來罷。」他深恐失了一次半次打架的遇合，不等包不同等回答，當即急奔而去。

包不同道：「走罷，走罷！技不如人兮，臉上無光！再練十年兮，又輸精光！不如罷休兮，吃盡當光！」高聲而吟，揚長而去，倒也輸得瀟灑。

王語嫣向阿朱、阿碧道：「三哥、四哥都走了，咱們卻又到那裏找……找他去？」阿朱低頭道：「這兒丐幫他們要商量正經事情，咱們且回無錫城再說。」轉頭向喬峯道：「喬幫主，我們三人走啦！」喬峯點頭道：「三位自便。」

東首丐幫之中，忽然走出一個相貌清雅的丐者，板起了臉孔說道：「啟稟幫主，馬副幫主慘死的大仇尚未得報，幫主怎可隨隨便便的就放走敵人？」這幾句話似乎相當客氣，但神色之間咄咄逼人，絲毫沒有下屬之禮。

喬峯道：「咱們來到江南，原是為報馬二哥的大仇而來。但這幾日來我多方查察，覺得殺害馬二哥的兇手，未必便是慕容公子。」

那中年丐者名叫全冠清，外號「十方秀才」，為人足智多謀，武功高強，是幫中地位僅次於六大長老的八袋舵主，掌管「大智分舵」，問道：「幫主何所見而云然？」

王語嫣和阿朱、阿碧正要離去，忽聽得丐幫中有人提到了慕容復，三人對慕容復都極關懷，當下退在一旁靜聽。

只聽喬峯道：「我也只是猜測而已，自也拿不出甚麼證據來。」全冠清道：「不知幫主如何猜測，屬下等都想知道。」喬峯道：「我在洛陽之時，聽到馬二哥死於『鎖喉擒拿手』的功夫之下，便即想起了姑蘇慕容氏『以彼之道，還施彼身』這句話，尋思馬二哥的『鎖喉擒拿手』天下無雙無對，除了慕容氏一家之外，再無旁人能以馬二哥本身的絕技傷他。」全冠清道：「不錯。」喬峯道：「可是近幾日來，我越來越覺得，咱們先前的想法只怕未必盡然，這中間說不定另有曲折。」全冠清道：「眾兄弟都願聞其詳，請幫主開導。」

喬峯見他辭意不善，又察覺到諸幫眾的神氣大異平常，幫中定已生了重大變故，問道：「傳功、執法兩位長老呢？」全冠清道：「屬下今日並沒見到兩位長老。」喬峯又問：「大仁、大信、大勇、大禮四舵的舵主又在何處？」全冠清側頭向西北角上一名七袋弟子問道：「張全祥，你們舵主怎麼沒來？」那七袋弟子道：「嗯……嗯……我不知道。」

喬峯素知大智分舵舵主全冠清工於心計，辦事幹練，原是自己手下一個極得力的下屬，但這時圖謀變亂，卻又成了一個極厲害的敵人，見那七袋弟子張全祥臉有愧色，說話吞吞吐吐，目光又不敢和自己相對，喝道：「張全祥，你將本舵方舵主殺害了，是不是？」張全祥大驚，忙道：「沒有，沒有！方舵主好端端的在那裏，沒有死，沒有死！這……這不關我事，不是我幹的。」喬峯厲聲道：「那麼是誰幹的？」這句話並不甚響，卻充滿了威嚴。張全祥不由得渾身發抖，眼光向著全冠清望去。

喬峯知道變亂已成，傳功、執法等諸長老倘若未死，也必已處於極重大的危險之下，時機稍縱即逝，當下長嘆一聲，轉身問四大長老：「四位長老，到底出了甚麼事？」

四大長老你看看我，我看看你，都盼旁人先開口說話。喬峯見此情狀，知道四大長老也參與此事，微微一笑，說道：「本幫自我而下，人人以義氣為重……」說到這裏，霍地向後連退兩步，每一步都是縱出尋丈，旁人便是向前縱躍，也無如此迅捷，步度更無這等闊大。

他這兩步一退，離全冠清已不過三尺，更不轉身，左手反過扣出，右手擒拿，正好抓中了他胸口的「中庭」和「鳩尾」兩穴。

全冠清武功之強，殊不輸於四大長老，豈知一招也無法還手，便被扣住。喬峯手上運氣，內力從全冠清兩處穴道中透將進去，循著經脈，直奔他膝關節的「中委」、「陽台」兩穴。他膝間酸軟，不由自主的跪倒在地。諸幫眾無不失色，人人駭惶，不知如何是好。

原來喬峯察言辨色，料知此次叛亂，全冠清必是主謀，若不將他一舉制住，禍亂非小，縱然平服叛徒，但一場自相殘殺勢所難免。丐幫強敵當前，如何能自傷元氣？眼見四周幫眾除了大義分舵諸人之外，其餘似乎都已受了全冠清的煽惑，爭鬥一起，那便難以收拾。因此故意轉身向四長老問話，乘著全冠清絕不防備之時，倒退扣他經脈。這幾下兔起鶻落，一氣呵成，似乎行若無事，其實是出盡他生平所學。要是這反手一扣，部位稍有半寸之差，雖能制住全冠清，卻不能以內力衝激他膝關節中穴道，和他同謀之人說不定便會出手相救，爭鬥仍不可免。這麼迫得他下跪，旁人都道全冠清自行投降，自是誰都不敢再有異動。

喬峯轉過身來，左手在他肩頭輕拍兩下，說道：「你既已知錯，跪下倒也不必。生事犯上之罪，卻決不可免，慢慢再行議處不遲。」右肘輕挺，已撞中了他的啞穴。

喬峯素知全冠清能言善辯，若有說話之機，煽動幫眾，禍患難泯，此刻危機四伏，非得從權以斷然手段處置不可。他制住全冠清，讓他垂首而跪，大聲向張全祥道：「由你帶路，引導大義分舵蔣舵主，去請傳功、執法長老等諸位一同來此。你好好聽我號令行事，當可減輕你的罪責。其餘各人一齊就地坐下，不得擅自起立。」

張全祥又驚又喜，連聲應道：「是，是！」

大義分舵蔣舵主並未參與叛亂密謀，見全冠清等敢作亂犯上，早就氣惱之極，滿臉脹得通紅，只呼呼喘氣，直到喬峯吩咐他隨張全祥去救人，這才心神略定，向本舵二十餘名幫眾說道：「本幫不幸發生變亂，正是大夥兒出死力報答幫主恩德之時。大家出力護主，務須遵從幫主號令，不得有違。」他生怕四大長老等立時便會羣起發難，雖然大義分舵與叛眾人數相差甚遠，但幫主也不致於孤掌難鳴。

喬峯卻道：「不！蔣兄弟，你將本舵眾兄弟一齊帶去，救人是大事，不可有甚差失。」蔣舵主不敢違命，應道：「是！」又道：「幫主，你千萬小心，我儘快趕回。」喬峯微微一笑，道：「這裏都是咱們多年來同生共死的好兄弟，只不過一時生了些意見，沒甚麼大不了的事，你放心去罷。」又道：「你再派人去知會西夏『一品堂』，惠山之約，押後七日。」蔣舵主躬身答應，領了本舵幫眾，自行去了。

喬峯口中說得輕描淡寫，心下卻著實擔憂，眼見大義分舵的二十餘名幫眾一走，杏子林中除了段譽、王語嫣、阿朱、阿碧四個外人之外，其餘二百來人都是參與陰謀的同黨，只須其中有人一聲傳呼，羣情洶湧之下發作起來，可十分難以應付。他四顧羣豪，只見各人神色均甚尷尬，有的強作鎮定，有的惶惑無主，有的卻是躍躍欲試，頗有鋌而走險之意。四周二百餘人，誰也不說一句話，但只要有誰說出一句話來，顯然變亂立生。

此刻天色已漸漸黑了下來，暮色籠罩，杏林邊薄霧飄繞。喬峯心想：「此刻唯有靜以待變，最好是轉移各人心思，等得傳功長老等回來，大事便定。」一瞥眼間見到段譽，便道：

「眾位兄弟，我今日好生喜歡，新交了一位好朋友，這位是段譽段兄弟，我二人意氣相投，已結拜為兄弟。」

王語嫣和阿朱、阿碧聽得這書獃子段相公居然和丐幫喬幫主拜了把子，都大感詫異。

只聽喬峯續道：「兄弟，我給你引見我們丐幫中的首要人物。」他拉著段譽的手，走到那白鬚白髮、手使倒齒鐵鐧的長老身前，說道：「這位宋長老，是本幫人人敬重的元老，他這倒齒鐵鐧當年縱橫江湖之時，兄弟你還沒出世呢。」段譽道：「久仰，久仰，今日得見高賢，幸何如之。」說著抱拳行禮。宋長老勉強還了一禮。

喬峯又替他引見那手使鋼杖的矮胖老人，說道：「這位奚長老是本幫外家高手。你哥哥在十多年前，常向他討教武功。奚長老於我，可說是半師半友，情義甚為深重。」段譽道：「適才我見到奚長老和那兩位爺台動手過招，武功果然了得，佩服，佩服。」奚長老性子直率，聽得喬峯口口聲聲不忘舊情，特別提到昔年自己指點他武功的德惠，而自己居然胡裏胡塗的聽信了全冠清之言，不由得大感慚愧。

喬峯引見了那使麻袋的陳長老後，正要再引見那使鬼頭刀的紅臉吳長老，忽聽得腳步聲響，東北角上有許多人奔來，聲音嘈雜，有的連問：「幫主怎麼樣？叛徒在那裏？」有的說：「上了他們的當，給關得真是氣悶。」亂成一團。

喬峯大喜，但不願缺了禮數，使吳長老心存蒂芥，仍然替段譽引見，表明吳長老的身分名望，這才轉身。只見傳功長老、執法長老，大仁、大勇、大禮、大信各舵的舵主，率同大批幫眾，一時齊到。各人都有無數言語要說，但在幫主跟前，誰也不敢任意開口。

喬峯說道：「大夥兒分別坐下，我有話說。」眾人齊聲應道：「是！」有的向東，有的向西，各按職分輩份，或前或後、或左或右的坐好。在段譽瞧來，羣丐似乎亂七八糟的四散而坐，其實何人在前，何人在後，各有序別。

喬峯見眾人都守規矩，心下先自寬了三分，微微一笑，說道：「咱們丐幫多承江湖上朋友瞧得起，百餘年來號稱為武林中第一大幫。既然人多勢眾，大夥兒的想法不能齊一，那也是難免之事。只須分說明白，好好商量，大夥兒仍是相親相愛的好兄弟，大家也不必將一時的意氣紛爭，瞧得太過重了。」他說這幾句話時神色極是慈和。他心中早已細加盤算，決意寧靜處事，要將一場大禍消弭於無形，說甚麼也不能引起丐幫兄弟的自相殘殺。

眾人聽他這麼說，原來劍拔弩張之勢果然稍見鬆弛。

坐在喬峯右首的一個面色蠟黃的老丐站起身來，說道：「請問宋奚陳吳四位長老，你們命人將我們關在太湖中的小船之上，那是甚麼意思？」這人是丐幫中的執法長老，名叫白世鏡，向來鐵面無私，幫中大小人等，縱然並不違犯幫規刑條，見到他也是懼怕三分。

四長老中宋長老年紀最大，隱然是四長老的首腦。他臉上泛出紅色，咳嗽一聲，說道：「這個……這個……嗯……咱們是多年來同患難、共生死的好兄弟，自然並無惡意……白……白執法瞧在我老哥哥的臉上，那也不必介意。」

眾人一聽，都覺他未免老得太也胡塗了，幫會中犯上作亂，那是何等的大事，豈能說一句「瞧在我老哥哥的臉上」，就此輕輕一筆帶過？

白世鏡道：「宋長老說並無惡意，實情卻非如此。我和傳功長老他們，一起被囚在三艘船上，泊在太湖之中，船上堆滿柴草硝磺，說道我們若想逃走，立時便引火燒船。宋長老，難道這並無惡意麼？」宋長老道：「這個……這個嘛，確是做得太過份了些。大家都是一家人，向來親如兄弟骨肉，怎麼可以如此蠻來？以後見面，這……這不是挺難為情麼？」他後來這幾句話，已是向陳長老而說。

白世鏡指著一條漢子，厲聲道：「你騙我們上船，說是幫主呼召。假傳幫主號令，該當何罪？」那漢子嚇得渾身簌簌發抖，顫聲道：「弟子職份低微，如何敢作此犯上欺主之事？都是……都是……」他說到這裏，眼睛瞧著全冠清，意思是說：「本舵全舵主叫我騙你上船的。」但他是全冠清下屬，不敢公然指證。白世鏡道：「是你全舵主吩咐的，是不是？」那漢子垂首不語，不敢說是，也不敢說不是。白世鏡道：「全舵主命你假傳幫主號令，騙我上船，你當時知不知道這號令是假？」那漢子臉上登時全無半點血色，不敢作聲。

白世鏡冷笑道：「李春來，你向來是個敢作敢為的硬漢，是不是？大丈夫有膽子做事，難道沒膽子應承？」

李春來臉上突顯剛強之色，胸膛一挺，朗聲道：「白長老說得是。我李春來做錯了事，是殺是剮，任憑處分，姓李的皺一皺眉頭，不算好漢。我向你傳達幫主號令之時，明知那是假的。」

白世鏡道：「是幫主對你不起麼？是我對你不起麼？」李春來道：「都不是，幫主待屬下義重如山，白長老公正嚴明，誰都沒有異言。」白世鏡厲聲道：「然則那是為了甚麼？到底是甚麼緣故？」

李春來向跪在地下的全冠清瞧了一眼，又向喬峯瞧了一眼，大聲道：「屬下違反幫規，死有應得，這中間的原因，非屬下敢說。」手腕一翻，白光閃處，噗的一聲響，一柄刀已刺入心口，這一刀出手甚快，又是對準了心臟，刀尖穿心而過，立時斷氣斃命。

諸幫眾「嘩」的一聲，都驚呼出來，但各人均就坐原地，誰也沒有移動。

白世鏡絲毫不動聲色，說道：「你明知號令是假，卻不向幫主舉報，反來騙我，原該處死。」轉頭向傳功長老道：「項兄，騙你上船的，卻又是誰？」

突然之間，人叢中一人躍起身來，向林外急奔。

十五

杏子林中　商略平生義

陳長老見喬峯的目光瞧來，大聲道：

「喬幫主，我跟你沒甚麼交情，平時得罪你的地方太多，不敢要你流血贖命。」

身子一蹲，手臂微長，已將一柄法刀搶在手中。

這人背上負著五隻布袋，是丐幫的五袋弟子。他逃得極是匆忙，不問可知，自是假傳號令、騙項長老上船去之人了。傳功、執法兩長老相對嘆息一聲，並不說話。只見人影一晃，一人搶出來攔在那五袋弟子身前。那人滿臉紅光，手持鬼頭刀，正是四大長老中的吳長老，厲聲喝道：「劉竹莊，你為甚麼要逃？」那五袋弟子顫聲道：「我……我……我……」連說了六七個「我」字，再也說不出第二個字來。

吳長老道：「咱們身為丐幫弟子，須當遵守祖宗遺法。大丈夫行事，對就是對，錯就是錯，敢作敢為，也敢擔當。」轉過身來向喬峯道：「喬幫主，我們大夥兒商量了，要廢去你的幫主之位。這件大事，宋奚陳吳四長老都是參與的。我們怕傳功、執法兩位長老不允，是以設法將他們囚禁起來。這是為了本幫的大業著想，不得不冒險而為。今日勢頭不利，被你佔了上風，我們由你處置便是。吳長風在丐幫三十年，誰都知道我不是貪生怕死的小人。」說著噹的一聲，將鬼頭刀遠遠擲了開去，雙臂抱在胸前，一副天不怕地不怕的神氣。

他侃侃陳辭，將「廢去幫主」的密謀吐露了出來，諸幫眾自是人人震動。這幾句話，所有參與密謀之人，心中無不明白，可就誰也不敢宣之於口，吳長風卻第一個直言無隱。

執法長老白世鏡朗聲道：「宋奚陳吳四長老背叛幫主，違犯幫規第一條。執法弟子，將四長老綁上了。」他手下執法的弟子取過牛筋，先去給吳長風上綁。吳長風含笑而立，毫不反抗。跟著宋奚二長老也拋下兵刃，反手就縛。

陳長老臉色極是難看，喃喃的道：「懦夫，懦夫！羣起一戰，未必便輸，可是誰都怕了喬峯。」他這話確是不錯，當全冠清被制服之初，參與密謀之人如果立時發難，喬峯難免寡不敵眾。即是傳功、執法二長老，大仁、大義、大信、大勇、大禮五舵主一齊回歸，仍是叛眾人數居多。然而喬峯在眾人前面這麼一站，凜然生威，竟是誰也不敢搶出動手，以致良機坐失，一個個的束手就縛。待得宋奚吳三長老都被綁縛之後，陳長老便欲決心一戰，也已孤掌難鳴了。他一聲嘆息，抛下手中麻袋，讓兩名執法弟子在手腕和腳踝上都綁上了牛筋。

此時天已全黑，白世鏡吩咐弟子燃起火堆。火光照在被綁各人的臉上，顯出來的盡是一片沮喪陰沉之意。

白世鏡凝視劉竹莊，說道：「你這等行徑，還配做丐幫的弟子嗎？你自己了斷呢？還是須得旁人動手？」劉竹莊道：「我……我……」底下的話仍是說不出來，但見他抽出身邊單刀，想要橫刀自刎，但手臂顫抖得極是厲害，竟無法向自己頸中割去。一名執法弟子叫道：「這般沒用，虧你在丐幫中躭了這麼久。」抓住他右臂，用力一揮，割斷了他喉頭。劉竹莊道：「我……謝謝……」隨即斷氣。

原來丐幫中規矩，凡是犯了幫規要處死刑的，如果自行了斷，幫中仍當他是兄弟，只須一死，便洗清了一切罪孽。但如由執法弟子動手，那麼罪孽永遠不能清脫。適才那執法弟子見劉竹莊確有自刎之意，只是力有不逮，這才出手相助。

段譽與王語嫣、阿朱、阿碧四人，無意中撞上了丐幫這場大內變，都覺自己是局外人，窺人陰私，極是不該，但在這時退開，卻也已不免引起丐幫中人的疑忌，只有坐得遠遠地，裝得漠不關心。眼見李春來和劉竹莊接連血濺當場，屍橫就地，不久之前還是威風凜凜的宋奚陳吳四長老一一就縛，只怕此後尚有許多驚心動魄的變故。四人你看看我，我看看你，都覺處境甚是尷尬。段譽與喬峯義結金蘭，風波惡中毒後喬峯代索解藥，王語嫣和朱碧雙姝都對喬峯心存感激，這時見他平定逆亂，將反叛者一一制服，自是代他歡喜。

喬峯怔怔的坐在一旁，叛徒就縛，他心中卻殊無勝利與喜悅之感，回思自受上代汪幫主深恩，以幫主之位相授，執掌丐幫八年以來，經過了不少大風大浪，內解紛爭，外抗強敵，自己始終竭力以赴，不存半點私心，將丐幫整頓得好生興旺，江湖上威名赫赫，自己實是有功無過，何以突然之間，竟有這許多人密謀反叛？若說全冠清胸懷野心，意圖傾覆本幫，何以連宋長老、奚長老這等元老，吳長風這等耿直漢子，均會參與其事？難道自己無意之中做了甚麼對不起眾兄弟之事，竟連自己也不知麼？

白世鏡朗聲道：「眾位兄弟，喬幫主繼任上代汪幫主為本幫首領，並非巧取豪奪，用甚麼不正當手段而得此位。當年汪幫主試了他三大難題，命他為本幫立七大功勞，這才以打狗棒相授。那一年泰山大會，本幫受人圍攻，處境十分凶險，全仗喬幫主連創九名強敵，丐幫這才轉危為安，這裏許多兄弟都是親眼得見。這八年來本幫聲譽日隆，人人均知是喬幫主主持之功。喬幫主待人仁義，處事公允，咱們大夥兒擁戴尚自不及，為甚麼居然有人豬油蒙了心，竟會起意叛亂？全冠清，你當眾說來！」

全冠清被喬峯拍了啞穴，對白世鏡的話聽得清清楚楚，苦於無法開口回答。喬峯走上前去，在他背心上輕輕拍了兩下，解開他的穴道，說道：「全舵主，我喬峯做了甚麼對不起眾兄弟之事，你盡管當面指證，不必害怕，不用顧忌。」

全冠清一躍站起，但腿間兀自酸麻，右膝跪倒，大聲道：「對不起眾兄弟的大事，你現今雖然還沒有做，但不久就要做了。」說完這句話，這才站直身子。

白世鏡厲聲道：「胡說八道！喬幫主為人處事，光明磊落，他從前既沒做過歹事，將來更加不會做。你只憑一些全無佐證的無稽之言，便煽動人心，意圖背叛幫主。老實說，這些謠言也曾傳進我的耳裏，我只當他是大放狗屁，老子一拳頭便將放屁之人打斷了三條肋骨。偏有這麼些胡塗透頂的傢伙，聽信了你的胡說八道。你說來說去，也不過是這麼幾句話，快快自行了斷罷。」

喬峯尋思：「原來在我背後，早有許多不利於我的言語，白長老也聽到了，只是不便向我提起，那自是難聽之極的話了。大丈夫事無不可對人言，那又何必隱瞞？」於是溫言道：「白長老，你不用性急，讓全舵主從頭至尾，詳詳細細說個明白。連宋長老、奚長老他們也都反對我，想必我喬峯定有不對之處。」

奚長老道：「我反叛你，是我不對，你不用再提。回頭定案之後，我自行把矮脖子上的大頭割下來給你便是。」他這句話說得滑稽，各人心中卻均感沉痛，誰都不露絲毫笑容。

白世鏡道：「幫主吩咐得是。全冠清，你說罷。」

全冠清見與自己同謀的宋奚陳吳四長老均已就縛，這一仗是輸定了，但不能不作最後的掙扎，大聲道：「馬副幫主為人所害，我相信是出於喬峯的指使。」

喬峯全身一震，驚道：「甚麼？」

全冠清道：「你一直憎惡馬副幫主，恨不得除之而後快，總覺若不除去這眼中之釘，你幫主之位便不安穩。」

喬峯緩緩搖了搖頭，說道：「不是。我和馬副幫主交情雖不甚深，言談雖不甚投機，但從來沒存過害他的念頭。皇天后土，實所共鑒。喬峯若有加害馬大元之意，教我身敗名裂，受千刀之禍，為天下好漢所笑。」這幾句話說得甚是誠懇，這副莽莽蒼蒼的英雄氣概，誰都不能有絲毫懷疑。

全冠清卻道：「然則咱們大夥到姑蘇來找慕容復報仇，為甚麼你一而再、再而三的與敵人勾結？」指著王語嫣等三個少女道：「這三人是慕容復的家人眷屬，你加以庇護。」指著段譽道：「這人是慕容復的朋友，你卻與之結為兄弟……」

段譽連連搖手，說道：「非也，非也！我不是慕容復的朋友，我從未見過慕容公子之面。這三位姑娘，說是慕容公子的家人親戚則可，說是眷屬卻未必。」他想王語嫣只是慕容復的「親戚」，絕非「眷屬」，其間分別，不可不辨。

全冠清道：「『非也非也』包不同是慕容復屬下的金風莊莊主，『一陣風』風波惡是慕容復手下的玄霜莊莊主，他二人若非得你喬峯解圍，早就一個亂刀分屍，一個中毒斃命。此事大夥兒親眼目睹，你還有甚麼抵賴不成？」

喬峯緩緩說道：「我丐幫開幫數百年，在江湖上受人尊崇，並非恃了人多勢眾、武功高強，乃是由於行俠仗義、主持公道之故。全舵主，你責我庇護這三位年輕姑娘，不錯，我確是庇護她們，那是因為我愛惜本幫數百年來的令名，不肯讓天下英雄說一句『丐幫眾長老合力欺侮三個稚弱女子』。宋奚陳吳四長老，那一位不是名重武林的前輩？丐幫和四位長老的名聲，你不愛惜，幫中眾兄弟可都愛惜。」

眾人聽了這幾句話，又向王語嫣等三個嬌滴滴的姑娘瞧了幾眼，都覺極是有理，倘若大夥和這三個姑娘為難，傳了出去，確是大損丐幫的名聲。

白世鏡道：「全冠清，你還有甚麼話說？」轉頭向喬峯道：「幫主，這等不識大體的叛徒，不必再跟他多費唇舌，按照叛逆犯上的幫規處刑便了。」

喬峯心道：「白長老一意要儘快處決全冠清，顯是不讓他吐露不利於我的言語。」朗聲道：「全舵主能說得動這許多人密謀作亂，必有極重大的原因。大丈夫行事，對就是對，錯就是錯。眾位兄弟，喬峯的所作所為，有何不對，請大家明言便是。」

吳長風嘆了口氣，道：「幫主，你或者是個裝腔作勢的大奸雄，或者是個直腸直肚的好漢子，我吳長風沒本事分辨，你還是及早將我殺了罷。」喬峯心下大疑，問道：「吳長老，你為甚麼說我是個欺人的騙子？你……你……甚麼地方疑心我？」吳長風搖了搖頭，說道：「這件事說起來牽連太多，傳了出去，丐幫在江湖上再也抬不起頭來，人人要瞧我們不起。我們本來想將你一刀殺死，那就完了。」

喬峯更如墮入五里霧中，摸不著半點頭腦，喃喃道：「為甚麼？為甚麼？」抬起頭來，說道：「我救了慕容復手下的兩員大將，你們就疑心我和他有所勾結，是不是？可是你們謀叛在先，我救人在後，這兩件事拉不上干係。再說，此事是對是錯，這時候還難下斷語，但我總覺得馬副幫主不是慕容復所害。」

全冠清道：「何以見得？」這句話他本已問過一次，中間變故陡起，打斷了話題，直至此刻又再提起。

喬峯道：「我想慕容復是大英雄、好漢子，不會下手去殺害馬二哥。」

王語嫣聽得喬峯稱慕容復為「大英雄、好漢子」，芳心大喜，心道：「這位喬幫主果然也是個大英雄、好漢子。」

段譽卻眉頭微蹙，心道：「未必，未必！慕容復不見得是甚麼大英雄、好漢子。」

全冠清道：「這兩個月來，江湖上被害的高手著實不少，都是死於各人本身的成名絕技之下。人人皆知是姑蘇慕容氏所下毒手。如此辣手殺害武林中朋友，怎能說是英雄好漢？」

喬峯在場中緩緩踱步，說道：「眾位兄弟，昨天晚上，我在江陰長江邊上的望江樓頭飲酒，遇到一位中年儒生，居然一口氣連盡十大碗烈酒，面不改色，好酒量，好漢子！」

段譽聽到這裏，不禁臉露微笑，心想：「原來大哥昨天晚上又和人家賭酒來著。人家酒量好，喝酒爽氣，他就心中喜歡，說人家是好漢子，那只怕也不能一概而論。」

只聽喬峯又道：「我和他對飲三碗，說起江南的武林人物，他自誇掌法江南第二，第一便是慕容復慕容公子。我便和他對了三掌。第一掌、第二掌他都接了下來，第三掌他左手中所持的酒碗震得粉碎，瓷片劃得他滿臉都是鮮血。他神色自若，說道：『可惜！可惜！可惜了一大碗好酒。』我大起愛惜之心，第四掌便不再出手，說道：『閣下掌法精妙，「江南第二」四字，當之無愧。』他道：『江南第二，天下第屁！』我道：『兄台不必過謙，以掌法而論，兄台實可算得是一流好手。』他道：『原來是丐幫喬幫主駕到，兄弟輸得十分服氣，多承你手下留情，沒讓我受傷，我再敬你一碗！』咱二人又對飲三碗。分手時我問他姓名，他說複姓公冶，單名一個『乾』字。這不是乾坤之乾，而是乾杯之乾。他說是慕容公子的下屬，是赤霞莊的莊主，邀我到他莊上去大飲三日。眾位兄弟，這等人物，你們說是如何？是不是好朋友？」

吳長風大聲道：「這公冶乾是好漢子，好朋友！幫主，甚麼時候你給我引見引見。」他也不想自己犯上作亂，已成階下之囚，轉眼間便要受刑處死，聽到有人說起英雄好漢，不禁便起結交之心。喬峯微微一笑，心下暗暗嘆息：「吳長風豪邁痛快，不意牽連在這場逆謀之中。」宋長老問道：「幫主，後來怎樣？」

喬峯道：「我和公冶乾告別之後，便趕路向無錫來，行到二更時分，忽聽到有兩個人站在一條小橋上大聲爭吵。其時天已全黑，居然還有人吵之不休，我覺得奇怪，上前一看，只見那條小橋是條獨木橋，一端站著個黑衣漢子，另一端是個鄉下人，肩頭挑著一擔大糞，原來是兩人爭道而行。那黑衣漢子叫鄉下人退回去，說是他先到橋頭。鄉下人說他挑了糞擔，沒法退回，要黑衣漢子退回去。黑衣漢子道：『咱們已從初更耗到二更，便再從二更耗到天明，我還是不讓。』鄉下人道：『你不怕我的糞擔臭，就這麼耗著。』黑衣漢子道：『你肩頭壓著糞擔，只要不怕累，咱們就耗到底了。』

「我見了這副情形，自是十分好笑，心想：『這黑衣漢子的脾氣當真古怪，退後幾步，讓他一讓，也就是了，和這個挑糞擔的鄉下人這麼面對面的乾耗，有甚麼味道？聽他二人的說話，顯是已耗了一個更次。』我好奇心起，倒想瞧個結果出來，要知道最後是黑衣漢子怕臭投降呢，還是鄉下人累得認輸。我可不願多聞臭氣，在上風頭遠遠站著。只聽兩人你一言我一語，說的都是江南土話，我也不大聽得明白，總之是說自己道理直。那鄉下人當真有股狠勁，將糞擔從左肩換到右肩，又從右肩換到左肩，就是不肯退後一步。」

段譽望望王語嫣，又望望阿朱、阿碧，只見三個少女都笑咪咪的聽著，顯是極感興味，心想：「這當兒幫中大叛待決，情勢何等緊急，喬大哥居然會有閒情逸致來說這等小事。這些故事，王姑娘她們自會覺得有趣，怎地喬大哥如此英雄了得，竟也自童心猶存？」

不料丐幫數百名幫眾，人人都肅靜傾聽，沒一人以喬峯的言語為無聊。

喬峯又道：「我看了一會，漸漸驚異起來，發覺那黑衣漢子站在獨木橋上，身形不動如山，竟是一位身負上乘武功之士。那挑糞的鄉下人則不過是個常人，雖然生得結實壯健，卻是半點武功也不會的。我越看越是奇怪，尋思：這黑衣漢子武功如此了得，只消伸出一個小指頭，便將這鄉下人連著糞擔，一起推入了河中，可是他卻全然不使武功。像這等高手，照理應當涵養甚好，就算不願讓了對方，那麼輕輕一縱，從那鄉下人頭頂飛躍而過，卻又何等容易？他偏偏要跟這鄉下人嘔氣，真正好笑！

「只聽那黑衣漢子提高了嗓子大聲說道：『你再不讓我，我可要罵人了！』鄉下人道：『罵人就罵人。你會罵人，我不會罵麼？』他居然搶先出口，大罵起來。黑衣漢子便跟他對罵。兩個人你一句，我一句，各種古裏古怪的污言穢語都罵將出來。這些江南罵人的言語，我十句裏也聽不懂半句。堪堪罵了小半個時辰，那鄉下人已累得筋疲力盡，黑衣漢子內力充沛，仍是神完氣足。我見那鄉下人身子搖晃，看來過不到一盞茶時分，便要摔入河了。

「突然之間，那鄉下人將手伸入糞桶，抓起一把糞水，向黑衣漢子夾頭夾臉擲了過去。

黑衣人萬料不到他竟會使潑，『啊喲』一聲，臉上口中已被他擲滿糞水。我暗叫：『糟糕，這鄉下人自尋死路，卻又怪得誰來？』眼見那黑衣漢子大怒之下，手掌一起，便往鄉下人的頭頂拍落。」

段譽耳中聽的是喬峯說話，眼中卻只見到王語嫣櫻口微張，極是關注。一瞥眼間，只見阿朱與阿碧相顧微笑，似乎渾不在意。

只聽喬峯繼續道：「這變故來得太快，我為了怕聞臭氣，站在十數丈外，便想去救那鄉下人，也已萬萬不及。不料那黑衣漢子一掌剛要擊上那鄉下人的天靈蓋，突然間手掌停在半空，不再落下，哈哈一笑，說道：『老兄，你跟我比耐心，到底是誰贏了？』那鄉下人也真憊懶，明明是他輸了，卻不肯承認，說道：『我挑了糞擔，自然是你佔了便宜。不信你挑糞擔，我空身站著，且看誰輸誰贏？』那黑衣漢子道：『也說的是！』伸手從他肩頭接過糞擔，左臂伸直，手掌放在扁擔中間，平平托住。

「那鄉下人見他隻手平托糞擔，臂與肩齊，不由得呆了，只說：『你……你……』黑衣漢子笑道：『我就這麼托著，不許換手，咱們對耗，是誰輸了，誰就喝乾了這一擔大糞。』那鄉下人見了他這等神功，如何再敢和他爭鬧，忙向後退，不料心慌意亂，踏了個空，便向河中掉了下去。黑衣漢子伸出右手，抓住了他衣領，右臂平舉，這麼左邊托一擔糞，右邊抓一個人，哈哈大笑，說道：『過癮，過癮！』身子一縱，輕輕落到對岸，將鄉下人和糞擔都放在地下，展開輕功，隱入桑林之中而去。

「這黑衣漢子口中被潑大糞，若要殺那鄉下人，只不過舉手之勞。就算不肯隨便殺人，那麼打他幾拳，也是理所當然，可是他毫不恃技逞強。這個人的性子確是有點兒特別，求之武林之中，可說十分難得。眾位兄弟，此事是我親眼所見，我和他相距甚遠，諒他也未必能發見我的蹤跡，以致有意做作。像這樣的人，算不算得是好朋友、好漢子？」

吳長老、陳長老、白長老等齊聲道：「不錯，是好漢子！」陳長老道：「可惜幫主沒問他姓名，否則也好讓大夥兒知道，江南武林之中，有這麼一號人物。」

喬峯緩緩的道：「這位朋友，適才曾和陳長老交過手，手背被陳長老的毒蝎所傷。」陳長老一驚，道：「是一陣風風波惡！」喬峯點了點頭，說道：「不錯！」

段譽這才明白，喬峯所以詳詳細細的說這段軼事，旨在敘述風波惡的性格，心想此人面貌醜陋，愛鬧喜鬥，原來天性卻極良善，真是人不可以貌相了；剛才王語嫣關心而朱碧雙姝相顧微笑，自因朱碧二女熟知風波惡的性情，既知莫名其妙與人鬥氣者必是此君，而此君又決不會濫殺無辜。

只聽喬峯說道：「陳長老，咱們丐幫自居為江湖第一大幫，你是本幫的首要人物，身分名聲，與江南一個武人風波惡自不可同日而語。風波惡能在受辱之餘不傷無辜，咱們丐幫的高手，豈能給他比了下去？」陳長老面紅過耳，說道：「幫主教訓得是，你要我給他解藥，原來是為我聲名身分著想。陳孤雁不知幫主的美意，反存怨責之意，真如木牛蠢驢一般。」喬峯道：「顧念本幫聲名和陳長老的身分，此事尚在其次。咱們學武之人，第一不可濫殺無辜。陳長老就算不是本幫的首腦人物，不是武林中赫赫有名的耆宿，那也不能不問青紅皂白的取人性命啊！」陳長老低頭說道：「陳孤雁知錯了。」

喬峯見這一席話居然說服了四大長老中最為桀敖不馴的陳孤雁，心下甚喜，緩緩的道：「那公冶乾豪邁過人，風波惡是非分明，包不同瀟灑自如，這三位姑娘也都溫文良善。這些人不是慕容公子的下屬，便是他的戚友。常言說得好：物以類聚，人以羣分。眾位兄弟請平心靜氣的想一想：慕容公子相交相處的都是這麼一干人，他自己能是大奸大惡、卑鄙無恥之徒麼？」

丐幫高手大都重意氣、愛朋友，聽了均覺有理，好多人出聲附和。

全冠清卻道：「幫主，依你之見，殺害馬副幫主的，決計不是慕容復了？」

喬峯道：「我不敢說慕容復定是殺害馬副幫主的兇手，卻也不敢說他一定不是兇手。報仇之事，不必急在一時。我們須當詳加訪查，查明是慕容復，自當抓了他來為馬副幫主報仇雪恨，如查明不是他，終須捉到真兇為止。倘若單憑胡亂猜測，竟殺錯了好人，真兇卻逍遙自在，暗中偷笑丐幫胡塗無能，咱們不但對不起被錯殺了的冤枉之人，對不起馬副幫主，也敗壞了我丐幫響噹噹的名頭。眾兄弟走到江湖之上，給人譏笑嘲罵，滋味好得很嗎？」

丐幫羣雄聽了，盡皆動容。傳功長老一直沒出聲，這時伸手摸著頷下稀稀落落的鬍子，說道：「這話有理。當年我錯殺了一個無辜好人，至今耿耿，唔，至今耿耿！」

吳長風大聲道：「幫主，咱們所以叛你，皆因誤信人言，只道你與馬副幫主不和，暗裏勾結姑蘇慕容氏下手害他。種種小事湊在一起，竟不由得人不信。現下一想，咱們實在太過胡塗。白長老，你請出法刀來，依照幫規，咱們自行了斷便是。」

白世鏡臉如寒霜，沉聲道：「執法弟子，請本幫法刀。」

他屬下九名弟子齊聲應道：「是！」每人從背後布袋中取出一個黃布包袱，打開包袱，取出一柄短刀。九柄精光燦然的短刀並列在一起，一樣的長短大小，火光照耀之下，刀刃上閃出藍森森的光采，一名執法弟子捧過一段樹木，九人同時將九柄短刀插入了木中，隨手而入，足見九刀鋒銳異常。九人齊聲叫道：「法刀齊集，驗明無誤。」

白世鏡嘆了口氣，說道：「宋奚陳吳四長老誤信人言，圖謀叛亂，危害本幫大業，罪當一刀處死。大智分舵舵主全冠清，造謠惑眾，鼓動內亂，罪當九刀處死。參與叛亂的各舵弟子，各領罪責，日後詳加查究，分別處罰。」

他宣布了各人的罪刑，眾人都默不作聲。江湖上任何幫會，凡背叛本幫、謀害幫主的，理所當然的予以處死，誰都不會有甚麼異言。眾人參與圖謀之時，原已知道這個後果。

吳長風大踏步上前，對喬峯躬身說道：「幫主，吳長風對你不起，自行了斷。盼你知我胡塗，我死之後，你原諒了吳長風。」說著走到法刀之前，大聲道：「吳長風自行了斷，執法弟子鬆綁。」一名執法弟子道：「是！」上前要去解他的綁縛，喬峯喝道：「且慢！」

吳長風登時臉如死灰，低聲道：「幫主，我罪孽太大，你不許我自行了斷？」

丐幫規矩，犯了幫規的人倘若自行了斷，則死後聲名無污，罪行劣跡也決不外傳，江湖上若有人數說他的惡行，丐幫反而會出頭干涉。武林中好漢誰都將名聲看得極重，不肯令自己死後的名字尚受人損辱，吳長風見喬峯不許他自行了斷，不禁愧惶交集。

喬峯不答，走到法刀之前，說道：「十五年前，契丹國入侵雁門關，宋長老得知訊息，三日不食，四晚不睡，星夜趕回，報知緊急軍情，途中連斃九匹好馬，他也累得身受內傷，口吐鮮血。終於我大宋守軍有備，契丹胡騎不逞而退。這是有功於國的大事，江湖上英雄雖然不知內中詳情，咱們丐幫卻是知道的。執法長老，宋長老功勞甚大，盼你體察，許他將功贖罪。」

白世鏡道：「幫主代宋長老求情，所說本也有理。但本幫幫規有云：『叛幫大罪，決不可赦，縱有大功，亦不能贖。以免自恃有功者驕橫生事，危及本幫百代基業。』幫主，你的求情於幫規不合，咱們不能壞了歷代幫主傳下來的規矩。」

宋長老慘然一笑，走上兩步，說道：「執法長老的話半點也不錯。咱們既然身居長老之位，那一個不是有過不少汗馬功勞？倘若人人追論舊功，那麼甚麼罪行都可犯了。幫主，請你見憐，許我自行了斷。」只聽得喀喀兩聲響，縛在他手腕上的牛筋已被崩斷。

羣丐盡皆動容。那牛筋又堅又韌，便是用鋼刀利刃斬割，一時也未必便能斫斷，宋長老卻於舉手之間便即崩斷，不愧為丐幫四大長老之首。宋長老雙手一脫束縛，伸手便去抓面前的法刀，用以自行了斷。不料一股柔和的內勁逼將過來，他手指和法刀相距尺許，便伸不過去，正是喬峯不令他取刀。

宋長老慘然變色，叫道：「幫主，你……」喬峯一伸手，將左首第一柄法刀拔起。宋長老道：「罷了，罷了，我起過殺害你的念頭，原是罪有應得，你下手罷！」眼前刀光一閃，噗的一聲輕響，只見喬峯將法刀戳入了他自己左肩。

羣丐「啊」的一聲大叫，不約而同的都站起身來。段譽驚道：「大哥，你！」連王語嫣這局外之人，也是為這變故嚇得花容變色，脫口叫道：「喬幫主，你不要……」

喬峯道：「白長老，本幫幫規之中，有這麼一條：『本幫弟子犯規，不得輕赦，幫主欲加寬容，亦須自流鮮血，以洗淨其罪。』是也不是？」

白世鏡臉容仍是僵硬如石，緩緩的道：「幫規是有這麼一條，但幫主自流鮮血，洗人之罪，亦須想想是否值得。」

喬峯道：「只要不壞祖宗遺法，那就好了。」轉過身來，對著奚長老道：「奚長老當年指點我的武功，雖無師父之名，卻有師父之實。這尚是私人的恩德。想當年汪幫主為契丹國五大高手設伏擒獲，囚於祁連山黑風洞中，威逼我丐幫向契丹降服。汪幫主身材矮胖，奚長老與之有三分相似，便喬裝汪幫主的模樣，甘願代死，使汪幫主得以脫險。這是有功於國家和本幫的大事，本人非免他的罪名不可。」說著拔起第二柄法刀，輕輕一揮，割斷奚長老腕間的牛筋，跟著迴手一刀，將這柄法刀刺入了自己肩頭。

他目光緩緩向陳長老移去。陳長老性情乖戾，往年做了對不起家門之事，變名出亡，老是擔心旁人揭他瘡疤，心中忌憚喬峯精明，是以和他一直疏疏落落，並無深交，這時見喬峯的目光瞧來，大聲道：「喬幫主，我跟你沒甚麼交情，平時得罪你的地方太多，不敢要你流血贖命。」雙臂一翻，忽地從背後移到了身前，只是手腕仍被牛筋牢牢縛著。原來他的「通臂拳功」已練到了出神入化之境，一雙手臂伸縮自如，身子一蹲，手臂微長，已將一柄法刀搶在手中。

喬峯反手擒拿，輕輕巧巧的搶過短刀，朗聲道：「陳長老，我喬峯是個粗魯漢子，不愛結交為人謹慎、事事把細的朋友，也不喜歡不愛喝酒、不肯多說多話、大笑大吵之人，這是我天生的性格，勉強不來。我和你性情不投，平時難得有好言好語。我也不喜馬副幫主的為人，見他到來，往往避開，寧可去和一袋二袋的低輩弟子喝烈酒、吃狗肉。我這脾氣，大家都知道的。但如你以為我想除去你和馬副幫主，那可就大錯而特錯了。你和馬副幫主老成持重，從不醉酒，那是你們的好處，我喬峯及你們不上。」說到這裏，將那法刀插入了自己肩頭，說道：「刺殺契丹國左路副元帥耶律不魯的大功勞，旁人不知，難道我也不知麼？」

羣丐之中登時傳出一陣低語之聲，聲音中混著驚異、佩服和讚嘆。原來數年前契丹國大舉入侵，但軍中數名大將接連暴斃，師行不利，無功而返，大宋國免除了一場大災。暴斃的大將之中，便有左路副元帥耶律不魯在內。丐幫中除了最高的幾位首腦人物，誰也不知道這是陳長老所建的大功。

陳長老聽喬峯當眾宣揚自己的功勞，心下大慰，低聲說道：「我陳孤雁名揚天下，深感幫主大恩大德。」

丐幫一直暗助大宋抗禦外敵，保國護民，然為了不令敵人注目，以致全力來攻打丐幫，各種謀幹不論成敗，都是做過便算，決不外洩，是以外間多不知情，即令本幫之中，也是儘量守秘。陳孤雁一向倨傲無禮，自恃年紀比喬峯大，在丐幫中的資歷比喬峯久，平時對他並不如何謙敬，羣丐眾所周知，這時見幫主居然不念舊嫌，代他流血洗罪，無不感動。

喬峯走到吳長風身前，說道：「吳長老，當年你獨守鷹愁峽，力抗西夏『一品堂』的高手，使其行刺楊家將的陰謀無法得逞。單憑楊元帥贈給你的那面『記功金牌』，便可免了你今日之罪。你取出來給大家瞧瞧罷！」吳長風突然間滿臉通紅，神色忸怩不安，說道：「這個……這個……」喬峯道：「咱們都是自己兄弟，吳長老有何為難之處，儘說不妨。」吳長風道：「我那面記功金牌嘛，不瞞幫主說，是……這個……這個……已經不見了。」喬峯奇道：「如何會不見了？」

吳長風道：「是自己弄丟了的。嗯……」他定了定神，大聲道：「那一天我酒癮大發，沒錢買酒，把金牌賣了給金鋪子啦。」喬峯哈哈大笑，道：「爽快，爽快，只是未免對不起楊元帥了。」說著拔起一柄法刀，先割斷了吳長風腕上的牛筋，跟著插入自己左肩。

吳長風大聲道：「幫主，你大仁大義，吳長風這條性命，從此交了給你。人家說你這個那個，我再也不信了。」喬峯拍拍他的肩頭，笑道：「咱們做叫化子的，沒飯吃，沒酒喝，儘管向人家討啊，用不著賣金牌。」吳長風笑道：「討飯容易討酒難。人家都說：『臭叫化子，吃飽了肚子還想喝酒，太不成話了！不給，不給。』」

羣丐聽了，都轟笑起來。討酒為人所拒，丐幫中不少人都經歷過，而喬峯赦免了四大長老的罪責，人人都是如釋重負。各人目光一齊望著全冠清，心想他是煽動這次叛亂的罪魁禍首，喬峯便再寬洪大量，也決計不會赦他。

喬峯走到全冠清身前，說道：「全舵主，你有甚麼話說？」全冠清道：「我所以反你，是為了大宋的江山，為了丐幫百代的基業，可惜跟我說了你身世真相之人，畏事怕死，不敢現身。你將我一刀殺死便是。」喬峯沉吟片刻，道：「我身世中有何不對之處，你儘管說來。」全冠清搖頭道：「我這時空口說白話，誰也不信，你還是將我殺了的好。」

喬峯滿腹疑雲，大聲道：「大丈夫有話便說，何必吞吞吐吐，想說卻又不說？全冠清，是好漢子，死都不怕，說話卻又有甚麼顧忌了？」

全冠清冷笑道：「不錯，死都不怕，天下還有甚麼事可怕？姓喬的，痛痛快快，一刀將我殺了。免得我活在世上，眼看大好丐幫落入胡人手中，我大宋的錦繡江山，更將淪亡於夷狄。」喬峯道：「大好丐幫如何會落入胡人手中？你明明白白說來。」全冠清道：「我這時說了，眾兄弟誰也不信，還道我全冠清貪生怕死，亂嚼舌根。我早已拚著一死，何必死後再落罵名。」

白世鏡大聲道：「幫主，這人詭計多端，信口胡說一頓，只盼你也饒了他的性命，執法弟子，取法刀行刑。」

一名執法弟子應道：「是！」邁步上前，拔起一柄法刀，走到全冠清身前。

喬峯目不轉睛凝視著全冠清的臉色，只見他只有憤憤不平之容，神色間既無奸詐譎獪，亦無畏懼惶恐，心下更是起疑，向那執法弟子道：「將法刀給我。」那執法弟子雙手捧刀，躬身呈上。

喬峯接過法刀，說道：「全舵主，你說知道我身世真相，又說此事與本幫安危有關，到底真相如何，卻又不敢吐實。」說到這裏，將法刀還入包袱中包起，放入自己懷中，說道：「你煽動叛亂，一死難免，只是今日暫且寄下，待真相大白之後，我再親自殺你。喬峯並非一味婆婆媽媽的買好示惠之輩，既決心殺你，諒你也逃不出我的手掌。你去罷，解下背上布袋，自今而後，丐幫中沒了你這號人物。」

所謂「解下背上布袋」，便是驅逐出幫之意。丐幫弟子除了初入幫而全無職司者之外，每人背上均有布袋，多則九袋，少則一袋，以布袋多寡而定輩份職位之高下。全冠清聽喬峯命他解下背上布袋，眼光中陡然間露出殺氣，一轉身便搶過一柄法刀，手腕翻處，將刀尖對準了自己胸口。江湖上幫會中人被逐出幫，實是難以形容的奇恥大辱，較之當場處死，往往更加令人無法忍受。

喬峯冷冷的瞧著他，看他這一刀是否戳下去。

全冠清穩穩持著法刀，手臂絕不顫抖，轉頭向著喬峯。兩人相互凝視，一時之間，杏子林中更無半點聲息。全冠清忽道：「喬峯，你好泰然自若！難道你自己真的不知？」喬峯道：「知道甚麼？」

全冠清口唇一動，終於並不說話，緩緩將法刀放還原處，再緩緩將背上布袋一隻隻的解了下來，恭恭敬敬的放在地下。

眼見全冠清解到第五隻布袋時，忽然馬蹄聲響，北方有馬匹急奔而來，跟著傳來一兩聲口哨。羣丐中有人發哨相應，那乘馬越奔越快，漸漸馳近。吳長風喃喃的道：「有甚麼緊急變故？」那乘馬尚未奔到，忽然東首也有一乘馬奔來，只是相距尚遠，蹄聲隱隱，一時還分不清馳向何方。

片刻之間，北方那乘馬已奔到了林外，一人縱馬入林，翻身下鞍。那人寬袍大袖，衣飾甚是華麗，他極迅速的除去外衣，露出裏面鶉衣百結的丐幫裝束。段譽微一思索，便即明白：丐幫中人乘馬馳驟，極易引人注目，官府中人往往更會查問干涉，但傳報緊急訊息之人必須乘馬，是以急足信使便裝成富商大賈的模樣，但裏面仍服鶉衣，不敢忘本。

那人走到大信分舵舵主跟前，恭恭敬敬的呈上一個小小包裹，說道：「緊急軍情……」只說了這四個字，便喘氣不已，突然之間，他乘來的那匹馬一聲悲嘶，滾倒在地，竟是脫力而死。那信使身子搖晃，猛地撲倒。顯而易見，這一人一馬長途奔馳，都已精疲力竭。

大信分舵舵主認得這信使是本舵派往西夏刺探消息的弟子之一。西夏時時興兵犯境，佔土擾民，只為害不及契丹而已，丐幫常有諜使前往西夏，刺探消息。他見這人如此奮不顧身，所傳的訊息自然極為重要，且必異常緊急，當下竟不開拆，捧著那小包呈給喬峯，說道：「西夏緊急軍情。信使是跟隨易大彪兄弟前赴西夏的。」

喬峯接過包裹，打了開來，見裏面裹著一枚蠟丸。他捏碎蠟丸，取出一個紙團，正要展開來看，忽聽得馬蹄聲緊，東首那乘馬已奔入林來。馬頭剛在林中出現，馬背上的乘客已飛身而下，喝道：「喬峯，蠟丸傳書，這是軍情大事，你不能看。」

眾人都是一驚，看那人時，只見他白鬚飄動，穿著一身補釘累累的鶉衣，是個年紀極高的老丐。傳功、執法兩長老一齊站起身來，說道：「徐長老，何事大駕光臨？」

羣丐聽得徐長老到來，都是聳然動容。這徐長老在丐幫中輩份極高，今年已八十七歲，前任汪幫主都尊他一聲「師伯」，丐幫之中沒一個不是他的後輩。他退隱已久，早已不問世務。喬峯和傳功、執法等長老每年循例向他請安問好，也只是隨便說說幫中家常而已。不料這時候他突然趕到，而且制止喬峯閱看西夏軍情，眾人自是無不驚訝。

喬峯立即左手一緊，握住紙團，躬身施禮，道：「徐長老安好！」跟著攤開手掌，將紙團送到徐長老面前。

喬峯是丐幫幫主，輩份雖比徐長老為低，但遇到幫中大事，終究是由他發號施令，別說徐長老只不過是一位退隱前輩，便是前代的歷位幫主復生，那也是位居其下。不料徐長老不許他觀看來自西夏的軍情急報，他竟然毫不抗拒，眾人盡皆愕然。

徐長老說道：「得罪！」從喬峯手掌中取過紙團，握在左手之中，隨即目光向羣丐團團掃去，朗聲說道：「馬大元馬兄弟的遺孀馬夫人即將到來，向諸位有所陳說，大夥兒請待她片刻如何？」羣丐都眼望喬峯，瞧他有何話說。

喬峯滿腹疑團，說道：「假若此事關連重大，大夥兒等候便是。」徐長老道：「此事關連重大。」說了這六字，再也不說甚麼，向喬峯補行參見幫主之禮，便即坐在一旁。

段譽心下嘀咕，又想乘機找些話題和王語嫣說說，向她低聲道：「王姑娘，丐幫中的事情真多。咱們且避了開去呢，還是在旁瞧瞧熱鬧？」王語嫣皺眉道：「咱們是外人，本不該參預旁人的機密大事，不過……不過……他們所爭的事情跟我表哥有關，我想聽聽。」段譽附和道：「是啊，那位馬副幫主據說是你表哥殺的，遺下一個無依無靠的寡婦，想必十分可憐。」王語嫣忙道：「不！不！馬副幫主不是我表哥殺的，喬幫主不也這麼說嗎？」

這時馬蹄聲又作，兩騎馬奔向杏林而來。丐幫在此聚會，路旁固然留下了記號，附近更有人接引同道，防敵示警。

眾人只道其中一人必是馬大元的寡妻，那知馬上乘客卻是一個老翁，一個老嫗，男的身材矮小，而女的甚是高大，相映成趣。

喬峯站起相迎，說道：「太行山冲霄洞譚公、譚婆賢伉儷駕到，有失遠迎，喬峯這裏謝過。」徐長老和傳功、執法等六長老一齊上前施禮。

段譽見了這等情狀，料知這譚公、譚婆必是武林中來頭不小的人物。

譚婆道：「喬幫主，你肩上插這幾把玩意幹甚麼啊？」手臂一長，立時便將他肩上四柄法刀拔了下來，手法快極。她這一拔刀，譚公即刻從懷中取出一隻小盒，打開盒蓋，伸指沾些藥膏，抹在喬峯肩頭。金創藥一塗上，創口中如噴泉般的鮮血立時便止。譚婆拔刀手法之快，固屬人所罕見，但終究是一門武功，然譚公取盒、開蓋、沾藥、敷傷、止血，幾個動作乾淨利落，雖然快得異常，卻人人瞧得清清楚楚，真如變魔術一般，而金創藥止血的神效，更是不可思議，藥到血停，絕不遲延。

喬峯見譚公、譚婆不問情由，便替自己拔刀治傷，雖然微嫌魯莽，卻也好生感激，口中稱謝之際，只覺肩頭由痛變癢，片刻間便疼痛大減，這金創藥的靈效，不但從未經歷，抑且聞所未聞。

譚婆又問：「喬幫主，世上有誰這麼大膽，竟敢用刀子傷你？」喬峯笑道：「是我自己刺的。」譚婆奇道：「為甚麼自己刺自己？活得不耐煩了麼？」喬峯微笑道：「我自己刺著玩兒的，這肩頭皮粗肉厚，也傷不到筋骨。」

宋奚陳吳四長老聽喬峯替自己隱瞞真相，不由得既感且愧。

譚婆哈哈一笑，說道：「你撒甚麼謊兒？我知道啦，你鬼精靈的，打聽到譚公新得極北寒玉和玄冰蟾蜍，合成了靈驗無比的傷藥，就這麼來試他一試。」

喬峯不置可否，只微微一笑，心想：「這位老婆婆大是戇直。世上又有誰這麼空閒，在自己身上戳幾刀，來試你的藥靈是不靈。」

只聽得蹄聲得得，一頭驢子闖進林來，驢上一人倒轉而騎，背向驢頭，臉朝驢尾。譚婆登時笑逐顏開，叫道：「師哥，你又在玩甚麼古怪花樣啦？我打你的屁股！」

眾人瞧那驢背上之人時，只見他縮成一團，似乎是個七八歲的孩童模樣。譚婆伸手一掌往他屁股上拍去。那人一骨碌翻身下地，突然間伸手撐足，變得又高又大。眾人都是微微一驚。譚公卻臉有不豫之色，哼了一聲，向他側目斜睨，說道：「我道是誰，原來是你。」隨即轉頭瞧著譚婆。

那倒騎驢子之人說是年紀很老，似乎倒也不老，說他年紀輕，卻又全然不輕，總之是三十歲到六十歲之間，相貌說醜不醜，說俊不俊。他雙目凝視譚婆，神色間關切無限，柔聲問道：「小娟，近來過得快活麼？」

這譚婆牛高馬大，白髮如銀，滿臉皺紋，居然名字叫做「小娟」，嬌嬌滴滴，跟她形貌全不相稱，眾人聽了都覺好笑。但每個老太太都曾年輕過來，小姑娘時叫做「小娟」，老了總不成改名叫做「老娟」？段譽正想著這件事，只聽得馬蹄聲響，又有數匹馬馳來，這一次卻奔跑並不急驟。

喬峯卻在打量那騎驢客，猜不透他是何等樣人物。他是譚婆的師兄，在驢背上所露的這手縮骨功又如此高明，自是非同尋常，可是卻從來未曾聽過他的名字。

那數乘馬來到杏子林中，前面是五個青年，一色的濃眉大眼，容貌甚為相似，年紀最大的三十餘歲，最小的二十餘歲，顯然是一母同胞的五兄弟。

吳長風大聲道：「泰山五雄到了，好極，好極！甚麼好風把你們哥兒五個一齊都吹了來啊？」泰山五雄中的老三叫做單叔山，和吳長風甚為熟稔，搶著說道：「吳四叔你好，我爹爹也來啦。」吳長風臉上微微變色，道：「當真，你爹爹……」他做了違犯幫規之事，心下正虛，聽到泰山「鐵面判官」單正突然到來，不由得暗自慌亂。「鐵面判官」單正生平嫉惡如仇，只要知道江湖上有甚麼不公道之事，定然伸手要管。他本身武功已然甚高，除了親生的五個兒子外，又廣收門徒，徒子徒孫共達二百餘人，「泰山單家」的名頭，在武林中誰都忌憚三分。

跟著一騎馬馳進林中，泰山五雄一齊上前拉住馬頭，馬背上一個身穿繭綢長袍的老者飄身而下，向喬峯拱手道：「喬幫主，單正不請自來，打擾了。」

喬峯久聞單正之名，今日尚是初見，但見他滿臉紅光，當得起「童顏鶴髮」四字，神情卻甚謙和，不似江湖上傳說的出手無情，當即抱拳還禮，說道：「若知單老前輩大駕光臨，早該遠迎才是。」

那騎驢客忽然怪聲說道：「好哇！鐵面判官到來，就該遠迎。我『鐵屁股判官』到來，你就不該遠迎了。」

眾人聽到「鐵屁股判官」這五個字的古怪綽號，無不哈哈大笑。王語嫣、阿朱、阿碧三人雖覺笑之不雅，卻也不禁嫣然。泰山五雄聽這人如此說，自知他是有心戲侮自己父親，登時勃然變色，只是單家家教極嚴，單正既未發話，做兒子的誰也不敢出聲。

單正涵養甚好，一時又捉摸不定這怪人的來歷，裝作並未聽見，朗聲道：「請馬夫人出來敘話。」

樹林後轉出一頂小轎，兩名健漢抬著，快步如飛，來到林中一放，揭開了轎帷。轎中緩步走出一個全身縞素的少婦。那少婦低下了頭，向喬峯盈盈拜了下去，說道：「未亡人馬門溫氏，參見幫主。」

喬峯還了一禮，說道：「嫂嫂，有禮！」

馬夫人道：「先夫不幸亡故，多承幫主及眾位伯伯叔叔照料喪事，未亡人衷心銘感。」她話聲極是清脆，聽來年紀甚輕，只是她始終眼望地下，見不到她的容貌。

喬峯料想馬夫人必是發見了丈夫亡故的重大線索，這才親身趕到，但幫中之事她不先稟報幫主，卻去尋徐長老和鐵面判官作主，其中實是大有蹊蹺，回頭向執法長老白世鏡望去。白世鏡也正向他瞧來，兩人的目光之中都充滿了異樣神色。

喬峯先接外客，再論本幫事務，向單正道：「單老前輩，太行山冲霄洞譚氏伉儷，不知是否素識？」單正抱拳道：「久仰譚氏伉儷的威名，幸會，幸會。」喬峯道：「譚老爺子，這一位前輩，請你給在下引見，以免失了禮數。」

譚公尚未答話，那騎驢客搶著說道：「我姓雙，名歪，外號叫作『鐵屁股判官』。」鐵面判官單正涵養再好，到這地步也不禁怒氣上衝，心想：「我姓單，你就姓雙，我叫正，你就叫歪，這不是衝著我來麼？」正待發作，譚婆卻道：「單老爺子，你莫聽趙錢孫隨口胡謅，這人是個顛子，跟他當不得真的。」

喬峯心想：「這人名叫趙錢孫嗎？料來不會是真名。」說道：「眾位，此間並無座位，只好隨意在地下坐了。」他見眾人分別坐定，說道：「一日之間，得能會見眾位前輩高人，實不勝榮幸之至。不知眾位駕到，有何見教？」

單正道：「喬幫主，貴幫是江湖上第一大幫，數百年來俠名播於天下，武林中提起『丐幫』二字，誰都十分敬重，我單某向來也是極為心儀的。」喬峯道：「不敢！」

趙錢孫接口道：「喬幫主，貴幫是江湖上第一大幫，數百年來俠名播於天下，武林中提起『丐幫』二字，誰都十分敬重，我雙某向來也是極為心儀的。」他這番話和單正說的一模一樣，就是將「單某」的「單」字改成了「雙」字。

喬峯知道武林中這些前輩高人大都有副希奇古怪的脾氣，這趙錢孫處處跟單正挑眼，不知為了何事，自己總之雙方都不得罪就是，於是也跟著說了句：「不敢！」

單正微微一笑，向大兒子單伯山道：「伯山，餘下來的話，你跟喬幫主說。旁人若要學我兒子，儘管學個十足便是。」

眾人聽了，都不禁打個哈哈，心想這鐵面判官道貌岸然，倒也陰損得緊，趙錢孫倘若再跟著單伯山學嘴學舌，那就變成學做他兒子了。

不料趙錢孫說道：「伯山，餘下來的話，你跟喬幫主說。旁人若要學我兒子，儘管學個十足便是。」這麼一來，反給他討了便宜去，認了是單伯山的父親。

單正最小的兒子單小山火氣最猛，大聲罵道：「他媽的，這不是活得不耐煩了麼？」

趙錢孫自言自語：「他媽的，這種窩囊兒子，生四個已經太多，第五個實在不必再生，嘿嘿，也不知是不是親生的。」

聽他這般公然挑釁，單正便是泥人也有土性兒，轉頭向趙錢孫道：「咱們在丐幫是客，爭鬧起來，那是不給主人面子，待此間事了之後，自當再來領教閣下的高招。伯山，你自管說罷！」

趙錢孫又學著他道：「咱們在丐幫是客，爭鬧起來，那是不給主人面子，待此間事了之後，自當再來領教閣下的高招。伯山，老子叫你說，你自管說罷！」

單伯山恨不得衝上前去，拔刀猛砍他幾刀，方消心頭之恨，當下強忍怒氣，向喬峯道：「喬幫主，貴幫之事，我父子原是不敢干預，但我爹爹說：君子愛人以德……」說到這裏，眼光瞧向趙錢孫，看他是否又再學舌，若是照學，勢必也要這麼說：「但我爹爹說：君子愛人以德」，那便是叫單正為「爹爹」了。

不料趙錢孫仍然照學，說道：「喬幫主，貴幫之事，我父子原是不敢干預，但我兒子說：君子愛人以德。」他將「爹爹」兩字改成「兒子」，自是明討單正的便宜。眾人一聽，都皺起了眉頭，覺得這趙錢孫太也過份，只怕當場便要流血。

單正淡淡的道：「閣下老是跟我過不去，但兄弟與閣下素不相識，實不知甚麼地方得罪了你，尚請明白示知。倘若是兄弟的不是，即行向閣下陪禮請罪便了。」

眾人心下暗讚單正，不愧是中原得享大名的俠義前輩。

趙錢孫道：「你沒得罪我，可是得罪了小娟，這比得罪我更加可惡十倍。」

單正奇道：「誰是小娟？我幾時得罪她了？」趙錢孫指著譚婆道：「這位便是小娟。小娟是她的閨名，天下除我之外，誰也稱呼不得。」單正又好氣，又好笑，說道：「原來這是譚婆婆的閨名，在下不知，冒昧稱呼，還請恕罪。」趙錢孫老氣橫秋的道：「不知者不罪，初犯恕過，下次不可。」單正道：「在下久仰太行山冲霄洞譚氏伉儷的大名，卻無緣識荊，在下自省從未在背後說人閒言閒語，如何會得罪了譚家婆婆？」

趙錢孫惱道：「我剛才正在問小娟：『你近來過得快活麼？』她尚未答話，你這五個寶貝兒子便大模大樣、橫衝直撞的來到，打斷了她的話頭，至今尚未答我的問話。單老兄，你倒去打聽打聽，小娟是甚麼人？我『趙錢孫李，周吳鄭王』又是甚麼人？難道我們說話之時，也容你隨便打斷的麼？」

單正聽了這番似通非通的言語，心想這人果然腦筋不大靈，說道：「兄弟有一事不明，卻要指教。」趙錢孫道：「甚麼事？我倘若高興，指點你一條明路，也不打緊。」單正道：「多謝，多謝。閣下說譚婆的閨名，天下便只閣下一人叫得，是也不是？」趙錢孫道：「正是。如若不信，你再叫一聲試試，瞧我『趙錢孫李，周吳鄭王，馮陳褚衛，蔣沈韓楊』是不是跟你狠狠打上一架？」單正道：「兄弟自然不敢叫，卻難道連譚公也叫不得麼？」

趙錢孫鐵青著臉，半晌不語。眾人都想，單正這一句話可將他問倒了。不料突然之間，趙錢孫放聲大哭，涕淚橫流，傷心之極。

這一著人人都大出意料之外，此人天不怕，地不怕，膽敢和「鐵面判官」挺撞到底，那想到這麼輕輕一句話，卻使得他號啕大哭，難以自休。

單正見他哭得悲痛，倒不好意思起來，先前胸中積蓄的滿腔怒火，登時化為烏有，反而安慰他道：「趙兄，這是兄弟的不是了……」

趙錢孫嗚嗚咽咽的道：「我不姓趙。」單正更奇了，問道：「然則閣下貴姓？」趙錢孫道：「我沒有姓，你別問，你別問。」

眾人猜想這趙錢孫必有一件極傷心的難言之隱，到底是甚麼事，他自己不說，旁人自也不便多問，只有讓他抽抽噎噎、悲悲切切，一股勁兒的哭之不休。

譚婆沉著臉道：「你又發顛了，在眾位朋友之前，要臉面不要？」

趙錢孫道：「你拋下了我，去嫁了這老不死的譚公，我心中如何不悲，如何不痛？我心也碎了，腸也斷了，這區區外表的臉皮，要來何用？」

眾人相顧莞爾，原來說穿了毫不希奇。那自然是趙錢孫和譚婆從前有過一段情史，後來譚婆嫁了譚公，而趙錢孫傷心得連姓名也不要了，瘋瘋顛顛的發痴。眼看譚氏夫婦都是六十以上的年紀，怎地這趙錢孫竟然情深若斯，數十年來苦戀不休？譚婆滿臉皺紋，白髮蕭蕭，誰也看不出這又高又大的老嫗，年輕時能有甚麼動人之處，竟使得趙錢孫到老不能忘情。

譚婆神色忸怩，說道：「師哥，你儘提這些舊事幹甚麼？丐幫今日有正經大事要商量，你乖乖的聽著罷。」

這幾句溫言相勸的軟語，趙錢孫聽了大是受用，說道：「那麼你向我笑一笑，我就聽你的話。」譚婆還沒笑，旁觀眾人中已有十多人先行笑出聲來。

譚婆卻渾然不覺，回眸向他一笑。趙錢孫痴痴的向她望著，這神情顯然是神馳目眩，魂飛魄散。譚公坐在一旁，滿臉怒氣，卻又無可如何。

這般情景段譽瞧在眼裏，心中驀地一驚：「這三人都情深如此，將世人全然置之度外，我……我對王姑娘，將來也會落到趙錢孫這般結果麼？不，不！這譚婆對她師哥顯然頗有情意，而王姑娘念念不忘的，卻只是她的表哥慕容公子。比之趙錢孫，我是大大的不如，大大的不及了。」

喬峯心中卻想的是另一回事：「那趙錢孫果然並不姓趙。向來聽說太行山冲霄洞譚公、譚婆，以太行嫡派絕技著稱，從這三人的話中聽來，三人似乎並非出於同一師門。到底譚公是太行派呢？還是譚婆是太行派？倘若譚公是太行派，那麼這趙錢孫與譚婆師兄妹，又是甚麼門派？」

只聽趙錢孫又道：「聽得姑蘇出了個『以彼之道，還施彼身』的慕容復，膽大妄為，亂殺無辜。老子倒要會他一會，且看這小子有甚麼本事，能還施到我『趙錢孫李，周吳鄭王』身上？小娟，你叫我到江南，我自然是要來的。何況我……」

他一番話沒說完，忽聽得一人號啕大哭，悲悲切切，嗚嗚咽咽，哭聲便和他適才沒半點分別。眾人聽了，都是一愕，只聽那人跟著連哭帶訴：「我的好師妹啊，老子甚麼地方對不起你？為甚麼你去嫁了這姓譚的糟老頭子？老子日想夜想，牽肚掛腸，記著的就是你小娟師妹。想咱師父在世之日，待咱二人猶如子女一般，你不嫁老子，可對得起咱師父麼？」

這說話的聲音語調，和趙錢孫委實一模一樣，若不是眾人親眼見到他張口結舌、滿臉詫異的神情，誰都以為定是出於他的親口。各人循聲望去，見這聲音發自一個身穿淡紅衫子的少女。

那人背轉了身子，正是阿朱。段譽和阿碧、王語嫣知道她模擬別人舉止和說話的神技，自不為異，其餘眾人卻無不又是好奇，又是好笑，以為趙錢孫聽了之後，必定怒發如狂。不料阿朱這番話觸動他的心事，眼見他本來已停了哭泣，這時又眼圈兒紅了，嘴角兒扁了，淚水從眼中滾滾而下，竟和阿朱爾唱彼和的對哭起來。

單正搖了搖頭，朗聲說道：「單某雖然姓單，卻是一妻四妾，兒孫滿堂。你這位雙歪雙兄，偏偏形單影隻，悽悽惶惶。這種事情乃是悔之當初，今日再來重論，不免為時已晚。雙兄，咱們承丐幫徐長老與馬夫人之邀，來到江南，是來商量閣下的婚姻大事麼？」趙錢孫搖頭道：「不是。」單正道：「然則咱們還是來商議丐幫的要事，才是正經。」趙錢孫勃然怒道：「甚麼?丐幫的大事正經，我和小娟的事便不正經麼?」

譚公聽到這裏，終於忍無可忍，說道：「阿慧，阿慧，你再不制止他發瘋發顛，我可不能干休了。」

眾人聽到「阿慧」兩字稱呼，均想：「原來譚婆另有芳名，那『小娟』二字，確是趙錢孫獨家專用的。」

譚婆頓足道：「他又不是發瘋發顛，你害得他變成這副模樣，還不心滿意足麼？」譚公奇道：「我……我……我怎地害了他？」譚婆道：「我嫁了你這糟老頭子，我師哥心中自然不痛快……」譚公道：「你嫁我之時，我可既不糟，又不老。」譚婆怒道：「也不怕醜，難道你當年就挺英俊瀟灑麼？」

徐長老和單正相對搖頭，均想這三個寶貝當真為老不尊，三人都是武林中大有身分的前輩耆宿，卻在眾人面前爭執這些陳年情史，實在好笑。

徐長老咳嗽一聲，說道：「泰山單兄父子，太行山譚氏夫婦，以及這位兄台，今日惠然駕臨，敝幫全幫上下均感光寵。馬夫人，你來從頭說起罷。」

那馬夫人一直垂手低頭，站在一旁，背向眾人，聽得徐長老的說話，緩緩回過身來，低聲說道：「先夫不幸身故，小女子只有自怨命苦，更悲先夫並未遺下一男半女，接續馬氏香煙……」她雖說得甚低，但語音清脆，一個字一個字的傳入眾人耳裏，甚是動聽。她說到這裏，話中略帶嗚咽，微微啜泣。杏林中無數英豪，心中均感難過。同一哭泣，趙錢孫令人好笑，阿朱令人驚奇，馬夫人卻令人心酸。

只聽她續道：「小女子殮葬先夫之後，檢點遺物，在他收藏拳經之處，見到一封用火漆密密封固的遺書。封皮上寫道：『余若壽終正寢，此信立即焚化，拆視者即為毀余遺體，令余九泉不安。余若死於非命，此信立即交本幫諸長老會同拆閱，事關重大，不得有誤。』」

馬夫人說到這裏，杏林中一片肅靜，當真是一針落地也能聽見。她頓了一頓，繼續說道：「我見先夫寫得鄭重，知道事關重大，當即便要去求見幫主，呈上遺書，幸好幫主率同諸位長老，到江南為先夫報仇來了，虧得如此，這才沒能見到此信。」

眾人聽她語氣有異，既說「幸好」，又說「虧得」，都不自禁向喬峯瞧去。

喬峯從今晚的種種情事之中，早覺察到有一個重大之極的圖謀在對付自己，雖則全冠清和四長老的叛幫逆舉已然敉平，但顯然此事並未了結，此時聽馬夫人說到這裏，反感輕鬆，神色泰然，心道：「你們有甚麼陰謀，儘管使出來好了。喬某生平不作半點虧心事，不管有何傾害誣陷，喬某何懼？」

只聽馬夫人接著道：「我知此信涉及幫中大事，幫主和諸長老既然不在洛陽，我生怕躭誤時機，當即赴鄭州求見徐長老，呈上書信，請他老人家作主。以後的事情，請徐長老告知各位。」

徐長老咳嗽幾聲，說道：「此事說來恩恩怨怨，老朽當真好生為難。」這兩句話聲音嘶啞，頗有蒼涼之意。他慢慢從背上解下一個麻布包袱，打開包袱，取出一隻油布招文袋，再從招文袋中抽出一封信來，說道：「這封便是馬大元的遺書。大元的曾祖、祖父、父親，數代都是丐幫中人，不是長老，便是八袋弟子。我眼見大元自幼長大，他的筆跡我是認得很清楚的。這封信上的字，確是大元所寫。馬夫人將信交到我手中之時，信上的火漆仍然封固完好，無人動過。我也擔心誤了大事，不等會同諸位長老，便即拆來看了。拆信之時，太行山鐵面判官單兄也正在座，可作明證。」

單正道：「不錯，其時在下正在鄭州徐老府上作客，親眼見到他拆閱這封書信。」

徐長老掀開信封封皮，抽了一張紙箋出來，說道：「我一看這張信箋，見信上字跡筆致遒勁，並不是大元所寫，微感驚奇，見上款寫的是『劍髯吾兄』四字，更是奇怪。眾位都知道，『劍髯』兩字，是本幫前任汪幫主的別號，若不是跟他交厚相好之人，不會如此稱呼，而汪幫主逝世已久，怎麼有人寫信與他？我不看箋上所寫何字，先看信尾署名之人，一看之下，更是詫異。當時我不禁『咦』的一聲，說道：『原來是他！』單兄好奇心起，探過頭來一看，也奇道：『咦！原來是他！』」

單正點了點頭，示意當時自己確有此語。

趙錢孫插口道：「單老兄，這就是你的不對了。這是人家丐幫的機密書信，你又不是丐幫中的一袋、二袋弟子，連個沒入流的弄蛇化子硬要飯的，也還挨不上，怎可去偷窺旁人的陰私？」別瞧他一直瘋瘋顛顛的，這幾句話倒也真在情在理。單正老臉微赭，說道：「我只瞧一瞧信尾署名，也沒瞧信中文字。」趙錢孫道：「你偷一千兩黃金固然是賊，偷一文小錢仍然是賊，只不過錢有多少、賊有大小之分而已。大賊是賊、小毛賊也是賊。偷看旁人的書信，便不是君子。不是君子，便是小人。既是小人，便是卑鄙混蛋，那就該殺！」

單正向五個兒子擺了擺手，示意不可輕舉妄動，且讓他胡說八道，一筆帳最後總算，心下固自惱怒，卻也頗感驚異：「此人一遇上便儘找我渣子的挑眼，莫非跟我有舊怨？江湖上沒將泰山單家放在眼中之人，倒也沒有幾個。此人到底是誰，怎麼我全然想不起來？」

眾人都盼徐長老將信尾署名之人的姓名說將出來，要知道到底是甚麼人物，何以令他及單正如此驚奇，卻聽趙錢孫纏夾不休，不停的搗亂，許多人都向他怒目而視。

譚婆忽道：「你們瞧甚麼？我師哥的話半點也不錯。」

趙錢孫聽譚婆出口相助，不由得心花怒放，說道：「你們瞧，連小娟也這麼說，那還有甚麼錯的？小娟說的話，做的事，從來不會錯的。」

忽然一個和他一模一樣的聲音說道：「是啊，小娟說的話，做的事，從來不會錯的。她嫁了譚公，沒有嫁你，完全沒有嫁錯。」說話之人正是阿朱。她惱怒趙錢孫出言誣衊慕容公子，便不停的跟他作對。

趙錢孫一聽，不由得啼笑皆非，阿朱是以子之矛，攻子之盾，用的正是慕容氏的拿手法門：「以彼之道，還施彼身」。

這時兩道感謝的親切眼光分從左右向阿朱射將過來，左邊一道來自譚公，右邊一道來自單正。

便在此時，人影一晃，譚婆已然欺到阿朱身前，揚起手掌，便往她右頰上拍了下去，喝道：「我嫁不嫁錯，關你這臭丫頭甚麼事？」這一下出手快極，阿朱待要閃避，固已不及，旁人更無法救援。拍的一聲輕響過去，阿朱雪白粉嫩的面頰上登時出現五道青紫的指印。

趙錢孫哈哈笑道：「教訓教訓你這臭丫頭，誰叫你這般多嘴多舌！」

阿朱淚珠在眼眶之中轉動，正在欲哭未哭之間，譚公搶近身去，從懷中又取出那隻小小白玉盒子，打開盒蓋，右手手指在盒中沾了些油膏，手臂一長，在阿朱臉上劃了幾劃，已在她傷處薄薄的敷了一層。譚婆打她巴掌，手法已是極快，但終究不過出掌收掌。譚公這敷藥上臉，手續卻甚是繁複細致，居然做得和譚婆一般快捷，使阿朱不及轉念避讓，油膏已然上臉。她一愕之際，只覺本來熱辣辣、脹鼓鼓的臉頰之上，忽然間清涼舒適，同時左手中多了一件小小物事。她舉掌一看，見是一隻晶瑩潤滑的白玉盒子，知是譚公所贈，乃是靈驗無比的治傷妙藥，不由得破涕為笑。

徐長老不再理會譚婆如何嘮嘮叨叨的埋怨譚公，低沉著嗓子說道：「眾位兄弟，到底寫這封信的人是誰，我此刻不便言明。徐某在丐幫七十餘年，近三十年來退隱山林，不再闖蕩江湖，與人無爭，不結怨仇。我在世上已為日無多，既無子孫，又無徒弟，自問絕無半分私心。我說幾句話，眾位信是不信？」

羣丐都道：「徐長老的話，有誰不信？」

徐長老向喬峯道：「幫主意下若何？」

喬峯道：「喬某對徐長老素來敬重，前輩深知。」

徐長老道：「我看了此信之後，思索良久，心下疑惑難明，唯恐有甚差錯，當即將此信交於單兄過目。單兄和寫信之人向來交好，認得他的筆跡。此事關涉太大，我要單兄驗明此信的真偽。」

單正向趙錢孫瞪了一眼，意思是說：「你又有甚麼話說？」趙錢孫道：「徐長老交給你看，你當然可以看，但你第一次看，卻是偷看。好比一個人從前做賊，後來發了財，不做賊了，但儘管他是財主，卻洗不掉從前的賊出身。」

徐長老不理趙錢孫的打岔，說道：「單兄，請你向大夥兒說說，此信是真是偽。」

單正道：「在下和寫信之人多年相交，舍下並藏得有此人的書信多封，當即和徐長老、馬夫人一同趕到舍下，撿出舊信對比，字跡固然相同，連信箋信封也是一般，那自是真跡無疑。」

徐長老道：「老朽多活了幾年，做事力求仔細，何況此事牽涉本幫興衰氣運，有關一位英雄豪傑的聲名性命，如何可以冒昧從事？」

眾人聽他這麼說，不自禁的都瞧向喬峯，知道他所說的那一位「英雄豪傑」，自是指喬峯而言。只是誰也不敢和他目光相觸，一見他轉頭過來，立即垂下眼光。

徐長老又道：「老朽得知太行山譚氏伉儷和寫信之人頗有淵源，於是去冲霄洞向譚氏伉儷請教。譚公、譚婆將這中間的一切原委曲折，一一向在下說明，唉，在下實是不忍明言，可憐可惜，可悲可嘆！」

這時眾人這才明白，原來徐長老邀請譚氏伉儷和單正來到丐幫，乃是前來作證。

徐長老又道：「譚婆說道，她有一位師兄，於此事乃是身經目擊，如請他親口述說，最是明白不過，她這位師兄，便是趙錢孫先生了。這位先生的脾氣和別人略有不同，等閒請他不到。總算譚婆的面子極大，片箋飛去，這位先生便應召而到……」

譚公突然滿面怒色，向譚婆道：「怎麼？是你去叫他來的麼？怎地事先不跟我說？瞞著我偷偷摸摸。」譚婆怒道：「甚麼瞞著你偷偷摸摸？我寫了信，要徐長老遣人送去，乃是光明正大之事。就是你愛喝乾醋，我怕你嘮叨囉唆，寧可不跟你說。」譚公道：「背夫行事，不守婦道，那就不該！」

譚婆更不打話，出手便是一掌，拍的一聲，打了丈夫一個耳光。

譚公的武功明明遠比譚婆為高，但妻子這一掌打來，既不招架，亦不閃避，一動也不動的挨了她一掌，跟著從懷中又取出一隻小盒，伸指沾些油膏，塗在臉上，登時消腫退青。一個打得快，一個治得快，這麼一來，兩人心頭怒火一齊消了。旁人瞧著，無不好笑。

只聽得趙錢孫長嘆一聲，聲音悲切哀怨之至，說道：「原來如此，原來如此。唉，早知這般，悔不當初。受她打幾掌，又有何難？」語聲之中，充滿了悔恨之意。

譚婆幽幽的道：「從前你給我打了一掌，總是非打還不可，從來不肯相讓半分。」

趙錢孫呆若木雞，站在當地，怔怔的出了神，追憶昔日情事，這小師妹脾氣暴躁，愛使小性兒，動不動便出手打人，自己無緣無故的挨打，心有不甘，每每因此而起爭吵，一場美滿姻緣，終於無法得諧。這時親眼見到譚公逆來順受、挨打不還手的情景，方始恍然大悟，心下痛悔，悲不自勝，數十年來自怨自艾，總道小師妹移情別戀，必有重大原因，殊不知對方只不過有一門「挨打不還手」的好處。「唉，這時我便求她在我臉上再打幾掌，她也是不肯的了。」

徐長老道：「趙錢孫先生，請你當眾說一句，這信中所寫之事，是否不假。」

趙錢孫喃喃自語：「我這蠢材傻瓜，為甚麼當時想不到？學武功是去打敵人、打惡人、打卑鄙小人，怎麼去用在心上人、意中人身上？打是情、罵是愛，挨幾個耳光，又有甚麼大不了？」

眾人又是好笑，又覺他情痴可憐，丐幫面臨大事待決，他卻如此顛三倒四，徐長老請他千里迢迢的前來分證一件大事，眼見此人痴痴迷迷，說出話來，誰也不知到底有幾分可信。

徐長老再問一聲：「趙錢孫先生，咱們請你來此，是請你說一說信中之事。」

趙錢孫道：「不錯，不錯。嗯，你問我信中之事，那信寫得雖短，卻是餘意不盡，『四十年前同窗共硯，切磋拳劍，情景宛在目前，臨風遠念，想師兄兩鬢雖霜，風采笑貌，當如昔日也。』」徐長老問他的是馬大元遺書之事，他卻背誦起譚婆的信來。

徐長老無法可施，向譚婆道：「譚夫人，還是你叫他說罷。」

不料譚婆聽趙錢孫將自己平平常常的一封信背得熟極如流，不知他魂夢中翻來覆去的已唸了多少遍，心下感動，柔聲道：「師哥，你說一說當時的情景罷。」

趙錢孫道：「當時的情景，我甚麼都記得清清楚楚。你梳了兩條小辮子，辮子上紮了紅頭繩，那天師父教咱們『偷龍轉鳳』這一招……」

譚婆緩緩搖頭，道：「師哥，不要說咱們從前的事。徐長老問你，當年在雁門關外，亂石谷前那一場血戰，你是親身參預的，當時情形若何，你跟大夥兒說說。」

趙錢孫顫聲道：「雁門關外，亂石谷前……我……我……」驀地裏臉色大變，一轉身，向西南角上無人之處拔足飛奔，身法迅捷已極。

眼見他便要沒入杏子林中，再也追他不上，眾人齊聲大叫：「喂！別走，別走，快回來，快回來。」趙錢孫那裏理會，只有奔得更加快了。

突然間一個聲音朗朗說道：「師兄兩鬢已霜，風采笑貌，更不如昔日也。」趙錢孫驀地住足，回頭問道：「是誰說的？」那聲音道：「若非如此，何以見譚公而自慚形穢，發足奔逃？」眾人向那說話之人看去，原來卻是全冠清。

趙錢孫怒道：「誰自慚形穢了？他只不過會一門『挨打不還手』的功夫，又有甚麼勝得過我了？」

忽聽得杏林彼處，有一個蒼老的聲音說道：「能夠挨打不還手，那便是天下第一等的功夫，豈是容易？」

十六

昔時因

那竹棒一擲而至的餘勁不衰，
直挺挺的插在地下泥中。
羣丐齊聲驚呼，朝陽初升，
一縷縷金光從杏子樹枝葉間透進來，
照著打狗棒，發出碧油油的光澤。

眾人回過頭來，只見杏子樹後轉出一個身穿灰布衲袍的老僧，方面大耳，形貌威嚴。

徐長老叫道：「天台山智光大師到了，三十餘年不見，大師仍然這等清健。」

智光和尚的名頭在武林中並不響亮，丐幫中後一輩的人物都不知他的來歷。但喬峯、六長老等卻均肅立起敬，知他當年曾發大願心，飄洋過海，遠赴海外蠻荒，採集異種樹皮，治愈浙閩兩廣一帶無數染了瘴毒的百姓。他因此而大病兩場，結果武功全失，但嘉惠百姓，實非淺鮮。各人紛紛走近施禮。

智光大師向趙錢孫笑道：「武功不如對方，挨打不還手已甚為難。倘若武功勝過對方，能挨打不還手，更是難上加難。」趙錢孫低頭沉思，若有所悟。

徐長老道：「智光大師德澤廣被，無人不敬。但近十餘年來早已不問江湖上事務。今日佛駕光降，實是丐幫之福。在下感激不盡。」

智光道：「丐幫徐長老和太行山單判官聯名折柬相召，老衲怎敢不來？天台山與無錫相距不遠，兩位信中又道，此事有關天下蒼生氣運，自當奉召。」

喬峯心道：「原來你也是徐長老和單正邀來的。」又想：「素聞智光大師德高望重，決不會參與陷害我的陰謀，有他老人家到來，實是好事。」

趙錢孫忽道：「雁門關外亂石谷前的大戰，智光和尚也是有份的，你來說罷。」

智光聽到「雁門關外亂石谷前」這八個字，臉上忽地閃過了一片奇異的神情，似乎又興奮，又恐懼，又是慘不忍睹，最後則是一片慈悲和憐憫，嘆道：「殺孽太重，殺孽太重！此事言之有愧。眾位施主，亂石谷大戰已是三十年前之事，何以今日重提？」

徐長老道：「只因此刻本幫起了重大變故，有一封涉及此事的書信。」說著便將那信遞了過去。

智光將信看了一遍，從頭又看一遍，搖頭道：「冤家宜解不宜結，何必舊事重提？依老衲之見，將此信毀去，泯滅痕跡，也就是了。」徐長老道：「本幫副幫主慘死，若不追究，馬副幫主固然沉冤不雪，敝幫更有土崩瓦解之危。」智光大師點頭道：「那也說得是，那也說得是。」

他抬起頭來，但見一鉤眉月斜掛天際，冷冷的清光瀉在杏樹梢頭。

智光向趙錢孫瞧了一眼，說道：「好，老衲從前做錯了的事，也不必隱瞞，照實說來便是。」趙錢孫道：「咱們是為國為民，不能說是做錯了事。」智光搖頭道：「錯便錯了，又何必自欺欺人？」轉身向著眾人，說道：「三十年前，中原豪傑接到訊息，說契丹國有大批武士要來偷襲少林寺，想將寺中秘藏數百年的武功圖譜，一舉奪去。」

眾人輕聲驚噫，均想：「契丹武士的野心當真不小。」少林寺武功絕技乃中土武術的瑰寶，契丹國和大宋累年相戰，如將少林寺的武功秘笈搶奪了去，一加傳播，軍中人人習練，戰場之上，大宋官兵如何再是敵手？

智光續道：「這件事當真非同小可，要是契丹此舉成功，大宋便有亡國之禍，我黃帝子孫說不定就此滅種，盡數死於遼兵的長矛利刀之下。我們以事在緊急，不及詳加計議，聽說這些契丹武士要道經雁門，一面派人通知少林寺嚴加戒備，各人立即兼程趕去，要在雁門關外迎擊，縱不能盡數將之殲滅，也要令他們的奸謀難以得逞。」

眾人聽到和契丹打仗，都忍不住熱血如沸，又是慄慄危懼，大宋屢世受契丹欺凌，打一仗，敗一仗，喪師割地，軍民死於契丹刀槍之下的著實不少。

智光大師緩緩轉過頭去，凝視著喬峯，說道：「喬幫主，倘若你得知了這項訊息，那便如何？」

喬峯朗聲說道：「智光大師，喬某見識淺陋，才德不足以服眾，致令幫中兄弟見疑，說來好生慚愧。但喬某縱然無能，卻也是個有肝膽、有骨氣的男兒漢，於這大節大義份上，決不致不明是非。我大宋受遼狗欺凌，家國之仇，誰不思報？倘若得知了這項訊息，自當率同本幫弟兄，星夜趕去阻截。」

他這番話說得慷慨激昂，眾人聽了，盡皆動容，均想：「男兒漢大丈夫固當如此。」

智光點了點頭，道：「如此說來，我們前赴雁門關外伏擊遼人之舉，以喬幫主看來，是不錯的？」

喬峯心下漸漸有氣：「你將我當作甚麼人？這般說話，顯是將我瞧得小了。」但神色間並不發作，說道：「諸位前輩英風俠烈，喬某敬仰得緊，恨不早生三十年，得以追隨先賢，共赴義舉，手刃胡虜。」

智光向他深深瞧了一眼，臉上神氣大是異樣，緩緩說道：「當時大夥兒分成數起，趕赴雁門關。我和這位仁兄，」說著向趙錢孫指了指，說道：「都是在第一批。我們這批共是二十一人，帶頭的大哥年紀並不大，比我還小著好幾歲，可是他武功卓絕，在武林中又地位尊崇，因此大夥兒推他帶頭，一齊奉他的號令行事。這批人中丐幫汪幫主，萬勝刀王維義王老英雄，地絕劍黃山鶴雲道長，都是當時武林中第一流的高手。那時老衲尚未出家，混跡於羣雄之間，其實萬分配不上，只不過報國殺敵，不敢後人，有一分力，就出一分力罷了。這位仁兄，當時的武功就比老衲高得多，現今更加不必說了。」

趙錢孫道：「不錯，那時你的武功和我已相差很大，至少差上這麼一大截。」說著伸出雙手，豎起手掌比了一比，兩掌間相距尺許。他隨即覺得相距之數尚不止此，於是將兩掌又自外分開，使掌心間相距到尺半模樣。

智光續道：「過得雁門關時，已將近黃昏。我們出關行了十餘里，一路小心戒備，突然之間，西北角上傳來馬匹奔跑之聲，聽聲音至少也有十來騎。帶頭大哥高舉右手，大夥兒便停了下來。各人心中又是歡喜，又是擔憂，沒一人說一句話。歡喜的是，消息果然不假，幸好我們毫不耽擱的趕到，終於能及時攔阻。但人人均知來襲的契丹武士定是十分厲害之輩，善者不來，來者不善，既敢向中土武學的泰山北斗少林寺挑釁，自然人人是契丹千中挑、萬中選的勇士。大宋和契丹打仗，向來敗多勝少，今日之戰能否得勝，實在難說之極。

「帶頭大哥一揮手，我們二十一人便分別在山道兩旁的大石後面伏了下來。山谷左側是個亂石嶙峋的深谷，一眼望將下去，黑黝黝的深不見底。

「耳聽得蹄聲越來越近，接著聽得有七八人大聲唱歌，唱的正是遼歌，歌聲曼長，豪壯粗野，也不知是甚麼意思。我緊緊握住刀柄，掌心都是汗水，伸掌在膝頭褲子上擦乾，不久又已濕了。帶頭大哥正伏在我身旁，他知我沉不住氣，伸手在我肩頭輕拍兩下，向我笑了一笑，又伸左掌虛劈一招，作個殺盡胡虜的姿式。我也向他笑了笑，心下便定得多了。

「遼人當先的馬匹奔到五十餘丈之外，我從大石後面望將出去，只見這些契丹武士身上都披皮裘，有的手中拿著長矛，有的提著彎刀，有的則是彎弓搭箭，更有人肩頭停著巨大兇猛的獵鷹，高歌而來，全沒理會前面有敵人埋伏。片刻之間，我已見到了先頭幾個契丹武士的面貌，個個短髮濃髯，神情兇悍。眼見他們越馳越近，我一顆心也越跳越厲害，竟似要從嘴裏跳將出來一般。」

眾人聽到這裏，明知是三十年前之事，卻也不禁心中怦怦而跳。

智光向喬峯道：「喬幫主，此事成敗，關連到大宋國運，中土千千萬萬百姓的生死，而我們卻又確無制勝把握。唯一的便宜，只不過是敵在明處而我在暗裏，你想我們該當如何才是？」

喬峯道：「自來兵不厭詐。這等兩國交兵，不能講甚麼江湖道義、武林規矩。遼狗殺戮我大宋百姓之時，又何嘗手下容情了？依在下之見，當用暗器。暗器之上，須餵劇毒。」

智光伸手一拍大腿，說道：「正是。喬幫主之見，恰與我們當時所想一模一樣。帶頭的大哥眼見遼狗馳近，一聲長嘯，眾人的暗器便紛紛射了出去，鋼鏢、袖箭、飛刀、鐵錐……每一件都是餵了劇毒的。只聽得眾遼狗啊啊呼叫，亂成一團，一大半都摔下馬來。」

羣丐之中，登時有人拍手喝采，歡呼起來。

智光續道：「這時我已數得清楚，契丹武士共有一十九騎，我們用暗器料理了十二人，餘下的已只不過七人。我們一擁而上，刀劍齊施，片刻之間，將這七人盡數殺了，竟沒一個活口逃走。」

丐幫中又有人歡呼。但喬峯、段譽等人卻想：「你說這些契丹武士都是千中挑、萬中選的頭等勇士，怎地如此不濟，片刻間便都給你們殺了？」

只聽智光嘆了口氣，說道：「我們一舉而將一十九名契丹武士盡數殲滅，雖是歡喜，可也大起疑心，覺得這些契丹人太也膿包，盡皆不堪一擊，絕非甚麼好手。難道聽到的訊息竟然不確？又難道遼人故意安排這誘敵之計，教我們上當？沒商量得幾句，只聽得馬蹄聲響，西北角上又有兩騎馬馳來。

「這一次我們也不再隱伏，逕自迎了上去。只見馬上是男女二人，男的身材魁梧，相貌堂堂，服飾也比適才那一十九名武士華貴得多。那女的是個少婦，手中抱著一個嬰兒，兩人並轡談笑而來，神態極是親暱，顯是一對少年夫妻。這兩名契丹男女一見到我們，臉上微現詫異之色，但不久便見到那一十九名武士死在地下，那男子立時神色十分兇猛，向我們大聲喝問，嘰哩咕嚕的契丹話說了一大串，也不知說些甚麼。

「山西大同府的鐵塔方大雄方三哥舉起一條鑌鐵棍，喝道：『兀那遼狗，納下命來！』揮棍便向那契丹男子打了過去。帶頭大哥心下起疑，喝道：『方三哥，休得魯莽，別傷他性命，抓住他問個清楚。』

「帶頭大哥這句話尚未說完，那遼人右臂伸出，已抓住了方大雄手中的鑌鐵棍，向外一拗，喀的一聲輕響，方大雄右臂關節已斷。那遼人提起鐵棍，從半空中擊將下來，我們大聲呼喊，眼見已不及上前搶救，當下便有七八人向他發射暗器。那遼人左手袍袖一拂，一股勁風揮出，將七八枚暗器盡數掠在一旁。眼見方大雄性命無倖，不料他鑌鐵棍一挑，將方大雄的身子挑了起來，連人帶棍，一起摔在道旁，嘰哩咕嚕的不知又說了些甚麼。

「這人露了這一手功夫，我們人人震驚，均覺此人武功之高，實是罕見，顯然先前所傳的訊息非假，只怕以後續來的好手越來越強，我們以眾欺寡，殺得一個是一個，當下六七人一擁而上，向他攻了過去。另外四五人則向那少婦攻去。

「不料那少婦卻全然不會武功，有人一劍便斬斷她一條手臂，她懷抱著的嬰兒便跌下地來，跟著另一人一刀砍去了她半邊腦袋。那遼人武功雖強，但被七八位高手刀劍齊施的纏住了，如何分得出手來相救妻兒？起初他連接數招，只是奪去我們兄弟的兵刃，並不傷人，待見妻子一死，眼睛登時紅了，臉上神色可怖之極。那時候我一見到他的目光，不由得心驚膽戰，不敢上前。」

趙錢孫道：「那也怪不得你，那也怪不得你！」本來他除了對譚婆講話之外，說話的語調中總是帶著幾分譏嘲和漫不在乎，這兩句話卻深含沉痛和歉仄之意。

智光道：「那一場惡戰，已過去了三十年。但這三十年之中，我不知道曾幾百次在夢中重歷其境。當時惡鬥的種種情景，無不清清楚楚的印在我心裏。那遼人雙臂斜兜，不知用甚麼擒拿手法，便奪到了我們兩位兄弟的兵刃，跟著一刺一劈，當場殺了二人。他有時從馬背上飛縱而下，有時又躍回馬背，兔起鶻落，行如鬼魅。不錯，他真如是個魔鬼化身，東邊一衝，殺了一人；西面這麼一轉，又殺了一人。只片刻之間，我們二十一人之中，已有九人死在他手下。

「這一來大夥兒都紅了眼睛，帶頭大哥、汪幫主等個個捨命上前，跟他纏鬥。可是那人武功實在太過奇特厲害，一招一式，總是從決計料想不到的方位襲來。其時夕陽如血，雁門關外朔風呼號之中，夾雜著一聲聲英雄好漢臨死時的叫喚，頭顱四肢，鮮血兵刃，在空中亂飛亂擲，那時候本領再強的高手也只能自保，誰也無法去救助旁人。

「我見到這等情勢，心下實是嚇得厲害，然而見眾兄弟一個個慘死，不由得熱血沸騰，鼓起勇氣，騎馬向他直衝過去。我雙手舉起大刀，向他頭頂急劈，知道這一劈倘若不中，我的性命便也交給他了。眼見大刀刃口離他頭頂已不過尺許，突見那遼人抓了一人，將他的腦袋湊到我刀下。我一瞥之下，見這人是江西杜氏三雄中的老二，自是大吃一驚，百忙中硬生生的收刀。大刀急縮，喀的一聲，劈在我坐騎頭上，那馬一聲哀嘶，跳了起來。便在此時，那遼人的一掌也已擊到。幸好我的坐騎不遲不早，剛在這時候跳起，擋接了他這一掌，否則我筋骨齊斷，那裏還有命在？

「他這一掌的力道好不雄渾，將我擊得連人帶馬，向後仰跌而出，我身子飛了起來，落在一株大樹樹頂，架在半空。那時我已驚得渾渾噩噩，也不知自己是死是活，身在何處。從半空中望將下來，但見圍在那遼人身周的兄弟越來越少，只剩下了五六人。跟著看見這位仁兄……」說著望向趙錢孫，續道：「……身子一晃，倒在血泊之中，只道他也送了性命。」

趙錢孫搖頭道：「這種醜事雖然說來有愧，卻也不必相瞞，我不是受了傷，乃是嚇得暈了過去。我見那遼人抓住杜二哥的兩條腿，往兩邊一撕，將他身子撕成兩爿，五臟六腑都流了出來。我突覺自己的心不跳了，眼前一黑，甚麼都不知道了。不錯，我是個膽小鬼，見到別人殺人，竟會嚇得暈了過去。」

智光道：「見了這遼人猶如魔鬼般的殺害眾兄弟，若說不怕，那可是欺人之談。」他向掛在山頂天空的眉月望了一眼，又道：「那時和那遼人纏鬥的，只賸下四個人了。帶頭大哥自知無倖，終究會死在他的手下，連聲喝問：『你是誰？你是誰？』那遼人並不答話，轉手兩個回合，再殺二人，忽起一足，踢中了汪幫主背心上的穴道，跟著左足鴛鴦連環，又踢中了帶頭大哥脅下穴道。這人以足尖踢人穴道，認穴之準，腳法之奇，直是匪夷所思。若不是我自知死在臨頭，而遭殃的又是我最敬仰的二人，幾乎脫口便要喝出采來。

「那遼人見強敵盡殲，奔到那少婦屍首之旁，抱著她大哭起來，哭得淒切之極。我聽了這哭聲，心下竟忍不住的難過，覺得這惡獸魔鬼一樣的遼狗，居然也有人性，哀痛之情，似乎並不比咱們漢人來得淺了。」

趙錢孫冷冷的道：「那又有甚麼希奇？野獸的親子夫婦之情，未必就不及人。遼人也是人，為甚麼就不及漢人了？」丐幫中有幾人叫了起來：「遼狗兇殘暴虐，勝過了毒蛇猛獸，和我漢人大不相同。」趙錢孫只是冷笑，並不答話。

智光續道：「那遼人哭了一會，抱起他兒子屍身看了一會，將嬰屍放在他母親懷中，走到帶頭大哥身前，大聲喝罵。帶頭大哥毫不屈服，向他怒目而視，只是苦於被點了穴道，說不出半句話來。那遼人突然間仰天長嘯，從地下拾起一柄短刀，在山峯的石壁上劃起字來，其時天色已黑，我和他相距又遠，瞧不見他寫些甚麼。」

趙錢孫道：「他刻劃的是契丹文字，你便瞧見了，也不識得。」

智光道：「不錯，我便瞧見了，也不識得。那時四下裏寂靜無聲，但聽得石壁上嗤嗤聲響，石屑落地的聲音竟也聽得見，我自是連大氣也不敢透上一口。也不知過了多少時候，只聽得噹的一聲，他擲下短刀，俯身抱起他妻子和兒子的屍身，走到崖邊，湧身便往深谷中跳了下去。」

眾人聽得這裏，都是「啊」的一聲，誰也料想不到竟會有此變故。

智光大師道：「眾位此刻聽來，猶覺詫異，當時我親眼瞧見，實是驚訝無比。我本想如此武功高強之人，在遼國必定身居高位，此次來中原襲擊少林寺，他就算不是大首領，也必是眾武士中最重要的人物之一。他擒住了我們的帶頭大哥和汪幫主，將餘人殺得一乾二淨，大獲全勝，自必就此乘勝而進，萬萬想不到竟會跳崖自盡。

「我先前來到這谷邊之時，曾向下張望，只見雲鎖霧封，深不見底，這一跳將下去，他武功雖高，終究是血肉之軀，如何會有命在？我一驚之下，忍不住叫了出來。

「那知奇事之中，更有奇事，便在我一聲驚呼之時，忽然間『哇哇』兩聲嬰兒的啼哭，從亂石谷中傳了上來，跟著黑黝黝一件物事從谷中飛上，拍的一聲輕響，正好跌在汪幫主身上。嬰兒啼哭之聲一直不止，原來跌在汪幫主身上的正是那個嬰兒。那時我恐懼之心已去，從樹上縱下，奔到汪幫主身前看時，只見那契丹嬰兒橫臥在他腹上，兀自啼哭。

「我想了一想，這才明白。原來那契丹少婦被殺，她兒子摔在地下，只是閉住了氣，其實未死。那遼人哀痛之餘，一摸嬰兒的口鼻已無呼吸，只道妻兒俱喪，於是抱了兩具屍體投崖自盡。那嬰兒一經震盪，醒了過來，登時啼哭出聲。那遼人身手也真了得，不願兒子隨他活生生的葬身谷底，立即將嬰兒拋了上來，他記得方位距離，恰好將嬰兒投在汪幫主腹上，使孩子不致受傷。他身在半空，方始發覺兒子未死，立時還擲，心思固轉得極快，而使力之準更不差毫釐，這樣的機智，這樣的武功，委實可怖可畏。

「我眼看眾兄弟慘死，哀痛之下，提起那個契丹嬰兒，便想將他往山石上一摔，撞死了他。正要脫手擲出，只聽得他又大聲啼哭，我向他瞧去，只見他一張小臉脹得通紅，兩隻漆黑光亮的大眼正也在向我瞧著。我這眼若是不瞧，一把摔死了他，那便萬事全休。但我一看到他可愛的臉龐，說甚麼也下不了這毒手，心想：『欺侮一個不滿週歲的嬰兒，那算是甚麼男子漢、大丈夫。』」

羣丐中有人插口道：「智光大師，遼狗殺我漢人同胞，不計其數。我親眼見到遼狗手持長矛，將我漢人的嬰兒活生生的挑在矛頭，騎馬遊街，耀武揚威。他們殺得，咱們為甚麼殺不得？」

智光大師嘆道：「話是不錯，但常言道，惻隱之心，人皆有之。這一日我見到這許多人慘死，實不能再下手殺這嬰兒。你們說我做錯了事也好，說我心腸太軟也好，我終究留下了這嬰兒的性命。

「跟著我便想去解開帶頭大哥和汪幫主的穴道。一來我本事低微，而那契丹人的點穴功又太特異，我抓拿打拍，按揑敲摩，推血過宮，鬆筋揉肌，只忙得全身大汗，甚麼手法都用遍了，帶頭大哥和汪幫主始終不能動彈，也不能張口說話。我無法可施，生怕契丹人後援再到，於是牽過三匹馬來，將帶頭大哥和汪幫主分別抱上馬背。我自己乘坐一匹，抱了那契丹嬰兒，牽了兩匹馬，連夜回進雁門關，找尋跌打傷科醫生療治解穴，卻也解救不得。幸好到第二日晚間，滿得十二個時辰，兩位被封的穴道自行解開了。

「帶頭大哥和汪幫主記掛著契丹武士襲擊少林寺之事，穴道一解，立即又趕出雁門關察看。但見遍地血肉屍骸，仍和昨日傍晚我離去時一模一樣。我探頭到亂石谷向下張望，也瞧不見甚麼端倪。當下我們三人將殉難眾兄弟的屍骸埋葬了，查點人數，卻見只有一十七具。本來殉難的共有一十八人，怎麼會少了一具呢？」他說到此處，眼光向趙錢孫望去。

趙錢孫苦笑道：「其中一具屍骸活了轉來，自行走了，至今行屍走肉，那便是我『趙錢孫李，周吳鄭王』。」

智光道：「但那時咱三人也不以為異，心想混戰之中，這位仁兄掉入了亂石谷內，那也甚是平常。我們埋葬了殉難的諸兄弟後，餘憤未洩，將一眾契丹人的屍體提起來都投入了亂石谷中。

「帶頭大哥忽向汪幫主道：『劍通兄，那契丹人若要殺了咱二人，當真易如反掌，何以只踢了咱們穴道，卻留下了性命？』汪幫主道：『這件事我也苦思不明。咱二人是領頭的，殺了他的妻兒，按理說，他自當趕盡殺絕才是。』

「三人商量不出結果。帶頭大哥道：『他刻在石壁上的文字，或許含有甚麼深意。』苦於我們三人都不識契丹文字，帶頭大哥舀些溪水來，化開了地下凝血，塗在石壁之上，然後撕下白袍衣襟，將石壁的文字拓了下來。那些契丹文字深入石中，幾及兩寸，他以一柄短刀隨意刻劃而成，單是這份手勁，我看便已獨步天下，無人能及。三人只瞧得暗暗驚詫，追思前一日的情景，兀自心有餘悸。回到關內，汪幫主找到了一個牛馬販子，那人常往遼國上京販馬，識得契丹文字，將那白布拓片給他一看。他用漢文譯了出來，寫在紙上。」

他說到這裏，抬頭向天，長嘆了一聲，續道：「我們三人看了那販子的譯文後，你瞧瞧我，我瞧瞧你，實是難以相信。但那契丹人其時已決意自盡，又何必故意撒謊？我們另行又去找了一個通契丹文之人，叫他將拓片的語句口譯一遍，意思仍是一樣。唉，倘若真相確是如此，不但殉難的十七名兄弟死得冤枉，這些契丹人也是無辜受累，而這對契丹人夫婦，我們更是萬分的對他們不起了。」

眾人急於想知道石壁上的文字是甚麼意思，卻聽他遲遲不說，有些性子急躁之人便問：「那些字說些甚麼？」「為甚麼對他們不起？」「那對契丹夫婦為甚麼死得冤枉？」

智光道：「眾位朋友，非是我有意賣關子，不肯吐露這契丹文字的意義。倘若壁上文字確是實情，那麼帶頭大哥、汪幫主和我的所作所為，確是大錯特錯，委實無顏對人。我智光在武林中只是個無名小卒，做錯了事，不算甚麼，但帶頭大哥和汪幫主是何等的身分地位？何況汪幫主已然逝世，我可不能胡亂損及他二位的聲名，請恕我不能明言。」

丐幫前任幫主汪劍通威名素重，於喬峯、諸長老、諸弟子皆深有恩義，羣丐雖好奇心甚盛，但聽這事有損汪幫主的聲名，誰都不敢相詢了。

智光繼續說道：「我們三人計議一番，都不願相信當真如此，卻又不能不信。當下決定暫行寄下這契丹嬰兒的性命，先行趕到少林寺去察看動靜，要是契丹武士果然大舉來襲，再殺這嬰兒不遲。一路上馬不停蹄，連日連夜的趕路，到得少林寺中，只見各路英雄前來赴援的已到得不少。此事關涉我神州千千萬萬百姓的生死安危，只要有人得到訊息，誰都要來出一分力氣。」

智光的目光自左至右向眾人臉上緩緩掃過，說道：「那次少林寺中聚會，這裏年紀較長的英雄頗有參預，經過的詳情，我也不必細說了。大家謹慎防備，嚴密守衛，各路來援的英雄越到越多。然而從九月重陽前後起，直到臘月，三個多月之中，竟沒半點警耗，待想找那報訊之人來詳加詢問，卻再也找他不到了。我們這才料定訊息是假，大夥兒是受人之愚。雁門關外這一戰，雙方都死了不少人，當真死得冤枉。

「但過不多久，契丹鐵騎入侵，攻打河北諸路軍州，大夥兒於契丹武士是否要來偷襲少林寺一節，也就不怎麼放在心上。他們來襲也好，不來襲也好，總而言之，契丹人是我大宋的死敵。

「帶頭大哥、汪幫主，和我三人因對雁門關外之事心中有愧，除了向少林寺方丈說明經過、又向死難諸兄弟的家人報知噩耗之外，並沒向旁人提起，那契丹嬰孩也就寄養在少室山下的農家。事過之後，如何處置這個嬰兒，倒是頗為棘手。我們對不起他的父母，自不能再傷他性命。但說要將他撫養長大，契丹人是我們死仇，我們三人心中都想到了『養虎貽患』四字。後來帶頭大哥拿了一百兩銀子，交給那農家，請他們養育這嬰兒，要那農人夫婦自認是這契丹嬰兒的父母，那嬰兒長成之後，也決不可讓他得知領養之事。那對農家夫婦本無子息，歡天喜地的答應了。他們絲毫不知這嬰兒是契丹骨血，我們將孩子帶去少室山之前，早在路上給他換過了漢兒的衣衫。大宋百姓恨契丹人入骨，如見孩子穿著契丹裝束，定會加害於他⋯⋯」

喬峯聽到這裏，心中已猜到了八九分，顫聲問道：「智光大師，那……那少室山下的農人，他，他，他姓甚麼？」

智光道：「你既已猜到，我也不必隱瞞。那農人姓喬，名字叫作三槐。」

喬峯大聲叫道：「不，不！你胡說八道，揑造這麼一篇鬼話來誣陷我。我是堂堂漢人，如何是契丹胡虜？我……我……三槐公是我親生的爹爹，你再瞎說……」突然間雙臂一分，搶到智光身前，左手一把抓住了他胸口。

單正和徐長老同叫：「不可！」上前搶人。

喬峯身手快極，帶著智光的身軀，一晃閃開。

單正的兒子單仲山、單叔山、單季山三人齊向他身後撲去。喬峯右手抓起單叔山遠遠摔出，跟著又抓起單仲山摔出，第三次抓起單季山往地下一擲，伸足踏住了他頭顱。

「單氏五虎」在山東一帶威名頗盛，五兄弟成名已久，並非初出茅廬的後輩。但喬峯左手抓著智光，右手連抓連擲，將單家這三條大漢如稻草人一般拋擲自如，教對方竟沒半分抗拒餘地。旁觀眾人都瞧得呆了。

單正和單伯山、單小山三人骨肉關心，都待撲上救援，卻見他踏住了單季山的腦袋，料知他功力厲害，只須稍加勁力，單季山的頭顱非給踩得稀爛不可，三人只跨出幾步，便都停步。單正叫道：「喬幫主，有話好說，千萬不可動蠻。我單家與你無冤無仇，請你放了我孩兒。」鐵面判官說到這樣的話，等如是向喬峯苦苦哀求了。

徐長老也道：「喬幫主，智光大師江湖上人人敬仰，你不得傷害他性命。」

喬峯熱血上湧，大聲道：「不錯，我喬峯和你單家無冤無仇，智光大師的為人，我也素所敬仰。你們……你們……要除去我幫主之位，那也罷了，我拱手讓人便是，何以編造了這番言語出來，誣衊於我？我……我喬某到底做了甚麼壞事，你們如此苦苦逼我？」

他最後這幾句聲音也嘶啞了，眾人聽著，不禁都生出同情之意。

但聽得智光大師身上的骨骼格格輕響，均知他性命已在呼吸之間，生死之差，只繫於喬峯的一念。除此之外，便是風拂樹梢，蟲鳴草際，人人呼吸喘急，誰都不敢作聲。

過得良久，趙錢孫突然嘿嘿冷笑，說道：「可笑啊可笑！漢人未必高人一等，契丹人也未必便豬狗不如！明明是契丹，卻硬要冒充漢人，那有甚麼滋味？連自己的親生父母也不肯認，枉自稱甚麼男子漢、大丈夫？」

喬峯睜大了眼睛，狠狠的凝視著他，問道：「你也說我是契丹人麼？」

趙錢孫道：「我不知道。只不過那日雁門關外一戰，那個契丹武士的容貌身材，卻跟你一模一樣。這一架打將下來，只嚇得我趙錢孫魂飛魄散，心膽俱裂，那對頭人的相貌，便再隔一百年我也不會忘記。智光大師抱起那契丹嬰兒，也是我親眼所見。我趙錢孫行屍走肉，世上除了小娟一人，更無掛懷之人，更無掛懷之事。你做不做丐幫幫主，關我屁事？我幹麼要來誣陷於你？我自認當年曾參預殺害你的父母，又有甚麼好處？喬幫主，我趙錢孫的武功跟你可差得遠了，要是我不想活了，難道連自殺也不會麼？」

喬峯將智光大師緩緩放下，右足足尖一挑，將單季山一個龐大的身軀輕輕踢了出去，拍的一聲，落在地下。單季山一彈便即站起，並未絲毫受傷。

喬峯眼望智光，但見他容色坦然，殊無半分作偽和狡獪的神態，問道：「後來怎樣？」

智光道：「後來你自己知道了。你長到七歲之時，在少室山中採栗，遇到野狼。有一位少林寺的僧人將你救了下來，殺死惡狼，給你治傷，自後每天便來傳你武功，是也不是？」

喬峯道：「是！原來這件事你也知道。」那少林僧玄苦大師傳他武功之時，叫他決計不可向任何人說起，是以江湖上只知他是丐幫汪幫主的嫡傳弟子，誰也不知他和少林寺實有極深的淵源。

智光道：「這位少林僧人，乃是受了我們帶頭大哥的重託，請他從小教誨你，使你不致走入歧途。為了此事，我和帶頭大哥、汪幫主三人曾起過一場爭執。我說由你平平穩穩務農為生，不要學武，再捲入江湖恩仇之中。帶頭大哥卻說我們對不起你父母，須當將你培養成為一位英雄人物。」

喬峯道：「你們……你們到底怎樣對不起他？漢人和契丹相斫相殺，有甚麼對得起、對不起之可言？」

智光嘆道：「雁門關外石壁上的遺文，至今未泯，將來你自己去看罷。帶頭大哥既是這個主意，汪幫主也偏著他多些，我自是拗不過他們。到得十六歲上，你遇上了汪幫主，他收你作了徒兒，此後有許許多多的機緣遇合，你自己天資卓絕，奮力上進，固然非常人之所能及，但若非帶頭大哥和汪幫主處處眷顧，只怕也不是這般容易罷？」

喬峯低頭沉思，自己這一生遇上甚麼危難，總是逢凶化吉，從來不吃甚麼大虧，而許多良機又往往自行送上門來，不求自得，從前只道自己福星高照，一生幸運，此刻聽了智光之言，心想莫非當真由於甚麼有力人物暗中扶持，而自己竟全然不覺？他心中一片茫然：「倘智光之言不假，那麼我是契丹人而不是漢人了。汪幫主不是我的恩師，而是我的殺父之仇。暗中助我的那個英雄，也非真是好心助我，只不過內疚於心，想設法贖罪而已。不！不！契丹人兇殘暴虐，是我漢人的死敵，我怎麼能做契丹人？」

只聽智光續道：「汪幫主初時對你還十分提防，但後來見你學武進境既快，為人慷慨豪俠，待人仁厚，對他恭謹尊崇，行事又處處合他心意，漸漸的真心喜歡了你。再後來你立功愈多，威名越大，丐幫上上下下一齊歸心，便是幫外之人，也知丐幫將來的幫主非你莫屬。但汪幫主始終拿不定主意，便由於你是契丹人之故。他試你三大難題，你一一辦到，但仍要到你立了七大功勞之後，他才以打狗棒相授。那一年泰山大會，你連創丐幫強敵九人，使丐幫威震天下，那時他更無猶豫的餘地，方立你為丐幫幫主。以老衲所知，丐幫數百年來，從無第二個幫主之位，如你這般得來艱難。」

喬峯低頭道：「我只道恩師汪幫主是有意鍛鍊於我，使我多歷艱辛，以便擔當大任，卻原來……卻原來……」到了這時，心中已有七八成信了。

智光道：「我之所知，至此為止。你出任丐幫幫主之後，我聽得江湖傳言，都說你行俠仗義，造福於民，處事公允，將丐幫整頓得好生興旺，我私下自是代你喜歡。又聽說你數度壞了契丹人的奸謀，殺過好幾個契丹的英雄人物，那麼我們先前『養虎貽患』的顧忌，便成了杞人之憂。這件事原可永不提起，卻不知何人去抖了出來？這於丐幫與喬幫主自身，都不見得有甚麼好處。」說著長長嘆了口氣，臉上大有悲憫之色。

徐長老道：「多謝智光大師回述舊事，使大夥有如身歷其境。這一封書信……」他揚了揚手中那信，續道：「是那位帶頭大俠寫給汪幫主的，書中極力勸阻汪幫主，不可將幫主大位傳於喬幫主。喬幫主，你不妨自己過一過目。」說著便將書信遞將過去。

智光道：「先讓我瞧瞧，是否真是原信。」說著將信接在手中，看了一遍，說道：「不錯，果然是帶頭大哥的手跡。」說著左手手指微一用勁，將信尾署名撕了下來，放入口中，舌頭一捲，已吞入肚中。

智光撕信之時，先向火堆走了幾步，與喬峯離遠了些，再將信箋湊到眼邊，似因光亮不足，瞧不清楚，再這麼撕信入口，信箋和嘴唇之間相距不過寸許，喬峯萬萬料不到這位德高望重的老僧竟會使這狡獪伎倆，一聲怒吼，左掌拍出，凌空拍中了他穴道，右手立時將信搶過，但終於慢了一步，信尾的署名已被他吞入了咽喉。喬峯又是一掌，拍開了他穴道，怒道：「你……你幹甚麼？」

智光微微一笑，說道：「喬幫主，你既知道了自己身世，想來定要報你殺父殺母之仇。汪幫主已然逝世，那不用說了。這位帶頭大哥的姓名，老衲卻不願讓你知道。老衲當年曾參預伏擊令尊令堂，一切罪孽，老衲甘願一身承擔，要殺要剮，你儘管下手便是。」

喬峯見他垂眉低目，容色慈悲莊嚴，心下雖是悲憤，卻也不由得肅然起敬，說道：「是真是假，此刻我尚未明白。便要殺你，也不忙在一時。」說著向趙錢孫橫了一眼。

趙錢孫聳了聳肩頭，似乎漫不在乎，說道：「不錯，我也在內，這帳要算我一份，你幾時歡喜，隨時動手便了。」

譚公大聲道：「喬幫主，凡事三思，可不要胡亂行事才好。若是惹起了胡漢之爭，中原豪傑人人與你為敵。」趙錢孫雖是他的情敵，他這時卻出口相助。

喬峯冷笑一聲，心亂如麻，不知如何回答才好，就著火光看那信時，只見信上寫道：

「劍髯吾兄：數夕長談，吾兄傳位之意始終不改。然余連日詳思，仍期期以為不可。喬君才藝超卓，立功甚偉，為人肝膽血性，不僅為貴幫中矯矯不羣之人物，即遍視神州武林同道，亦鮮有能及。以此才具而繼承吾兄之位，他日丐幫聲威愈張，自意料中事耳。」

喬峯讀到此處，覺得這位前輩對自己極是推許，心下好生感激，繼續讀下去：

「然當日雁門關外血戰，驚心動魄之狀，余無日不縈於懷。此子非我族類，其父其母，死於我二人之手。他日此子不知其出身來歷則已，否則不但丐幫將滅於其手，中原武林亦將遭逢莫大浩劫。當世才略武功能及此子者，實寥寥也。貴幫幫內大事，原非外人所能置喙，唯爾我交情非同尋常，此事復牽連過巨，祈三思之。」下面的署名，已被智光撕去了。

徐長老見喬峯讀完此信後呆立不語，當下又遞過一張信箋來，說道：「這是汪幫主的手書，你自當認得出他的筆跡。」

喬峯接了過來，只見那張信箋上寫道：

「字諭丐幫馬副幫主、傳功長老、執法長老、暨諸長老：喬峯若有親遼叛漢、助契丹而壓大宋之舉者，全幫即行合力擊殺，不得有誤。下毒行刺，均無不可，下手者有功無罪。汪劍通親筆。」

下面註的日子是「大宋元豐六年五月初七日」。喬峯記得分明，那正是自己接任丐幫幫主之日。

喬峯認得清清楚楚，這幾行字確是恩師汪劍通的親筆，這麼一來，於自己的身世那裏更有甚麼懷疑，但想恩師一直待己有如慈父，教誨固嚴，愛己亦切，那知道便在自己接任丐幫幫主之日，卻暗中寫下了這通遺令。他心中一陣酸痛，眼淚便奪眶而出，淚水一點點的滴在汪幫主那張手諭之上。

徐長老緩緩說道：「喬幫主休怪我們無禮。汪幫主這通手諭，原只馬副幫主一人知曉，他嚴加收藏，從來不曾對誰說起。這幾年來幫主行事光明磊落，決無絲毫通遼叛宋、助契丹而壓漢人的情事，汪幫主的遺令自是決計用不著。直到馬副幫主突遭橫死，馬夫人才尋到了這通遺令。本來嘛，大家疑心馬副幫主是姑蘇慕容公子所害，倘若幫主能為大元兄弟報了此仇，幫主的身世來歷，原無揭破必要。老朽思之再三，為大局著想，本想毀了這封書信和汪幫主的遺令，可是……可是……」他說到這裏，眼光向馬夫人瞧去，說道：「一來馬夫人痛切夫仇，不能讓大元兄弟冤沉海底，死不瞑目。二來喬幫主袒護胡人，所作所為，實已危及本幫……」

喬峯道：「我袒護胡人，此事從何說起？」

徐長老道：「『慕容』兩字，便是胡姓。慕容氏是鮮卑後裔，與契丹一般，同為胡虜夷狄。」喬峯道：「嗯，原來如此，我倒不知。」徐長老道：「三則，幫主是契丹人一節，幫中知者已眾，變亂已生，隱瞞也自無益。」

喬峯仰天噓了一口長氣，在心中悶了半天的疑團，此時方始揭破，向全冠清道：「全冠清，你知道我是契丹後裔，是以反我，是也不是？」全冠清道：「不錯。」喬峯又問：「宋奚陳吳四大長老聽信你言而欲殺我，也是為此？」全冠清道：「不錯。只是他們將信將疑，拿不定主意，事到臨頭，又生畏縮。」喬峯道：「我的身世端倪，你從何處得知？」全冠清道：「此事牽連旁人，恕在下難以奉告。須知紙包不住火，任你再隱秘之事，終究會天下知聞。執法長老便早已知道。」

霎時之間，喬峯腦海中思潮如湧，一時想：「他們心生嫉妒，捏造了種種謊言，誣陷於我。喬峯縱然勢孤力單，亦當奮戰到底，不能屈服。」隨即又想：「恩師的手諭，明明千真萬確。智光大師德高望重，於我無恩無怨，又何必來設此鬼計？徐長老是我幫元老重臣，豈能有傾覆本幫之意？鐵面判官單正、譚公、譚婆等俱是武林中大有名望的前輩，這趙錢孫雖然瘋瘋顛顛，卻也不是泛泛之輩。眾口一辭的都如此說，那裏還有假的？」

羣丐聽了智光、徐長老等人的言語，心情也十分混亂。有些人先前已然聽說他是契丹後裔，但始終將信將疑，旁的人則是此刻方知。眼見證據確鑿，連喬峯自己似乎也已信了。喬峯素來於屬下極有恩義，才德武功，人人欽佩，那料到他竟是契丹的子孫。遼國和大宋的仇恨糾結極深，丐幫弟子死於遼人之手的，歷年來不計其數，由一個契丹人來做丐幫幫主，直是不可思議之事。但說要將他逐出丐幫，卻是誰也說不出口。一時杏林中一片靜寂，唯聞各人沉重的呼吸之聲。

突然之間，一個清脆的女子聲音響了起來：「各位伯伯叔叔，先夫不幸亡故，到底是何人下的毒手，此時自是難加斷言。但想先夫平生誠穩篤實，拙於言詞，江湖上並無仇家，妾身實在想不出，為何有人要取他性命。然而常言道得好：『慢藏誨盜』，是不是因為先夫手中握有甚麼重要物事，別人想得之而甘心？別人是不是怕他洩漏機密，壞了大事，因而要殺他滅口？」說這話的，正是馬大元的遺孀馬夫人。這幾句話的用意再也明白不過，直指殺害馬大元的兇手便是喬峯，而其行兇的主旨，在於掩沒他是契丹人的證據。

喬峯緩緩轉頭，瞧著這個全身縞素，嬌怯怯、俏生生、小巧玲瓏的女子，說道：「你疑心是我害死了馬副幫主？」

馬夫人一直背轉身子，雙眼向地，這時突然抬起頭來，瞧向喬峯。但見她一對眸子晶亮如寶石，黑夜中發出閃閃光采，喬峯微微一凜，聽她說道：「妾身是無知無識的女流之輩，出外拋頭露面，已是不該，何敢亂加罪名於人？只是先夫死得冤枉，哀懇眾位伯伯叔叔念著故舊之情，查明真相，替先夫報仇雪恨。」說著盈盈拜倒，竟對喬峯磕起頭來。

她沒一句說喬峯是兇手，但每一句話都是指向他的頭上。喬峯眼見她向自己跪拜，心下恚怒，卻又不便發作，只得跪倒還禮，道：「嫂子請起。」

杏林左首忽有一個少女的聲音說道：「馬夫人，我心中有一個疑團，能不能請問你一句話？」眾人向聲音來處瞧去，見是個穿淡紅衫子的少女，正是阿朱。

馬夫人問道：「姑娘有甚麼話要查問我？」阿朱道：「查問是不敢。我聽夫人言道，馬前輩這封遺書，乃是用火漆密密固封，而徐長老開拆之時，漆印仍屬完好。那麼在徐長老開拆之前，誰也沒看過信中的內文了？」馬夫人道：「不錯。」阿朱道：「然則那位帶頭大俠的書信和汪幫主的遺令，除了馬前輩之外，本來誰都不知。慢藏誨盜、殺人滅口的話，便說不上。」

眾人聽了，均覺此言甚是有理。

馬夫人道：「姑娘是誰？卻來干預我幫中的大事？」阿朱道：「貴幫大事，我一個小小女子，豈敢干預？只是你們要誣陷我們公子爺，我非據理分辯不可。」馬夫人又問：「姑娘的公子爺是誰？是喬幫主麼？」阿朱搖頭微笑，道：「不是。是慕容公子。」

馬夫人道：「嗯，原來如此。」她不再理會阿朱，轉頭向執法長老道：「白長老，本幫幫規如山，若是長老犯了幫規，那便如何？」執法長老白世鏡臉上肌肉微微一動，凜然道：「知法犯法，罪加一等。」馬夫人道：「若是比你白長老品位更高之人呢？」白世鏡知她意中所指，不自禁的向喬峯瞧了一眼，說道：「本幫幫規乃祖宗所定，不分輩份尊卑，品位高低，須當一體凜遵。同功同賞，同罪同罰。」

馬夫人道：「那位姑娘疑心得甚是，初時我也是一般的想法。但在我接到先夫噩耗之前的一日晚間，忽然有人摸到我家中偷盜。」

眾人都是一驚。有人問道：「偷盜？偷去了甚麼？傷人沒有？」

馬夫人道：「並沒傷人。賊子用了下三濫的薰香，將我及兩名婢僕薰倒了，翻箱倒篋的大搜一輪，偷去了十來兩銀子。次日我便接到先夫不幸遭難的噩耗，那裏還有心思去理會賊子盜銀之事？幸好先夫將這封遺書藏在極隱秘之處，才沒給賊子搜去毀滅。」

這幾句話再也明白不過，顯是指證喬峯自己或是派人赴馬大元家中盜書，他既去盜書，自是早知遺書中的內容，殺人滅口一節，可說是昭然若揭。至於他何以會知遺書內容，則或許是那位帶頭大俠、汪幫主、馬副幫主無意中洩漏的，那也不是奇事。

阿朱一心要為慕容復洗脫，不願喬峯牽連在內，說道：「小毛賊來偷盜十幾兩銀子，那也事屬尋常，只不過時機巧合而已。」

馬夫人道：「姑娘之言甚是，初時我也這麼想。但後來在那小賊進屋出屋的窗口牆腳之下，拾到了一件物事，原來是那小毛賊匆忙來去之際掉下的。我一見那件物事，心下驚惶，方知這件事非同小可。」

宋長老道：「那是甚麼物事？為甚麼非同小可？」馬夫人緩緩從背後包袱中取出一條八九寸長的物事，遞向徐長老，說道：「請眾位伯伯叔叔作主。」待徐長老接過那物事，她撲倒在地，大放悲聲。

眾人向徐長老看去，只見他將那物事展了開來，原來是一柄摺扇。徐長老沉著聲音，唸著扇面上的一首詩道：

「朔雪飄飄開雁門，平沙歷亂捲蓬根；功名恥計擒生數，直斬樓蘭報國恩。」

喬峯一聽到這首詩，當真是一驚非同小可，凝目瞧摺扇時，見扇面反面繪著一幅壯士出塞殺敵圖。這把扇子是自己之物，那首詩是恩師汪劍通所書，而這幅圖畫，便是出於徐長老手筆，筆法雖不甚精，但一股俠烈之氣，卻隨著圖中朔風大雪而更顯得慷慨豪邁。這把扇子是他二十五歲生日那天恩師所贈，他向來珍視，妥為收藏，怎麼會失落在馬大元家中？何況他生性灑脫，身上決不攜帶摺扇之類的物事。

徐長老翻過扇子，看了看那幅圖畫，正是自己親手所繪，嘆了口長氣，喃喃的道：「非我族類，其心必異。汪幫主啊汪幫主，你這件事可大大的做錯了。」

喬峯乍聞自己身世，竟是契丹子裔，心中本來百感交集，近十年來，他每日裏便是計謀如何破滅遼國，多殺契丹胡虜，突然間驚悉此事，縱然他一生經歷過不少大風大浪，也禁不住手足無措。然而待得馬夫人口口聲聲指責他陰謀害死馬大元，自己的摺扇又再出現，他心中反而平定，霎時之間，腦海中轉過了幾個念頭：「有人盜我摺扇，嫁禍於我，這等事可難不倒喬峯。」向徐長老道：「徐長老，這柄摺扇是我的。」

丐幫中輩份較高、品位較尊之人，聽得徐長老唸那詩句，已知是喬峯之物，其餘幫眾卻不知道，待聽得喬峯自認，又都是一驚。

徐長老心中也是感觸甚深，喃喃說道：「汪幫主總算將我當作心腹，可是密留遺令這件大事，卻不讓我知曉。」

馬夫人站起來，說道：「徐長老，汪幫主不跟你說，是為你好。」徐長老不解，問道：「甚麼？」馬夫人淒然道：「丐幫中只大元知道此事，便慘遭不幸，你……你……若是事先得知，未必能逃過此劫。」

喬峯朗聲道：「各位更有甚麼話說？」他眼光從馬夫人看到徐長老，看到白世鏡，看到傳功長老，一個個望將過去。眾人均默然無語。

喬峯等了一會，見無人作聲，說道：「喬某身世來歷，慚愧得緊，我自己未能確知。但既有這許多前輩指證，喬某須當盡力查明真相。這丐幫幫主的職份，自當退位讓賢。」說著伸手到右褲腳外側的一隻長袋之中，抽了一條晶瑩碧綠的竹杖出來，正是丐幫幫主的信物打狗棒，雙手持了，高高舉起，說道：「此棒承汪幫主相授，喬某執掌丐幫，雖無建樹，差幸亦無大過。今日退位，那一位英賢願意肩負此職，請來領受此棒。」

丐幫歷代相傳的規矩，新幫主就任，例須由原來幫主以打狗棒相授，在授棒之前，先傳授打狗棒法。就算舊幫主突然逝世，但繼承之人早已預立，打狗棒法亦已傳授，因此幫主之位向來並無紛爭。喬峯方當英年，預計總要二十年後，方在幫中選擇少年英俠，傳授打狗棒法。這時羣丐見他手持竹杖，氣概軒昂的當眾站立，有誰敢出來承受此棒？

喬峯連問三聲，丐幫中始終無人答話。喬峯說道：「喬峯身世未明，這幫主一職，無論如何是不敢擔任了。徐長老、傳功、執法兩位長老，本幫鎮幫之寶的打狗棒，請你三位連同保管。日後定了幫主，由你三位一同轉授不遲。」

徐長老道：「那也說得是。打狗棒法的事，只好將來再說了。」上前便欲去接竹棒。

宋長老忽然大聲喝道：「且慢！」徐長老愕然停步，道：「宋兄弟有何話說？」宋長老道：「我瞧喬幫主不是契丹人。」徐長老道：「何以見得？」宋長老道：「我瞧他不像。」徐長老道：「怎麼不像？」宋長老道：「契丹人窮兇極惡，殘暴狠毒。喬幫主卻是大仁大義的英雄好漢。適才我們反他，他卻甘願為我們受刀流血，赦了我們背叛的大罪。契丹人那會如此？」

徐長老道：「他自幼受少林高僧與汪幫主養育教誨，已改了契丹人的兇殘習性。」

宋長老道：「既然性子改了，那便不是壞人，再做我們幫主，有甚麼不妥？我瞧本幫之中，再也沒那一個能及得上他英雄了得。別人要當幫主，只怕我姓宋的不服。」

羣丐中與宋長老存一般心思的，實是大有人在。喬峯恩德素在眾心，單憑幾個人的口述和字據，便免去他幫主之位，許多向來忠於他的幫眾便大為不服。宋長老領頭說出了心中之意，羣丐中登時便有數十人呼叫起來：「有人陰謀陷害喬幫主，咱們不能輕信人言。」「幾十年前的舊事，單憑你們幾個人胡說八道，誰知是真是假？」「幫主大位，不能如此輕易更換！」「我一心一意跟隨喬幫主！要硬換幫主便殺了我頭，我也不服。」

奚長老大聲道：「誰願跟隨喬幫主的，隨我站到這邊。」他左手拉著宋長老，右手拉了吳長老，走到了東首。跟著大仁分舵、大信分舵、大義分舵的三個舵主也走到了東首。三分舵的舵主一站過去，他們屬下的幫眾自也紛紛跟隨而往。全冠清、陳長老、傳功長老，以及大禮、大勇兩舵的舵主，卻留在原地不動。這麼一來，丐幫人眾登時分成了兩派，站在東首的約佔五成，留在原地的約為三成，其餘幫眾則心存猶豫，不知聽誰的主意才是。執法長老白世鏡行事向來斬釘截鐵，說一不二，這時卻好生為難，遲疑不決。

全冠清道：「眾位兄弟，喬幫主才略過人，英雄了得，誰不佩服？然而咱們是大宋百姓，豈能聽從一個契丹人的號令？喬峯的本事越大，大夥兒越是危險。」

奚長老叫道：「放屁，放屁，放你娘的狗屁！我瞧你的模樣，倒有九分像是契丹人。」

全冠清大聲道：「大家都是盡忠報國的好漢，難道甘心為異族的奴隸走狗麼？」他這幾句話倒真有效力，走向東首的羣丐之中，有十餘人又回向西首。東首丐眾罵的罵，拉的拉，登生紛擾，霎時間或出拳腳，或動兵刃，數十人便混打起來。眾長老大聲約束，但各人心中均有所偏，吳長老和陳長老戟指對罵，眼看便要動手相鬥。

喬峯喝道：「眾兄弟停手，聽我一言。」他語聲威嚴，羣丐紛爭立止，都轉頭瞧著他。

喬峯朗聲道：「這丐幫幫主，我是決計不當了……」宋長老插口道：「幫主，你切莫灰心……」喬峯搖頭道：「我不是灰心。別的事或有陰謀誣陷，但我恩師汪幫主的筆跡，別人無論如何假造不來。」他提高聲音，說道：「丐幫是江湖上第一大幫，威名赫赫，武林中誰不敬仰？若是自相殘殺，豈不教旁人笑歪了嘴巴？喬某臨去時有一言奉告，倘若有誰以一拳一腳加於本幫兄弟身上，便是本幫莫大的罪人。」

羣丐本來均以義氣為重，聽了他這幾句話，都是暗自慚愧。

忽聽得一個女子的聲音說道：「倘若有誰殺了本幫的兄弟呢？」說話的正是馬夫人。喬峯道：「殺人者抵命，殘害兄弟，舉世痛恨。」馬夫人道：「那就好了。」

喬峯道：「馬副幫主到底是誰所害，是誰偷了我這摺扇，去陷害於喬某，終究會查個水落石出。馬夫人，以喬某的身手，若要到你府上取甚麼物事，諒來不致空手而回，更不會失落甚麼隨身物事。別說府上只不過三兩個女流之輩，便是皇宮內院，相府帥帳，千軍萬馬之中，喬某要取甚麼物事，也未必不能辦到。」

這幾句話說得十分豪邁，羣丐素知他的本事，都覺甚是有理，誰也不以為他是誇口。馬夫人低下頭去，再也不說甚麼。

喬峯抱拳向眾人團團行了一禮，說道：「青山不改，綠水長流，眾位好兄弟，咱們再見了。喬某是漢人也好，是契丹人也好，有生之年，決不傷一條漢人的性命，若違此誓，有如此刀。」說著伸出左手，凌空向單正一抓。

單正只覺手腕一震，手中單刀把揑不定，手指一鬆，單刀竟被喬峯奪了過去。喬峯右手的拇指扳住中指，往刀背上彈去，噹的一聲響，那單刀斷成兩截，刀頭飛開數尺，刀柄仍拿在他手中。他向單正說道：「得罪！」拋下刀柄，揚長去了。

眾人羣相愕然之際，跟著便有人大呼起來：「幫主別走！」「丐幫全仗你主持大局！」「幫主快回來！」

忽聽得呼的一聲響，半空中一根竹棒擲了下來，正是喬峯反手將打狗棒飛送而至。徐長老伸手去接，右手剛拿到竹棒，突覺自手掌以至手臂、自手臂以至全身，如中雷電轟擊般的一震。他急忙放手，那竹棒一擲而至的餘勁不衰，直挺挺的插在地下泥中。

羣丐齊聲驚呼，瞧著這根「見棒如見幫主」的本幫重器，心中都是思慮千萬。

朝陽初升，一縷縷金光從杏子樹枝葉間透進來，照著「打狗棒」，發出碧油油的光澤。

段譽叫道：「大哥，大哥，我隨你去！」發足待要追趕喬峯，但只奔出三步，總覺捨不得就此離開王語嫣，回頭向她望了一眼。這一眼一望，那是再也不能脫身了，心中自然而然的生出萬丈柔絲，拉著他轉身走到王語嫣身前，說道：「王姑娘，你們要到那裏去？」

王語嫣道：「表哥給人家冤枉，說不定他自己還不知道呢，我得去告知他才是。」

段譽心中一酸，滿不是味兒，道：「嗯，你們三位年輕姑娘，路上行走不便，我護送你們去罷。」又加上一句，自行解嘲：「多聞慕容公子的英名，我實在也想見他一見。」

只聽得徐長老朗聲道：「如何為馬副幫主報仇雪恨，咱們自當從長計議。只是本幫不可一日無主，喬……喬峯去後，這幫主一職由那一位來繼任，是急不容緩的大事。乘著大夥都在此間，須得即行議定才是。」

宋長老道：「依我之見，大家去尋喬幫主回來，請他回心轉意，不可辭任……」他話未說完，西首有人叫道：「喬峯是契丹胡虜，如何可做咱們首領？今日大夥兒還顧念舊情，下次見到，便是仇敵，非拚個你死我活不可。」吳長老冷笑道：「你和喬幫主拚個你死我活，配麼？」那人怒道：「我一人自然打他不過，十個怎樣？十個不成，一百人怎樣？丐幫義士忠心報國，難道見敵畏縮麼？」他這幾句話慷慨激昂，西首羣丐中有不少人喝起采來。

采聲未畢，忽聽得西北角上一個人陰惻惻的道：「丐幫與人約在惠山見面，毀約不至，原來都鬼鬼祟祟的躲在這裏，嘿嘿嘿，可笑啊可笑。」這聲音尖銳刺耳，咬字不準，又似大舌頭，又似鼻子塞，聽來極不舒服。

大義分舵蔣舵主和大勇分舵方舵主同聲「啊喲」，說道：「徐長老，咱們誤了約會，對頭尋上門來啦！」

段譽也即記起，日間與喬峯在酒樓初會之時，聽到有人向他稟報，說約定明日一早，與西夏「一品堂」的人物在惠山相會，當時喬峯似覺太過匆促，但還是答應了約會。眼見此刻卯時已過，丐幫中人極大多數未知有此約會，便是知道的，也是潛心於本幫幫內大事，都把這約會抛到了腦後，這時聽到對方譏嘲之言，這才猛地醒覺。

徐長老連問：「是甚麼約會？對頭是誰？」他久不與聞江湖與本幫事務，一切全不知情。執法長老低聲問蔣舵主道：「是喬幫主答應了這約會麼？」蔣舵主道：「是，不過屬下已奉喬幫主之命，派人前赴惠山，要對方將約會押後七日。」

那說話陰聲陰氣之人耳朵也真尖，蔣舵主輕聲所說的這兩句話，他竟也聽見了，說道：「既已定下了約會，那有甚麼押後七日、押後八日的？押後半個時辰也不成。」

白世鏡怒道：「我大宋丐幫是堂堂幫會，豈會懼你西夏胡虜？只是本幫自有要事，沒功夫來跟你們這些跳梁小醜周旋。更改約會，事屬尋常，有甚麼可囉唆的？」

突然間呼的一聲，杏樹後飛出一個人來，直挺挺的摔在地下，一動也不動。這人臉上血肉模糊，喉頭已被割斷，早已氣絕多時，羣丐認得是本幫大義分舵的謝副舵主。

蔣舵主又驚又怒，說道：「謝兄弟便是我派去改期的。」

執法長老道：「徐長老，幫主不在此間，請你暫行幫主之職。」他不願洩露幫中無主的真相，以免示弱於敵。徐長老會意，心想此刻自己若不出頭，無人主持大局，便朗聲說道：「常言道兩國相爭，不斬來使。敝幫派人前來更改會期，何以傷他性命？」

那陰惻惻的聲音道：「這人神態倨傲，言語無禮，見了我家將軍不肯跪拜，怎能容他活命？」羣丐一聽，登時羣情洶湧，許多人便紛紛喝罵。

徐長老直到此時，尚不知對頭是何等樣人，聽白世鏡說是「西夏胡虜」，而那人又說甚麼「我家將軍」，真教他難以摸得著頭腦，便道：「你鬼鬼祟祟的躲著，為何不敢現身？胡言亂語的，瞎吹甚麼大氣？」

那人哈哈大笑，說道：「到底是誰鬼鬼祟祟的躲在杏子林中？」

猛聽得遠處號角嗚嗚吹起，跟著隱隱聽得大羣馬蹄聲自數里外傳來。

徐長老湊嘴到白世鏡耳邊，低聲問道：「那是甚麼人，為了甚麼事？」白世鏡也低聲道：「西夏國有個講武館，叫做甚麼『一品堂』，是該國國王所立，堂中招聘武功高強之士，優禮供養，要他們傳授西夏國軍官的武藝。」徐長老點了點頭，道：「西夏國整軍經武，還不是來打我大宋江山的主意？」白世鏡低聲道：「正是如此。凡是進得『一品堂』之人，都號稱武功天下一品。統率一品堂的是位王爺，官封征東大將軍，叫做甚麼赫連鐵樹。據本幫派在西夏的易大彪兄弟報知，最近那赫連鐵樹帶領館中勇士，出使汴梁，朝見我大宋太后和皇上。其實朝聘是假，真意是窺探虛實。他們知曉本幫是大宋武林中一大支柱，想要一舉將本幫摧毀，先樹聲威。然後再引兵犯界，長驅直進。」徐長老暗暗心驚，低聲道：「這條計策果然毒辣得緊。」

白世鏡道：「這赫連鐵樹離了汴梁，便到洛陽我幫總舵。恰好其時喬幫主率同我等，到江南來為馬副幫主報仇，西夏人撲了個空。這干人一不做，二不休，竟趕到了江南來，終於和喬幫主定下了約會。」

徐長老心下沉吟，低聲道：「他們打的是如意算盤，先是一舉毀我丐幫，說不定再去攻打少林寺，然後再將中原各大門派幫會打個七零八落。」白世鏡道：「話是這麼說，可是這些西夏武士便當真如此了得？有甚麼把握，能這般有恃無恐？喬幫主多少知道一些虛實，只可惜他在這緊急關頭……」說到這裏，自覺不妥，登時住口。

這時馬蹄聲已近，陡然間號角急響三下，八騎馬分成兩行，衝進林來。八匹馬上的乘者都手執長矛，矛頭上縛著一面小旗。矛頭閃閃發光，依稀可看到左首四面小旗上都繡著「西夏」兩個白字，右首四面繡著「赫連」兩個白字，旗上另有西夏文字。跟著又是八騎馬分成兩行，奔馳入林。馬上乘者四人吹號，四人擊鼓。

羣丐都暗皺眉頭：「這陣仗全然是行軍交兵，卻那裏是江湖上英雄好漢的相會？」

在號手鼓手之後，進來八名西夏武士。徐長老見這八人神情，顯是均有上乘武功，心想：「看來這便是一品堂中的人物了。」那八名武士分向左右一站，一乘馬緩緩走進了杏林。馬上乘客身穿大紅錦袍，三十四五歲年紀，鷹鉤鼻、八字鬚。他身後緊跟著一個身形極高、鼻子極大的漢子，一進林便喝道：「西夏國征東大將軍駕到，丐幫幫主上前拜見。」聲音陰陽怪氣，正是先前說話的那人。

徐長老道：「本幫幫主不在此間，由老朽代理幫務。丐幫兄弟是江湖草莽，西夏將軍如以客禮相見，咱們高攀不上，請將軍去拜會我大宋王公官長，不用來見我們要飯的叫化子。若以武林同道身分相見，將軍遠來是客，請下馬敘賓主之禮。」這幾句話不亢不卑，既不得罪對方，亦顧到自己身分。羣丐都想：「果然薑是老的辣，徐長老很是了得。」

那大鼻子道：「貴幫幫主既不在此間，我家將軍是不能跟你敘禮的了。」一斜眼看到打狗棒插在地下，識得是丐幫的要緊物事，說道：「嗯，這根竹棒兒晶瑩碧綠，拿去做個掃帚柄兒，倒也不錯。」一手臂一探，馬鞭揮出，便向那打狗棒捲去。

羣丐齊聲大呼：「滾你的！」「你奶奶的！」「狗韃子！」眼見他馬鞭鞭梢正要捲到打狗棒上，突然間人影一晃，一人斜刺裏飛躍而至，擋在打狗棒之前，伸出手臂，讓馬鞭捲在臂上。他手臂一曲，那大鼻漢子無法再坐穩馬鞍，縱身一躍，站在地下。兩人同時使勁，拍的一聲，馬鞭從中斷為兩截。那人反手抄起打狗棒，一言不發的退了開去。

眾人瞧這人時，見他弓腰曲背，正是幫中的傳功長老。他武功甚高，平素不喜說話，卻在幫中重器遭逢危難之時，挺身維護，剛才這一招，大鼻漢子被拉下馬背，馬鞭又被拉斷，可說是輸了。

這大鼻漢子雖受小挫，絲毫不動聲色，說道：「要飯的叫化子果然氣派甚小，連一根竹棒兒也捨不得給人。」

徐長老道：「西夏國的英雄好漢和敝幫定下約會，為了何事？」

那漢子道：「我家將軍聽說中原丐幫有兩門絕技，一是打貓棒法，一是降蛇十八掌，想要見識見識。」

羣丐一聽，無不勃然大怒，此人故意把打狗棒法說成打貓棒法，將降龍十八掌說成降蛇十八掌，顯是極意侮辱，眼見今日之會，一場判生死、爭存亡的惡鬥已在所難免。

羣丐喝罵聲中，徐長老、傳功長老、執法長老等人心下卻暗暗著急：「這打狗棒法和降龍十八掌，自來只本幫幫主會使，對頭既知這兩項絕技的名頭，仍是有恃無恐的前來挑戰，只怕不易應付。」徐長老道：「你們要見識敝幫的打貓棒法和降蛇十八掌，那一點不難。只要有煨灶貓和癩皮蛇出現，叫化子自有對付之法。閣下是學做貓呢，還是學做蛇？」吳長老哈哈笑道：「對方是龍，我們才降龍。對方是蛇，叫化子捉蛇再拿手不過了。」

大鼻漢子鬥嘴又輸一場，正在尋思說甚麼話。他身後一人粗聲粗氣的道：「打貓也好，降蛇也好，來來來，誰來跟我先打上一架？」說著從人叢中擠了出來，雙手叉腰一站。

羣丐見這人相貌醜陋，神態兇惡，忽聽段譽大聲道：「喂，徒兒，你也來了，見了師父怎麼不磕頭？」原來那醜陋漢子正是南海鱷神岳老三。

他一見段譽，大吃一驚，神色登時尷尬之極，說道：「你……你……」段譽道：「乖徒兒，丐幫幫主是我結義的兄長，這些人是你的師伯師叔，你不得無禮。快快回家去罷！」南海鱷神大吼一聲，只震得四邊杏樹的樹葉瑟瑟亂響，罵道：「王八蛋，狗雜種！」

段譽道：「你罵誰是王八蛋、狗雜種？」南海鱷神兇悍絕倫，但對自己說過的話，無論如何不肯食言，他曾拜段譽為師，倒不抵賴，便道：「我喜歡罵人，你管得著麼？我又不是罵你。」段譽道：「嗯，你見了師父，怎地不磕頭請安？那還成規矩麼？」南海鱷神忍氣上前，跪下去磕了個頭，說道：「師父，你老人家好！」他越想越氣，猛地躍起，發足便奔，口中連聲怒嘯。

眾人聽得那嘯聲便如潮水急退，一陣陣的漸湧漸遠，然而波濤澎湃，聲勢猛惡，單是聽這嘯聲，便知此人武功非同小可，丐幫中大概只有徐長老、傳功長老等二三人才抵敵得住。段譽這麼一個文弱書生居然是他師父，可奇怪之極了。王語嫣、阿朱、阿碧三人知道段譽全無武功，更是詫異萬分。

西夏國眾武士中突有一人縱躍而出，身形長如竹竿，竄縱之勢卻迅捷異常，雙手各執一把奇形兵刃，柄長三尺，尖端是一隻五指鋼抓。段譽識得此人是「天下四惡」中位居第四的「窮凶極惡」雲中鶴，心想：「難道這四個惡人都投靠了西夏？」凝目往西夏國人叢中瞧去，果見「無惡不作」葉二娘懷抱一個小兒笑吟吟的站著，只是沒見到那首惡「惡貫滿盈」段延慶。段譽尋思：「只要延慶太子不在此處，那二惡和四惡，丐幫想能對付得了。」

原來「天下四惡」在大理國鎩羽北去，遇到西夏國一品堂中出來招聘武學高手的使者，四惡不甘寂寞，就都投效。這四人武功何等高強，稍獻身手，立受禮聘。此次東來汴梁，赫連鐵樹帶同四人，頗為倚重。段延慶自高身分，雖然依附一品堂，卻獨往獨來，不受羈束號令，不與眾人同行。

雲中鶴叫道：「我家將軍要瞧瞧丐幫的兩大絕技。到底叫化兒們是確有真實本領，還是胡吹大氣，快出來見個真章罷！」

奚長老道：「我去跟他較量一下。」徐長老道：「好！此人輕功甚是了得，奚兄弟小心了。」奚長老道：「是！」倒拖鋼杖，走到雲中鶴身前丈餘處站定，說道：「本幫絕技，因人而施，對付閣下這等無名小卒，那用得著打狗棒法？看招！」鋼杖一起，呼呼風響，向雲中鶴左肩斜擊下來。奚長老矮胖身材，但手中鋼杖卻長達丈餘，一經舞動，雖是對付雲中鶴這等極高之人，仍能凌空下擊。雲中鶴側身閃避，砰的一聲，泥土四濺，鋼杖擊在地下，杖頭陷入尺許。雲中鶴自知真力遠不如他，當下東一飄，西一晃，展開輕功，與他遊鬥。奚長老的鋼杖舞成一團白影，卻始終沾不上雲中鶴的衣衫。

段譽正瞧得出神，忽聽得耳畔一個嬌柔的聲音說道：「段公子，咱們幫誰的好？」段譽側過頭來，見說話的正是王語嫣，不禁心神盪漾，忙道：「甚麼……甚麼幫誰的好？」王語嫣道：「這瘦長個兒是你徒兒的朋友，這矮胖叫化是你把兄的下屬。他二人越鬥越狠，咱們該當幫誰？」段譽道：「我徒兒是個惡人，這瘦長條子人品更壞，不用幫他。」

王語嫣沉吟道：「嗯！不過丐幫眾人將你把兄趕走，不讓他做幫主，又冤枉我表哥，我討厭他們。」在她少女心懷之中，誰對她表哥不好，誰就是天下最惡之人，接著道：「這矮胖老頭使的是五台山二十四路伏魔杖，他身材太矮，那『秦王鞭石』、『大鵬展翅』兩招使得不好。只要攻他右側下盤，他便抵擋不了。只不過這瘦長子看不出來，以為矮子的下盤必固，其實是然而不然。」

她話聲甚輕，場中精於內功的眾高手卻都已聽到了。這些人大半識得奚長老武功家數，然於他招數中的缺陷所在，卻未必能看得出來，但一經王語嫣指明，登時便覺不錯，奚長老使到「秦王鞭石」與「大鵬展翅」這兩招時，確是威猛有餘，沉穩不足，下盤頗有弱點。

雲中鶴向王語嫣斜睨一眼，讚道：「小妞兒生得好美，更難得是這般有眼光，跟我去做個老婆，也還使得。」他說話之際，手中鋼抓向奚長老下盤疾攻三招。第三招上奚長老擋架不及，嗤的一聲響，大腿上被他鋼抓劃了長長一道口子，登時鮮血淋漓。

王語嫣聽雲中鶴稱讚自己相貌美麗，頗是高興，於他的輕薄言語倒也不以為忤，微笑道：「也不怕醜，你有甚麼好？我才不嫁你呢。」雲中鶴大為得意，說道：「為甚麼不嫁？你另外有了小白臉心上人是不是？我先殺了你的意中人，瞧你嫁不嫁我？」這句話大犯王語嫣之忌，她俏臉一板，不再理他。

雲中鶴還想說幾句話討便宜，丐幫中吳長老縱躍而出，舉起鬼頭刀，左砍四刀，右砍四刀，上削四刀，下削四刀，四四一十六刀，來勢極其兇猛。雲中鶴不識他刀法的路子，東閃西躲，縮頭跳腳，一時十分狼狽。

王語嫣笑道：「吳長老這路四象六合刀法，其中含有八卦生尅變化，那瘦長個兒就不識得了。不知他會不會使『鶴蛇八打』，倘若會使，四象六合刀法可以應手而破。」丐幫眾人聽她又出聲幫助雲中鶴，臉上都現怒色，只見雲中鶴招式一變，長腿遠跨，鋼抓橫掠，宛然便如一隻仙鶴。王語嫣嘴湊到段譽耳邊，低聲道：「這瘦長個兒上了我的當啦，說不定他左手都會被削了下來。」段譽奇道：「是麼？」

只見吳長老刀法凝重，斜砍橫削，似乎不成章法，出手愈來愈慢，突然間快砍三刀，白光閃動。雲中鶴「啊」的一聲叫，左手手背已被刀鋒帶中，左手鋼抓拿揑不定，噹的一聲掉在地下，總算他身法快捷，向後急退，躲開了吳長老跟著進擊的三刀。

吳長老走到王語嫣身前，豎刀一立，說道：「多謝姑娘！」王語嫣笑道：「吳長老好精妙的『奇門三才刀』！」吳長老一驚，心道：「你居然識得我這路刀法。」原來王語嫣故意將吳長老的刀法說成是「四象六合刀」，又從雲中鶴的招數之中，料得他一定會使「鶴蛇八打」，引得他不知不覺的處處受制，果然連左手也險被削掉。

站在赫連鐵樹身邊、說話陰陽怪氣的大鼻漢子名叫努兒海，見王語嫣只幾句話，便相助雲中鶴打傷奚長老，又是幾句話，使吳長老傷了雲中鶴，向赫連鐵樹道：「將軍，這漢人小姑娘甚是古怪，咱們擒回一品堂，令她盡吐所知，大概極有用處。」赫連鐵樹道：「甚好，你去擒了她來。」努兒海搔了搔頭皮，心想：「將軍這個脾氣可不大妙，我每向他獻甚麼計策，他總是說：『甚好，你去辦理。』獻計容易辦事難，看來這小姑娘的武功深不可測，我莫要在人之前出醜露乖。今日反正是要將這輩叫化子一鼓聚殲，不如先下手為強。」左手作個手勢，四名下屬便即轉身走開。

努兒海走上幾步，說道：「徐長老，我們將軍是要看打狗棒法和降龍十八掌，你們有寶獻寶，倘若真是不會，我們可沒功夫奉陪，這便要告辭了。」徐長老冷笑道：「貴國一品堂的高手，胡吹甚麼武功一品，原來只是些平平無奇之輩，要想見識打狗棒法和降龍十八掌，只怕還有些不配。」努兒海道：「要怎地才配見識？」

徐長老道：「須得先將我們這些不中用的叫化子都打敗了，丐幫的頭兒才會出來……」剛說到這裏，突然間大聲咳嗽，跟著雙眼劇痛，睜不開來，淚水不絕湧出。他大吃一驚，一躍而起，閉住呼吸，連踢三腳。努兒海沒料到這人髮皓如雪，說打便打，身手這般快捷，急忙閃避，但只避得了胸口的要害，肩頭卻已被踢中，晃得兩下，借勢後躍。徐長老第二次躍起時，身在半空，便已手足酸麻，重重摔將下來。

丐幫人眾紛紛呼叫：「不好，韃子攪鬼！」「眼睛裏甚麼東西？」「我睜不開眼了。」各人眼睛刺痛，淚水長流。王語嫣、阿朱、阿碧三人同樣的睜不開眼來。

原來西夏人在這頃刻之間，已在杏子林中撒布了「悲酥清風」，那是一種無色無臭的毒氣，係搜集西夏大雪山歡喜谷中的毒物製煉成水，平時盛在瓶中，使用之時，自己人鼻中早就塞了解藥，拔開瓶塞，毒水化汽冒出，便如微風拂體，任你何等機靈之人也都無法察覺，待得眼目刺痛，毒氣已衝入頭腦。中毒後淚下如雨，稱之為「悲」，全身不能動彈，稱之為「酥」，毒氣無色無臭，稱之為「清風」。

但聽得「咕咚」、「啊喲」之聲不絕，羣丐紛紛倒地。

段譽服食過莽牯朱蛤，萬毒不侵，這「悲酥清風」吸入鼻中，他卻既不「悲」，亦不「酥」，但見羣丐、王語嫣和朱碧雙姝都神情狼狽，一時不明其理，心中自也驚恐。

努兒海大聲吆喝，指揮眾武士綑縛羣丐，自己便欺到王語嫣身旁，伸手去拿她手腕。

段譽喝道：「你幹甚麼？」情急之下，右手食指疾伸，一股真氣從指尖激射而出，嗤嗤有聲，正是大理段氏的「六脈神劍」。努兒海不識厲害，毫不理會，仍是去抓王語嫣手腕，突然間喀的一聲響，他右手臂骨莫名奇妙的斷折為二，軟垂垂掛著。努兒海慘叫停步。

段譽俯身抱住王語嫣纖腰，展開「凌波微步」，斜上三步，橫跨兩步，衝出了人堆。

葉二娘右手一揮，一枚毒針向他背心射去。這枚毒針準頭既正，去勢又勁，段譽本來無論如何難以避開，但他的步法忽斜行，忽倒退，待得毒針射到，他身子早在右方三尺之外。西夏武士中三名好手躍下馬背，大呼追到。段譽欺到一人馬旁，先將王語嫣橫著放上馬鞍，隨即飛身上馬，縱馬落荒而逃。

西夏武士早已佔了杏林四周的要津，忽見段譽一騎馬急竄出來，當即放箭，杏林中樹林遮掩，十餘枝狼牙羽箭都釘在杏子樹上。

段譽大叫：「乖馬啊乖馬，跑得越快越好！回頭給你吃鷄吃肉，吃魚吃羊。」至於馬兒不吃葷腥，他那裏還會想起。

十七

今日意

兩人下得馬來，將馬匹繫在一株杏樹上。段譽將瓷瓶拿在手中，躡手躡足的走入林中，放眼四顧，空蕩蕩地竟無一個人影。

兩人共騎，奔跑一陣，放眼盡是桑樹，不多時便已將西夏眾武士拋得影蹤不見。

段譽問道：「王姑娘，你怎麼啦？」王語嫣道：「我中了毒，身上一點力氣也沒了。」段譽聽到「中毒」，嚇了一跳，忙問：「要不要緊？怎生找解藥才好？」王語嫣道：「我不知道啊。你催馬快跑，到了平安的所在再說。」段譽道：「甚麼所在才平安？」王語嫣道：「我也不知道啊。」段譽心道：「我曾答允保護她平安周全，怎地反而要她指點，那成甚麼話？」無法可施之下，只得任由坐騎亂走。

奔馳了一頓飯時分，不聽到追兵聲音，心下漸寬，卻淅淅瀝瀝的下起雨來。段譽過不了一會，便問：「王姑娘，你覺得怎樣？」王語嫣總是答道：「沒事。」段譽有美同行，自是說不出的喜歡，可是又怕她所中的毒性子猛烈，不由得一會兒微笑，一會兒發愁。

雨越下越大，段譽脫下長袍，罩在王語嫣身上，但也只好得片刻，過不多時，兩人身上裏裏外外的都濕透了。段譽又問：「王姑娘，你覺得怎樣？」王語嫣嘆道：「又冷又濕，找個甚麼地方避一避雨啊。」

王語嫣不論說甚麼話，在段譽聽來，都如玉旨綸音一般，她說要找一個地方避一避雨，段譽明知未脫險境，卻也連聲稱是，心下又起獃念：「王姑娘心中念念不忘的，只是她表哥慕容復。我今日與她同遭凶險，盡心竭力的迴護於她，若是為她死了，想她日後一生之中，總會偶爾念及我段譽三分。將來她和慕容復成婚之後，生下兒女，瓜棚豆架之下與子孫們說起往事，或許會提到今日之事。那時她白髮滿頭，說到『段公子』這三個字時，珠淚點點而下……」想得出神，不禁眼眶也自紅了。

王語嫣見他臉有愁苦之意，卻不覓地避雨，問道：「怎麼啦？沒地方避雨麼？」段譽道：「那時候你跟你女兒說道……」王語嫣奇道：「甚麼我女兒？」

段譽吃了一驚，這才醒悟，笑道：「對不起，我在胡思亂想。」遊目四顧，見東北方有一座大碾坊，小溪的溪水推動木輪，正在碾米，便道：「那邊可以避雨。」縱馬來到碾坊。這時大雨刷刷聲響，四下裏水氣濛濛。

他躍下馬來，見王語嫣臉色蒼白，不由得萬分憐惜，又問：「你肚痛麼？發燒麼？頭痛麼？」王語嫣搖搖頭，微笑道：「沒甚麼。」段譽道：「唉，不知西夏人放的是甚麼毒，我拿得到解藥就好了。」王語嫣道：「你瞧這大雨！你先扶我下馬，到了裏面再說不遲。」段譽跌足道：「是，是！你瞧我可有多胡塗。」王語嫣一笑，心道：「你本來就胡塗嘛。」

段譽瞧著她的笑容，不由得神為之奪，險些兒又忘了去推碾坊的門，待得將門推開，轉身回來要扶王語嫣下馬，一雙眼睛始終沒離開她的嬌臉，沒料到碾坊門前有一道溝，左足跨前一步，正好踏在溝中。王語嫣忙叫：「小心！」卻已不及，段譽「啊」的一聲，人已摔了出去，撲在泥濘之中，掙扎著爬了起來，臉上、手上、身上全是爛泥，連聲道：「對不起。對不起。你……你沒事麼？」

王語嫣道：「唉，你自己沒事麼？可摔痛了沒有？」段譽聽到她關懷自己，歡喜得靈魂兒飛上了半天，忙道：「沒有，沒有。就算摔痛了，也不打緊。」伸手去要扶王語嫣下馬，驀地見到自己手掌中全是污泥，急忙縮回，道：「不成！我去洗乾淨了再來扶你。」王語嫣嘆道：「你這人當真婆婆媽媽得緊。我全身都濕了，再多些污泥有甚麼干係？」段譽歉然笑道：「我做事亂七八糟，服侍不好姑娘。」還是在溪水中洗去了手上污泥，這才扶王語嫣下馬，走進碾坊。

兩人跨進門去，只見舂米的石杵提上落下，不斷打著石臼中的米穀，卻不見有人。段譽叫道：「這兒有人麼？」

忽聽得屋角稻草堆中兩人齊叫：「啊喲！」站起兩個人來，一男一女，都是十八九歲的農家青年。兩人衣衫不整，頭髮上沾滿了稻草，臉上紅紅的，臉色十分尷尬忸怩。原來兩人是一對愛侶，那農女在此照料碾米，那小夥子便來跟她親熱，大雨中料得無人到來，當真是肆無忌憚，連段譽和王語嫣在外邊說了半天話也沒聽見。

段譽抱拳道：「吵擾，吵擾！我們只是來躲躲雨。兩位有甚麼貴幹，儘管請便，不用理睬我們。」

王語嫣心道：「這書獃子又來胡說八道了。他二人當著咱們，怎樣親熱？」這兩句話卻不敢說出口來。她乍然見到那一男一女的神態，早就飛紅了臉，不敢多看。

段譽卻全心全意都貫注在王語嫣身上，於這對農家青年全沒在意。他扶著王語嫣坐在凳上，說道：「你身上都濕了，那怎麼辦？」

王語嫣臉上又加了一層暈紅，心念一動，從鬢邊拔下了一枝鑲著兩顆大珠的金釵，向那農女道：「姊姊，我這隻釵子給了你，勞你駕借一套衣衫給我換換。」

那農女雖不知這兩顆珍珠貴重，但黃金卻是識得的，心中不信，道：「我去拿衣裳給你換，這……這金釵兒我勿要。」說著便從身旁的木梯走了上去。

王語嫣道：「姊姊，請你過來。」那農女已走了四五級梯級，重行回下，走到她身前。王語嫣將金釵塞在她手中，說道：「這金釵真的送了給你。你帶我去換換衣服，好不好？」

那農女見王語嫣美貌可愛，本就極願相助，再得一枝金釵，自是大喜，推辭幾次不得，便收下了，當即扶著她到上面的閣樓中去更換衣衫。閣樓上堆滿了稻穀和米篩、竹箕之類的農具。那農女手頭原有幾套舊衣衫正在縫補，那小夥子一來，早就拋在一旁，不再理會，這時正好合王語嫣之用。

那農家青年畏畏縮縮的偷看段譽，兀自手足無措。段譽笑問：「大哥，你貴姓？」那青年道：「我……我貴姓金。」段譽道：「原來是金大哥。」那青年道：「勿是格。我叫金阿二，金阿大是我阿哥。」段譽道：「嗯，是金二哥。」

剛說到這裏，忽聽得馬蹄聲響，十餘騎向著碾坊急奔而來，段譽吃了一驚，跳起身來，叫道：「王姑娘，敵人追來啦！」

王語嫣在那農女相助之下，剛除下上身衣衫，絞乾了濕衣，正在抹拭，馬蹄聲她也聽到了，心下惶急，沒做理會處。

這幾乘馬來得好快，片刻間到了門外，有人叫道：「這匹馬是咱們的，那小子和妞兒躲在這裏。」王語嫣和段譽一在閣樓，一在樓下，同時暗暗叫苦，均想：「先前將馬牽進碾坊來便好了。」但聽得砰的一聲響，有人踢開板門，三四名西夏武士闖了進來。

段譽一心保護王語嫣，飛步上樓，王語嫣不及穿衣，只得將一件濕衣擋在胸前。她中毒後手足酸軟，左手拿著濕衣只提到胸口，便又垂了下來。段譽急忙轉身，驚道：「對不起，冒犯了姑娘，失禮，失禮。」王語嫣急道：「怎麼辦啊？」

只聽得一名武士問金阿二道：「那小妞兒在上面麼？」金阿二道：「你問人家姑娘作啥事體？」那武士砰的一拳，打得他跌出丈餘。金阿二性子甚是倔強，破口大罵。

那農女叫道：「阿二哥，阿二哥，勿要同人家尋相罵。」她關心愛侶，下樓相勸。不料那武士單刀一揮，已將金阿二的腦袋劈成了兩半。那農女一嚇之下，從木梯上骨碌碌的滾了下來。另一名武士一把抱住，獰笑道：「這小妞兒自己送上門來。」嗤的一聲，已撕破了她的衣衫。那農女伸手在他臉上狠狠一抓，登時抓出五條血痕。那武士大怒，使勁一掌，打在她的胸口，只打得她肋骨齊斷，立時斃命。

段譽聽得樓下慘呼之聲，探頭一看，見這對農家青年霎時間死於非命，心下難過，暗道：「都是我不好，累得你們雙雙慘亡。」見那武士搶步上梯，忙將木梯向外一推，木梯虛架在樓板之上，便向外倒去。那武士搶先躍在地下，接住了木梯，又架到樓板上來。段譽又欲去推，另一名武士右手一揚，一枝袖箭向他射來。段譽不會躲避，噗的一聲，袖箭釘入了他左肩。第一名武士趁著他伸手按肩，已架好木梯，一步三級的竄了上來。

王語嫣坐在段譽身後穀堆上，見到這武士出掌擊死農女，以及在木梯縱下竄上的身法，說道：「你用左手食指，點他小腹『下脘穴』。」

段譽在大理學那北冥神功和六脈神劍之時，於人身的各個穴道是記得清清楚楚的，剛聽得王語嫣呼叫，那武士左足已踏上了樓頭，其時那有餘裕多想，一伸食指，便往他小腹「下脘穴」點去。那武士這一竄之際。小腹間門戶洞開，大叫一聲，向後直摜出去，從半空摔了下來，便即斃命。

段譽叫道：「奇怪，奇怪！」只見一名滿腮虬髯的西夏武士舞動大刀護住上身，又登木梯搶了上來，段譽急問：「點他那裏?點他那裏?」王語嫣驚道：「啊喲，不好！」段譽道：「怎麼不好？」王語嫣道：「他刀勢勁急，你若點他胸口『膻中穴』，手指沒碰到穴道，手臂已先給他砍下來了。」

她剛說得這幾句話，那虬髯武士已搶上了樓頭。段譽一心只在保護王語嫣，不及想自己的手臂會不會被砍，右手一伸，運出內勁，伸指往他胸口「膻中穴」點去。那武士舉刀向他手臂砍來，突然間「啊」的一聲大叫，仰面翻跌下去，胸口一個小孔中鮮血激射而出，射得有兩尺來高。王語嫣和段譽都又驚又喜，誰也沒料到這一指之力竟如此厲害。

段譽於頃刻間連斃兩人，其餘的武士便不敢再上樓來，聚在樓下商議。

王語嫣道：「段公子，你將肩頭的袖箭拔了去。」段譽大喜，心想：「她居然也關懷到我肩頭的箭傷。」伸手一拔，將袖箭起了出來。這枝箭深入寸許，已碰到肩骨，這麼用力一拔，原是十分疼痛，但他心喜之下，並不如何在意，說道：「王姑娘，他們又要攻上來了，你想如何對付才是？」一面說，一面轉頭向著王語嫣，驀地見到她衣衫不整，急忙回頭，說道：「啊喲，對不起。」

王語嫣羞得滿臉通紅，偏又無力穿衣，靈機一動，便去鑽在稻穀堆裏，只露出了頭，笑道：「不要緊了，你轉過頭來罷。」

段譽慢慢側身，全神提防，只要見到她衣衫不甚妥貼，露出肌膚，便即轉頭相避，正斜過半邊臉孔，一瞥眼間，只見窗外有一名西夏武士站在馬背之上，探頭探腦的要跳進屋來，忙道：「這邊有敵人。」

王語嫣心想：「不知這人的武功家數如何。」說道：「你用袖箭擲他。」

段譽依言揚手，將手中袖箭擲了出去。他發射暗器全然外行，袖箭擲出時沒半點準頭，離那人的腦袋少說也有兩尺。那武士本來不用理睬，但段譽這一擲之勢手勁極強，一枝小小袖箭飛出時嗚嗚聲響，那武士吃了一驚，矮身相避，在馬鞍上縮成了一團。

王語嫣伸長頭頸，瞧得清楚，說道：「他是西夏人摔角好手，讓他扭住你，你手掌在他天靈蓋上一拍，那便贏了。」

段譽道：「這個容易。」走到窗口，只見那武士從馬鞍上踴身一躍，撞破窗格，衝了過來。段譽叫：「你來幹甚麼？」那武士不懂漢語，瞪眼相視，左手一探，已扭住段譽胸口。這人身手也真快捷，這一扭之後，跟著手臂上挺，將段譽舉在半空。段譽反手一掌，拍的一聲，正中他腦門。那武士本想將段譽舉往樓板上重重一摔，摔他個半死，不料這一掌下來，早將他擊得頭骨碎裂而死。

段譽又殺了一人，不由得心中發毛，越想越害怕，大叫：「我不想再殺人了！要我再殺人，那可下不了手啦，你們快快走罷！」用力一推，將這摔角好手的屍身拋了下去。

追尋到碾坊來的西夏武士共有十五人，此刻尚餘十二人，其中四個是一品堂的好手，兩個是漢人，兩個是西夏人。那四名好手見段譽的武功一會兒似乎高強無比，一會兒又似幼稚可笑，當真說得上「深不可測」，當下不敢輕舉妄動，聚在一起，輕聲商議進攻之策。那八名西夏武士卻另有計較，搬攏碾坊中的稻草，便欲縱火。

王語嫣驚道：「不好了，他們要放火！」段譽頓足道：「那怎麼辦？」眼見碾坊的大水輪被溪水推動，不停的轉將上來，又轉將下去，他心中也如水輪之轉。

只聽得一個漢人叫道：「大將軍有令，那小姑娘須當生擒，不可傷了她的性命，暫緩縱火。」隨又提高聲音叫道：「喂，小雜種和小姑娘，快快下來投降，否則我們可要放火了，將你們活活的燒成兩隻燒豬。」他連叫三遍，段譽和王語嫣只是不睬。那人取過火摺打著了火，點燃一把稻草，舉在手中，說道：「你們再不降服，我便生火了。」說著揚動火種，作勢要投向稻草堆。

段譽見情勢危急，說道：「我去攻他個措手不及。」跨步踏上了水輪。水輪甚巨，徑逾兩丈，比碾坊的屋頂還高。段譽雙手抓住輪上葉子板，隨著輪子轉動，慢慢下降。

那人還在大呼小叫，喝令段譽和王語嫣歸服，不料段譽已悄悄從閣樓上轉了下來，伸指便往他背心點去。他使的是六脈神劍中商陽劍劍法，原應一指得手，那知他向人偷襲，自己先已提心吊膽，氣勢不壯，這真氣內力便發不出來。他內力發得出發不出純須碰巧，這一次便發不出勁。那人只覺得背心上有甚麼東西輕輕觸了一下，回過頭來，只見段譽正在向自己指指點點。

那人親眼見到段譽連殺三人，見他右手亂舞亂揮，又在使甚麼邪術，也是頗為忌憚，急忙向左躍開。段譽又出一指，仍是無聲無息，不知所云。那人喝道：「臭小子，你鬼鬼祟祟的幹甚麼？」左手箕張，向他頂門抓來。段譽身子急縮，雙手亂抓，恰巧攀住水輪，便被輪子帶了上去。那人一抓落空，噗的一聲，木屑紛飛，在水輪葉子板上抓了個大缺口。

王語嫣道：「你只須繞到他背後，攻他背心第七椎節之下的『至陽穴』，他便要糟。這人是晉南虎爪門的弟子，功夫練不到至陽穴。」

段譽在半空中叫道：「那好極了！」攀著水輪，又降到了碾坊大堂。

西夏眾武士不等他雙足著地，便有三人同時出手抓去。段譽右手連搖，道：「在下寡不敵眾，好漢打不過人多，我只要鬥他一人。」說著斜身側進，踏著「凌波微步」的步子，閃得幾閃，已欺到那人身後，喝一聲：「著！」一指點出，嗤嗤聲響，正中他「至陽穴」，那人哼也不哼，撲地即死。

段譽殺了一人，想要再從水輪升到王語嫣身旁，卻已來不及了，一名西夏武士攔住了他退路，舉刀劈來。段譽叫道：「啊喲，糟糕！韃子兵斷我後路。十面埋伏，兵困垓下，大事糟矣！」向左斜跨，那一刀便砍了個空。碾坊中十一人登時將他團團圍住，刀劍齊施。

段譽大叫：「王姑娘，我跟你來生再見了。段譽四面楚歌，自身難保，只好先去黃泉路上等你。」他嘴裏大呼小叫，狼狽萬狀，腳下的「凌波微步」步法卻是巧妙無比。

王語嫣看得出了神，問道：「段公子，你腳下走的可是『凌波微步』麼？我只聞其名，不知其法。」

段譽喜道：「是啊，是啊！姑娘要瞧，我這便從頭至尾演一遍給你看，不過能否演得到底，卻要看我腦袋的造化了。」當下將從卷軸上學來的步法，從第一步起走了起來。

那十一名西夏武士飛拳踢腿，揮刀舞劍，竟沒法沾得上他的一片衣角。十一人哇哇大叫：「喂，你攔住這邊！」「你守東北角，下手不可容情。」「啊喲，不好，小王八蛋從這裏溜出去了。」

段譽前一腳，後一步，在水輪和杵臼旁亂轉。王語嫣雖然聰明博學，卻也瞧不出個所以然來，叫道：「你躲避敵人要緊，不用演給我看。」段譽道：「良機莫失！此刻不演，我一命嗚呼之後，你可見不到了。」

他不顧自己生死，務求從頭至尾，將這套「凌波微步」演給心上人觀看。那知痴情人有痴情之福，他若待見敵人攻來，再以巧妙步法閃避，一來他不懂武功，對方高手出招虛虛實實，變化難測，他有心閃避，定然閃避不了；二來敵人共有十一個之多，躲得了一個，躲不開第二個，躲得了兩個，躲不開第三個。可是他自管自的踏步，對敵人全不理會，變成十一名敵人個個向他追擊。這「凌波微步」每一步都是踏在別人決計意想不到的所在，眼見他左足向東跨出，不料踏實之時，身子卻已在西北角上。十一人越打越快，但十分之九的招數都是遞向自己人身上，其餘十分之一則是落了空。

阿甲、阿乙、阿丙見段譽站在水輪之旁，拳腳刀劍向他招呼，而阿丁、阿戊、阿己的兵刃自也是攻向他所處的方位。段譽身形閃處，突然轉向，乒乒乓乓、叮噹嗆啷，阿甲、阿乙、阿丙、阿丁……各人兵刃交在一起，你擋架我，我擋架你。有幾名西夏武士手腳稍慢，反為自己人所傷。

王語嫣只看得數招，便已知其理，叫道：「段公子，你的腳步甚是巧妙繁複，一時之間我瞧不清楚。最好你踏完一遍，再踏一遍。」段譽道：「行，你吩咐甚麼，我無不依從。」

堪堪那八八六十四卦的方位踏完，他又從頭走了起來。

王語嫣尋思：「段公子性命暫可無礙，卻如何方能脫此困境？我上身不穿衣衫，真羞也羞死了。唯有設法指點段公子，讓他將十一個敵人一一擊斃。」當下不再去看段譽的步法，轉目端詳十一人的武功家數。

忽聽得喀的一聲響，有人將木梯擱到了樓頭，一名西夏武士又要登樓。十一人久戰段譽不下，領頭的西夏人便吩咐下屬，先將王語嫣擒住了再說。

王語嫣吃了一驚，叫道：「啊喲！」

段譽抬起頭來，見到那西夏武士登梯上樓，忙問：「打他那裏？」王語嫣道：「抓『志室穴』最妙！」段譽大步上前，一把抓到他後腰「志室穴」，也不知如何處置才好，隨手一擲，正好將他投入了碾米的石臼之中。一個兩百來斤的石杵被水輪帶動，一直在不停舂擊，一杵一杵的舂入石臼，石臼中的穀早已成極細米粉，但無人照管，石杵仍如常下擊。那西夏武士身入石臼，石杵舂將下來，砰的一聲，打得他腦漿迸裂，血濺米粉。

那西夏高手不住催促，又有三名西夏武士爭先上梯。王語嫣叫道：「一般辦理！」段譽伸手又抓住了一人的「志室穴」，使勁一擲，又將他拋入了石臼。這一次有意拋擲，用勁反不如上次恰到好處，石杵落下時打在那人腰間，慘呼之聲動人之心魄，一時卻不得便死。石杵舂一下，那人慘呼一聲。

段譽一呆，另外兩名西夏武士已從木梯爬了上去。段譽驚道：「使不得，快退下來。」左手手指亂指亂點，他心中惶急，真氣激盪，六脈神劍的威力發了出來，嗤嗤兩劍，戳在兩人的背心。那兩人登時摔下。

餘下七名西夏武士見段譽空手虛點，便能殺人，這等功夫實是聞所未聞。他們不知段譽這門功夫並非從心所欲，真要使時，未必能夠，情急之下誤打誤撞，卻往往見功。七人越想越怕，都已頗有怯意，但說就此退去，卻又心有不甘。

王語嫣居高臨下，對大堂中戰鬥瞧得清清楚楚，見敵方雖只賸下七人，然其中三人武功頗為了得，那西夏人吆喝指揮，隱然是這一批人的首領，叫道：「段公子，你先去殺了那穿黃衣戴皮帽之人，要設法打他後腦『玉枕』和『天柱』兩處穴道。」

段譽道：「謹遵台命。」向那人衝去。

那西夏人暗暗心驚：「玉枕和天柱兩處穴道，正是我罩門所在，這小姑娘怎地知道？」眼見段譽衝到，當即單刀橫砍，不讓他近身。段譽連衝數次，不但無法走到他身後，險些反被他單刀所傷。總算那人聽了王語嫣的呼喝後心有所忌，一意防範自己腦後罩門，否則段譽已大大不妙。段譽叫道：「王姑娘，這人好生厲害，我走不到他背後。」

王語嫣道：「那個穿灰袍的，罩門是在頭頸的『廉泉穴』。那個黃鬍子，我瞧不出他武功家數，你向他胸口戳幾指看。」段譽道：「遵命！」伸指向那人胸口點去。他這幾指手法雖對，勁力全無，但那黃鬍子如何知道？急忙矮身躲了三指，待得段譽第四指點到，他凌空一躍，從空中搏擊而下，掌力凌厲，將段譽全身都罩住了。

段譽只感呼吸急促，頭腦暈眩，大駭之下，閉著眼睛雙手亂點，嗤嗤嗤嗤聲響不絕，少商、商陽、中衝、關衝、少衝、少澤，六脈神劍齊發，那黃鬍子身中六洞，但掌勢不消，拍的一響，一掌擊在段譽肩頭。其時段譽全身真氣激盪，這一掌力道雖猛，在他渾厚的內力抗拒之下，竟傷他不得半分，反將那黃鬍子彈出丈許。

王語嫣卻不知他未曾受傷，驚道：「段公子，你沒事麼？可受了傷？」

段譽睜開眼來，見那黃鬍子仰天躺在地下，胸口小腹的六個小孔之中鮮血直噴，臉上神情猙獰，一對眼睛睜得大大的，惡狠狠的瞧著自己，兀自未曾氣絕。段譽嚇得一顆心怦怦亂跳，叫道：「我不想殺你，是你自己……自己找上我來的。」腳下仍是踏著凌波微步，在大堂中快步疾走，雙手不住的抱拳作揖，向餘下的六人道：「各位英雄好漢，在下段譽和你們往日無怨，近日無仇，請你們網開一面，這就出去罷。我……我……實在是不敢再殺人了。這……這……弄死這許多人，教我如何過意得去？實在是太過殘忍。你們快快退去罷，算是我段譽輸了，求……求你們高抬貴手。」

一轉身間，忽見門邊站著一個西夏武士，也不知是甚麼時候進來的，這人中等身材，服色和其餘西夏武士無異，只是臉色蠟黃，木無表情，就如死人一般。段譽心中一寒：「這是人是鬼？莫非……莫非……給我打死的西夏武士陰魂不散，冤鬼出現？」顫聲道：「你……你是誰？想……想幹甚麼？」

那西夏武士挺身站立，既不答話，也不移動身子，段譽一斜身，反手抓住了身旁一名西夏武士後腰的「志室穴」，向那怪人擲去。那人微一側身，砰的一聲，那西夏武士的腦袋撞在牆上，頭蓋碎裂而死。段譽吁了口氣，道：「你是人，不是鬼。」

這時除了那新來的怪客之外，西夏武士已只賸下了五人，其中一名西夏人和一名漢人是

「一品堂」的好手。餘下三名尋常武士眼看己方人手越鬥越少，均萌退志，一人走向門邊，便去推門。那西夏好手喝道：「幹甚麼？」刷刷刷三刀，向段譽砍去。

段譽眼見青光霍霍，對方的利刀不住的在面前晃動，隨時隨刻都會剁到自己身上，心中怕極，叫道：「你……你這般橫蠻，我可要打你玉枕穴和天柱穴了，只怕你抵敵不住，我勸你還是……還是乘早收兵，大家好來好散的為妙。」那人刀招越來越緊，刀刀不離段譽的要害。若不是段譽腳下也加速移步，每一刀都能要了他性命。

那漢人好手一直退居在後，此刻見段譽苦苦哀求，除了盡力閃避，再無還手餘地，靈機一動，搶到石臼旁，抓起兩把已碾得極細的米粉，向段譽面門擲去。段譽步法巧妙，這兩下自是擲他不中。那大漢兩把擲出，跟著又是兩把，再是兩把，大堂中米粉糠屑，四散飛舞，頃刻間如煙似霧。

段譽大叫：「糟糕，糟糕！我這可瞧不見啦！」王語嫣也知情勢萬分凶險，心想段譽所以能在數名好手間安然無損，全仗了那神妙無方的凌波微步。敵人向他發招攻擊，始終是瞻之在前，忽焉在後，兵刃拳腳的落點和他身子間總是有毫釐之差，現下大堂中米粉糠屑煙霧瀰漫，眾人任意發招，這一盲打亂殺，那便極可能打中在他身上。要是眾武士一上來便不理段譽身在何處，自顧自施展一套武功，早將他砍成十七廿八塊了。

段譽雙目被米粉矇住了，睜不開來，狠命一躍，縱到水輪邊上，攀住水輪葉子板，向上昇高。只聽得「啊、啊」兩聲慘呼，兩名西夏武士已被那西夏好手亂刀誤砍而死。跟著叮噹兩聲，有人喝道：「是我！」另一人道：「小心，是我！」是那西夏好手和漢人好手刀劍相交，拆了兩個回合。接著「啊」的一聲慘叫，最後一名西夏武士不知被誰一腳踢中要害，向外飛出，臨死時的叫喊，令段譽聽著不由得毛骨悚然，全身發抖。他顫聲叫道：「喂喂，你們人數越來越少，何必再打？殺人不過頭點地，我向你們求饒，也就是了。」

那漢人從聲音中辨別方位，右手一揮，一枚鋼鏢向他射來，這一鏢去勢本來甚準，但水輪不停轉動，待得鋼鏢射到，輪子已帶著段譽下降，拍的一響，鋼鏢將他袖子一角釘在水輪葉子板上。段譽吃了一驚，心想：「我不會躲避暗器，敵人一發鋼鏢袖箭，我總是遭殃。」怯意一盛，手便軟了，五指抓不住水輪葉子板，騰的一聲，摔了下來。

那漢人好手從迷霧中隱約看到，撲上來便抓。段譽記得王語嫣說過要點他「廉泉穴」，但一來在慌亂之中，二來雖識得穴道，平時卻無習練，手忙腳亂的伸指去點他「廉泉穴」，部位全然不準，既偏左，又偏下，竟然點中他的「氣戶穴」。「氣戶穴」乃是笑穴，那人真氣逆了，忍不住哈哈大笑。他一劍又一劍的向段譽刺去，口中卻嘻嘻、哈哈、嘿嘿、呵呵的大笑不已。

那西夏好手問道：「容兄，你笑甚麼？」那漢人無法答話，只不斷大笑。那西夏人不明就裏，怒道：「大敵當前，你弄甚麼玄虛？」那漢人道：「哈哈，我……這個……哈哈，呵呵……」挺劍朝段譽背心刺去。段譽向左斜走，那西夏好手迷霧中瞧不清楚，正好也向這邊撞來，兩人一下子便撞了個滿懷。

這西夏人一撞到段譽身子，左手疾翻，已使擒拿手扭住了段譽右臂。他眼見對方之所長全在腳法，這一扭正是取勝的良機，右手拋去單刀，迴過來又抓住了段譽的左腕。段譽大叫：「苦也，苦也！」用力掙扎。但那西夏人兩手便如鐵箍相似，卻那裏掙扎得脫？

那漢人瞧出便宜，挺劍便向段譽背心疾刺而下。那西夏人暗想：「不妙！他這一劍刺入數寸，正好取了敵人性命。但如他不顧義氣，要獨居其功，說不定刺入尺許，便連我也刺死了。」當即拖著段譽，退了一步。

那漢人笑聲不絕，搶上一步，欲待伸劍再刺，突然砰的一聲，水輪葉子擊在他的後腦，將他打得暈了過去。那漢人雖然昏暈，呼吸未絕，仍哈哈的笑個不停，但有氣無力，笑聲十分詭異。水輪緩緩轉去，第二片葉子砰的一下，又在他胸口撞了一下，他笑聲輕了幾分，撞到七八下時，「哈哈、哈哈」之聲，已如是夢中打鼾一般。

王語嫣見段譽被擒，無法脫身，心中焦急之極，又想大門旁尚有一名神色可怖的西夏武士站著，只要他隨手一刀一劍，段譽立時斃命。她驚惶之下，大聲叫道：「你們別傷段公子生命，大家……大家慢慢商量。」

那西夏人牢牢扭住段譽，橫過右臂，奮力壓向他胸口，想壓斷他肋骨，又或逼得他難以呼吸，窒息而死。段譽心中害怕之極。他被扭住的是左腕和右臂，吸人內力的「北冥神功」使用不上，只得左手拚命伸指亂點，每一指都點到了空處，只感胸口壓力越來越重，漸漸的喘不過氣來。

正危急間，忽聽得嗤嗤數聲，那西夏好手「啊」的一聲輕呼，說道：「好本事，你終於點中了我的……我的玉枕……」雙手漸漸放鬆，腦袋垂了下來，倚著牆壁而死。

段譽大奇，扳過他身子一看，果見他後腦「玉枕穴」上有一小孔，鮮血汩汩流出，這傷痕正是自己六脈神劍所創。他一時想不明白，不知自己在緊急關頭中功力凝聚，一指點出，真氣衝上牆壁，反彈過來，擊中了那西夏好手的後腦。段譽一共點了數十指，從牆壁上一一反彈在對方背後各處。但那西夏人功力既高，而真氣的反彈之力又已大為減弱，損傷不到他分毫，可是最後一股真氣恰好反彈到他的「玉枕穴」上。那「玉枕穴」是他的罩門所在，最是柔嫩，真氣雖弱，一撞之下還是立時送命。

段譽又驚又喜，放下那西夏人的屍身，叫道：「王姑娘，王姑娘，敵人都打死了！」

忽聽得身後一個冷冰冰的聲音說道：「未必都死了！」段譽一驚回頭，見是那個神色木然的西夏武士，心想：「我倒將你忘了。你武功不高，我一抓你志室穴，便能殺你。」笑道：「老兄快快去罷，我決計不能再殺你。」那人道：「你有殺我的本領麼？」語氣十分傲慢。段譽實不願再多殺傷，抱拳道：「在下不是閣下對手，請你手下容情，饒過我罷。」

那西夏武士道：「你這幾句話說得嬉皮笑臉，絕無求饒的誠意。段家一陽指和六脈神劍名馳天下，再得這位姑娘指點要訣，果然非同小可。在下領教你的高招。」這幾句話每個字都是平平吐出，既無輕重高低，亦無抑揚頓挫，聽來十分的不慣，想來他是外國人，雖識漢語，遣詞用句倒是不錯，聲調就顯得十分的別扭了。

段譽天性不喜武功，今日殺了這許多人，實為情勢所迫，無可奈何，說到打架動手，當真是可免則免，當即一揖到地，誠誠懇懇的道：「閣下責備甚是，在下求饒之意不敬不誠，這裏謝過。在下從未學過武功，適才傷人，盡屬僥倖，但得苟全性命，已是心滿意足，如何還敢逞強爭勝？」

那西夏武士嘿嘿冷笑，說道：「你從未學過武功，卻在舉手之間，盡殲西夏一品堂中的四位高手，又殺武士一十一人。倘若學了武功，武林之中，還有噍類麼？」

段譽自東至西的掃視一過，但見碾房中橫七豎八的都是屍首，一個個身上染滿了血污，不由得難過之極，掩面道：「怎……怎地我殺了這許多人？我……我實在不想殺人，那怎麼辦？怎麼辦？」那人冷笑數聲，斜目睨視，瞧他這幾句話是否出於本心。段譽垂淚道：「這些人都有父母妻兒，不久之前個個還如生龍活虎一般，卻都給我害死了，我……我……如何對得起他們？」說到這裏，不禁搥胸大慟，淚如雨下，嗚嗚咽咽的道：「他們未必真的想要殺我，只不過奉命差遣，前來拿人而已。我跟他們素不相識，焉可遽下毒手？」他心地本來仁善，自幼唸經學佛，便螻蟻也不敢輕害，豈知今日竟闖下這等大禍來。

那西夏武士冷笑道：「你假惺惺的貓哭老鼠，就想免罪麼？」

段譽收淚道：「不錯，人也殺了，罪也犯下了，哭泣又有何益？我得好好將這些屍首埋葬了才是。」

王語嫣心想：「這十多具屍首一一埋葬，不知要花費多少時候。」叫道：「段公子，只怕再有大批敵人到來，咱們及早遠離的為是。」段譽道：「是，是！」轉身便要上梯。

那西夏武士道：「你還沒殺我，怎地便走？」段譽搖頭道：「我不能殺你。再說，我也不是你的對手。」那人道：「咱們沒打過，你怎知不是我對手？王姑娘將『凌波微步』傳了給你，嘿嘿，果然與眾不同。」段譽本想說「凌波微步」並非王語嫣所授，但又想這種事何必和外人多言，只道：「是啊，我本來不會甚麼武功，全蒙王姑娘出言指點，方脫大難。」那人道：「很好，我等在這裏，你去請她指點殺我的法門。」段譽道：「我不要殺你。」

那人道：「你不要殺我，我便殺你。」說著拾起地下一柄單刀，突然之間，大堂中白光閃動，丈餘圈子之內，全是刀影。段譽還沒來得及跨步，便已給刀背在肩頭重重敲了一下，「啊」的一聲，腳步踉蹌。他腳步一亂，那西夏武士立時乘勢直上，單刀的刃鋒已架在他後頸。段譽嚇出了一身冷汗，只有呆立不動。

那人道：「你快去請教你師父，瞧她用甚麼法子來殺我。」說著收回單刀，右腿微彈，砰的一下，將段譽踢出一個觔斗。

王語嫣叫道：「段公子，快上來。」段譽道：「是！」攀梯而上，回頭一看，只見那人收刀而坐，臉上仍是一股殭屍般的木然神情，顯然渾不將他當作一回事，決計不會乘他上梯時在背後偷襲。段譽上得閣樓，低聲道：「王姑娘，我打他不過，咱們快想法子逃走。」

王語嫣道：「他守在下面，咱們逃不了的。請你拿這件衫子過來。」段譽道：「是！」伸手取過那農家女留下的一件舊衣。王語嫣道：「閉上眼睛，走過來。好！停住。給我披在身上，不許睜眼。」段譽一一照做。他原是志誠君子，對王語嫣又是天神一般崇敬，自是絲毫不敢違拗，只是想到她衣不蔽體，一顆心不免怦怦而跳。

王語嫣待他給自己披好衣衫，說道：「行了。扶我起來。」段譽沒聽到她可以睜眼的號令，仍緊緊閉著雙眼，聽她說「扶我起來」，便伸出右手，不料一下子便碰到她的臉頰，只覺手掌中柔膩滑嫩，不禁嚇了一跳，急忙縮手，連聲道：「對不起，對不起。」

王語嫣當要他替自己披上衣衫之時，早已羞得雙頰通紅，這時見他閉了眼睛，伸掌在自己臉上亂摸，更加害羞，道：「喂，我叫你扶我起來啊！」段譽道：「是！是！」眼睛既緊緊閉住，一雙手就不知摸向那裏好，生怕碰到她身子，那便罪孽深重，不由得手足無措，十分狼狽。王語嫣也是心神激盪，隔了良久，才想到要他睜眼，嗔道：「你怎麼不睜眼？」

那西夏武士在下面嘿嘿冷笑，說道：「我叫你去學了武功來殺我，卻不是教你二人打情罵俏，動手動腳。」

段譽睜開眼來，但見王語嫣玉頰如火，嬌羞不勝，早是痴了，怔怔的凝視著她，西夏武士那幾句話全沒聽見。王語嫣道：「你扶我起來，坐在這裏。」段譽忙道：「是，是！」誠惶誠恐的扶著她身子，讓她坐在一張板凳上。

王語嫣雙手顫抖，勉力拉著身上衣衫，低頭凝思，過了半晌，說道：「他不露自己的武功家數，我……我不知道如何才能打敗他。」段譽道：「他很厲害，是不是？」王語嫣道：「適才他跟你動手，一共使了一十七種不同派別的武功。」段譽奇道：「甚麼？只這麼一會兒，便使了一十七種不同的武功？」

王語嫣道：「是啊！他剛才使單刀圈住你，東砍那一刀，是少林寺的降魔刀法；西劈那一刀，是廣西黎山洞黎老漢的柴刀十八路；迴轉而削的那一刀，又變作了江南史家的『迴風拂柳刀』。此後連使一十一刀，共是一十一種派別的刀法。後來反轉刀背，在你肩頭擊上一記，這是寧波天童寺心觀老和尚所創的『慈悲刀』，只制敵而不殺人。他用刀架在你頸中，那是本朝金刀楊老令公上陣擒敵的招數，是『後山三絕招』之一，本是長柄大砍刀的招數，他改而用於單刀。最後飛腳踢你一個觔斗，那是西夏回人的彈腿。」她一招一招道來，當真如數家珍，盡皆說明其源流派別，段譽聽著卻是一竅不通，瞠目以對，無置喙之餘地。

王語嫣側頭想了良久，道：「你打他不過的，認了輸罷。」

段譽道：「我早就認輸了。」提高聲音說道：「喂，我是無論如何打你不過的，你肯不肯就此罷休？」

那西夏武士冷笑道：「要饒你性命，那也不難，只須依我一件事。」段譽忙道：「甚麼事？」那人道：「自今而後，你一見到我面，便須爬在地下，向我磕三個響頭，高叫一聲：『大老爺饒了小的狗命！』」

段譽一聽，氣往上衝，說道：「士可殺而不可辱，要我向你磕頭哀求，再也休想，你要殺，現下就殺便是。」那人道：「你當真不怕死？」段譽道：「怕死自然是怕的，可是每次見到你便跪下磕頭，那還成甚麼話？」那人冷笑道：「見到我便跪下磕頭，也不見得如何委屈了你。要是我一朝做了中原皇帝，你見了我是否要跪下磕頭？」

王語嫣聽他說「要是我一朝做了中原皇帝」，心中一凜：「怎麼他也說這等話？」

段譽道：「見了皇帝磕頭，那又是另一回事。這是行禮，可不是求饒。」

那西夏武士道：「如此說來，我這個條款你是不答允的了？」段譽搖頭道：「對不起之至，歉難從命，萬乞老兄海涵一二。」那人道：「好，你下來罷，我一刀殺了你。」段譽向王語嫣瞧了一眼，心下難過，說道：「你既一定要殺我，那也無法可想，不過我也有一件事相求。」那人道：「甚麼事？」段譽道：「這位姑娘身中奇毒，肢體乏力，不能行走，請你行個方便，將她送回太湖曼陀山莊她的家裏。」

那人哈哈一笑，道：「我為甚麼要行這個方便？西夏征東大將軍頒下將令，是誰擒到這位博學多才的姑娘，賞賜黃金千兩，官封萬戶侯。」段譽道：「這樣罷，我寫下一封書信，你將這位姑娘送回她家中之後，便可持此書信，到大理國去取黃金五千兩，萬戶侯也照封不誤。」那人哈哈大笑，道：「你當我是三歲小孩子？你是甚麼東西？憑你這小子一封書信，便能給我黃金五千兩，官封萬戶侯？」

段譽心想此事原也難以令人入信，一時無法可施，雙手連搓，說道：「這……這……怎麼辦？我一死不足惜，若讓小姐流落此處，身入匪人之手，我可是萬死莫贖了。」

王語嫣聽他說得真誠，不由得也有些感動，大聲向那西夏人道：「喂，你若對我無禮，我表哥來給我報仇，定要攪得你西夏國天翻地覆，鷄犬不安。」那人道：「你表哥是誰？」王語嫣道：「我表哥是中原武林中大名鼎鼎的慕容公子，『姑蘇慕容』的名頭，想來你也聽到過。『以彼之道，還施彼身』，你對我不客氣，他會加十倍的對你不客氣。」

那人冷笑道：「慕容公子倘若見到你跟這小白臉如此親熱，怎麼還肯為你報仇？」

王語嫣滿臉通紅，說道：「你別瞎說，我跟這位段公子半點也沒……沒有甚麼……」心想這種事不能多說，轉過話頭，問道：「喂，軍爺，你尊姓大名啊？敢不敢說與我知曉。」

那西夏武士道：「有甚麼不敢？本官行不改姓，坐不改名，西夏李延宗便是。」

王語嫣道：「嗯，你姓李，那是西夏的國姓。」

那人道：「豈但是國姓而已？精忠報國，吞遼滅宋，西除吐蕃，南併大理。」

段譽道：「閣下志向倒是不小。李將軍，我跟你說，你精通各派絕藝，要練成武功天下第一，恐怕不是難事，但要混壹天下，並非武功天下第一便能辦到。」

李延宗哼了一聲，並不答話。

王語嫣道：「就說要武功天下第一，你也未必能夠。」李延宗道：「何以見得？」王語嫣道：「當今之世，單是以我所見，便有二人的武功遠遠在你之上。」李延宗踏上一步，仰起了頭，問道：「是那二人？」王語嫣道：「第一位是丐幫的前任幫主喬峯喬幫主。」李延宗哼了一聲，道：「名氣雖大，未必名副其實。第二個呢？」王語嫣道：「第二位便是我表哥，江南慕容復慕容公子。」

李延宗搖了搖頭，道：「也未必見得。你將喬峯之名排在慕容復之前，是為公為私？」王語嫣問道：「甚麼為公為私？」李延宗道：「若是為公，因你以為喬峯的武功確在慕容復之上；若是為私，則因慕容復與你有親戚之誼，你讓外人排名在先。」王語嫣道：「為公為私，都是一樣。我自然盼望我表哥勝過喬幫主，但眼前可還不能。」李延宗道：「眼前雖還不能，那喬峯所精者只是一家之藝，你表哥卻博知天下武學，將來技藝日進，便能武功天下第一了。」

王語嫣嘆了口氣，說道：「那還是不成。到得將來，武功天下第一的，多半便是這位段公子了。」

李延宗仰天打個哈哈，說道：「你倒會說笑。這書獃子不過得你指點，學會了一門『凌波微步』，難道靠著抱頭鼠竄、龜縮逃生的本領，便能得到武功天下第一的稱號麼？」

王語嫣本想說：「他這『凌波微步』的功夫非我所授。他內力雄渾，根基厚實，無人可及。」但轉念一想：「這人似乎心胸狹窄，我若照實說來，只怕他非殺了段公子不可。我且激他一激。」便道：「他若肯聽我指點，習練武功，那麼三年之後，要勝過喬幫主或許仍然不能，要勝過閣下，卻是易如反掌。」

李延宗道：「很好，我信得過姑娘之言。與其留下個他日的禍胎，不如今日一刀殺了。段公子，你下來罷，我要殺你了。」

段譽忙道：「我不下來。你……你也不可上來。」

王語嫣沒想到弄巧成拙，此人竟不受激，只得冷笑道：「原來你是害怕，怕他三年之後勝過了你。」

李延宗道：「你使激將之計，要我饒他性命，嘿嘿，我李延宗是何等樣人，豈能輕易上當？要我饒他性命不難，我早有話在先，只須每次見到我磕頭求饒，我決不殺他。」

王語嫣向段譽瞧瞧，心想磕頭求饒這種事，他是決計不肯做的。為今之計，只有死中求生，低聲問道：「段公子，你手指中的劍氣，有時靈驗，有時不靈，那是甚麼緣故？」段譽道：「我不知道。」王語嫣道：「你最好奮力一試，用劍氣刺他右腕，先奪下他的長劍，然後緊緊抱住了他，使出『六陽融雪功』來，消除他的功力。」段譽奇道：「甚麼『六陽融雪功』？」王語嫣道：「那日在曼陀山莊，你制服嚴媽媽救我之時，不是使過這門你大理段氏的神功麼？」段譽這才省悟。那日王語嫣誤以為他的「北冥神功」是武林中眾所不齒的「化功大法」，段譽一時不及解說，隨口說道這是他大理段氏家傳之學，叫作「六陽融雪功」。

他信口胡謅，早已忘了，王語嫣卻於天下各門各派的武功無一不牢牢記在心中，何況這等了不起的奇功？

段譽點了點頭，心想除此之外，確也更無別法，但這法門實在毫無把握，總之是凶多吉少，於是整理了一下衣衫，說道：「王姑娘，在下無能，不克護送姑娘回府，實深慚愧。他日姑娘榮歸寶府，與令表兄成親大喜，勿忘了在曼陀山莊在下手植的那幾株茶花之旁，澆上幾杯酒漿，算是在下喝了你的喜酒。」

王語嫣聽到他說自己將來可與表哥成親，自是歡喜，但見他這般的出去讓人宰割，心下也是不忍，淒然道：「段公子，你的救命大恩，我有生之日，決不敢忘。」

段譽心想：「與其將來眼睜睜瞧著你和慕容公子成親，我妒忌發狂，內心煎熬，難以活命，還不如今日為你而死，落得個心安理得。」當下回頭向她微微一笑，一步步從梯級走了下去。

王語嫣瞧著他的背影，心想：「這人好生奇怪，在這當口，居然還笑得出？」

段譽走到樓下，向李延宗瞪了一眼，說道：「李將軍，你既非殺我不可，就動手罷！」說著一步踏出，跨的正是「凌波微步」。

李延宗單刀舞動，刷刷刷三刀砍去，使的又是另外三種不同派別的刀法。王語嫣也不以為奇，心想兵刃之中，以刀法派別家數最多，倘若真是博學之士，便連使七八十招，也不致將那一門那一派的刀法重複使到第二招。段譽這「凌波微步」一踏出，端的變幻精奇。李延宗要以刀勢將他圈住，好幾次明明已將他圍住，不知怎的，他竟又如鬼魅似的跨出圈外。王語嫣見段譽這一次居然能夠支持，心下多了幾分指望，只盼他奇兵突出，險中取勝。

段譽暗運功力，要將真氣從右手五指中迸射出去，但每次總是及臂而止，莫名其妙的縮了回去。總算他的「凌波微步」已走得熟極而流，李延宗出刀再快，也始終砍不到他身上。

李延宗曾眼見他以希奇古怪的指力連斃西夏高手，此刻見他又在指指劃劃，裝神弄鬼，自然不知他是內力使不出來，還道這是行使邪術之前的施法，心想他諸般法門做齊，符咒唸畢，這殺人於無形的邪術便要使出來了，心中不禁發毛，尋思：「這人除了腳法奇異之外，武功平庸之極，但邪術厲害，須當在他使出邪術之前殺了才好。但刀子總是砍他不中，那便如何？」一轉念間，已有計較，突然回手一掌，擊在水輪之上，將木葉子拍下了一大片，左手一抄，提在手中，便向段譽腳上擲去。段譽行走如風，這片木板自擲他不中。但李延宗拳打掌劈，將碾坊中各種傢生器皿、竹籮米袋打碎了抓起，一件件都投到段譽腳邊。

碾坊中本已橫七豎八的躺滿了十餘具死屍，再加上這許多破爛傢生，段譽那裏還有落足之地？他那「凌波微步」全仗進退飄逸，有如風行水面，自然無礙，此刻每一步跨去，總是有物阻腳，不是絆上一絆，便是踏上死屍的頭顱身子，這「飄行自在，有如御風」的要訣，那裏還做得到？他知道只要慢得一慢，立時便送了性命，索性不瞧地下，只是按照所練熟的腳法行走，至於一腳高、一腳低，腳底下發出甚麼怪聲，足趾頭踢到甚麼怪物，那是全然不顧的了。

王語嫣也瞧出不對，叫道：「段公子，你快奔出大門，自行逃命去罷，在這地方跟他相鬥，立時有性命之憂。」

段譽叫道：「姓段的除非給人殺了，那是無法可想，只教有一口氣在，自當保護姑娘周全。」

李延宗冷笑道：「你這人武功膿包，倒是個多情種子，對王姑娘這般情深愛重。」段譽搖頭道：「非也非也。王姑娘是神仙般的人物，我段譽一介凡夫俗子，豈敢說甚麼情，談甚麼愛？她瞧得我起，肯隨我一起出來去尋她表哥，我便須報答她這番知遇之恩。」李延宗道：「嗯，她跟你出來，是去尋她的表哥慕容公子，那麼她心中壓根兒便沒你這號人物。你如此痴心妄想，那不是癩蝦蟆想吃天鵝肉嗎？哈哈，哈哈！笑死人了！」

段譽並不動怒，一本正經的道：「你說我是癩蛤蟆，王姑娘是天鵝，這比喻很是得當。不過我這頭癩蛤蟆與眾不同，只求向天鵝看上幾眼，心願已足，別無他想。」

李延宗聽他說「我這頭癩蛤蟆與眾不同」，實是忍俊不禁，縱聲大笑，奇在儘管他笑聲響亮，臉上肌肉仍是僵硬如恆，絕無半分笑意。段譽曾見過延慶太子這等連說話也不動嘴唇之人，李延宗狀貌雖怪，他也不覺如何詫異，說道：「說到臉上木無表情，你和延慶太子可還差得太遠，跟他做徒弟也還不配。」李延宗道：「延慶太子是誰？」段譽道：「他是大理國高手，你的武功頗不及他。」其實他於旁人武功高低，根本無法分辨，心想反正不久便要死在你手下，不妨多說幾句不中聽的言語，叫你生生氣，也是好的。

李延宗哼了一聲，道：「我武功多高多低，你這小子還摸得出底麼？」他口中說話，手裏單刀縱橫翻飛，更加使得緊了。

王語嫣眼見段譽身形歪斜，腳步忽高忽低，情勢甚是狼狽，叫道：「段公子，你快到門外去，要纏住他，在門外也是一樣。」段譽道：「你身子不會動彈，孤身留在此處，我總不放心。這裏死屍很多，你一個女孩兒家，一定害怕，我還是在這裏陪你的好。」王語嫣歎了口氣，心想：「你這人真獃得可以，連我怕不怕死屍都顧到了，卻不顧自己轉眼之間便要喪命。」

其實段譽腳下東踢西絆，好幾次敵人的刀鋒從頭頂身畔掠過，相去只毫髮之間。他嚇得索索發抖，不住轉念：「他這麼一刀砍來，砍去我半邊腦袋，那可不是玩的。大丈夫能屈能伸，為了王姑娘，我就跪下磕頭，哀求饒命罷。」心中雖如此想，終究說不出口。

李延宗冷笑道：「我瞧你是怕得不得了，只想逃之夭夭。」段譽道：「生死大事，有誰不怕？一死之後，可甚麼都完了，我逃是想逃的，卻又不能逃。」李延宗道：「為甚麼？」段譽道：「多說無益。我從一數到十，你再殺我不了，可不能再跟我糾纏不清了。你殺不了我，我也殺不了你，大家牛皮糖，捉迷藏，讓王姑娘在旁瞧著，可有多氣悶膩煩。」

他也不等李延宗是否同意，張口便數：「一、二、三……」李延宗道：「你發甚麼獃？」段譽數道：「四、五、六……」李延宗笑道：「天下居然有你這等無聊之人，委實是辱沒了這個『武』字。」呼呼呼三刀連劈。段譽腳步加快，口中也數得更加快了：「七、八、九、十、十一、十二、十三……好啦，我數到了十三，你尚自殺我不了，居然還不認輸，我看你肚子早就餓了，口也乾了，去無錫城裏松鶴樓喝上幾杯，吃些山珍海味，何等逍遙快活？」眼見對方不肯罷手，便想誘之以酒食。

李延宗心想：「我生平不知會過多少大敵，絕無一人和他相似。這人說精不精，說傻不傻，武功說高不高，說低不低，實是生平罕見。跟他胡纏下去，不知伊於胡底？只怕略一疏神，中了他邪術，反將性命送於此處。須得另出奇謀。」他知段譽對王語嫣十分關心，突然抬頭向著閣樓，喝道：「很好，很好，你們快一刀將這姑娘殺了，下來助我。」

段譽大吃一驚，只道真有敵人上了閣樓，要加害王語嫣，急忙抬頭，便這麼腳下略略一慢，李延宗一腿橫掃，將他踢倒，左足踏住他胸膛，鋼刀架在他頸中。段譽伸指欲點，李延宗右手微微加勁，刀刃陷入他頸中肉裏數分，喝道：「你動一動，我立刻切下你的腦袋。」

這時段譽已看清楚閣樓上並無敵人，心中登時寬了，笑道：「原來你騙人，王姑娘並沒危險。」跟著又嘆道：「可惜，可惜。」李延宗問道：「可惜甚麼？」段譽道：「你武功了得，本來可算一條英雄好漢，我段譽死在你手中，也還值得。那知你不能用武功勝我，便行奸使詐，學那卑鄙小人的行徑，段譽豈非死得冤枉？」

李延宗道：「我向來不受人激，你死得冤枉，心中不服，到閻羅王面前去告狀罷！」

王語嫣叫道：「李將軍，且慢。」李延宗道：「甚麼？」王語嫣道：「你若殺了他，除非也將我即刻殺死，否則總有一日我會殺了你給段公子報仇。」李延宗一怔，道：「你不是說要你表哥來找我麼？」王語嫣道：「我表哥的武功未必在你之上，我卻有殺你的把握。」李延宗冷笑道：「何以見得？」王語嫣道：「你武學所知雖博，但還及不上我的一半。我初時見你刀法繁多，倒也佩服，但看到五十招後，覺得也不過如此，說你一句『黔驢技窮』，似乎刻薄，但總而言之，你所知遠不如我。」

李延宗道：「我所使刀法，迄今未有一招出於同一門派，你如何知道我所知遠不如你？

焉知我不是尚有許多武功未曾顯露？」

王語嫣道：「適才你使了青海玉樹派那一招『大漠飛沙』之後，段公子快步而過，你若使太乙派的『羽衣刀』第十七招，再使靈飛派的『清風徐來』，早就將段公子打倒在地了，何必華而不實的去用山西郝家刀法？又何必行奸使詐、騙得他因關心我而分神，這才取勝？我瞧你於道家名門的刀法，全然不知。」李延宗順口道：「道家名門的刀法？」王語嫣道：「正是。我猜你以為道家只擅長劍法，殊不知道家名門的刀法剛中帶柔，另有一功。」李延宗冷笑道：「你說得當真自負。如此說來，你對這姓段的委實是一往情深。」

王語嫣臉上一紅，道：「甚麼一往情深？我對他壓根兒便談不上甚麼『情』字。只是他既為我而死，我自當決意為他報仇。」

李延宗問道：「你說這話決不懊悔？」王語嫣道：「自然決不懊悔。」

李延宗嘿嘿冷笑，從懷中摸出一個瓷瓶，抛在段譽身上，刷的一聲響，還刀入鞘，身形一晃，已到了門外。但聽得一聲馬嘶，接著蹄聲得得，竟爾騎著馬越奔越遠，就此去了。

段譽站起身來，摸了摸頸中的刀痕，兀自隱隱生痛，當真如在夢中。王語嫣也是大出意料之外。兩人一在樓上，一在樓下，你望望我，我望望你，又是喜歡，又是詫異。

過了良久，段譽才道：「他去了。」王語嫣也道：「他去了。」段譽笑道：「妙極，妙極！他居然不殺我。王姑娘，你武學上的造詣遠勝於他，他是怕了你。」王語嫣道：「那也未必，他殺你之後，只須又一刀將我殺了，豈非乾乾淨淨？」段譽搔頭道：「這話也對。不過……不過……嗯，他見到你神仙一般的人物，怎敢殺你？」

王語嫣臉上一紅，心想：「你這書獃子當我是神仙，這種心狠手辣的西夏武人，卻那會將我放在心上？」只是這句話不便出口。

段譽見她忽有嬌羞之意，卻也不知原由，說道：「我拚著性命不要，定要護你周全，不料你固安然無恙，而我一條小命居然也還活了下來，可算便宜之至。」

他向前走得一步，噹的一聲，一個小瓷瓶掉在地下，正是李延宗投在他身上的，拾起一看，見瓶上寫著八個篆字：「悲酥清風，嗅之即解」。段譽沉吟道：「甚麼『悲酥清風』？嗯，多半是解藥。」拔開瓶塞，一股奇臭難當的氣息直衝入鼻。他頭眩欲暈，晃了一晃，急忙蓋上瓶塞，叫道：「上當，上當，臭之極矣！尤甚於身入鮑魚之肆！」

王語嫣道：「請你拿來給我聞聞，說不定以毒攻毒，當能奏效。」段譽道：「是！」拿著瓷瓶走到她身前，說道：「這東西奇臭難聞，你真的要試試？」王語嫣點了點頭。段譽手持瓶塞，卻不拔開。

霎時之間，心中轉過了無數念頭：「倘若這解藥當真管用，解了她所中之毒，她就不用靠我相助了。她本事勝我百倍，何必要我跟在身畔？就算她不拒我跟隨，她去找意中人慕容復，難道我站在一旁，眼睜睜的瞧著他們親熱纏綿？聽著他們談情說愛？難道我段譽真有如此修為，能夠心平氣和，不動聲色？能夠臉無不悅之容，口無不平之言？」

王語嫣見他怔怔不語，笑道：「你在想甚麼了？拿來給我聞啊，我不怕臭的。」段譽忙道：「是，是！」拔開瓶塞，送到她鼻邊。王語嫣用力嗅了一下，驚道：「啊喲，當真臭得緊。」段譽道：「是嗎？我原說多半不管用。」便想將瓷瓶收入懷中，王語嫣道：「給我再聞一下試試。」段譽又將瓷瓶拿到她鼻邊，自己也不知到底盼望解藥有靈還是無靈。

王語嫣皺起眉頭，伸手掩住鼻孔，笑道：「我寧可手足不會動彈，也不聞這臭東西……啊！我的手，我的手會動了！」原來她在不知不覺之間，右手竟已舉了起來，掩住了鼻孔，在此以前，便要按住身上披著的衣衫，也是十分費力，十分艱難。

她欣喜之下，從段譽手中接過瓷瓶，用力吸氣，既知這臭氣極具靈效，那就不再害怕，再吸得幾下，肢體間軟洋洋的無力之感漸漸消失，向段譽道：「請你下去，我要換衣。」

段譽忙道：「是，是！」快步下樓，瞧著滿地都是屍體，除了那一對農家青年之外，盡數是死在自己手下，心下萬分抱憾，只見一名西夏武士兀自睜大了眼睛瞧著他，當真是死不瞑目。他深深一揖，說道：「我若不殺老兄，老兄便殺了我。那時候躺在這裏的，就不是老兄而是段譽了。在下無可奈何，但心中實在歉仄之至，將來回到大理，定當延請高僧，誦唸經文，超度各位仁兄。」他轉頭向那對農家青年男女的屍體瞧了一眼，回頭又向西夏武士的眾屍說道：「你們要殺的是我，要捉的是王姑娘，卻又何必多傷無辜？」

王語嫣換罷衣衫，拿了濕衣，走下梯來，兀自有些手酸腳軟，見段譽對著一干死屍喃喃不休，笑問：「你說些甚麼？」段譽道：「我只覺殺死了這許多人，心下良深歉仄。」

王語嫣沉吟道：「段公子，你想那姓李的西夏武士，為甚麼要送解藥給我？」

段譽道：「這個……這個……我就不知道了……啊……我知道啦。他……他……」他連說幾個「他」字，本想接著道：「他定是對你起了愛慕之心。」但覺這樣粗魯野蠻的一個西夏武士，居然對王語嫣也起愛慕之心，豈不唐突佳人？她美麗絕倫，愛美之心，盡人皆然，如果人人都愛慕她，我段譽對她這般傾倒又有甚麼珍貴？我段譽還不是和普天下的男子一模一樣？唉！甘心為她而死，那有甚麼了不起？何況我根本就沒為她而死，想到此處，又道：「我……我不知道。」

王語嫣道：「說不定又會有大批西夏武士到來，咱們須得急速離開才好。你說到那裏去呢？」她心中所想的自然是去找表哥，但就這麼直截了當的說出來，又覺不好意思。

段譽對她的心事自是知道得清清楚楚，說道：「你要到那裏去呢？」問這句話時心中大感酸楚，只待她說出「我要去找表哥」，他只有硬著頭皮說：「我陪你同去。」

王語嫣玩弄著手中的瓷瓶，臉上一陣紅暈，道：「這個……這個……」隔了一會，道：「丐幫的眾位英雄好漢都中了這甚麼『悲酥清風』之毒，倘若我表哥在這裏，便能將解藥拿去給他們嗅上幾嗅。再說，阿朱、阿碧只怕也已失陷於敵手……」

段譽跳起身來，大聲道：「正是！阿朱、阿碧兩位姑娘有難，咱們須當即速前去，設法相救。」

王語嫣心想：「這件事甚是危險，憑我們二人的本事，怎能從西夏武士手中救人？但阿朱、阿碧二人是表哥的心腹使婢，我明知她們失陷於敵，如何可以不救？一切只有見機行事了。」便道：「甚好，咱們去罷。」

段譽指著滿地屍首，說道：「總得將他們妥為安葬才是，須當查知各人的姓名，在每人墳上立塊墓碑，日後他們家人要來找尋屍骨，遷回故土，也好有個依憑。」

王語嫣格的一笑，說道：「好罷，你留在這裏給他們料理喪事。大殮、出殯、發訃、開弔、讀祭文、做輓聯、作法事、放燄口，好像還有甚麼頭七、二七甚麼的，等七七四十九日之後，你再一一去通知他們家屬，前來遷葬。」

段譽聽出了她話中的譏嘲之意，自己想想也覺不對，陪笑道：「依姑娘之見，該當怎樣才是？」王語嫣道：「一把火燒得乾乾淨淨，豈不是好？」段譽道：「這個，嗯，好像太簡慢些了罷？」沉吟半晌，實在也別無善策，只得去覓來火種，點燃了碾坊中的稻草。兩人來到碾坊之外，霎時間烈燄騰空，火舌亂吐。

段譽恭恭敬敬的跪拜叩首，說道：「色身無常，不可長保。各位仁兄今日命喪我手，當是前生業報，只盼魂歸極樂，永脫輪迴之苦。莫怪，莫怪。」嚕哩嚕唆的說了一大片話，這才站起身來。

碾坊外樹上繫著十來匹馬，正是那批西夏武士騎來的，段譽與王語嫣各騎一匹，沿著大路而行。隱隱聽得鑼聲鏜鏜，人聲喧譁，四鄰農民趕著救火來了。

段譽道：「好好一座碾坊因我而焚，我心中好生過意不去。」王語嫣道：「你這人婆婆媽媽，那有這許多說的？我母親雖是女流之輩，但行事爽快明決，說幹便幹，你是個男子漢大丈夫，卻偏有這許多顧慮規矩。」段譽心想：「你母親動輒殺人，將人肉做花肥，我如何能與她比？」說道：「我第一次殺了這許多人，又放火燒人房子，不免有些心驚肉跳。」王語嫣點頭道：「嗯！那也說得是，日後做慣了，也就不在乎啦。」段譽一驚，連連搖手，說道：「萬萬不可，萬萬不可。」之為甚，其可再乎？殺人放火之事，再也不幹了。」

王語嫣和他並騎而行，轉過頭來瞧著他，很感詫異，道：「江湖之上，殺人放火之事那一日沒有？段公子，你以後洗手不幹，不再浪跡江湖了麼？」段譽道：「我伯父和爹爹要教我武功，我說甚麼也不肯學，不料事到臨頭，終於還是逼了上來，唉，我不知怎樣才好？」王語嫣微微一笑，道：「你的志向是要讀書做官，將來做學士、宰相，是不是？」段譽道：「那也不是，做官也沒甚麼味道。」王語嫣道：「那麼你想做甚麼？難道你，你和我表哥一樣，整天便想著要做皇帝？」段譽奇道：「慕容公子想做皇帝？」

王語嫣臉上一紅，無意中吐露了表哥的秘密。自經碾坊中這一役，她和段譽死裏逃生，共歷患難，只覺他性子平易近人，在他面前甚麼話都可以說，但慕容復一心一意要規復燕國舊邦的大志，究竟不能洩漏，說道：「這話我隨口說了，你可千萬別對第二人說，更不能在我表哥面前提起，否則他可要怪死我啦。」

段譽心中一陣難過，心想：「瞧你急成這副樣子，你表哥要怪責，讓他怪責去好了。」口中卻只得答應：「是了，我才不去多管你表哥的閒事呢。他做皇帝也好，做叫化也好，我全管不著。」

王語嫣臉上又是一紅，聽他語氣中有不悅之意，柔聲道：「段公子，你生氣了麼？」

段譽自和她相識以來，見她心中所想、口中所言，全是表哥慕容公子，這番第一次如此軟語溫存的對自己款款而言，不由得心花怒放，一歡喜，險些兒從鞍上掉了下來，忙坐穩身子，笑道：「沒有，沒有。我生甚麼氣？王姑娘，這一生一世，我是永遠永遠不會對你生氣的。」

王語嫣的一番情意盡數繫在表哥身上，段譽雖不顧性命的救她，她也只感激他的恩德，欽佩他的俠義心腸，這時聽他說「這一生一世，我是永遠永遠不會對你生氣的」，這句話說得誠摯已極，直如賭咒發誓，這才陡地醒覺：「他……他……他是在向我表白情意麼？」不禁羞得滿臉通紅，慢慢低下了頭去，輕輕的道：「你不生氣，那就好了。」

段譽心下高興，一時不知說些甚麼話好，過了一會，說道：「我甚麼也不想，只盼永如眼前一般，那就心滿意足，別無他求了。」所謂「永如眼前一般」，就是和她並騎而行。

王語嫣不喜歡他再說下去，俏臉微微一沉，正色道：「段公子，今日相救的大德，我永不敢忘。但我心……我心早屬他人，盼你言語有禮，以留他日相見的地步。」

這幾句話，便如一記沉重之極的悶棍，只打得段譽眼前金星飛舞，幾欲暈去。

她這幾句話說得再也明白不過：「我的心早屬慕容公子，自今而後，你任何表露愛慕的言語都不可出口，否則我不能再跟你相見。你別自以為有恩於我，便能痴心妄想。」這幾句話並不過份，段譽也非不知她的心意，只是由她親口說來，聽在耳中，那滋味可當真難受。他偷眼形相王語嫣的臉色，但見她寶相莊嚴，當真和大理石洞中的玉像一模一樣，不由得隱隱有一陣大禍臨頭之感，心道：「段譽啊段譽，你既遇到了這位姑娘，而她又是早已心屬他人，你這一生注定是要受盡煎熬、苦不堪言的了。」

兩人默默無言的並騎而行，誰也不再開口。

王語嫣心道：「他多半是在生氣了，生了很大的氣。不過我還是假裝不知的好。這一次我如向他道歉，以後他便會老是跟我說些不三不四的言語，倘若傳入了表哥耳中，表哥定會不高興的。」段譽心道：「我若再說一句吐露心事之言，豈非輕薄無聊，對她不敬？從今而後，段譽寧死也不再說半句這些話了。」王語嫣心想：「他一句話也不說，只是縱馬而行，想必知道到甚麼地方去相救阿朱、阿碧。」段譽也這般想：「她一句話也不說，只是縱馬而行，想必知道到甚麼地方去相救阿朱、阿碧。」

行了約莫一頓飯時分，來到了岔路口，兩人不約而同的問道：「向左，還是向右？」交換了一個疑問的眼色之後，同時又問：「你不識得路？唉，我以為你是知道的。」這兩句話一出口，兩人均覺十分有趣，齊聲大笑，適才間的陰霾一掃而空。

可是兩人於江湖上的事情一竅不通，商量良久，也想不出該到何處去救人才是。最後段譽道：「他們擒獲了丐幫大批人眾，不論是殺了還是關將起來，總有些蹤跡可尋，咱們還是回到那杏子林去瞧瞧再說。」王語嫣道：「回杏子林去？倘若那些西夏武士仍在那邊，咱們豈不是自投羅網？」段譽道：「我想適才落了這麼一場大雨，他們定然走了。這樣罷，你在林外等我，我悄悄去張上一張，要是敵人果真還在，咱們轉身便逃就是。」

當下兩人說定，由段譽施展「凌波微步」，奔到朱碧雙姝面前，將那瓶臭藥給她二人聞上一陣，解毒之後，再設法相救。

兩人認明了道路，縱馬快奔，不多時已到了杏子林外。兩人下得馬來，將馬匹繫在一株杏樹上。段譽將瓷瓶拿在手中，躡手躡足的走入林中。

林中滿地泥濘，草叢上都是水珠。段譽放眼四顧，空蕩蕩地竟無一個人影，叫道：「王姑娘，這裏沒人。」王語嫣走進林來，說道：「他們果然走了。咱們到無錫城裏去探探消息罷。」段譽道：「很好。」想起又可和她並騎同行，多走一段路，心下大是歡喜，臉上不自禁的露出笑容。

王語嫣奇道：「是我說錯了麼？」段譽忙道：「沒有。咱們這就到無錫城裏去。」王語嫣道：「那你為甚麼好笑？」段譽轉開了頭，不敢向她正視，微笑道：「我有時會傻裏傻氣的瞎笑，你不用理會。」王語嫣想想好笑，咯的一聲，也笑了出來。這麼一來，段譽更忍不住哈哈大笑。

十八 胡漢恩仇 須傾英雄淚

玄慈突然道：「阿彌陀佛，罪過罪過！」這八字一出口，三僧忽地飛身而起，轉到了佛像身後，從三個不同方位齊向喬峯出掌拍來。

兩人按轡徐行，走向無錫。行出數里，忽見道旁松樹上懸著一具屍體，瞧服色是西夏武士。再行出數丈，山坡旁又躺著兩具西夏武士的死屍，傷口血漬未乾，死去未久。段譽道：「這些西夏人遇上了對頭，王姑娘，你想是誰殺的？」王語嫣道：「這人武功極高，舉手殺人，不費吹灰之力，真是了不起。咦，那邊是誰來了？」

只見大道上兩乘馬並轡而來，馬上人一穿紅衫，一穿綠衫，正是朱碧雙姝。段譽大喜，叫道：「阿朱姑娘，阿碧姑娘，你們脫險啦！好啊，妙極！妙之極矣！」

四人縱馬聚在一起，都是不勝之喜。阿朱道：「王姑娘，段公子，你們怎麼又回來啦？我和阿碧妹子正要來尋你們呢。」段譽道：「我們也正在尋你們。」說著向王語嫣瞧了一眼，覺得能與她合稱「我們」，實是深有榮焉。王語嫣問道：「你們怎樣逃脫的？聞了那個臭瓶沒有？」阿朱笑道：「真是臭得要命，姑娘，你也聞過了？也是喬幫主救你的？」王語嫣道：「不是。是段公子救了我的。你們是得喬幫主相救？」

段譽聽到她親口說「是段公子救了我的」這句話，全身輕飄飄的如入雲端，跟著腦中一陣暈眩，幾乎便要從馬背上摔將下來。

阿朱道：「是啊，我和阿碧中了毒，迷迷糊糊的動彈不得，和丐幫眾人一起，都給那些西夏蠻子上了綁，放在馬背上。行了一會，天下大雨，一干人都分散了，分頭覓地避雨。幾個西夏武士帶著我和阿碧躲在那邊的一座涼亭裏，直到大雨止歇，這才出來。便在那時，後面有人騎了馬趕將上來，正是喬幫主。他見咱二人給西夏人綁住了，很是詫異，還沒出口詢問，我和阿碧便叫：『喬幫主，救我！』那些西夏武士一聽到『喬幫主』三字，便紛紛抽出兵刃向他殺去。結果有的掛在松樹上，有的滾在山坡下，有的翻到了小河中。」

王語嫣笑道：「那還是剛才的事，是不是？」

阿朱道：「是啊。我說：『喬幫主，咱姊妹中了毒，勞你的駕，在西夏蠻子身上找找解藥。』喬幫主在一名西夏武士屍身上搜出了一隻小小瓷瓶，是香是臭，那也不用多說。」

王語嫣問道：「喬幫主呢？」阿朱道：「他聽說丐幫人都中毒遭擒，說要救他們去，急匆匆的去了。他又問起段公子，十分關懷。」段譽嘆道：「我這位把兄當真義氣深重。」阿朱道：「丐幫的人不識好歹，將好好一位幫主趕了出來，現下自作自受，正是活該。依我說呢，喬幫主壓根兒不用去相救，讓他們多吃些苦頭，瞧他們還趕不趕人了？」段譽道：「我這把兄香火情重，他寧可別人負他，自己卻不肯負人。」

阿碧道：「王姑娘，咱們現下去那裏？」王語嫣道：「我和段公子本來商量著要來救你們兩個。現下四個人都平平安安，真是再好不過。丐幫的事跟咱們毫不相干，依我說，咱們去少林寺尋你家公子去罷。」朱碧雙姝最關懷的也正是慕容公子，聽她這麼一說，一齊拍手叫好。段譽心下酸溜溜地，悠悠的道：「你們這位公子，我委實仰慕得緊，定要見見。左右無事，便隨你們去少林寺走一遭。」

當下四人調過馬頭，轉向北行。王語嫣和朱碧雙姝有說有笑，將碾坊中如何遇險、段譽如何迎敵、西夏武士李延宗如何釋命贈藥等情細細說了，只聽得阿朱、阿碧驚詫不已。

三個少女說到有趣之處，格格輕笑，時時回過頭來瞧瞧段譽，用衣袖掩住了嘴，卻又不敢放肆嬉笑。段譽知道她們在談論自己的蠢事，但想自己雖然醜態百出，終於還是保護王語嫣周全，不由得又是羞慚，又有些驕傲；見這三個少女相互間親密之極，把自己全然當作了外人，此刻已是如此，待得見到慕容公子，自己自然更無容身之地，慕容復多半還會像包不同那樣，毫不客氣的將自己趕開，想來深覺索然無味。

行出數里，穿過了一大片桑林，忽聽得林畔有兩個少年人的號哭之聲。四人縱馬上前，見是兩個十四五歲的小沙彌，僧袍上血漬斑斑，其中一人還傷了額頭。阿碧柔聲問道：「小師父，是誰欺侮你們麼？怎地受了傷？」

那個額頭沒傷的沙彌哭道：「寺裏來了許許多多番邦惡人，殺了我們師父，又將咱二人趕了出來。」四人聽到「番邦惡人」四字，相互瞧了一眼，均想：「是那些西夏人？」阿朱問道：「你們的寺院在那裏？是些甚麼番邦惡人？」那小沙彌道：「我們是天寧寺的，便在那邊……」說著手指東北，又道：「那些番人捉了一百多個叫化子，到寺裏來躲雨，要酒要肉，又要殺雞殺牛。師父說罪過，不讓他們在寺裏殺牛，他們將師父和寺裏十多位師兄都殺了，嗚嗚，嗚嗚。」阿朱問道：「他們走了沒有？」那小沙彌指著桑林後嬝嬝升起的炊煙，道：「他們正在煮牛肉，真是罪過，菩薩保祐，把這些番人打入阿鼻地獄。」阿朱道：「你們快走遠些，若給那些番人捉到，別讓他們將你兩個宰來吃了。」兩個小沙彌一驚，踉踉蹌蹌的走了。

段譽不悅道：「他二人走投無路，阿朱姊姊何必再出言恐嚇？」阿朱笑道：「這不是恐嚇啊，我說的是真話。」阿碧道：「丐幫眾人既都囚在那天寧寺中，喬幫主趕向無錫城中，可撲了個空。」

阿朱忽然異想天開，說道：「王姑娘，我想假扮喬幫主，混進寺中，將那個臭瓶丟給眾叫化聞聞。他們脫險之後，必定好生感激喬幫主。」王語嫣微笑道：「喬幫主身材高大，是個魁梧奇偉的漢子，你怎扮得他像？」阿朱笑道：「越是艱難，越顯得阿朱的手段。」王語嫣笑道：「你扮得像喬幫主，卻冒充不了他的絕世神功。天寧寺中盡是西夏一品堂的高手人物，你如何能來去自如？依我說呢，扮作一個火工道人，或是一個鄉下的賣菜婆婆，那還容易混進去些。」阿朱道：「要我扮鄉下婆婆，沒甚麼好玩，那我就不去了。」

王語嫣向段譽望望，欲言又止。段譽問道：「姑娘想說甚麼？」王語嫣道：「我本來想請你扮一個人，和阿朱一塊兒去天寧寺，但想想又覺不妥。」段譽道：「要我扮甚麼人？」王語嫣道：「丐幫的英雄們疑心病好重，冤枉我表哥和喬幫主暗中勾結，害死了他們的馬副幫主，倘若……倘若……我表哥和喬幫主去解了他們的困厄，他們就不會瞎起疑心了。」段譽心中酸溜溜地，說道：「你要我扮你表哥？」王語嫣粉臉一紅，說道：「天寧寺中敵人太強，你二人這般前去，甚是危險，那還是不去的好。」

段譽心想：「你要我幹甚麼，我便幹甚麼，粉身碎骨，在所不辭。」突然又想：「我扮作了她的表哥，說不定她對我的神態便不同些，便享得片刻溫柔，也是好的。」想到此處，不由得精神大振，說道：「那有甚麼危險？逃之夭夭，正是我段譽的拿手好戲。」

王語嫣道：「我原說不妥呢，我表哥殺敵易如反掌，從來沒逃之夭夭的時候。」段譽一聽，一股涼氣登時從頂門上直撲下來，心想：「你表哥是大英雄，大豪傑，我原不配扮他。冒充了他而在人前出醜，豈不污辱了他的聲名。」阿碧見他悶悶不樂，便安慰道：「敵眾我寡，暫且退讓，勿要緊的。咱們只不過想去救人，又不是甚麼比武揚名。」

阿朱一雙妙目向著段譽上上下下打量，看了好一會，點頭道：「段公子，要喬裝我家公子，實在頗為不易。好在丐幫諸人本來不識我家公子，他的聲音笑貌到底如何，只須得個大意也就是了。」段譽道：「你本事大，假扮喬幫主最合適，否則喬幫主是丐幫人眾朝夕見面之人，稍有破綻，立時便露出馬腳。」阿朱微笑道：「喬幫主是位偉丈夫，我要扮他反而容易。我家公子跟你身材差不多，年紀也大不了太多，大家都是公子哥兒、讀書相公，要你捨卻段公子的本來面目，變成一位慕容公子，那實在甚難。」

段譽嘆道：「慕容公子是人中龍鳳，別人豈能邯鄲學步？我想倒還是扮得不大像的好，否則待會兒逃之夭夭起來，豈非有損慕容公子的清名令譽？」

王語嫣臉上一紅，低聲道：「段公子，我說錯了話，你還在惱我麼？」段譽忙道：「沒有，沒有，我怎敢惱你？」

王語嫣嫣然一笑，道：「阿朱姊姊，你們卻到那裏改裝去？」阿朱道：「須得到個小市鎮上，方能買到應用的物事。」

當下四個人撥過馬頭，轉而向西。行出七八里，到了一鎮，叫做馬郎橋。那市鎮甚小，並無客店，阿朱想出主意，僱了一艘船停在河中，然後去買了衣物，在船中改裝。江南遍地都是小河，船隻之多，不下於北方的牲口。

她先替段譽換了衣衫打扮，讓他右手持摺扇，穿一青色長袍，左手手指上戴個戒指，阿朱道：「我家公子戴的是漢玉戒指，這裏卻那裏買去？用隻青田石的充充，也就行了。」段譽只是苦笑，心道：「慕容復是珍貴的玉器，我是卑賤的石頭，在這三個少女心目之中，我們二人的身價亦復如此。」阿朱在他臉上塗些麵粉，加高鼻子，又使他面頰較為豐腴，再提筆改畫眉毛、眼眶，化裝已畢，笑問王語嫣：「姑娘，你說還有甚麼地方不像？」

王語嫣不答，只是痴痴的瞧著他，目光中脈脈含情，顯然是心搖神馳，芳心如醉。段譽和她這般如痴如醉的目光一觸，心中不禁一蕩，隨即想起：「她這時瞧的可是慕容復，並不是我段譽。」又想：「那慕容復又不知是如何英俊，如何勝我百倍，可惜我瞧不見自己。」心中一會兒歡喜，一會兒著惱。

兩人你瞧瞧我、我瞧瞧你，各自思湧如潮，不知阿朱、阿碧早到後艙自行改裝去了。過了良久，忽聽得一個男子的聲音粗聲道：「啊，你在這兒，找得我做哥哥的好苦。」段譽一驚，抬起頭來，見說話的正是喬峯，不禁大喜，說道：「大哥，是你，那好極了。咱們正想改扮了你去救人，現下你親自到來，阿朱姊姊也不用喬裝改扮了。」

喬峯道：「丐幫眾人將我逐出幫外，他們是死是活，喬某也不放在心上。好兄弟，來來來，咱哥倆上岸去鬥酒，喝他二十大碗。」段譽忙道：「大哥，丐幫羣豪都是你舊日的好兄弟，你還是去救他們一救罷。」喬峯怒道：「你書獃子知道甚麼？來，跟我喝酒去！」說著一把抓住了段譽手腕。段譽無奈，只得道：「好，我先陪你喝酒，喝完了酒再去救人！」

喬峯突然間格格嬌笑，聲音清脆宛轉，一個魁梧的大漢發出這種小女兒的笑聲，實是駭人。段譽一怔之下，立時明白，笑道：「阿朱姊姊，你易容改裝之術當真神乎其技，難得連說話聲音也學得這麼像。」

阿朱改作了喬峯的聲音，說道：「好兄弟，咱們去罷，你帶好了那個臭瓶子。」向王語嫣和阿碧道：「兩位姑娘在此等候好音便了。」說著攜著段譽之手，大踏步上岸。不知她在手上塗了甚麼東西，一隻柔膩粉嫩的小手，伸出來時居然也是黑黝黝地，雖不及喬峯手掌粗大，但旁人一時之間卻也難以分辨。

王語嫣眼望著段譽的後影，心中只想：「如果他真是表哥，那就好了。表哥，這時候你也在想念我麼？」

阿朱和段譽乘馬來到離天寧寺五里之外，生怕給寺中西夏武士聽到蹄聲，將坐騎繫在一家農家的牛棚中，步行而前。

阿朱道：「慕容兄弟，到得寺中，我便大言炎炎，吹牛恐嚇，你乘機用臭瓶子給丐幫眾人解毒。」她說這幾句話時粗聲粗氣，已儼然是喬峯的口吻。段譽笑著答應。

兩人大踏步走到天寧寺外，只見寺門口站著十多名西夏武士，手執長刀，貌相兇狠。阿朱和段譽一見之下，心中打鼓，都不由得惶恐。阿朱低聲道：「段公子，待會你得拉著我，急速逃走，否則他們要是找我比武，那可難以對付了。」段譽道：「是了。」但這兩字說來聲音顫抖，心下實在也是極為害怕。

兩人正在細聲商量、探頭探腦之際，寺門口一名西夏武士已見到了，大聲喝道：「兀那兩個蠻子，鬼鬼祟祟的不是好人，做奸細麼？」呼喝聲中，四名武士奔將過來。

阿朱無可奈何，只得挺起胸膛，大踏步上前，粗聲說道：「快報與你家將軍知道，說道丐幫喬峯、江南慕容復，前來拜會西夏赫連大將軍。」

那為首的武士一聽之下，大吃一驚，忙抱拳躬身，說道：「原來是丐幫喬幫主光降，多有失禮，小人立即稟報。」當即快步轉身入內，餘人恭恭敬敬的垂手侍立。

過不多時，只聽得號角之聲響起，寺門大開，西夏一品堂堂主赫連鐵樹率領努兒海等一眾高手，迎了出來。葉二娘、南海鱷神、雲中鶴三人也在其內。段譽心中怦怦亂跳，低下了頭，不敢直視。

赫連鐵樹道：「久仰『姑蘇慕容』的大名，有道是『以彼之道，還施彼身』，今日得見高賢，榮幸啊榮幸。」說著向段譽抱拳行禮。他想西夏「一品堂」已與丐幫翻臉成仇，對喬峯就不必假客氣。

段譽急忙還禮，說道：「赫連大將軍威名及於海隅，在下早就企盼得見西夏一品堂的眾位英雄豪傑，今日來得魯莽，還望海涵。」說這些文謅謅的客套言語，原是他的拿手好戲，自是毫沒破綻。

赫連鐵樹道：「常聽武林中言道：『北喬峯，南慕容』，說到中原英傑，首推兩位，今日同時駕臨，幸如何之？請，請。」側身相讓，請二人入殿。

阿朱和段譽硬著頭皮，和赫連鐵樹並肩而行。段譽心想：「聽這西夏將軍的言語神態，似乎他對慕容公子的敬重，尚在對我喬大哥之上，難道那慕容復的武功人品，當真比喬大哥猶勝一籌？我看，不見得啊，不見得。」

忽聽得一人怪聲怪氣的說道：「不見得啊，不見得。」段譽吃了一驚，側頭瞧那說話之人，正是南海鱷神。他瞇著一雙如豆小眼，斜斜打量段譽，只是搖頭。段譽心中大跳，暗道：「糟糕，糟糕！可給他認出了。」只聽南海鱷神說道：「瞧你骨頭沒三兩重，有甚麼用？喂，我來問你。人家說你會『以彼之道，還施彼身』，我岳老二可不相信。」段譽當即寬心：「原來他並沒認出我。」只聽南海鱷神又道：「我也不用你出手，我只問你，你知道我岳老二有甚麼拿手本事？你用甚麼他媽的功夫來對付我，才算是他媽的『以老子之道，還施老子之身』？」說著雙手叉腰，神態倨傲。

赫連鐵樹本想出聲制止，但轉念一想，慕容復名頭大極，是否名副其實，不妨便由這瘋瘋顛顛的南海鱷神來考他一考，當下並不插口。

說話之間，各人已進了大殿，赫連鐵樹請段譽上座，段譽卻以首位相讓阿朱。

南海鱷神大聲道：「喂，慕容小子，你且說說看，我最拿手的功夫是甚麼。」段譽微微一笑，心道：「旁人問我，我還真的答不上來。你來問我，那可巧了。」當下打開摺扇，輕輕搖了幾下，說道：「南海鱷神岳老三，你本來最拿手的本領，是喀喇一聲，扭斷了人的脖子，近年來功夫長進了，現下最得意的武功，是鱷尾鞭和鱷嘴剪。我要對付你，自然是用鱷尾鞭與鱷嘴剪了。」

他一口說出鱷尾鞭和鱷嘴剪的名稱，南海鱷神固然驚得張大了口合不攏來，連葉二娘與雲中鶴也是詫異之極。這兩件兵刃是南海鱷神新近所練，從未在人前施展過，只在大理無量山峯巔與雲中鶴動手，才用過一次，當時除了木婉清外，更無外人得見。他們卻那裏料想得到，木婉清早已將此事原原本本的說與眼前這個假慕容公子知道。

南海鱷神側過了頭，又細細打量段譽。他為人雖兇殘狠惡，卻有佩服英雄好漢之心，過了一會，大拇指一挺，說道：「好本事！」段譽笑道：「見笑了。」南海鱷神心想：「他連我新練的拿手兵刃也說得出來，我其餘的武功也不用問他了。可惜老大不在這兒，否則倒可好好的考他一考。啊，有了！」大聲說道：「慕容公子，你會使我的武功，不算希奇；倘若我師父到來，他的武功你一定不會。」段譽微笑道：「你師父是誰？他又有甚麼了不起的功夫？」南海鱷神得意洋洋的笑道：「我的受業師父，去世已久，不說也罷。我新拜的師父本事卻非同小可，不說別的，單是一套『凌波微步』，相信世上便無第二個會得。」

段譽沉吟道：「『凌波微步』，嗯，那確是了不起的武功。大理段公子居然肯收閣下為徒，我卻有些不信。」南海鱷神忙道：「我幹麼騙你？這裏許多人都曾親耳聽到，段公子親口叫我徒兒。」段譽心下暗笑：「初時他死也不肯拜我為師，這時卻唯恐我不認他為徒。」便道：「嗯，既是如此，閣下想必已學到了你師父的絕技？恭喜，恭喜！」

南海鱷神將腦袋搖得博浪鼓相似，說道：「沒有，沒有！你自稱於天下武功無所不知，無所不曉，如能走得三步『凌波微步』，岳老二便服了你。」

段譽微笑道：「凌波微步雖難，在下卻也曾學得幾步。岳老爺子，你倒來捉捉我看。」說著長衫飄飄，站到大殿之中。

西夏羣豪從來沒聽見過「凌波微步」之名，聽南海鱷神說得如此神乎其技，都企盼見識見識，當下分站大殿四角，要看段譽如何演法。

南海鱷神一聲厲吼，左手一探，右手從左手掌底穿出，便向段譽抓去。段譽斜踏兩步，後退半步，身子如風擺荷葉，輕輕巧巧的避開了，只聽得噗的一聲響，南海鱷神收勢不及，右手五指插入了大殿的圓柱之中，陷入數寸。旁觀眾人見他如此功力，盡皆失色。南海鱷神一擊不中，吼聲更厲，身子縱起，從空搏擊而下。段譽毫不理會，自管自的踏八卦步法，瀟灑自如的行走。南海鱷神加快撲擊，吼叫聲越來越響，渾如一頭猛獸相似。

段譽一瞥間見到他猙獰的面貌，心中一窒，急忙轉過了頭，從袖中取出一條手巾，綁住了自己眼睛，說道：「我就算綁住眼睛，你也捉我不到。」

南海鱷神雙掌飛舞，猛力往段譽身上擊去，但總是差著這麼一點。旁人都代段譽慄慄危懼，手心中揑了一把冷汗。阿朱關心段譽，更是心驚肉跳，突然放粗了嗓子，喝道：「南海鱷神，慕容公子這凌波微步，比之你師父如何？」

南海鱷神一怔，胸口一股氣登時洩了，立定了腳步，說道：「好極，好極！你能包住了眼睛走這怪步，只怕我師父也辦不到。好！姑蘇慕容，名不虛傳，我南海鱷神服了你啦。」

段譽拉去眼上手巾，返身回座。大殿上登時采聲有如春雷。

赫連鐵樹待兩人入座，端起茶盞，說道：「請用茶。兩位英雄光降，不知有何指教？」

阿朱道：「敝幫有些兄弟不知怎地得罪了將軍，聽說將軍派出高手，以上乘武功將他們擒來此間。在下斗膽，要請將軍釋放。」她將「派出高手，以上乘武功將他們擒來此間」的話，說得特別著重，譏刺西夏人以下毒的卑鄙手段擒人。

赫連鐵樹微微一笑，說道：「話是不差。適才慕容公子大顯身手，果然名下無虛。喬幫主與慕容公子齊名，總也得露一手功夫給大夥兒瞧瞧，好讓我們西夏人心悅誠服，這才好放回貴幫的諸位英雄好漢。」

阿朱心下大急，心想：「要我冒充喬幫主的身手，這不是立刻便露出馬腳麼？」正要飾詞推諉，忽覺手腳酸軟，想要移動一根手指也已不能，正與昨晚中了毒氣之時一般無異，不禁大驚：「糟了，沒想到便在這片刻之間，這些西夏惡人又會故技重施，那便如何是好？」

段譽百邪不侵，渾無知覺，只見阿朱軟癱在椅上，知她又已中了毒氣，忙從懷中取出那個臭瓶，拔開瓶塞，送到她鼻端。阿朱深深聞了幾下，以中毒未深，四肢麻痺便去。她伸手拿住了瓶子，仍是不停的嗅著，心下好生奇怪，怎地敵人竟不出手干涉？瞧那些西夏人時，只見一個個軟癱在椅上，毫不動彈，只眼珠骨溜溜亂轉。

段譽說道：「奇哉怪也，這干人作法自斃，怎地自己放毒，自己中毒？」阿朱走過去推了推赫連鐵樹。

大將軍身子一歪，斜在椅中，當真是中了毒。他話還是會說的，喝道：「喂，是誰擅用『悲酥清風』？快取解藥來，快取解藥來！」喝了幾聲，可是他手下眾人個個軟倒，都道：「稟報將軍，屬下動彈不得。」努兒海道：「定有內奸，否則怎能知道這『悲酥清風』的繁複使法。」赫連鐵樹怒道：「不錯！那是誰？你快快給我查明了，將他碎屍萬段。」努兒海道：「是！為今之計，須得先取到解藥才是。」赫連鐵樹道：「這話不錯，你這就去取解藥來。」

努兒海眉頭皺起，斜眼瞧著阿朱手中瓷瓶，說道：「喬幫主，煩你將這瓶子中的解藥，給我們聞上一聞，我家將軍定有重謝。」

阿朱笑道：「我要去解救本幫的兄弟要緊，誰來貪圖你家將軍的重謝。」

努兒海又道：「慕容公子，我身邊也有個小瓶，煩你取出來，拔了瓶塞，給我聞聞。」段譽伸手到他懷裏，掏出一個小瓶，果然便是解藥，笑道：「解藥取出來了，卻不給你聞。」和阿朱並肩走向後殿，推開東廂房門，只見裏面擠滿了人，都是丐幫被擒的人眾。

阿朱一進去，吳長老便大聲叫了起來：「喬幫主，是你啊，謝天謝地。」阿朱將解藥給他聞了，說道：「這是解藥，你逐一給眾兄弟解去身上之毒。」吳長老大喜，待得手足能夠活動，便用瓷瓶替宋長老解毒。段譽則用努兒海的解藥替徐長老解毒。

阿朱道：「丐幫人多，如此逐一解毒，何時方了？吳長老，你到西夏人身邊搜搜去，且看是否尚有解藥。」

吳長老道：「是！」快步走向大殿，只聽得大殿上怒罵聲、嘈叫聲、劈啪聲大作，顯然吳長老一面搜解藥，一面打人出氣。過不多時，他捧了六個小瓷瓶回來，笑道：「我專揀服飾華貴的胡虜去搜，果然穿著考究的，身邊便有解藥，哈哈，那傢伙可就慘了。」段譽笑問：「怎麼？」吳長老笑道：「我每人都給兩個嘴巴，身邊有解藥的，便下手特別重些。」

他忽然想起沒見過段譽，問道：「這位兄台高姓大名，多蒙相救。」段譽道：「在下複姓慕容，相救來遲，令各位委屈片時，得罪得罪。」

丐幫眾人聽到眼前此人竟便是大名鼎鼎的「姑蘇慕容」，都是不勝駭異。

宋長老道：「咱們瞎了眼睛，冤枉慕容公子害死馬副幫主。今日若不是他和喬幫主出手相救，大夥兒落在這批西夏惡狗手中，還會有甚麼好下場？」吳長老也道：「喬幫主，大人不記小人之過，你還是回來作咱們的幫主罷。」

全冠清冷冷的道：「喬爺和慕容公子，果然是知交好友。」他稱喬峯為「喬爺」而不稱「喬幫主」，自是不再認他為幫主，而說他和慕容公子果然是知交好友，這句話甚是厲害。丐幫眾人疑心喬峯假手慕容復，借刀殺人而除去馬大元，喬峯一直否認與慕容復相識。今日兩人偕來天寧寺，有說有笑，神情頗為親熱，顯然並非初識。

阿朱心想這干人個個是喬峯的舊交，時刻稍久，定會給他們瞧出破綻，便道：「幫中大事，慢慢商議不遲，我去瞧瞧那些西夏惡狗。」說著便向大殿走去。段譽隨後跟出。

兩人來到殿中，只聽得赫連鐵樹正在破口大罵：「快給我查明了，這個王八羔子的西夏人叫甚麼名字，回去抄他的家，將他家中男女老幼殺個鷄犬不留。他奶奶的，他是西夏人，怎麼反而相助外人，偷了我的『悲酥清風』來胡亂施放？」段譽一怔，心道：「他在罵那一個西夏人啊？」只聽赫連鐵樹罵一句，努兒海便答應一句。赫連鐵樹又道：「他在牆上寫這八個字，那不是明著譏刺咱們麼？」

段譽和阿朱抬頭看時，只見粉牆上龍蛇飛舞般寫著四行字，每行四字：

「以彼之道，還施彼身，迷人毒風，原璧歸君。」

墨瀋淋漓，兀自未乾，顯然寫字之人離去不久。

段譽「啊」的一聲，道：「這……啊……這是慕容公子寫的嗎？」阿朱低聲道：「別忘了你自己是慕容公子。我家公子能寫各家字體，我辨不出這幾個字是不是他寫的。」

段譽向努兒海問道：「這是誰寫的？」

努兒海不答，只暗自擔心，不知丐幫眾人將如何對付他們，他們擒到丐幫羣豪之後，拷打侮辱，無所不至，他們只須「以彼之道，還施彼身」，那就難當得很了。

阿朱見丐幫中羣豪紛紛來到大殿，低聲道：「大事已了，咱們去罷！」大聲道：「我另有要事，須得和慕容公子同去辦理，日後再見。」說著快步出殿。吳長老等大叫：「幫主慢走，幫主慢走。」阿朱那敢多停，反而和段譽越走越快。丐幫中羣豪對喬峯向來敬畏，誰也不敢上前阻攔。

兩人行出里許，阿朱笑道：「段公子，說來也真巧，你那個醜八怪徒兒正好要你試演凌波微步的功夫，還說你比他師父更行呢。」段譽「嗯」了一聲。阿朱又道：「不知是誰暗放迷藥？那西夏將軍口口聲聲說是內奸，我看多半是西夏人自己幹的。」

段譽陡然間想起一個人，說道：「莫非是李延宗？便是咱們在碾坊中相遇的那個西夏武士？」阿朱沒見過李延宗，無法置答，只道：「咱們去跟王姑娘說，請她參詳參詳。」

正行之間，馬蹄聲響，大道上一騎疾馳而來，段譽遠遠見到正是喬峯，喜道：「是喬大哥！」正要出口招呼，阿朱忙一拉他的衣袖，道：「別嚷，正主兒來了！」轉過了身子。段譽醒悟：「阿朱扮作喬大哥的模樣，給他瞧見了可不大妙。」不多時喬峯已縱馬馳近。段譽不敢和他正面相對，心想：「喬大哥和丐幫羣豪相見，真相便即大白，不知會不會怪責阿朱如此惡作劇？」

喬峯救了阿朱、阿碧二女之後，得知丐幫眾兄弟為西夏人所擒，心下焦急，四處追尋。

但江南鄉間處處稻田桑地，水道陸路，縱橫交叉，不比北方道路單純，喬峯尋了大半天，好容易又撞到天寧寺的那兩個小沙彌，問明方向，這才趕向天寧寺來。他見段譽神采飛揚，狀貌英俊，心想：「這位公子和我那段譽兄弟倒是一時瑜亮。」阿朱早便背轉了身子，他便沒加留神，心中掛懷丐幫兄弟，快馬加鞭，疾馳而過。

來到天寧寺外，只見十多名丐幫弟子正綁住一個個西夏武士，押著從寺中出來。喬峯大喜：「丐幫眾兄弟原來已反敗為勝。」

羣丐見喬峯去而復回，紛紛迎上，說道：「幫主，這些賊虜如何發落，請你示下。」喬峯道：「我早已不是丐幫中人，『幫主』二字，再也休提起。大夥兒有損傷沒有？」

寺中徐長老等得報，都快步迎出，見到喬峯，或羞容滿面、或喜形於色。宋長老大聲道：「幫主，昨天在杏子林中，本幫派在西夏的探子送來緊急軍情，徐長老自作主張，不許你看，你道那是甚麼？徐長老，快拿出來給幫主看。」言語之間已頗不客氣。

徐長老臉有慚色，取出本來藏在蠟丸中的那小紙團，嘆道：「是我錯了。」遞給喬峯。喬峯搖頭不接。宋長老夾手搶過，攤開那張薄薄的皺紙，大聲讀道：

「啟稟幫主：屬下探得，西夏赫連鐵樹將軍率同大批一品堂好手，前來中原，想對付我幫。他們有一樣厲害毒氣，放出來時全無氣息，令人不知不覺的就動彈不得。跟他們見面之時，千萬要先塞住鼻孔，或者先打倒他們的頭腦，搶來臭得要命的解藥，否則危險萬分。要緊，要緊。大信舵屬下易大彪火急稟報。」

宋長老讀罷，與吳長老、奚長老等齊向徐長老怒目而視。白世鏡道：「易大彪兄弟這個火急稟報，倒是及時趕到的，可惜咱們沒及時拆閱。好在眾兄弟只受了一場鳥氣，倒也無人受到損傷，幫主，咱們都得向你請罪才是。你大仁大義，唉，當真沒得說的。」

吳長老道：「幫主，你一離開，大夥兒便即著了道兒，若不是你和慕容公子及時趕來相救，丐幫全軍覆沒。你不回來主持大局，做大夥兒的頭兒，那是決計不成的。」喬峯奇道：「甚麼慕容公子？」吳長老道：「全冠清這些人胡說八道，你莫聽他的。結交朋友，又是甚麼難事？我信得過你和慕容公子是今天才相識的。」喬峯道：「慕容公子？你說是慕容復麼？我從未見過他面。」

徐長老和宋、奚、陳、吳四長老面面相覷，都驚得呆了，均想：「只不過片刻之前，他和慕容公子攜手進來給眾人解毒，怎麼這時忽然又說不識慕容公子？」奚長老凝思片刻，恍然大悟，道：「啊，是了，適才那青年公子自稱複姓慕容，但並不是慕容復。天下雙姓『慕容』之人何止千萬，那有甚麼希奇？」陳長老道：「他在牆上自題『以彼之道，還施彼身』，卻不是慕容復是誰？」

忽然有個怪聲怪氣的聲音說道：「那娃娃公子甚麼武功都會使，而且門門功夫比原來的主兒更加精妙，那還不是慕容復？當然是他！一定是他！」眾人向說話之人瞧去，只見他鼠目短髯，面皮焦黃，正是南海鱷神。他中毒後被綁，卻忍不住插嘴說話。

喬峯奇道：「那慕容復來過了麼？」南海鱷神怒道：「放你娘的臭屁！剛才你和慕容復攜手進來，不知用甚麼鬼門道，將老子用麻藥麻住了。你快快放了老子便罷，否則的話，哼哼！哼哼……」他接連說了幾個「哼哼」，但「否則的話」那便如何，卻說不上來，想來想去，也只是「哼哼」而已。

喬峯道：「瞧你也是一位武林中的好手，怎地如此胡說八道？我幾時來過了？甚麼和慕容復攜手進來，更是荒謬之極。」

南海鱷神氣得哇哇大叫：「喬峯，他媽的喬峯，枉你是丐幫一幫之主，竟敢撒這漫天大謊！大小朋友，剛才喬峯是不是來過？咱家將軍是不是請他上坐，請他喝茶？」一眾西夏人都道：「是啊，慕容復試演『凌波微步』，喬峯在旁鼓掌喝采，難道這是假的？」

吳長老扯了扯喬峯的袖子，低聲道：「幫主，明人不做暗事，剛才的事，那是抵賴不了的。」喬峯苦笑道：「吳四哥，難道剛才你也見過我來？」吳長老將那盛放解藥的小瓷瓶遞了過去，道：「幫主，這瓶子還給你，說不定將來還會有用。」喬峯道：「還給我？甚麼還給我？」吳長老道：「這解藥是你剛才給我的，你忘了麼？」喬峯道：「怎麼？吳四哥，你當真剛才見過我？」吳長老見他絕口抵賴，心下既感不快，又是不安。

喬峯雖然精明能幹，卻怎猜得到竟會有人假扮了他，在片刻之前，來到天寧寺中解救眾人？他料想這中間定然隱伏著一個重大陰謀。吳長老、奚長老都是直性子人，決計不會幹甚麼卑鄙勾當，但那玩弄權謀之人策略厲害，自能妥為布置安排，使得自己的所作所為，在眾人眼中看出來處處顯得荒唐邪惡。

丐幫羣豪得他解救，本來人人感激，但聽他矢口否認，卻都大為驚詫。有人猜想他這幾天中多遭變故，以致神智錯亂；有人以為喬峯另有對付西夏人的秘計密謀，因此不肯在西夏敵人之前直認其事；有人料想馬大元確是他假手於慕容復所害，生怕奸謀敗露，索性絕口否認識得慕容其人；有人猜想他圖謀重任丐幫幫主，在安排甚麼計策；更有人深信他是為契丹出力，既反西夏，亦害大宋。各人心中的猜測不同，臉上便有惋惜、崇敬、難過、憤恨、鄙夷、仇視等種種神氣。

喬峯長嘆一聲，說道：「各位均已脫險，喬峯就此別過。」說著一抱拳，翻身上馬，鞭子一揚，疾馳而去。

忽聽得徐長老叫道：「喬峯，將打狗棒留了下來。」喬峯陡地勒馬，道：「打狗棒？在杏林之中，我不是已交了出來了嗎？」徐長老道：「咱們失手遭擒，打狗棒落在西夏眾惡狗手中。此時遍尋不見，想必又為你取去。」

喬峯仰天長笑，聲音悲涼，大聲道：「我喬峯和丐幫再無瓜葛，要這打狗棒何用？徐長老，你也將喬峯瞧得忒也小了。」雙腿一挾，胯下馬匹四蹄翻飛，向北馳去。

喬峯自幼父母對他慈愛撫育，及後得少林僧玄苦大師授藝，再拜丐幫汪幫主為師，行走江湖，雖然多歷艱險，但師父朋友，無不對他赤心相待。這兩天中，卻是天地間斗起風波，一向威名赫赫、至誠仁義的幫主，竟給人認作是賣國害民、無恥無信的小人。他任由坐騎信步而行，心中混亂已極：「倘若我真是契丹人，過去十餘年中，我殺了不少契丹人，破敗了不少契丹的圖謀，豈不是大大的不忠？如果我父母確是在雁門關外為漢人害死，我反拜殺害父母的仇人為師，三十年來認別人為父為母，豈不是大大的不孝？喬峯啊喬峯，你如此不忠不孝，有何面目立於天地之間？倘若三槐公不是我的父親，那麼我自也不是喬峯了？我姓甚麼？我親生父親給我起了甚麼名字？嘿嘿，我不但不忠不孝，抑且無名無姓。」

轉念又想：「可是，說不定這一切都是出於一個大奸大惡之人的誣陷，我喬峯堂堂大丈夫，給人擺布得身敗名裂，萬劫不復，倘若激於一時之憤，就此一走了之，對丐幫從此不聞不問，豈非枉自讓奸人陰謀得逞？嗯，總而言之，須得查究明白才是。」

心下盤算，第一步是趕回河南少室山，向三槐公詢問自己的身世來歷，第二步是入少林寺叩見受業恩師玄苦大師，請他賜示真相。這兩人對自己素來愛護有加，決不致有所隱瞞。

籌算既定，心下便不煩惱。他從前是丐幫之主，行走江湖，當真是四海如家，此刻不但不能再到各處分舵食宿，而且為了免惹麻煩，反而處處避道而行，不與丐幫中的舊屬相見。只行得兩天，身邊零錢花盡，只得將那匹從西夏人處奪來的馬匹賣了，以作盤纏。

不一日，來到嵩山腳下，逕向少室山行去。這是他少年時所居之地，處處景物，皆是舊識。自從他出任丐幫幫主以來，以丐幫乃江湖上第一大幫，少林派是武林中第一大派，丐幫幫主來到少林，種種儀節排場，驚動甚多，是以他從未回來，只每年派人向父母和恩師奉上衣食之敬、請安問好而已。這時重臨故土，想到自己身世大謎，一兩個時辰之內便可揭開，饒是他鎮靜沉穩，心下也不禁惴惴。

他舊居是在少室山之陽的一座山坡之旁。喬峯快步轉過山坡，只見菜園旁那株大棗樹下放著一頂草笠、一把茶壺，茶壺柄子已斷，喬峯認得是父親喬三槐之物，胸間陡然感到一陣暖意：「爹爹勤勉節儉，這把破茶壺已用了幾十年，仍不捨得丟掉。」

看到那株大棗樹時，又憶起兒時每逢棗熟，父親總是攜著他的小手，一同擊打棗子。紅熟的棗子飽脹皮裂，甜美多汁，自從離開故鄉之後，從未再嘗到過如此好吃的棗子。喬峯心想：「就算他們不是我親生的爹娘，但對我這番養育之恩，總是終身難報。不論我身世真相如何，我決不可改了稱呼。」

他走到那三間土屋之前，只見屋外一張竹席上晒滿了菜乾，一隻母鷄帶領了一羣小鷄，正在草間啄食。他不自禁的微笑：「今晚娘定要殺鷄做菜，款待她久未見面的兒子。」他大聲叫道：「爹！娘！孩兒回來了。」

叫了兩聲，不聞應聲，心想：「啊，是了，二老耳朶聾了，聽不見了。」推開板門，跨了進去，堂上板桌板凳、犁耙鋤頭，宛然與他離家時的模樣並無大異，卻不見人影。

喬峯又叫了兩聲：「爹！娘！」仍不聽得應聲，他微感詫異，自言自語：「都到那裏去啦！」探頭向臥房中一張，不禁大吃一驚，只見喬三槐夫婦二人都橫臥在地，動也不動。

喬峯急縱入內，先扶起母親，只覺她呼吸已然斷絕，但身子尚有微溫，顯是死去還不到一個時辰，再抱起父親時，也是這般。喬峯又是驚慌，又是悲痛，抱著父親屍身走出屋門，在陽光下細細檢視，察覺他胸口肋骨根根斷絕，竟是被武學高手以極厲害的掌力擊斃，再看母親屍首，也一般無異。喬峯腦中混亂：「我爹娘是忠厚老實的農夫農婦，怎會引得武學高手向他們下此毒手？那自是因我之故了。」

他在三間屋內，以及屋前、屋後，和屋頂上仔細察看，要查知兇手是何等樣人。但下手之人竟連腳印也不留下一個。喬峯滿臉都是眼淚，越想越悲，忍不住放聲大哭。

只哭得片刻，忽聽得背後有人說道：「可惜，可惜，咱們來遲了一步。」喬峯倏地轉過身來，見是四個中年僧人，服飾打扮是少林寺中的。喬峯雖曾在少林派學藝，但授他武功的玄苦大師每日夜半方來他家中傳授，因此他對少林寺的僧人均不相識。他此時心中悲苦，雖見來了外人，一時也難以收淚。

一名高高的僧人滿臉怒容，大聲說道：「喬峯，你這人當真是豬狗不如。喬三槐夫婦就算不是你親生父母，十餘年養育之恩，那也非同小可，如何竟忍心下手殺害？」喬峯泣道：「在下適才歸家，見父母被害，正要查明兇手，替父母報仇，大師何出此言？」那僧人怒道：「契丹人狼子野心，果然是行同禽獸！你竟親手殺害義父義母，咱們只恨相救來遲。姓喬的，你要到少室山來撒野，可還差著這麼一大截。」說著呼的一掌，便向喬峯胸口劈到。

喬峯正待閃避，只聽得背後風聲微動，情知有人從後偷襲，他不願這般不明不白的和這些少林僧人動手，左足一點，輕飄飄的躍出丈許，果然另一名少林僧一足踢了個空。

四名少林僧見他如此輕易避開，臉上均現驚異之色。那高大僧人罵道：「你武功雖強，卻又怎地？你想殺了義父義母滅口，隱瞞你的出身來歷，只可惜你是契丹孽種，此事早已轟傳武林，江湖上那個不知，那個不曉？你行此大逆之事，只有更增你的罪孽。」另一名僧人罵道：「你先殺馬大元，再殺喬三槐夫婦，哼哼，這醜事就能遮蓋得了麼？」

喬峯雖聽得這兩個僧人如此醜詆辱罵，心中卻只有悲痛，殊無絲毫惱怒之意，他生平臨大事，決大疑，遭逢過不少為難之事，這時很能沉得住氣，抱拳行禮，說道：「請教四位大師法名如何稱呼？是少林寺的高僧麼？」

一個中等身材的和尚脾氣最好，說道：「咱們都是少林弟子。唉，你義父、義母一生忠厚，卻落得如此慘報。喬峯，你們契丹人，下手忒也狠毒了。」

喬峯心想：「他們既不肯宣露法名，多問也是無益。那高個子的和尚說道，他們相救來遲，當是得到了訊息而來救援，卻是誰去通風報訊的？是誰預知我爹娘要遭遇凶險？」便道：「四位大師慈悲為懷，趕下山來救我爹娘，只可惜遲了一步……」

那高個兒的僧人性烈如火，提起醋缽大的拳頭，呼的一拳，又向喬峯擊到，喝道：「咱們遲了一步，才讓你行此忤逆之事，虧你還在自鳴得意，出言譏刺。」

喬峯明知他們四人一片好心，得到訊息後即來救援自己爹娘，實不願跟他們動手過招，但若不將他們制住，就永遠弄不明白真相，便道：「在下感激四位的好意，今日事出無奈，多有得罪！」說著轉身如風，伸手往第三名僧人肩頭拍去。那僧人喝道：「當真動手麼？」一句話剛說完，肩頭已被喬峯拍中，身子一軟，坐倒在地。

喬峯受業於少林派，於四僧武功家數爛熟於胸，接連出掌，將四名僧人一一拍倒，說道：「得罪了！請問四位師父，你們說相救來遲，何以得知我爹娘身遭厄難？是誰將這音訊告知四位師父的？」

那高個兒僧人怒道：「你不過想查知報訊之人，又去施毒手加害。少林弟子，豈能屈於你契丹賤狗的逼供？你縱使毒刑，也休想從我口中套問出半個字來。」

喬峯心下暗歎：「誤會越弄越深，我不論問甚麼話，他們都當是盤問口供。」伸手在每人背上推拿了幾下，解開四僧被封的穴道，說道：「若要殺人滅口，我此刻便送了四位的性命。是非真相，總盼將來能有水落石出之日。」

忽聽得山坡旁一人冷笑道：「要殺人滅口，也未必有這麼容易！」

喬峯一抬頭，只見山坡旁站著十餘名少林僧，手中均持兵器。為首二僧都是五十上下年紀，手中各提一柄方便鏟，鏟頭精鋼的月牙發出青森森的寒光，那二僧目光炯炯射人，一見便知內功深湛。喬峯雖然不懼，但知來人武功不弱，只要一交上手，若不殺傷數人，就不易全身而退。他雙手抱拳，說道：「喬峯無禮，謝過諸位大師。」突然間身子倒飛，背脊撞破板門，進了土屋。

這一下變故來得快極，眾僧齊聲驚呼，五六人同時搶上，剛到門邊，一股勁風從門中激射而出。這五六人各舉左掌，疾運內力擋格，蓬的一聲大響，塵土飛揚，被門內拍出的掌力逼得都倒退了四五步。待得站定身子，均感胸口氣血翻湧，各人面面相覷，心下都十分明白：「喬峯這一掌力道雖猛，卻是尚有餘力，第二掌再擊將過來，未必能夠擋住。」各人認定他是窮兇極惡之徒，只道他要蓄力再發，沒想到他其實是掌下留情，不欲傷人。

眾僧蓄勢戒備，隔了半晌，為首的兩名僧人舉起方便鏟，同時使一招「雙龍入洞」，勢挾勁風，二僧身隨鏟進，並肩搶入了土屋。噹噹噹雙鏟相交，織成一片光網，護住身子，卻見屋內空蕩蕩地，那裏有喬峯的人影？更奇的是，連喬三槐夫婦的屍首也已影蹤不見。

那使方便鏟的二僧，是少林寺「戒律院」中職司監管本派弟子行為的「持戒僧」與「守律僧」，平時行走江湖，查察門下弟子功過，本身武功固然甚強，見聞之廣更是人所不及。他二人見喬峯在這頃刻之間走得不知去向，已極為難能，竟能攜同喬三槐夫婦的屍首而去，更是不可思議了。眾僧在屋前屋後、炕頭灶邊，翻尋了個遍。戒律院二僧疾向山下追去，直追出二十餘里，那裏有喬峯的蹤跡？

誰也料不到喬峯挾了爹娘的屍首，反向少室山上奔去。他竄向一個人所難至、林木茂密的陡坡，將爹娘掩埋了，跪下來恭恭敬敬的磕了八個響頭，心中暗祝：「爹，娘，是何人下此毒手，害你二老性命，兒子定要拿到兇手，到二老墳前剜心活祭。」

想起此次歸家，便只遲得一步，不能再見爹娘一面，否則爹娘見到自己已長得如此雄健魁梧，一定好生歡喜。倘若三人能聚會一天半日，那也得有片刻的快活。想到此處，忍不住泣不成聲。他自幼便硬氣，極少哭泣，今日實是傷心到了極處，悲憤到了極處，淚如泉湧，難以抑止。

突然間心念一轉，暗叫：「啊喲，不好，我的受業恩師玄苦大師別要又遭到凶險。」

陡然想明白了幾件事：「那兇手殺我爹娘，並非時刻如此湊巧，恰好在我回家之前的半個時辰中下手，那是他早有預謀，下手之後，立即去通知少林寺的僧人，說我正在趕上少室山，要殺我爹娘滅口。那些少林僧俠義為懷，一心想救我爹娘，卻撞到了我。當世知我身世真相之人，還有一位玄苦師父，須防那兇徒更下毒手，將罪名栽在我身上。」

一想至玄苦大師或將因己之故而遭危難，不由得五內如焚，拔步便向少林寺飛奔。他明知寺中高手如雲，達摩堂中幾位老僧更是各具非同小可的絕技，自己只要一露面，眾僧羣起而攻，脫身就非易事，是以儘揀荒僻的小徑急奔。荊棘雜草，將他一雙褲腳鉤得稀爛，小腿上鮮血淋漓，卻也只好聽由如此。繞這小徑上山，路程遠了一大半，奔得一個多時辰，才攀到了少林寺後。其時天色已然昏暗，他心中一喜一憂，喜的是黑暗之中自己易於隱藏身形，憂的是兇手乘黑偷襲，不易發現他的蹤跡。

他近年來縱橫江湖，罕逢敵手，但這一次所遇之敵，武功固然諒必高強，而心計之工，謀算之毒，自己更從未遇過。少林寺雖是龍潭虎穴一般的所在，卻並未防備有人要來加害玄苦大師，倘若有人偷襲，只怕難免遭其暗算。喬峯何嘗不知自己處於嫌疑極重之地，倘若此刻玄苦大師已遭毒手，又未有人見到兇手的模樣，而自己若被人發見偷偷摸摸的潛入寺中，那當真百喙莫辯了。他此刻若要獨善其身，自是離開少林寺越遠越好，但一來關懷恩師玄苦大師的安危，二來想乘機捉拿真兇，替爹娘報仇，至於干冒大險，卻也顧不得了。

他雖在少室山中住了十餘年，卻從未進過少林寺，寺中殿院方向，全不知悉，自更不知玄苦大師住於何處，心想：「但盼恩師安然無恙。我見了恩師之面，稟明經過，請他老人家小心提防，再叩問我的身世來歷，說不定恩師能猜到真兇是誰。」

少林寺中殿堂院落，何止數十，東一座，西一座，散在山坡之間。玄苦大師在寺中並不執掌職司，「玄」字輩的僧人少說也有二十餘人，各人服色相同，黑暗中卻往那裏找去？喬峯心下盤算：「唯一的法子，是抓到一名少林僧人，逼他帶我去見玄苦師父，見到之後，我再說明種種不得已之處，向他鄭重陪罪。但少林僧人大都尊師重義，倘若以為我是要不利於玄苦大師，多半寧死不屈，決計不肯說出他的所在。嗯，我不妨去廚下找一個火工來帶路，可是這些人卻又未必知道我師父的所在。」

一時徬徨無計，每經過一處殿堂廂房，便俯耳窗外，盼能聽到甚麼線索，他雖然長大魁偉，但身手矯捷，竄高伏低，直似靈貓，竟沒給人知覺。

一路如此聽去，行到一座小舍之旁，忽聽得窗內有人說道：「方丈有要事奉商，請師叔即到『證道院』去。」另一個蒼老的聲音道：「是！我立即便去。」喬峯心想：「方丈集人商議要事，或許我師父也會去。我且跟著此人上『證道院』去。」只聽得「呀」的一聲，板門推開，出來兩個僧人，年老的一個向西，年少的匆匆向東，想是再去傳人。

喬峯心想，方丈請這老僧前去商議要事，此人行輩身分必高，少林寺不同別處寺院，凡行輩高者，武功亦必高深。他不敢緊隨其後，只是望著他的背影，遠遠跟隨，眼見他一逕向西，走進了最西的一座屋宇之中。喬峯待他進屋帶上了門，才繞圈走到屋子後面，聽明白四周無人，方始伏到窗下。

他又是悲憤，又是恚怒，自忖：「喬峯行走江湖以來，對待武林中正派同道，那一件事不是光明磊落，大模大樣？今日卻迫得我這等偷偷摸摸，萬一行蹤敗露，喬某一世英名，這張臉卻往那裏擱去？」隨即轉念：「當年師父每晚下山授我武藝，縱然大風大雨，亦從來不停一晚。這等重恩，我便粉身碎骨，亦當報答，何況小小羞辱？」

只聽得門外腳步聲響，先後來了四人，過不多時，又來了兩人，窗紙上映出人影，共有十餘人聚集。喬峯心想：「倘若他們商議的是少林派中機密要事，給我偷聽到了，我雖非有意，總是不妥。還是離得遠些為是。師父若在屋裏，這裏面高手如雲，任他多厲害的兇手也傷他不著，待得集議已畢，羣僧分散，我再設法和師父相見。」

正想悄悄走開，忽聽得屋內十餘個僧人一齊唸起經來。喬峯不懂他們唸的是甚麼經文，但聽得出聲音莊嚴肅穆，有幾人的誦經聲中又頗有悲苦之意。這一段經文唸得甚長，他漸覺不妥，尋思：「他們似乎是在做甚麼法事，又或是參禪研經，我師父或者不在此處。」側耳細聽，果然在羣僧齊聲誦經的聲音之中，聽不出有玄苦大師那沉著厚實的嗓音在內。

他一時拿不定主意是否要再等一會，只聽得誦經之聲止歇，一個威嚴的聲音說道：「玄苦師弟，你還有甚麼話要說麼？」喬峯大喜：「師父果在此間，他老人家也是安好無恙。原來他適才沒一起唸經。」

只聽得一個渾厚的聲音說起話來，喬峯聽得明白，正是他的受業師父玄苦大師，但聽他說道：「小弟受戒之日，先師給我取名為玄苦。佛祖所說七苦，乃是生、老、病、死、怨憎會、愛別離、求不得。小弟勉力脫此七苦，只能渡己，不能渡人，說來慚愧。這『怨憎會』的苦，原是人生必有之境。宿因所種，該當有此業報。眾位師兄、師弟見我償此宿業，該當為我歡喜才是。」喬峯聽他語音平靜，只是他所說的都是佛家言語，不明其意所指。

又聽那威嚴的聲音道：「玄悲師弟數月前命喪奸人之手，咱們全力追拿兇手，似違我佛勿嗔勿怒之戒。然降魔誅奸，是為普救世人，我輩學武，本意原為宏法，學我佛大慈大悲之心，解除眾生苦難……」喬峯心道：「這聲音威嚴之人，想必是少林寺方丈玄慈大師了。」只聽他繼續說道：「……除一魔頭，便是救無數世人。師弟，那人可是姑蘇慕容麼？」

喬峯心道：「這事又牽纏到了姑蘇慕容氏身上。聽說少林派玄悲大師在大理國境內遭人暗算，難道他們也疑心是慕容公子下的毒手？」

只聽玄苦大師說道：「方丈師兄，小弟不願讓師兄和眾位師兄弟為我操心，以致更增我的業報。那人若能放下屠刀，自然回頭是岸，倘若執迷不悟，唉，他也是徒然自苦而已。此人形貌如何，那也不必說了。」

方丈玄慈大師說道：「是！師弟大覺高見，做師兄的太過執著，頗落下乘了。」玄苦道：「小弟意欲靜坐片刻，默想懺悔。」玄慈道：「是，師弟多多保重。」

只聽得板門呀的一聲打開，一個高大瘦削的老僧當先緩緩走出。他行出丈許，後面魚貫而出，共是一十七名僧人。十八位僧人都雙手合什，低頭默唸，神情莊嚴。

待得眾僧遠去，屋內寂靜無聲，喬峯為這周遭的情境所懾，一時不敢現身叩門，忽聽得玄苦大師說道：「佳客遠來，何以徘徊不進？」

喬峯吃了一驚，自忖：「我屏息凝氣，旁人縱然和我相距咫尺，也未必能察覺我潛身於此。師父耳音如此，內功修為當真了得。」當下恭恭敬敬的走到門口，說道：「師父安好，弟子喬峯叩見師父。」

玄苦輕輕「啊」了一聲，道：「是峯兒？我這時正在想念你，只盼和你會見一面，快進來。」聲音之中，充滿了喜悅之意。

喬峯大喜，搶步而進，便即跪下叩頭，說道：「弟子平時少有侍奉，多勞師父掛念。師父清健，孩兒不勝之喜。」說著抬起頭來，仰目瞧向玄苦。

玄苦大師本來臉露微笑，油燈照映下見到喬峯的臉，突然間臉色大變，站起身來，顫聲道：「你……你……原來便是你，你便是喬峯，我……我親手調教出來的好徒兒？」但見他臉上又是驚駭、又是痛苦、又混和著深深的憐憫和惋惜之意。

喬峯見師父瞬息間神情大異，心中驚訝之極，說道：「師父，孩兒便是喬峯。」

玄苦大師道：「好，好，好！」連說三個「好」字，便不說話了。

喬峯不敢再問，靜待他有何教訓指示，那知等了良久，玄苦大師始終不言不語。喬峯再看他臉色時，只見他臉上肌肉僵硬不動，一副神氣和適才全然一模一樣，不禁嚇了一跳，伸手去摸他手掌，但覺頗有涼意，忙再探他鼻息，原來早已氣絕多時。這一下喬峯只嚇得目瞪口呆，腦中一片混亂：「師父一見我，就此嚇死了？決計不會，我又有甚麼可怕？多半他是早已受傷。」卻又不敢逕去檢視他的身子。

他定了定神，心意已決：「我若此刻悄然避去，豈是喬峯鐵錚錚好漢子的行徑？今日之事，縱有萬般凶險，也當查問個水落石出。」他走到屋外，朗聲叫道：「方丈大師，玄苦師父圓寂了，玄苦師父圓寂了。」這兩句呼聲遠遠傳送出去，山谷鳴響，闔寺俱聞。呼聲雖然雄渾，卻是極其悲苦。

玄慈方丈等一行人尚未回歸各自居室，猛聽得喬峯的呼聲，一齊轉身，快步回到「證道院」來。只見一條長大漢子站在院門之旁，伸袖拭淚，眾僧均覺奇怪。玄慈合什問道：「施主何人？」他關心玄苦安危，不等喬峯回答，便搶步進屋，只見玄苦僵立不倒，更是一怔。眾僧一齊入內，垂首低頭，誦念經文。

喬峯最後進屋，跪地暗許心願：「師父，弟子報訊來遲，你已遭人毒手。弟子和那奸人的仇恨又深了一層。弟子縱然歷盡萬難，也要找到這奸人來碎屍萬段，為恩師報仇。」

玄慈方丈唸經已畢，打量喬峯，問道：「施主是誰？適才呼叫的便是施主嗎？」

喬峯道：「弟子喬峯，弟子見到師父圓寂，悲痛不勝，以致驚動方丈。」

玄慈聽到喬峯的名字，吃了一驚，身子一顫，臉上現出異樣神色，向他凝視半晌，才道：「施主你……你……你便是丐幫的……前任幫主？」

喬峯聽到他說「丐幫的前任幫主」這七個字，心想：「江湖上的訊息傳得好快，他既知我已不是丐幫幫主，自也知道我被逐出丐幫的原由。」說道：「正是。」

玄慈道：「施主何以夤夜闖入敝寺？又怎生見到玄苦師弟圓寂？」

喬峯心有千言萬語，一時不知如何說才好，只得道：「玄苦大師是弟子的受業恩師，但不知我恩師受了甚麼傷，是何人下的毒手？」

玄慈方丈垂淚道：「玄苦師弟受人偷襲，胸間吃了人一掌重手，肋骨齊斷，五臟破碎，仗著內功深厚，這才支持到此刻。我們問他敵人是誰，他說並不相識，又問兇手形貌年歲。他卻說道佛家七苦，『怨憎會』乃是其中一苦，既遇上了冤家對頭，正好就此解脫，兇手的形貌，他決計不說。」

喬峯恍然而悟：「原來適才眾僧已知師父身受重傷，唸經誦佛，乃是送他西歸。」他含淚說道：「眾位高僧慈悲為念，不記仇冤。弟子是俗家人，務須捉到這下手的兇手，千刀萬剮，替師父報仇。貴寺門禁森嚴，不知那兇人如何能闖得進來？」

玄慈沉吟未答，一名身材矮小的老僧忽然冷冷的道：「施主闖進少林，咱沒能阻攔察覺，那兇手當然也能自來自去、如入無人之境了。」

喬峯躬身抱拳，說道：「弟子以事在緊迫，不及在山門外通報求見，多有失禮，還懇諸位師父見諒。弟子與少林派淵源極深，決不敢有絲毫輕忽冒犯之意。」他最後那兩句話意思是說，如果少林派失了面子，我也連帶丟臉，心知自己闖入少林後院，直到自行呼叫，才有人知覺，這件事傳將出去，於少林派的顏面實是大有損傷。

正在這時，一個小沙彌捧著一碗熱氣騰騰的藥走進房來，向著玄苦的屍體道：「師父，請用藥。」他是服侍玄苦的沙彌，在「藥王院」中煎好了一服療傷靈藥「九轉回春湯」，送來給師父服用。他見玄苦直立不倒，不知已死。喬峯心中悲苦，哽咽道：「師父他……」

那小沙彌轉頭向他瞧了一眼，突然大聲驚呼：「是你！你……又來了！」嗆啷一聲，藥碗失手掉在地下，瓷片藥汁，四散飛濺。那小沙彌向後躍開兩步，靠在牆上，尖聲道：「是他，打傷師父的便是他！」

他這麼一叫，眾人無不大驚。喬峯更是惶恐，大聲道：「你說甚麼？」那小沙彌不過十二三歲年紀，見了喬峯十分害怕，躲到了玄慈方丈身後，拉住他的衣袖，叫道：「方丈，方丈！」玄慈道：「青松，不用害怕，你說好了，你說是他打了師父？」小沙彌青松道：「是的，他用手掌打師父的胸口，我在窗口看見的。師父，師父，你打還他啊。」直到此刻，他兀自未知玄苦已死。

玄慈方丈道：「你瞧得仔細些，別認錯了人。」青松道：「我瞧得清清楚楚的，他身穿灰布直綴，方臉蛋，眉毛這般上翹，大口大耳朵，正是他，師父，你打他，你打他。」

喬峯一股涼意從背脊上直瀉下來，心道：「是了，那兇手正是裝扮作我的模樣，以嫁禍於我。師父聽到我回來，本極歡喜，但一見到我臉，見我和傷他的兇手一般形貌，這才說道：『原來便是你，你便是喬峯，我親手調教出來的好徒兒。』師父和我十餘年不見，我自孩童變為成人，相貌早不同了。」再想到玄苦大師臨死之前連說的那三個「好」字，當真心如刀割：「師父中人重手，卻不知敵人是誰，待得見到了我，認出我和兇手的形貌相似，心中大悲，一慟而死。師父身受重傷，本已垂危，自是不會細想：倘若當真是我下手害他，何以第二次又來相見。」

忽聽得人聲喧譁，一羣人快步奔來，到得「證道院」外止步不進。兩名僧人躬著身子，恭恭敬敬的進來，正是在少室山腳下和喬峯交過手的持戒、守律二僧。那持戒僧只說得一聲：「稟告方丈……」便已見到喬峯，臉上露出驚詫憤怒的神色，不知他何以竟在此處。其餘眾僧也都橫眉怒目，狠狠的瞪著喬峯。

玄慈方丈神色莊嚴，緩緩的道：「施主雖已不在丐幫，終是武林中的成名人物。今日駕臨敝寺，出手擊死玄苦師弟，不知所為何來，還盼指教。」

喬峯長嘆一聲，對著玄苦的屍身拜伏在地，說道：「師父，你臨死之時，還道是弟子下手害你，以致飲恨而歿。弟子雖萬萬不敢冒犯師父，但奸人所以加害，正是因弟子而起。弟子今日一死以謝恩師，殊不足惜，但從此師父的大仇便不得報了。弟子有犯少林尊嚴，師父恕罪。」猛地呼呼兩聲，吐出兩口長氣。堂中兩盞油燈應聲而滅，登時黑漆一團。

喬峯出言禱祝之時，心下已盤算好了脫身之策。他一吹滅油燈，左手揮掌擊在守律僧的背心，這一掌全是陰柔之力，不傷他內臟，但將他一個肥大的身軀拍得穿堂破門而出。

黑暗中羣僧聽得風聲，都道喬峯出門逃走，各自使出擒拿手法，抓向守律僧身上。眾僧都是一般的心思，不願下重手將喬峯打死，要擒住了詳加盤問，他害死玄苦大師，到底所為何來。這十餘位高僧均是少林寺第一流好手。少林寺第一流好手，自也是武林中的第一流好手。各人擒拿手法並不相同，卻各有獨到之處。一時之間，擒龍手、鷹爪手、虎爪功、金剛指、握石掌……各種各式少林派最高明的擒拿手法，都抓在守律僧身上。眾高僧武功也真了得，黑暗中單聽風聲，出手不差毫釐。那守律僧這一下可吃足了苦頭，霎時之間，周身要穴著了諸般擒拿手法，身子凌空而懸，作聲不得，這等經歷，只怕自古以來從未有人受過。

這些高僧閱歷既深，應變的手段自也了得，當時更有人飛身上屋，守住屋頂。證道院的各處通道和前門後門，片刻間便有高手僧人佔住要處。別說喬峯是條長大漢子，他便是化身為貍貓老鼠，只怕也難以逃脫。

小沙彌青松取過火刀火石，點燃了堂中油燈，眾僧立即發覺是抓錯了守律僧。

達摩院首座玄難大師傳下號令，全寺僧眾各守原地，不得亂動。羣僧均想，喬峯膽子再大，也決不敢孤身闖進少林寺這龍潭虎穴來殺人，必定另有強援，多半乘亂另有圖謀，可不能中了調虎離山之計。

證道院中的十餘高僧和持戒僧所率領的一干僧眾，則在證道院鄰近各處細搜，幾乎每一塊石頭都翻了轉來，每一片草叢都有人用棍棒拍打。這麼一來，眾位大和尚雖說慈悲為懷，有好生之德，但蛤蟆、地鼠、蚱蜢、螞蟻，卻也誤傷了不少。

忙碌了一個多時辰，只差著沒將土地挖翻，卻那裏找得著喬峯？各人都是嘖嘖連聲，稱奇道怪，偶爾不免口出幾句辱罵之言，佛家十戒雖戒「惡語」，那也顧不得了。當下將玄苦大師的法體移入「舍利院」中火化，將守律僧送到「藥王院」去用藥治傷。羣僧垂頭喪氣，相對默然，都覺這一次的臉實在丟得厲害。少林寺高手如雲，以這十餘位高僧的武功聲望，每一個在武林中都叫得出響噹噹的字號，竟讓喬峯赤手空拳，獨來獨往，別說殺傷擒拿，連他如何逃走，竟也摸不著半點頭腦。

原來喬峯料到變故一起，羣僧定然四處追尋，但於適才聚集的室中，卻決計不會著意，是以將守律僧一掌拍出之後，身子一縮，悄沒聲的鑽到了玄苦大師生前所睡的床下，十指插入床板，身子緊貼床板。雖然也有人曾向床底匆匆一瞥，卻看不到他。待得玄苦大師的法體移出，執事僧將證道院的板門帶上，更沒人進來了。

喬峯橫臥床底，耳聽得羣僧擾攘了半夜，人聲漸息，尋思：「等到天明，脫身可又不易了，此時不走，更待何時？」從床底悄悄鑽將出來，輕推板門，閃身躲在樹後。

心想此刻人聲雖止，但少林眾高僧豈能就此罷休，放鬆戒備？證道院是在少林寺的極西之處，只須更向西行，即入叢山。只要一出少林寺，羣僧人手分散，縱然遇上，也決計攔截他不住。但他雅不欲與少林僧眾動手，只盼日後擒到真兇，帶入寺來，說明原委。今日多與一僧動手，多勝一人，便是多結一個無謂的冤家，倘若自己失手傷人殺人，更加不堪設想。自己在寺西失蹤，羣僧看守最嚴的，必是寺西通向少室山的各處山徑。他略一盤算，心想最穩妥的途徑，反是穿寺而過，從東方離寺。

當下矮著身子，在樹木遮掩下悄步而行，橫越過四座院舍，躲在一株菩提樹之後，忽見對面樹後伏著兩僧。那兩名僧人絲毫不動，黑暗中絕難發覺，只是他眼光尖利，見到一僧手中所持戒刀上的閃光，心道：「好險！我剛才倘若走得稍快，行藏非敗露不可。」在樹後守了一會，那兩名僧人始終不動，這一個「守株待兔」之策倒也十分厲害，自己只要一動，便給二僧發見，可是又不能長期僵持，始終不動。

他略一沉吟，拾起一塊小石子，伸指彈出，這一下勁道使得甚巧，初緩後急，石子飛出時無甚聲音，到得七八丈外，破空之聲方厲，擊在一株大樹上，拍的一響，發出異聲。

那二僧矮著身子，疾向那大樹撲去。

喬峯待二僧越過自己，縱身躍起，翻入了身旁的院子，月光下瞧得明白，一塊匾額上寫著「菩提院」三字。他知那二僧不見異狀，定然去而復回，當下更不停留，直趨後院，穿過菩提院前堂，斜身奔入後殿。

一瞥眼間，只見一條大漢的人影迅捷異常的在身後一閃而過，身法之快，直是罕見。

喬峯吃了一驚：「好身手，這人是誰？」迴掌護身，回過頭來，不由得啞然失笑，只見對面也是一條大漢單掌斜立，護住面門，含胸拔背，氣凝如嶽，原來後殿的佛像之前安著一座屏風，屏風上裝著一面極大的銅鏡，擦得晶光淨亮，鏡中將自己的人影照了出來，銅鏡上鐫著四句經偈，佛像前點著幾盞油燈，昏黃的燈光之下，依稀看到是：「一切有為法，如夢幻泡影，如露亦如電，當作如是觀。」

喬峯一笑回首，正要舉步，猛然間心頭似被甚麼東西猛力一撞，登時呆了，他只知在這一霎時間，想起了一件異常重要的事情。然而是甚麼事，卻模模糊糊的捉摸不住。

怔立片刻，無意中回頭又向銅鏡瞧了一眼，見到了自己的背影，猛地省悟：「我不久之前曾見過我自己的背影，那是在甚麼地方？我又從來沒見過這般大的銅鏡，怎能如此清晰的見到我自己背影？」正自出神，忽聽得院外腳步聲響，有數人走了進來。

百忙中無處藏身，見殿上並列著三尊佛像，當即竄上神座，躲到了第三座佛像身後。聽腳步聲共是六人，排成兩列，並肩來到後殿，各自坐在一個蒲團之上。喬峯從佛像後窺看，見六人都是中年僧人，心想：「我此刻竄向後殿，這六僧如均武功平平，那便不致發見，但只要其中有一人內功深湛，耳目聰明，就能知覺。且靜候片刻再說。」

忽聽得右首一僧道：「師兄，這菩提院中空蕩蕩地，有甚麼經書？師父為甚麼叫咱們來看守？說甚麼防敵人偷盜？」左首一僧微微一笑，道：「這是菩提院的秘密，多說無益。」右首的僧人道：「哼，我瞧你也未必知道。」左首的僧人受激不過，說道：「我怎不知道？『一夢如是』……」他說了這半句話，驀地驚覺，突然住口。右首的僧人問道：「甚麼叫做『一夢如是』？」坐在第二個蒲團上的僧人道：「止清師弟，你平時從來不多嘴多舌，怎地今天問個不休？你要知道菩提院的秘密，去問你自己師父罷。」

那名叫止清的僧人便不再問，過了一會，道：「我到後面方便去。」說著站起身來。他自右首走向左邊側門，經過自左數來第五名僧人的背後時，忽然右腳一起，便踢中了那僧後心「懸樞穴」。懸樞穴在人身第十三脊椎之下，那僧在蒲團上盤膝而坐，懸樞穴正在蒲團邊緣，被止清足尖踢中，身子緩緩向右倒去。這止清出足極快，卻又悄無聲息，跟著便去踢那第四僧的「懸樞穴」，接著又踢第三僧，霎時之間，接連踢倒三僧。

喬峯在佛像之後看得明白，心下大奇，不知這些少林僧何以忽起內鬨。只見那止清伸足又踢左首第二僧，足尖剛碰上他穴道，那被他踢中穴道的三僧之中，有兩僧從蒲團上跌了下來，腦袋撞到殿上磚地，砰砰有聲。左首那僧吃了一驚，躍起身來察看，瞥眼見到止清出足將他身右的僧人踢倒，更是驚駭，叫道：「止清，你幹甚麼？」止清指著外面道：「你瞧，是誰來了？」那僧人掉頭向外看去，止清飛起右腳，往他後心疾踢。

這一下出足極快，本來非中不可，但對面銅鏡將這一腳偷襲照得清清楚楚，那僧斜身避過，反手還掌，叫道：「你瘋了麼？」止清出掌如風，鬥到第八招時，那僧人小腹中拳，跟著又給踹了一腳。喬峯見止清出招陰柔險狠，渾不是少林派的家數，心下更奇。

那僧人情知不敵，大聲呼叫：「有奸細，有奸細……」止清跨步上前，左拳擊中他的胸口，那僧人登時暈倒。

止清奔到銅鏡之前，伸出右手食指，在鏡上那首經偈第一行第一個「一」字上一揿。喬峯從鏡中見他跟著又在第二行的「夢」字上揿了一下，心想：「那僧人說秘密是『一夢如是』，鏡上共有四個『如』字，不知該揿那一個？」

但見止清伸指在第三行的第一個「如」字上一揿，又在第四行的「是」字上一揿。他手指未離鏡面，只聽得軋軋聲響，銅鏡已緩緩翻起。

喬峯這時如要脫身而走，原是良機，但他好奇心起，要看個究竟，為甚麼這少林僧要戕害同門，銅鏡後面又有甚麼東西，說不定這事和玄苦大師被害之事有關。

左首第一僧被止清擊倒之前曾大聲呼叫，少林寺中正有百餘名僧眾在四處巡邏，一聽得叫聲，紛紛趕來。但聽得菩提院東南西北四方都有不少腳步聲傳到。

喬峯心下猶豫：「莫要給他們發見了我的蹤跡。」但想羣僧一到，目光都射向止清，自己脫身之機甚大，也不必急於逃走。只見止清探手到銅鏡後的一個小洞中去摸索，卻摸不到甚麼。便在這時，從北而來的腳步聲已近菩提院門外。

止清一頓足，顯是十分失望，正要轉身離開，忽然矮身往銅鏡的背面一張，低聲喜呼：「在這裏了！」伸手從銅鏡背面摘下一個小小包裹，揣在懷裏，便欲覓路逃走，但這時四面八方羣僧大集，已無去路。止清四面一望，當即從菩提院的前門中奔了出去。

喬峯心想：「此人這麼出去，非立時遭擒不可。」便在此時，只覺風聲颯然，有人撲向他的藏身之處，喬峯聽風辨形，左手一伸，已抓住了敵人的左腕脈門，右手一搭，按在他背心神道穴上，內力吐出，那人全身酸麻，已然不能動彈。喬峯拿住敵人，凝目瞧他面貌，竟見此人就是止清。他一怔之下，隨即明白：「是了！這人如我一般，也到佛像之後藏身，湊巧也挑中了這第三尊佛像，想是這尊佛像身形最是肥大之故。他為甚麼先從前門奔出，卻又悄悄從後門進來？嗯，地下躺著五個和尚，待會旁人進來一問，那五個和尚都說他從前門逃走了，大家就不會在這菩提院中搜尋。嘿，此人倒也工於心計。」

喬峯心中尋思，手上仍是拿住止清不放，將嘴唇湊到他耳邊，低聲道：「你若聲張，我一掌便送了你的性命，知不知道？」止清點了點頭。

便在這時，大門中衝進七八個和尚，其中三人手持火把，大殿上登時一片光亮。眾僧見到殿上五僧橫臥在地，登時吵嚷起來：「喬峯那惡賊又下毒手！」「嗯，是止湛、止淵師兄他們！」「啊喲，不好！這銅鏡怎麼給掀起了？喬峯盜去了菩提院的經書！」「快快稟報方丈。」喬峯聽到這些人紛紛議論，不禁苦笑：「這筆帳又算在我的身上。」片刻之間，殿上聚集的僧眾愈來愈多。

喬峯只覺得止清掙扎了幾下，想要脫身逃走，已明其意：「此刻羣僧集在殿上，止湛、止淵他們未醒。這止清僧若要逃走，這時正是良機，他便大搖大擺的在殿上出現，也無人起疑，人人都道我是兇手。」隨即心中又是一動：「看來這止清還不夠機靈，他當時何必躲在這裏？他從殿中出去，怎會有人盤問於他？」

突然之間，殿上人聲止息，誰都不再開口說一句話，跟著眾僧齊聲道：「參見方丈，參見達摩院首座，參見龍樹院首座。」

只聽得拍拍輕響，有人出掌將止湛、止淵等五僧拍醒，又有人問道：「是喬峯作的手腳麼？他怎麼會得知銅鏡中的秘密？」止湛道：「不是喬峯，是止清……」突然縱躍聲起，罵道：「好，好！你為甚麼暗算同門？」

喬峯在佛像之後，無法看到他在罵誰。

只聽得一人大聲驚叫：「止湛師兄，你拉我幹麼？」止湛怒道：「你踢倒我等五人，盜去經書，這般大膽！稟告方丈，叛賊止清，私開菩提院銅鏡，盜去藏經！」那人叫道：「甚麼？甚麼？我一直在方丈身邊，怎會來盜甚麼藏經？」

一個蒼老嘶啞的聲音森然道：「先關上銅鏡，將經過情形說來。」

止淵走過去將銅鏡放回原處。這一來，殿上羣僧的情狀，喬峯在鏡中瞧得清清楚楚。只見一僧指手劃腳，甚是激動，喬峯向他瞧了一眼，不由得吃了一驚，原來這人正是止清。喬峯一驚之下，自然而然的再轉頭去看身旁被自己擒住那僧，只見這人的相貌和殿上的止清僧全然一樣，細看之下，或有小小差異，但一眼瞧去，殊無分別。喬峯尋思：「世上形貌如此相像之人，極是罕有。是了，想他二人是孿生兄弟。這法子倒妙，一個到少林寺來出家，一個在外邊等著，待得時機到來，另一個扮作和尚到寺中來盜經。那真止清寸步不離方丈，自是無人對他起疑。」

只聽得止湛將止清如何探問銅鏡秘密，自己如何不該隨口說了四字，止清如何假裝出外方便、偷襲踢倒四僧，又如何和自己動手、將自己打倒等情，一一說了。止湛講述之時，止淵等四僧不住附和，證實他的言語全無虛假。

玄慈方丈臉上神色一直不以為然，待止湛說完，緩緩問道：「你瞧清楚了？確是止清無疑？」止湛和止淵等齊道：「稟告方丈，我們和止清無冤無仇，怎敢誣陷於他？」玄慈嘆道：「此事定有別情。剛才止清一直在我身邊，並未離開。達摩院首座也在一起。」

方丈此言一出，殿上羣僧誰也不敢作聲。達摩院首座玄難大師說道：「正是。我也瞧見止清陪著方丈師兄，他怎會到菩提院來盜經？」龍樹院首座玄寂問道：「止湛，那止清和你動手過招，拳腳中有何特異之處？」他便是那個語音蒼老嘶啞之人。

止湛大叫一聲：「啊也！我怎麼沒想起來？那止清和弟子動手，使的不是本門武功。」玄寂道：「是那一門那一派的功夫，你能瞧得出來嗎？」見止湛臉上一片茫然，無法回答，又問：「是長拳呢，還是短打？擒拿手？還是地堂、六合、通臂？」止湛道：「他……他的功夫陰毒得緊，弟子幾次都是莫名其妙的著了他道兒。」

玄寂、玄難等幾位行輩最高的老僧和方丈互視一眼，均想，今日寺中來了本領極高的對手，玩弄玄虛，叫人如墮五里霧中，為今之計，只有一面加緊搜查，一面鎮定從事，見怪不怪，否則寺中驚擾起來，只怕禍患更加難以收拾。

玄慈雙手合什，說道：「菩提院中所藏經書，乃本寺前輩高僧所著闡揚佛法、渡化世人的大乘經論，倘若佛門弟子得了去，唸誦鑽研，自然頗有裨益。但如世俗之人得去，不加尊重，實是罪過不小。各位師弟師姪，自行回歸本院安息，有職司者照常奉行。」

羣僧遵囑散去，只止湛、止淵等，還是對著止清嘮叨不休。玄寂向他們瞪了一眼，止湛等吃了一驚，不敢再說甚麼，和止清並肩而出。

羣僧退去，殿上只留下玄慈、玄難、玄寂三僧，坐在佛像前蒲團之上。玄慈突然說道：「阿彌陀佛，罪過罪過！」這八字一出口，三僧忽地飛身而起，轉到了佛像身後，從三個不同方位齊向喬峯出掌拍來。

喬峯沒料到這三僧竟已在銅鏡之中，發見了自己蹤跡，更想不到這三個老僧老態龍鍾，說打便打，出掌如此迅捷威猛，一霎時間，已覺呼吸不暢，胸口氣閉，少林寺三高僧合擊，確是非同小可。百忙中分辨掌力來路，只覺上下左右及身後五個方位，已全被三僧的掌力封住，倘若硬闖，非使硬功不可，不是擊傷對方，便是自己受傷。一時不及細想，雙掌運力向身前推出，喀喇喇聲音大響，身前佛像被他連座推倒。喬峯順手提起止清，縱身而前，只覺背心上掌風凌厲，掌力未到，風勢已及。

喬峯不願與少林高僧對掌鬥力，右手抓起身前那座裝有銅鏡的屏風，迴臂轉腕，將屏風如盾牌般擋在身後，只聽得噹的一聲大響，玄難一掌打在銅鏡之上，只震得喬峯右臂隱隱酸麻，鏡周屏風碎成數塊。

喬峯借著玄難這一掌之力，向前縱出丈餘，忽聽得身後有人深深吸了口氣，聲音大不尋常。喬峯立知有一位少林高僧要使「劈空神拳」這一類的武功，自己雖然不懼，卻也不欲和他以功力相拚，當即又將銅鏡擋到身後，內力也貫到了右臂之上。

便在此時，只覺得對方的掌風斜斜而來，方位殊為怪異。喬峯一愕，立即醒覺，那老僧的掌力不是擊向他背心，卻是對準了止清的後心。喬峯和止清素不相識，原無救他之意，但既將他提在手中，自然而然起了照顧的念頭，一推銅鏡，已護住了止清，只聽得拍的一聲悶響，銅鏡聲音啞了，原來這鏡子已被玄難先前的掌力打裂，這時再受到玄慈方丈的劈空掌，便聲若破鑼。

喬峯迴鏡擋架之時，已提著止清躍向屋頂，只覺他身子甚輕，和他魁梧的身材實在頗不相稱，但那破鑼似的聲音一響，自己竟然在屋簷上立足不穩，膝間一軟，又摔了下來。他自行走江湖以來，從來沒遇到過如此厲害的對手，不由得吃了一驚，一轉身，便如淵渟嶽峙般站在當地，氣度沉雄，渾不以身受強敵圍攻為意。

玄慈說道：「阿彌陀佛，喬施主，你到少林寺來殺人之餘，又再損毀佛像。」

玄寂喝道：「吃我一掌！」雙掌自外向裏轉了個圓圈，緩緩向喬峯推了過來。他掌力未到，喬峯已感胸口呼吸不暢，頃刻之間，玄寂的掌力如怒潮般洶湧而至。

喬峯拋去銅鏡，右掌還了一招「降龍十八掌」中的「亢龍有悔」。兩股掌力相交，嗤嗤有聲，玄寂和喬峯均退了三步。喬峯一霎時只感全身乏力，脫手放下止清，但一提真氣，立時便又精神充沛，不等玄寂第二掌再出，叫道：「失陪了！」提起止清，飛身上屋而去。

玄難、玄寂二僧同時「咦」的一聲，駭異無比。玄寂適才所出那一掌，實是畢生功力之所聚，叫作「一拍兩散」，所謂「兩散」，是指拍在石上，石屑四「散」、拍在人身，魂飛魄「散」。這路掌法就只這麼一招，只因掌力太過雄渾，臨敵時用不著使第二招，敵人便已斃命，而這一掌以如此排山倒海般的內力為根基，要想變招換式，亦非人力之所能。不料喬峯接了這一招，非但不當場倒斃，居然在極短的時間之中便即回力，攜人上屋而走。

玄難嘆道：「此人武功，當真了得！」玄寂道：「須當及早除去，免成無窮大患。」玄難連連點頭。玄慈方丈卻遙望喬峯去路的天邊，怔怔出神。

喬峯臨去時回頭一瞥，只見銅鏡被玄慈方丈那一拳打得碎成數十塊，散在地下，每塊碎片之中，都映出了他的後影。喬峯又是沒來由的一怔：「為甚麼每次我看到自己背影，總是心下不安？到底其中有甚麼古怪？」其時急於遠離少林，心頭雖浮上這層疑雲，在一陣急奔之下，便又忘懷了。

少室山中的道路他極是熟悉，竄向山後，儘揀陡峭的窄路行走，奔出數里，耳聽得並無少林僧眾追來，心下稍定，將止清放下地來，喝道：「你自己走罷！可別想逃走。」不料止清雙足一著地，便即軟癱委頓，蜷成一團，似乎早已死了。喬峯一怔，伸手去探他鼻息，只覺呼吸若有若無，極是微弱，再去搭他脈搏，也是跳動極慢，看來立時便要斷氣。

喬峯心想：「我心中存著無數疑團，正要問你，可不能讓你如此容易便死。這和尚落在我的手中，只怕陰謀敗露，多半是服了烈性毒藥自殺。」伸手到他胸口去探他心跳，只覺著手輕軟，這和尚竟是個女子！

喬峯急忙縮手，越來越奇：「他……他是個女子所扮？」黑暗中無法細察此人形貌。他是個豪邁豁達之人，不拘小節，可不像段譽那麼知書識禮，顧忌良多，提著止清後心拉了起來，喝道：「你到底是男人，還是女人？你不說實話，我可要剝光你衣裳來查明真相了？」止清口唇動了幾動，想要說話，卻說不出半點聲音，顯是命在垂危，如懸一線。

喬峯心想：「不論此人是男是女，是好是歹，總不能讓他就此死去。」當下伸出右掌，抵在他後心，自己丹田中真氣鼓盪，自腹至臂，自臂及掌，傳入了止清體內，就算救不了他性命，至少也要在他口中問到若干線索。過不多時，止清脈搏漸強，呼吸也順暢起來。喬峯見他一時不致便死，心下稍慰，尋思：「此處離少林未遠，不能逗留太久。」當下雙手將止清橫抱在臂彎之中，邁開大步，向西北方行去。

這時又覺止清身軀極輕，和他魁梧的身材殊不相稱，心想：「我除你衣衫雖是不妥，難道鞋襪便脫不得？」伸手扯下他右足僧鞋，一揑他的腳板，只覺著手堅硬，顯然不是生人的肌肉，微微使力一扯，一件物事應手而落，竟是一隻木製的假腳，再去摸止清的腳時，那才是柔軟細巧的一隻腳掌。喬峯哼了一聲，暗道：「果然是個女子。」

當下展開輕功，越行越快，奔到天色黎明，估量離少林寺已有五十餘里，抱著止清走到右首的一座小樹林之中，見一條清溪穿林而過，走到溪旁，掬些清水灑在止清臉上，再用她僧袍的衣袖擦了幾下，突然之間，她臉上肌肉一塊塊的落將下來。喬峯嚇了一跳：「怎麼她肌膚爛成了這般模樣？」凝目細看，只見她臉上的爛肉之下，露出光滑晶瑩的肌膚。

止清被喬峯抱著疾走，一直昏昏沉沉，這時臉上給清水一濕，睜開眼來，見到喬峯，勉強笑了一笑，輕輕說道：「喬幫主！」實在太過衰弱，叫了這聲後，又閉上眼睛。

喬峯見她臉上花紋斑斕，凹凹凸凸，瞧不清真貌，將她僧袍的衣袖在溪水中浸得濕透，在她臉上用力擦洗幾下，灰粉簌簌應手而落，露出一張嬌美的少女臉蛋來。喬峯失聲叫道：「是阿朱姑娘！」

喬裝止清混入少林寺菩提院的，正是慕容復的侍婢阿朱。她改裝易容之術，妙絕人寰，踩木腳增高身形，以棉花聳肩凸腹，更用麵粉糊漿堆腫了面頰，戴上僧帽，穿上僧袍，竟連與止清日常見面的止湛、止淵等人也認不出來。

她迷迷糊糊之中，聽得喬峯叫她「阿朱姑娘」，想要答應，又想解釋為甚麼混入少林寺中，但半點力氣也無，連舌頭也不聽使喚，竟然「嗯」的一聲也答應不出。

喬峯初時認定止清奸詐險毒，自己父母和師父之死，定和他有極大關連，是以不惜耗費真力，救他性命，要著落在他身上查明諸般真相，心下早已打定主意，如他不說，便要以種種慘酷難熬的毒刑拷打逼迫。那知此人真面目一現，竟然是那個嬌小玲瓏、俏美可喜的小姑娘阿朱，當真是做夢也料想不到。喬峯雖和阿朱、阿碧二人見過數面，又曾從西夏武士的手中救了她二人出來，但並不知阿朱精於易容之術，倘若換作段譽，便早就猜到了。

喬峯這時已辨明白她並非中毒，是受了掌力之傷，略一沉吟，已知其理，先前玄慈方丈發劈空掌擊來，自己以銅鏡擋架，雖未擊中阿朱，但其時自己左手之中提著她，這凌厲之極的掌力已傳到了她身上，想明此節，不由得暗自歉仄：「倘若我不是多管閒事，任由她自來自去，她早已脫身溜走，決不致遭此大難。」他心中好生看重慕容復，愛屋及烏，對他的侍婢也不免青眼有加。心想：「她所以受此重傷，全係因我之故。義不容辭，非將她治好不可。須得到市鎮上，請大夫醫治。」說道：「阿朱姑娘，我抱你到鎮上去治傷。」阿朱道：「我懷裏有傷藥。」說著右手動了動，卻無力氣伸入懷中。

喬峯伸手將她懷中物事都取了出來，除了有些碎銀，見有一個金鎖片打造得十分精緻，鎖片上鐫著兩行小字：「天上星，亮晶晶，永燦爛，長安寧。」此外有隻小小的白玉盒子，正是譚公在杏子林中送給她的。喬峯心頭一喜，知道這傷藥極具靈效，說道：「救你性命要緊，得罪莫怪。」伸手便解開了她衣衫，將一盒寒玉冰蟾膏盡數塗在她胸脯上。阿朱羞不可抑，傷口又感劇痛，登時便暈了過去。

喬峯替她扣好衣衫，把白玉盒子和金鎖片放回她懷裏，碎銀子則自己取了，伸手抄起她身子，快步向北而行。

行出二十餘里，到了一處人煙稠密的大鎮，叫作許家集。喬峯找到當地最大一家客店，要了兩間上房，將阿朱安頓好了，請了個醫生來看她傷勢。

那醫生把了阿朱的脈搏，不住搖頭，說道：「姑娘的病是沒藥醫的，這張方子只是聊盡人事而已。」喬峯看藥方上寫了些甘草、薄荷、桔梗、半夏之類，都是些連尋常肚痛也未必能治的溫和藥物。

他也不去買藥，心想：「倘若連冲霄洞譚公的靈藥也治她不好，這鎮上庸醫的藥更有何用？」當下又運真氣，以內力輸入她體內。頃刻之間，阿朱的臉上現出紅暈，說道：「喬幫主，虧你救我，要是落入了那些賊禿手中，可要了我的命啦。」喬峯聽她說話的中氣甚足，大喜道：「阿朱姑娘，我真擔心你好不了呢。」阿朱道：「你別叫我姑娘甚麼的，直截了當的叫我阿朱便是了。喬幫主，你到少林寺去幹甚麼？」喬峯道：「我早不是甚麼幫主啦，以後別再叫我幫主。」阿朱道：「嗯，對不住，我叫你喬大爺。」

喬峯道：「我先問你，你到少林寺去幹甚麼？」阿朱笑道：「唉，說出來你可別笑我胡鬧，我聽說我家公子到了少林寺，想去找他，跟他說王姑娘的事。那知道我好好的進寺去，守山門的那個止清和尚兇霸霸的說道，女子不能進少林寺。我跟他爭吵，他反而罵我。我偏偏要進去，而且還扮作了他的模樣，瞧他有甚麼法子？」

喬峯微微一笑，說道：「你易容改裝，終於進了少林寺，那些大和尚們可並不知你是女子啊。最好你進去之後，再以本來面目給那些大和尚們瞧瞧。他們氣破了肚子，可半點奈何你不得。」他本來對少林寺極是尊敬，但一來玄苦已死，二來羣僧不問青紅皂白，便冤枉他弒父、弒母、弒師，犯了天下最惡的三件大罪，心下自不免氣惱。

阿朱坐起身來，拍手笑道：「喬大爺，你這主意真高。待我身子好了，我便男裝進寺，再改穿女裝，大搖大擺的走到大雄寶殿去居中一坐，讓個個和尚氣得在地下打滾，那才好玩呢！啊……」她一口氣接不上來，身子軟軟的彎倒，伏在床上，一動不動了。

喬峯吃了一驚，食指在她鼻孔邊一探，似乎呼吸全然停了。他心中焦急，忙將掌心貼在她背心「靈台穴」上，將真氣送入她體內，不到一盞茶時分，阿朱慢慢仰起身來，歉然笑道：「啊喲，怎麼說話之間，我便睡著了，喬大爺，真對不住。」喬峯知道情形不妙，說道：「你身子尚未復元，且睡一會養養神。」阿朱道：「我倒不疲倦，不過你累了半夜，你請去歇一會兒罷。」喬峯道：「好，過一會我來瞧你。」

他走到客堂中，要了五斤酒，兩斤熟牛肉，自斟自飲。此時心下煩惱，酒入愁腸易醉，五斤酒喝完，竟然便微有醺醺之意。他拿了兩個饅頭，到阿朱房中去給她吃，進門後叫了兩聲，不聞回答，走到床前，只見她雙目微閉，臉頰凹入，竟似死了。伸手去摸摸她額頭，幸喜尚有暖氣，忙以真氣相助。阿朱慢慢醒轉，接過饅頭，高高興興的吃了起來。

這一來，喬峯知道她此刻全仗自己的真氣續命，只要不以真氣送入她體內，不到一個時辰便即氣竭而死，那便如何是好？

阿朱見他沉吟不語，臉有憂色，說道：「喬大爺，我受傷甚重，連譚老先生的靈藥也治不了，是麼？」喬峯忙道：「不，不！沒甚麼，將養幾天，也就好了。」阿朱道：「你別瞞我。我自己知道，只覺得心中空蕩蕩地，半點力氣也沒有。」喬峯道：「你安心養病，我總有法子醫好你。」阿朱聽他語氣，知道自己實是傷重，心下也不禁害怕，不由得手一抖，一個吃了一半的饅頭便掉在地下。喬峯只道她內力又盡，當下又伸掌按她靈台穴。

阿朱這一次神智卻尚清醒，只覺一股暖融融的熱氣從喬峯掌心傳入自己身體，登時四肢百駭，處處感舒服。她微一沉吟，已明白自己其實已垂危數次，都靠喬峯以真氣救活，心中又是感激，又是驚惶。她人雖機伶，終究年紀幼小，怔怔的流下淚來，說道：「喬大爺，我不願死，你別抛下我在這裏不理我。」

喬峯聽她說得可憐，安慰她道：「決計不會的，你放心好啦。我喬峯是甚麼人，怎能捨棄身遭危難的朋友？」阿朱道：「我不配做你朋友。喬大爺，我是要死了麼？人死了之後會不會變鬼？」喬峯道：「你不用多疑。你年紀這麼小，受了這一點兒輕傷，怎麼就會死？」阿朱道：「你會不會騙人？」喬峯道：「不會的。」阿朱道：「你是武林中出名的英雄好漢，人家都說：『北喬峯，南慕容』，你和我家公子爺南北齊名，你生平有沒說過不算數的話？」喬峯微笑道：「小時候，我常常說謊。後來在江湖上行走，便不騙人啦。」阿朱道：「你說我傷勢不重，是不是騙我？」

喬峯心想：「你若知道自己傷勢極重，心中一急，那就更加難救。為了你好，說不得，只好騙你一騙。」便道：「我不會騙你的。」阿朱嘆了口氣，說道：「好，我便放心了。喬大爺，我求你一件事。」喬峯道：「甚麼事？」阿朱道：「今晚你在我房裏陪我，別離開我。」她想喬峯這一走開，自己只怕挨不到天明。喬峯道：「很好，你便不說，我也會坐在這裏陪你。你別說話，安安靜靜的睡一會兒。」

阿朱閉上眼睛，過了一會，又睜開眼來，說道：「喬大爺，我睡不著，我求你一件事，行不行？」喬峯道：「甚麼事？」阿朱道：「我小時候睡不著，我媽便在我床邊唱歌兒給我聽。只要唱得三支歌，我便睡熟啦。」喬峯微笑道：「這會兒去找你媽媽，可不容易。」阿朱嘆了口氣，幽幽的道：「我爹爹、媽媽不知在那裏，也不知是不是還活在世上。喬大爺，你唱幾支歌兒給我聽罷。」

喬峯不禁苦笑，他這樣個大男子漢，唱歌兒來哄一個少女入睡，可實在不成話，便道：「唱歌我當真不會。」阿朱道：「你小時候，你媽媽可有唱歌給你聽？」喬峯搔了搔頭，道：「那倒好像有的，不過我都忘了。就是記得，我也唱不來。」阿朱嘆道：「你不肯唱，那也沒法子。」喬峯歉然道：「我不是不肯唱，實在是不會。」阿朱忽然想起一事，拍手笑道：「啊，有了，喬大爺，我再求你一件事，這一次你可不許不答允。」

喬峯覺得這個小姑娘天真爛漫，說話行事卻往往出人意表，她說再求自己一件事，不知又是甚麼精靈古怪的玩意，說道：「你先說來聽聽，能答允就答允，不能答允就不答允。」阿朱道：「這件事，世上之人，只要滿得四五歲，那就誰都會做，你說容易不容易？」喬峯不肯上當，道：「到底是甚麼事，你總得說明白在先。」阿朱嫣然一笑，道：「好罷！你講幾個故事給我聽，兔哥哥也好，狼婆婆也好，我就睡著了。」

喬峯皺起眉頭，臉色尷尬。不久之前，他還是個叱吒風雲、領袖羣豪、江湖第一大幫的幫主。數日之間，被人免去幫主，逐出丐幫，父母師父三個世上最親之人在一日內逝世，再加上自己是胡是漢，身世未明，卻又負了叛逆弒親的三條大罪，如此重重打擊加上身來，沒一人和他分憂，那也罷了，不料在這客店之中，竟要陪伴這樣一個小姑娘唱歌講故事。這等婆婆媽媽的無聊事，他從前只要聽見半句，立即就掩耳疾走。他生平只喜歡和眾兄弟喝酒猜拳、喧譁叫嚷，酒酣耳熱之餘，便縱談軍國大事，講論天下英雄。甚麼講個故事聽聽，兔哥哥、狼婆婆的，那真是笑話奇談了。

然而一瞥眼間，見阿朱眼光中流露出熱切盼望的神氣，又見她容顏憔悴，心想：「她受了如此重傷，只怕已難以痊愈，一口氣接不上來，隨時便能喪命。她想聽故事，我便隨口說一個罷。」便道：「好，我就講個故事給你聽，就怕你會覺得不好聽。」

阿朱喜上眉梢，道：「一定好聽的，你快講罷。」

喬峯雖然答允了，真要他說故事，可實在說不上來，過了好一會，才道：「嗯，我說一個狼故事。從前，有一個老公公，在山裏行走，看見有一隻狼，給人縛在一隻布袋裏，那狼求他釋放，老公公便解開布袋，將狼放了出來。那狼……」阿朱接口道：「那狼說牠肚子餓了，要吃老公公，是不是？」喬峯道：「唉，這故事你聽見過的？」阿朱道：「這是中山狼的故事。我不愛聽書上的故事，我要你講鄉下的，不是書上寫的故事。」

喬峯沉吟道：「不是書上的，要是鄉下的故事。好，我講一個鄉下孩子的故事給你聽。「從前，山裏有一家窮人家，爹爹和媽媽只有一個孩子。那孩子長到七歲時，身子已很高大，能幫著爹爹上山砍柴了，有一天，爹爹生了病，他們家裏很窮，請不起大夫，買不起藥。可是爹爹的病一天天重起來，不吃藥可不行，於是媽媽將家中僅有的六隻母鷄、一簍鷄蛋，拿到鎮上去賣。

「母鷄和鷄蛋賣得了四錢銀子，媽媽便去請大夫。可是那大夫說，山裏路太遠，不願去看病，媽媽苦苦哀求他，那大夫總是搖頭不允。媽媽跪下來求懇。那大夫說：『到你山裏窮人家去看病，沒的惹了一身瘴氣窮氣。你四錢銀子，又治得了甚麼病？』媽媽拉著他袍子的衣角，那大夫用力掙脫，不料媽媽拉得很緊，嗤的一聲，袍子便撕破了一條長縫。那大夫大怒，將媽媽推倒在地下，又用力踢了她一腳，還拉住她要賠袍子，說這袍子是新縫的，值得二兩銀子。」

阿朱聽他說到這裏，輕聲道：「這個大夫實在太可惡了。」

喬峯仰頭瞧著窗外慢慢暗將下來的暮色，緩緩說道：「那孩子陪在媽媽身邊，見媽媽給人欺侮，便衝上前去，向那大夫又打又咬。但他只是個孩子，有甚麼力氣，給那大夫抓了起來，摜到了大門外。媽媽忙奔到門外去看那孩子。那大夫怕那女人再來糾纏，便將大門關上了。孩子額頭撞在石塊上，流了很多血。媽媽怕事，不敢再在大夫門前逗留，便一路哭泣，拉著孩子的手，回家去了。

「那孩子經過一家鐵店門前，見攤子上放著幾把殺豬殺牛的尖刀。打鐵師傅正在招呼客人買犁耙、鋤頭，忙得不可開交，那孩子便偷了一把尖刀，藏在身邊，連媽媽也沒瞧見。

「到得家中，媽媽也不將這事說給爹爹聽，生怕爹爹氣惱，更增病勢，要將那四錢銀子取出來交給爹爹，不料一摸懷中，銀子卻不見了。

「媽媽又驚慌又奇怪，出去問兒子，只見孩子拿著一把明晃晃的新刀，正在石頭上磨，媽媽問他：『刀子那裏來的？』孩子不敢說是偷的，便撒謊道：『是人家給的。』媽媽自然不信，這樣一把尖頭新刀，市集上總得賣錢半二錢銀子，怎麼會隨便送給孩子？問他是誰送的，那孩子卻又說不上來。媽媽嘆了口氣，說道：『孩子，爹爹媽媽窮，平日沒能買甚麼玩意兒給你，當真委屈了你。你買了把刀子來玩，男孩子家，也沒甚麼。多餘的錢你給媽媽，爹爹有病，咱們買斤肉來煨湯給他喝。』那孩子一聽，瞪著眼道：『甚麼多餘的錢？』媽媽道：『咱們那四錢銀子，你拿了去買了刀子，是不是？』那孩子急了，叫道：『我沒拿錢，我沒拿錢。』爹爹媽媽從來不打他罵他，雖然只是個幾歲大的孩子，也當他客人一般，一向客客氣氣的待他……」

喬峯說到這裏，心中忽然一凜：「為甚麼這樣？天下父母親對待兒子，可從來不是這樣的，就算溺愛憐惜，也決不會這般的尊重客氣。」自言自語：「為甚麼這樣奇怪？」

阿朱問道：「甚麼奇怪啊？」說到最後兩字時，已氣若遊絲。喬峯知她體內真氣又竭，當即伸掌抵在她背心，以內力送入她體內。

阿朱精神漸復，嘆道：「喬大爺，你每給我渡一次氣，自己的內力便消減一次，練武功之人，真氣內力是第一要緊的東西。你這般待我，阿朱……如何報答？」喬峯笑道：「我只須靜坐吐納，練上幾個時辰，真氣內力便又恢復如常，又說得上甚麼報答？我和你家主人慕容公子千里神交，雖未見面，我心中已將他當作了朋友。你是他家人，何必和我見外？」阿朱黯然道：「我每隔一個時辰，體氣便漸漸消逝，你總不能……總不能永遠……」喬峯道：「你放心，咱們總能找一位醫道高明的大夫，給你治好傷勢。」

阿朱微笑道：「只怕那大夫嫌我窮，怕沾上瘴氣窮氣，不肯給我醫治。喬大爺，你那故事還沒說完呢，甚麼事好奇怪？」

喬峯道：「嗯，我說溜了嘴。媽媽見孩子不認，也不說了，便回進屋中。過了一會，孩子磨完了刀回進屋去，只聽媽媽正在低聲和爹爹說話，說他偷錢買了一柄刀子，卻不肯認。

他爹爹道：『這孩子跟著咱們，從來沒甚麼玩的，他要甚麼，由他去罷，咱們一向挺委屈了他。』二人說到這裏，看見孩子進屋，便住口不說了。爹爹和顏悅色的摸著他頭，道：『乖孩子，以後走路小心些，怎麼頭上跌得這麼厲害？』至於不見了四錢銀子和他買了把新刀子的事，爹爹一句不提，甚至連半點不高興的樣子也沒有。

「孩子雖然只有七歲，卻已很懂事，心想：『爹爹媽媽疑心我偷了錢去買刀子，要是他們狠狠的打我一頓，罵我一場，我也並不在乎。可是他們偏偏仍是待我這麼好。』他心中不安，向爹爹道：『爹，我沒偷錢，這把刀子也不是買來的。』爹爹道：『你媽多事，錢不見了，有甚麼打緊？大驚小怪的查問，婦道人家就心眼兒小。好孩子，你頭上痛不痛？』那孩子只得答道：『還好！』他想辯白，卻無從辯起，悶悶不樂，晚飯也不吃，便去睡了。

「他在床上翻來覆去，說甚麼也睡不著，又聽得媽媽輕輕哭泣，想是既憂心爹爹病重，又氣惱日間受了那大夫的辱打。孩子悄悄起身，從窗子裏爬了出去，連夜趕到鎮上，到了那大夫門外。那屋子前門後門都關得緊緊地，沒法進去。孩子身子小，便從狗洞裏鑽進屋去，見一間房的窗紙上透出燈光，大夫還沒睡，正在煎藥。孩子推開了房門……」

阿朱為那孩子擔憂，說道：「這小孩兒半夜裏摸進人家家裏，只怕要吃大虧。」

喬峯搖頭道：「沒有。那大夫聽得開門的聲音，頭也沒抬，問道：『誰？』孩子一聲不出，走近身去，拔出尖刀，一刀便戳了過去。他身子矮，這一刀戳在大夫的肚子上。那大夫只哼了幾聲，便倒下了。」

阿朱「啊」的一聲，驚道：「這孩子將大夫刺死了？」

喬峯點了點頭，道：「不錯。孩子又從狗洞裏爬將出來，回到家裏。黑夜之中來回數十里路，也累得他慘了。第二天早上，大夫的家人才發見他死了，肚破腸流，死狀很慘，但大門和後門都緊緊閉著，裏面好好的上了閂，外面的兇手怎麼能進屋來？大家都疑心是大夫家中自己人幹的。知縣老爺將大夫的兄弟、妻子都捉去拷打審問，鬧了幾年，大夫的家也就此破了。這件事始終成為許家集的一件疑案。」

阿朱道：「你說許家集？那大夫……便是這鎮上的麼？」

喬峯道：「不錯。這大夫姓鄧。本來是這鎮上最出名的醫生，遠近數縣，都是知名的。他的家在鎮西，本來是高大的白牆，現下都破敗了。剛才我去請醫生給你看病，還到那屋子前面去看來。」

阿朱問道：「那個生病的老爹呢？他的病好了沒有？」喬峯道：「後來少林寺一位和尚送了藥，治好了他的病。」阿朱道：「少林寺中倒也有好和尚。」喬峯道：「自然有。少林寺中有幾位高僧仁心俠骨，著實令人可敬。」說著心下黯然，想到了受業恩師玄苦大師。

阿朱「嗯」的一聲，沉吟道：「那大夫瞧不起窮人，不拿窮人的性命當一回事，固然可惡，但也罪不至死。這個小孩子，也太野蠻了。我真不相信有這種事情，七歲大的孩子，怎地膽敢動手殺人？啊，喬大爺，你說這是個故事，不是真的？」喬峯道：「是真的事情。」

阿朱嘆息一聲，輕聲道：「這樣兇狠的孩子，倒像是契丹的惡人！」

喬峯突然全身一顫，跳起身來，道：「你……你說甚麼？」

阿朱見到他臉上變色，一驚之下，驀地裏甚麼都明白了，說道：「喬大爺，喬大爺，對不起，我……我不是有意用言語傷你。當真不是故意……」喬峯呆立片刻，頹然坐下，道：「你猜到了？」阿朱點點頭。喬峯道：「無意中說的言語，往往便是真話。我這麼下手不容情，當真由於是契丹種的緣故？」阿朱柔聲道：「喬大爺，阿朱胡說八道，你不必介懷。那大夫踢你媽媽，你自小英雄氣概，殺了他也不希奇。」

喬峯雙手抱頭，說道：「那也不單因為他踢我媽媽，還因他累得我受了冤枉。媽媽那四錢銀子，定是在大夫家中拉拉扯扯之時掉在地下了。我……我生平最受不得給人冤枉。」

可是，便在這一日之中，他身遭三樁奇冤。自己是不是契丹人，還無法知曉，但喬三槐夫婦和玄苦大師，卻明明不是他下手殺的，然而殺父、殺母、殺師這三件大罪的罪名，卻都安在他的頭上。到底兇手是誰？如此陷害他的是誰？

便在這時，又想到了另一件事：「為甚麼爹爹媽媽都說，我跟著他們是委屈了我？父母窮，兒子自然也窮，有甚麼委屈不委屈的？只怕我的確不是他們親生兒子，是旁人寄養在他們那裏的。想必交託寄養之人身分甚高，因此爹爹媽媽待我十分客氣，不但客氣，簡直是敬重。那寄養我的人是誰？多半便是汪幫主了。」他父母待他，全不同尋常父母對待親兒，以他生性之精明，照理早該察覺，然而從小便是如此，習以為常，再精明的人也不會去細想，只道他父母特別溫和慈祥而已。此刻想來，只覺事事都證實自己是契丹夷種。

阿朱安慰他道：「喬大爺，他們說你是契丹人，我看定是誣衊造謠。別說你慷慨仁義，四海聞名，單是你對我如此一個微不足道的小丫鬟，也這般盡心看顧，契丹人殘毒如虎狼一般，跟你是天上地下，如何能夠相比？」

喬峯道：「阿朱，倘若我真是契丹人呢，你還受不受我看顧？」

其時中土漢人，對契丹切齒痛恨，視作毒蛇猛獸一般，阿朱一怔，說道：「你別胡思亂想，那決計不會。契丹族中要是能出如你這樣的好人，咱們大家也不會痛恨契丹人了。」

喬峯默然不語，心道：「如果我真是契丹人，連阿朱這樣的小丫鬟也不會理我了。」霎時之間，只覺天地雖大，竟無自己容身之所，思湧如潮，胸口熱血沸騰，自知為阿朱接氣多次，內力消耗不少，當下盤膝坐在床畔椅上，緩緩吐納運氣。

阿朱也閉上了眼睛。

十九 雖萬千人吾往矣

玄難光了一雙膀子，露出瘦骨稜稜的兩條長臂，狂怒之下，臉色鐵青，雙臂直上直下，猛攻而前。

喬峯運功良久，忽聽得西北角上高處傳來閣閣兩聲輕響，知有武林中人在屋頂行走，跟著東南角上也是這麼兩響。聽到西北角上的響聲時，喬峯尚不以為意，但如此兩下湊合，多半是衝著自己而來。他低聲向阿朱道：「我出去一會，即刻就回來，你別怕。」阿朱點了點頭。喬峯也不吹滅燭火，房門本是半掩，他側身挨了出去，繞到後院窗外，貼牆而立。

只聽得客店靠東一間上房中有人說道：「是向八爺麼？請下來罷。」西北角上那人笑道：「關西祁老六也到了。」房內那人道：「好極，好極！一塊兒請進。」屋頂兩人先後躍下，走進了房中。

喬峯心道：「關西祁老六人稱『快刀祁六』，是關西聞名的好漢。那向八爺想必是湘東的向望海，聽說此人仗義疏財，武功了得。這兩人不是奸險之輩，跟我素無糾葛，決不是衝著我來，倒是瞎疑心了。房中那人說話有些耳熟，卻是誰人？」

只聽向望海道：「『閻王敵』薛神醫突然大撒英雄帖，遍邀江湖同道，勢頭又是這般緊迫，說甚麼『英豪見帖，便請駕臨』。鮑大哥，你可知為了何事？」

喬峯聽到「閻王敵薛神醫」六個字，登時驚喜交集：「薛神醫是在附近麼？我只道他遠在甘州。若在近處，阿朱這小丫頭可有救了。」

他早聽說薛神醫是當世醫中第一聖手，只因「神醫」兩字太出名，連他本來的名字大家也都不知道了。江湖上的傳說更加誇大，說他連死人也醫得活，至於活人，不論受了多麼重的傷，生了多麼重的病，他總有法子能治，因此陰曹地府的閻羅王也大為頭痛，派了無常小鬼去拘人，往往給薛神醫從旁阻撓，攔路奪人。這薛神醫不但醫道如神，武功也頗了得。他愛和江湖上的朋友結交，給人治了病，往往向對方請教一兩招武功。對方感他活命之恩，傳授時自然決不藏私，教他的都是自己最得意的功夫。

只聽得快刀祁六問道：「鮑老闆，這幾天做了甚麼好買賣啊？」喬峯心道：「怪道房中那人的聲音聽來耳熟，原來是『沒本錢』鮑千靈。此人劫富濟窮，頗有俠名，當年我就任丐幫幫主，他也曾參與典禮。」

他既知房中是向望海、祁六、鮑千靈三人，便不想聽人陰私，尋思：「明日一早去拜訪鮑千靈，向他探問薛神醫的落腳之地。」正要回房，忽聽得鮑千靈嘆了口氣，說道：「唉，這幾天心境挺壞，提不起做買賣興致，今天聽到他殺父、殺母、殺師的惡行，更是氣憤。」說著伸掌在桌上重重擊了一下。

喬峯聽到「殺父、殺母、殺師」這幾個字，心中一凜：「他是在說我了。」

向望海道：「喬峯這廝一向名頭很大，假仁假義，倒給他騙了不少人，那想得到竟會幹出這樣滔天的罪行來。」鮑千靈道：「當年他出任丐幫幫主，我和他也有過一面之緣。這人過去的為人，我一向是十分佩服的。聽趙老三說他是契丹夷種，我還力斥其非，和趙老三為此吵得面紅耳赤，差些兒動手打上一架。唉，夷狄之人，果然與禽獸無異，他隱瞞得一時，到得後來，終於兇性大發。」祁六道：「沒想到他居然出身少林，玄苦大師是他的師父。」鮑千靈道：「此事本來極為隱秘，連少林派中也極少人知。但喬峯既殺了他師父，少林派可也瞞不住了。這姓喬的惡賊只道殺了他父母和師父，便能隱瞞他的出身來歷，跟人家來個抵死不認，沒料到弄巧成拙，罪孽越來越大。」

喬峯站在門外，聽到鮑千靈如此估量自己的心事，尋思：「『沒本錢』鮑千靈跟我算得上是有點交情的，此人決非信口雌黃之輩，連他都如此說，旁人自是更加說得不堪之極了。唉，喬某遭此不白奇冤，又何必費神去求洗刷？從此隱姓埋名，十餘年後，教江湖上的朋友都忘了有我這樣一號人物，也就是了。」霎時之間，不由得萬念俱灰。

卻聽得向望海道：「依兄弟猜想，薛神醫大撒英雄帖，就是為了商議如何對付喬峯。這位『閻王敵』嫉惡如仇，又聽說他跟少林寺的玄難、玄寂兩位大師交情著實不淺。」鮑千靈說道：「不錯，我想江湖上近來除了喬峯行惡之外，也沒別的甚麼大事。向兄、祁兄，來來來，咱們乾上幾斤白酒，今夜來個抵足長談。」

喬峯心想，他們就是說到明朝天亮，也不過是將我加油添醬的臭罵一夜而已，當下不願再聽，回到阿朱房中。

阿朱見他臉色慘白，神氣極是難看，問道：「喬大爺，你遇上了敵人嗎？」心下擔憂，怕他受了內傷。喬峯搖了搖頭。阿朱仍不放心，問道：「你沒受傷，是不是？」

喬峯自踏入江湖以來，只有為友所敬、為敵所懼，那有像這幾日中如此受人輕賤卑視，他聽阿朱這般詢問，不由得傲心登起，大聲道：「沒有。那些無知小人對我喬某造謠誣衊，倒是不難，要出手傷我，未必有這麼容易。」突然之間，將心一橫，激發了英雄氣概，說道：「阿朱，明日我去給你找一個天下最好的大夫治傷，你放心安睡罷。」

阿朱瞧著他這副睥睨傲視的神態，心中又是敬仰，又是害怕，只覺眼前這人和慕容公子全然不同，可是又有很多地方相同，兩人都是天不怕、地不怕，都是又驕傲、又神氣。但喬峯粗獷豪邁，像一頭雄獅，慕容公子卻溫文瀟灑，像一隻鳳凰。

喬峯心意已決，更無掛慮，坐在椅上便睡著了。

阿朱見黯淡的燈光照在他臉上，過了一會，聽得他發出輕輕鼾聲，臉上的肌肉忽然微微扭動，咬著牙齒，方方的面頰兩旁肌肉凸了出來。阿朱忽起憐憫之意，只覺得眼前這個粗壯的漢子心中很苦，比自己實是不幸得多。

次日清晨，喬峯以內力替阿朱接續真氣，付了店帳，命店伴去僱了一輛騾車。他扶著阿朱坐入車中，然後走到鮑千靈的房外，大聲道：「鮑兄，小弟喬峯拜見。」

鮑千靈和向望海、祁六三人罵了喬峯半夜，倦極而眠，這時候還沒起身，忽聽得喬峯呼叫，都是大吃一驚，齊從炕上跳了下來，抽刀的抽刀，拔劍的拔劍，摸鞭的摸鞭。三人兵刃一入手，登時呆了，只見自己兵刃上貼著一張小小白紙，寫著「喬峯拜上」四個小字。三人互望了幾眼，心下駭然，知道昨晚睡夢之中，已給喬峯做下了手腳，他若要取三人性命，當真易如反掌。其中鮑千靈更是慚愧，他外號叫作「沒本錢」，日走千家，夜闖百戶，飛簷走壁，取人錢財，最是他的拿手本領，不料夜中著了喬峯的道兒，直到此刻方始知覺。

鮑千靈將軟鞭纏還腰間，心知喬峯若有傷人之意，昨晚便已下手，當即搶到門口，說道：「鮑千靈的項上人頭，喬兄何時要取，隨時來拿便是。鮑某專做沒本錢生意，全副家當蝕在喬兄手上，也沒甚麼。閣下連父親、母親、師父都殺，對鮑某這般泛泛之交，下手何必容情？」他一見到軟鞭上的字條，便已打定了主意，知道今日之事凶險無比，索性跟他強橫到底，真的無法逃生，也只好將一條性命送在他手中了。

喬峯抱拳道：「當日山東青州府一別，忽忽數年，鮑兄風采如昔，可喜可賀。」鮑千靈哈哈一笑，說道：「苟且偷生，直到如今，總算還沒死。」喬峯道：「聽說『閻王敵』薛神醫大撒英雄帖，在下頗想前去見識見識，便與三位一同前往如何？」

鮑千靈大奇，心想：「薛神醫大撒英雄帖，為的就在對付你。你沒的活得不耐煩了，竟敢孤身前往，到底有何用意？久聞丐幫喬幫主膽大心細，智勇雙全，若不是有恃無恐，決不會去自投羅網，我可別上了他的當才好。」

喬峯見他遲疑不答，道：「喬某有事相求薛神醫，還盼鮑兄引路。」

鮑千靈心想：「我正愁逃不脫他的毒手，將他引到英雄宴中，羣豪圍攻，他便有三頭六臂，終究寡不敵眾。只是跟他一路同行，實是九死一生。」雖然心下惴惴，總想還是將他領到英雄會中去的為妙，便道：「這英雄大會，便設在此去東北七十里的聚賢莊。喬兄肯去，再好也沒有了。鮑千靈有言在先，自來會無好會，宴無好宴，喬兄此去凶多吉少，莫怪鮑千靈事先不加關照。」

喬峯淡淡一笑，道：「鮑兄好意，喬某心領。英雄宴既設在聚賢莊上，那麼做主人的是游氏雙雄了？聚賢莊的所在，那也容易打聽，三位便請先行，小弟過得一個時辰，慢慢再去不遲，也好讓大夥兒預備預備。」

鮑千靈回頭向祁六和向望海兩人瞧了一眼，兩人緩緩點頭。鮑千靈道：「既是如此，我們三人在聚賢莊上恭候喬兄大駕。」

鮑、祁、向三人匆匆結了店帳，跨上坐騎，加鞭向聚賢莊進發。一路催馬而行，時時回頭張望，只怕喬峯忽乘快馬，自後趕到，幸好始終不見。鮑千靈固是個機靈之極的人物，祁六和向望海也均是閱歷富、見聞廣的江湖豪客。但三人一路上商量推測，始終捉摸不透喬峯說要獨闖英雄宴有何用意。

祁六忽道：「鮑大哥，你見到喬峯身旁的那輛大車沒有，這中間只怕有甚麼古怪。」向望海道：「難道車中埋伏有甚麼厲害人物？」鮑千靈道：「就算車中重重疊疊的擠滿了人，擠到七八個，那也塞得氣都透不過來了。加上喬峯，不足十人，到得英雄宴中，只不過如大海中的一隻小船，那又有甚麼作為？」

說話之間，一路上遇到的武林同道漸多，都是趕到聚賢莊去赴英雄宴的。這次英雄宴乃臨時所邀，但發的是無名帖，帖上不署賓客姓名，見者有份，只要是武林中人，一概歡迎。接到請帖之人連夜快馬轉邀同道，一個轉一個，一日一夜之間，帖子竟也已傳得極遠。只因時間迫促，來到聚賢莊的，大都是少林寺左近方圓數百里內的人物。但河南是中州之地，除了本地武人之外，北上南下的武林知名之士得到訊息，盡皆來會，人數著實不少。

這次英雄宴由聚賢莊游氏雙雄和「閻王敵」薛神醫聯名邀請。游氏雙雄游驥、游駒家財豪富，交遊廣闊，武功了得，名頭響亮，但在武林中既無甚麼了不起的勢力，也算不上如何德高望重，原本請不到這許多英雄豪傑。那薛神醫卻是人人都要竭力與他結交的。武學之士儘管大都自負了得，卻很少有人自信能夠打遍天下無敵手，就算真的自以為當世武功第一，也難保不生病受傷。如能交上了薛神醫這位朋友，自己就是多了一條性命，只要不是當場斃命，薛神醫肯伸手醫治，那便是死裏逃生了。因此游氏雙雄請客，收到帖子的不過是自覺臉上有光，這薛神醫的帖子，卻不啻是一道救命的符籙。人人都想，今日跟他攀上了交情，日後自己有甚麼三長兩短，他便不能袖手不理，而在刀頭上討生活之人，誰又保得定沒有兩短三長？請帖上署名是「薛慕華、游驥、游駒」三個名字，其後附了一行小字：「游驥、游駒附白：薛慕華先生人稱『薛神醫』。」若不是有這行小字，收到帖子的多半還不知薛慕華是何方高人，來到聚賢莊的只怕連三成也沒有了。

鮑千靈、祁六、向望海三人到得莊上，游老二游駒親自迎了出來。進得大廳，只見廳上已黑壓壓的坐滿了人。鮑千靈有識得的，有不相識的，一進廳中，四面八方都是人聲，多半說：「鮑老闆，發財啊！」「老鮑，這幾天生意不壞啊。」鮑千靈連連拱手，和各路英雄招呼。他可真還不敢大意，這些江湖英雄慷慨豪邁的固多，氣量狹窄的可也著實不少，一個不小心向誰少點了一下頭，沒笑上一笑答禮，說不定無意中便得罪了人，因此而惹上無窮後患，甚至釀成殺身之禍，那也不是奇事。

游駒引著他走到東首主位之前。薛神醫站起身來，說道：「鮑兄、祁兄、向兄三位大駕光降，當真是往老朽臉上貼金，感激之至。」鮑千靈連忙答禮，說道：「薛老爺子見召，鮑千靈便是病得動彈不得，也要叫人抬了來。」游老大游驥笑道：「你當真病得動彈不得，更要叫人抬了來見薛老爺子啦！」旁邊的人都哈哈大笑起來。游駒道：「三位路上辛苦，請到後廳去用些點心。」

鮑千靈道：「點心慢慢吃不遲，在下有一事請問。薛老爺子和兩位游爺這次所請的賓客之中，有沒喬峯在內？」

薛神醫和游氏雙雄聽到「喬峯」兩字，均微微變色。游驥說道：「我們這次發的是無名帖，見者統請。鮑兄提起喬峯，是何意思？鮑兄與喬峯那廝頗有交情，是也不是？」

鮑千靈道：「喬峯那廝說要到聚賢莊來，參與英雄大宴。」

他此言一出，登時羣相聳動。大廳上眾人本來各自在高談闊論，喧譁嘈雜，突然之間，大家都靜了下來。站得遠的人本來聽不到鮑千靈的話，但忽然發覺誰都不說話了，自己說了一半的話也就戛然而止。霎時之間，大廳上鴉雀無聲，後廳的鬧酒聲、走廊上的談笑聲，卻遠遠傳了過來。

薛神醫問道：「鮑兄如何得知喬峯那廝要來？」

鮑千靈道：「是在下與祁兄、向兄親耳聽到的。說來慚愧，在下三人，昨晚栽了一個大觔斗。」向望海向他連使眼色，叫他不可自述昨晚的醜事。但鮑千靈知道薛神醫和游氏雙雄固然精幹，而英雄會中智能之士更是不少，自己稍有隱瞞，定會惹人猜疑。這一件事非同小可，自己已被捲入了漩渦之中，一個應付不得當，立時身敗名裂。他緩緩從腰間解下軟鞭，那張寫著「喬峯拜上」四字的小紙條仍貼在鞭上。他將軟鞭雙手遞給薛神醫，說道：「喬峯命在下三人傳話，說道今日要到聚賢莊來。」跟著便將如何見到喬峯、他有何言語等情，一字不漏、絲毫不易的說了一遍。向望海連連跺腳，滿臉羞得通紅。

鮑千靈泰然自若將經過情形說完，最後說道：「喬峯這廝乃契丹狗種，就算他大仁大義，咱們也當將他除了，何況他惡性已顯，為禍日烈。倘若他遠走高飛，倒是不易追捕。也真是冥冥中自有天意，居然要來自投羅網。」

游駒沉吟道：「素聞喬峯智勇雙全，其才頗足以濟惡，倒也不是個莽撞匹夫，難道他真敢到這英雄大宴中來？」

鮑千靈道：「只怕他另有奸謀，卻不可不防。人多計長，咱們大夥兒來合計合計。」

說話之間，外面又來了不少英雄豪傑，有「鐵面判官」單正和他的五個兒子，譚公、譚婆夫婦和趙錢孫一干人。過不多時，少林派的玄難、玄寂兩位高僧也到了。薛神醫和游氏兄弟一一歡迎款接。說起喬峯的為惡，人人均大為憤怒。

忽然知客的管家進來稟報：「丐幫徐長老率同傳功、執法二長老，以及宋奚陳吳四長老齊來拜莊。」

眾人都是一凜。丐幫是江湖上第一大幫，非同小可。向望海道：「丐幫大舉前來，果然為喬峯聲援來了。」單正道：「喬峯已然破門出幫，不再是丐幫的幫主，我親眼見到他們已反臉成仇。」向望海道：「故舊的香火之情，未必就此盡忘。」游驥道：「丐幫眾位長老都是鐵錚錚的好男兒，豈能不分是非，袒護仇人？倘若仍然相助喬峯，那不是成了漢奸賣國賊麼？」眾人點頭稱是，都道：「一個人就算再不成器，也決計不願做漢奸賣國賊。」

薛神醫和游氏雙雄迎出莊去。只見丐幫來者不過十二三人，羣雄心下先自寬了，均想：「莫說這些叫化頭兒不會袒護喬峯，就算此來不懷好意，這十二三人又成得甚麼氣候？」羣雄與徐長老等略行寒暄，便迎進大廳，只見丐幫諸人都臉有憂色，顯是擔著極重的心事。

各人分賓主坐下。徐長老開言道：「薛兄，游家兩位老弟，今日邀集各路英雄在此，可是為了武林中新出的這個禍胎喬峯麼？」

羣雄聽他稱喬峯為「武林中新出的禍胎」，大家對望了一眼，不約而同的吁了口氣。游驥道：「正是為此。徐長老和貴幫諸位長老一齊駕臨，確是武林大幸。咱們撲殺這番狗，務須得到貴幫諸長老點頭，否則要是惹起甚麼誤會，傷了和氣，大家都不免抱憾了。」

徐長老長嘆一聲，說道：「此人喪心病狂，行止乖張。本來嘛，他曾為敝幫立過不少大功，便在最近，咱們誤中奸人暗算，也是他出手相救的。可是大丈夫立身處世，總當以大節為重，一些小恩小惠，也只好置之腦後了。他是我大宋的死仇，敝幫諸長老雖都受過他的好處，卻不能以私恩而廢公義。常言道大義滅親，何況他眼下早已不是本幫的甚麼親人。」

他此言一出，羣雄紛紛鼓掌喝采。

游驥接著說起喬峯也要來赴英雄大宴。諸長老聽了都不勝駭異，各人跟隨喬峯日久，知他行事素來有勇有謀，倘若當真單槍匹馬闖到聚賢莊來，那就奇怪之至了。

向望海忽道：「我想喬峯那厮乃是故布疑陣，讓大夥兒在這裏空等，他卻溜了個不知去向。這叫做金蟬脫殼之計。」吳長老伸手重重在桌上一拍，罵道：「脫你媽的金蟬殼！喬峯是何等樣人物，他說過了話，那有不作數的？」向望海給他罵得滿臉通紅，怒道：「你要為喬峯出頭，是不是？向某第一個就不服氣，來來來，咱們較量較量。」

吳長老聽到喬峯殺父母、殺師父、大鬧少林寺種種訊息，心下鬱悶之極，滿肚子怨氣怒火，正不知向誰發作才好，這向望海不知趣的來向他挑戰，真是求之不得。他身形一晃，縱入大廳前的庭院，大聲道：「喬峯是契丹狗種，還是堂堂漢人，此時還未分明。倘若他真是契丹胡虜，我吳某第一個跟他拚了。要殺喬峯，數到第一千個，也輪不到你這臭王八蛋。你是甚麼東西，在這裏囉裏囉唆，脫你奶奶的金蟬臭殼！滾過來，老子來教訓教訓你。」

向望海臉色早已鐵青，刷的一聲，從刀鞘中拔出單刀，一看到刀鋒，登時想起「喬峯拜上」那張字條來，不禁一怔。

游驥說道：「兩位都是游某的賢客，衝著游某的面子，不可失了和氣。」徐長老也道：「吳兄弟，行事不可莽撞，須得顧全本幫的聲名。」

人叢中忽然有人細聲細氣的說道：「丐幫出了喬峯這樣一位人物，聲名果然好得很啊，真要好好顧全一下才是啊！」

丐幫羣豪一聽，紛紛怒喝：「是誰在說話？」「有種的站出來，躲在人堆裏做矮子，是甚麼好漢了？」「是那一個混帳王八蛋？」

但那人說了那句話後，就此寂然無聲，誰也不知說話的是誰。丐幫羣豪給人這麼冷言冷語的譏刺了兩句，都是十分惱怒，但找不到認頭之人，卻也無法可施。丐幫雖是江湖上第一大幫，但幫中羣豪都是化子，終究不是甚麼講究禮儀的上流人物，有的吆喝呼叫，有的更連人家祖宗十八代也罵到了。

薛神醫眉頭一皺，說道：「眾位暫息怒氣，聽老朽一言。」羣丐漸漸靜了下來。

人叢中忽又發出那冷冷的聲音：「很好，很好，喬峯派了這許多厲害傢伙來臥底，待會定有一場好戲瞧了。」

吳長老等一聽，更加惱怒，只聽得刷刷之聲不絕，刀光耀眼，許多人都抽出了兵刃。其餘賓客只道丐幫眾人要動手，也有許多人取出兵刃，一片喝罵叫嚷之聲，亂成一團。薛神醫和游氏兄弟勸告大家安靜，但他三人的呼叫只有更增廳上喧譁。

便在這亂成一團之中，一名管家匆匆進來，走到游驥身邊，在他耳邊低聲說了一句話。游驥臉上變色，問了一句話。那管家手指門外，臉上充滿驚駭和詫異的神色。游驥在薛神醫的耳邊說了一句話，薛神醫的臉色也立時變了。游駒走到哥哥身邊，游驥向他說了一句話，游駒也登時變色。這般一個傳兩個，兩個傳四個，四個傳八個，越傳越快，頃刻之間，嘈雜喧譁的大廳中寂然無聲。

因為每個人都聽到了四個字：「喬峯拜莊！」

薛神醫向游氏兄弟點點頭，又向玄難、玄寂二僧望了一眼，說道：「有請！」那管家轉身走了出去。

羣豪心中都怦怦而跳，明知己方人多勢眾，眾人一擁而上，立時便可將喬峯亂刀分屍，但此人威名實在太大，孤身而來，顯是有恃無恐，實猜不透他有甚麼奸險陰謀。

一片寂靜之中，只聽得蹄聲答答，車輪在石板上隆隆滾動，一輛騾車緩緩的駛到了大門前，卻不停止，從大門中直駛進來。游氏兄弟眉頭深皺，只覺此人肆無忌憚，無禮已極。

只聽得咯咯兩聲響，騾車輪子輾過了門檻，一條大漢手執鞭子，坐在車夫位上。騾車帷子低垂，不知車中藏的是甚麼。羣豪不約而同的都瞧著那趕車大漢。

但見他方面長身，寬胸粗膀，眉目間不怒自威，正是丐幫的前任幫主喬峯。

喬峯將鞭子往座位上一擱，躍下車來，抱拳說道：「聞道薛神醫和游氏兄弟在聚賢莊擺設英雄大宴，喬某不齒於中原豪傑，豈敢厚顏前來赴宴？只是今日有急事相求薛神醫，來得冒昧，還望恕罪。」說著深深一揖，神態甚是恭謹。

喬峯越禮貌周到，眾人越是料定他必安排下陰謀詭計。游駒左手一擺，他門下四名弟子悄悄從兩旁溜了出去，察看莊子前後有何異狀。薛神醫拱手還禮，說道：「喬兄有甚麼事要在下效勞？」

喬峯退了兩步，揭起騾車的帷幕，伸手將阿朱扶了出來，說道：「只因在下行事魯莽，累得這個小姑娘中了別人的掌力，身受重傷。當今之世，除了薛神醫外，無人再能醫得，是以不揣冒昧，趕來請薛神醫救命。」

羣豪一見騾車，早就在疑神疑鬼，猜想其中藏著甚麼古怪，有的猜是毒藥炸藥，有的猜是毒蛇猛獸，更有的猜想是薛神醫的父母妻兒，給喬峯捉了來作為人質，卻沒一個料得到車中出來的，竟然是個十六七歲的小姑娘，而且是來求薛神醫治傷，無不大為詫異。

只見這少女身穿淡黃衫子，顴骨高聳，著實難看。原來阿朱想起姑蘇慕容氏在江湖上怨家太多，那薛神醫倘若得知自己的來歷，說不定不肯醫治，因此在許家集鎮上買了衣衫，在大車之中改了容貌，但醫生要搭脈看傷，要裝成男子或老年婆婆，卻是不成。

薛神醫聽了這幾句話，也是大出意料之外。他一生之中，旁人千里迢迢的趕來求他治病救命，那是尋常之極，幾乎天天都有，但眼前大家正在設法擒殺喬峯，這無惡不作、神人共憤的兇徒居然自己送上門來，實在令人難以相信。

薛神醫上上下下打量阿朱，見她容貌頗醜，何況年紀幼小，喬峯決不會是受了這稚女的美色所迷。他忽爾心中一動：「莫非這小姑娘是他的妹子？嗯，那決計不會，他對父母和師父都下毒手，豈能為一個妹子而干冒殺身的大險。難道是他的女兒？可沒聽說喬峯曾娶過妻子。」他精於醫道，於各人的體質形貌，自是一望而知其特點，眼見喬峯和阿朱兩人，一個壯健粗獷，一個纖小瘦弱，沒半分相似之處，可以斷定決無骨肉關連。他微一沉吟，問道：「這位姑娘尊姓，和閣下有何瓜葛？」

喬峯一怔，他和阿朱相識以來，只知道她叫「阿朱」，到底是否姓朱，卻說不上來，便問阿朱道：「你可是姓朱？」阿朱微笑道：「我姓阮。」喬峯點了點頭，道：「薛神醫，她原來姓阮，我也是此刻才知。」

薛神醫更是奇怪，問道：「如此說來，你跟這位姑娘並無深交？」喬峯道：「她是我一位朋友的丫鬟。」薛神醫道：「閣下那位朋友是誰？想必與閣下情如骨肉，否則怎能如此推愛？」喬峯搖頭：「那位朋友我只是神交，從來沒見過面。」

他此言一出，廳上羣豪都是「啊」的一聲，羣相譁然。一大半人心中不信，均想世上那有此事，他定是借此為由，要行使甚麼鬼計。但也有不少人知道喬峯生平不打誑語，儘管他作下了兇橫惡毒的事來，但他自重身分，多半不會公然撒謊騙人。

薛神醫伸出手去，替阿朱搭了搭脈，只覺她脈息極是微弱，體內卻真氣鼓盪，兩者極不相稱，再搭她左手脈搏，已知其理，向喬峯道：「這位姑娘若不是敷了太行山譚公的治傷靈藥，又得閣下以內力替她續命，早已死在玄慈大師的大金剛掌力之下了。」

羣雄一聽，又都羣相聳動。譚公、譚婆面面相覷，心道：「她怎麼會敷上我們的治傷靈藥？」玄難、玄寂二僧更是奇怪，均想：「方丈師兄幾時以大金剛掌力打過這個小姑娘？倘若她真是中了方丈師兄的大金剛掌力，那裏還能活命？」玄難道：「薛居士，我方丈師兄數年未離本寺，而少林寺中向無女流入內，這大金剛掌力決非出於我師兄之手。」

薛神醫皺眉道：「世上更有何人能使這門大金剛掌？」

玄難、玄寂相顧默然。他二人在少林寺數十年，和玄慈是一師所授，用功不可謂不勤，用心不可謂不苦，但這大金剛掌始終以天資所限，無法練成。他二人倒也不感抱憾，早知少林派往往要隔上百餘年，才有一個特出的奇才能練成這門掌法。只是練功的訣竅等等，上代高僧詳記在武經之中，有時全寺數百僧眾竟無一人練成，卻也不致失傳。

玄寂想問：「她中的真是大金剛掌？」但話到口邊，便又忍住，這句話若問了出口，那是對薛神醫的醫道有存疑之意，這可是大大的不敬，轉頭向喬峯道：「昨晚你潛入少林寺，害死我玄苦師兄，曾擋過我方丈師兄的一掌大金剛掌。我方丈師兄那一掌，若是打在這小姑娘身上，她怎麼還能活命？」喬峯搖頭道：「玄苦大師是我恩師，我對他大恩未報，寧可自己性命不在，也決不能以一指加於恩師。」玄寂怒道：「你還想抵賴？那麼你擄去那少林僧呢？這件事難道也不是你幹的？」

喬峯心道：「我擄去的那『少林僧』，此刻明明便在你眼前。」說道：「大師硬栽在下擄去了一位少林高僧，請問那位高僧是誰？」

玄寂和玄難對望一眼，張口結舌，都說不出話來。昨晚玄慈、玄難、玄寂三大高僧合擊喬峯，被他脫身而去，明明見他還擒去了一名少林僧，可是其後查點全寺僧眾，竟一個也沒缺少，此事之古怪，實是百思不得其解。

薛神醫插口道：「喬兄孤身一人，昨晚進少林，出少林，自身毫髮不傷，居然還擄去一位少林高僧，這可奇了。這中間定有古怪，你說話大是不盡不實。」

喬峯道：「玄苦大師非我所害，我昨晚也決計沒從少林寺中擄去一位少林高僧。你們有許多事不明白，我也有許多事不明白。」

玄難道：「不管怎樣，這小姑娘總不是我方丈師兄所傷。想我方丈師兄乃有道高僧，一派掌門之尊，如何能出手打傷這樣一個小姑娘？這小姑娘再有千般的不是，我方丈師兄也決計不會和她一般見識。」

喬峯心念一動：「這兩個和尚堅決不認阿朱為玄慈方丈所傷，那再好沒有。否則的話，薛神醫礙於少林派的面子，無論如何是不肯醫治的。」當下順水推舟，便道：「是啊，玄慈方丈慈悲為懷，決不能以重手傷害這樣一個小姑娘。多半是有人冒充少林寺的高僧，招搖撞騙，胡亂出手傷人。」

玄寂與玄難對望一眼，緩緩點頭，均想：「喬峯這廝雖然奸惡，這幾句話倒也有理。」

阿朱心中在暗暗好笑：「喬大爺這話一點也不錯，果然是有人冒充少林寺的僧人，招搖撞騙，胡亂出手傷人。不過所冒充的不是玄慈方丈，而是止清和尚。」可是玄寂、玄難和薛神醫等，又那裏猜得到喬峯言語中的機關？

薛神醫見玄寂、玄難二位高僧都這麼說，料知無誤，便道：「如此說來，世上居然還有旁人能使這門大金剛掌了。此人下手之時，受了甚麼阻擋，掌力消了十之七八，是以阮姑娘才不致當場斃命。此人掌力雄渾，只怕能和玄慈方丈並駕齊驅。」

喬峯心下欽佩：「玄慈方丈這一掌確是我用銅鏡擋過了，消去了大半掌力。這位薛神醫當真醫道如神，單是搭一下阿朱的脈搏，便將當時動手過招的情形說得一點不錯，看來他定有治好阿朱的本事。」言念及此，臉上露出喜色，說道：「這位小姑娘倘若死在大金剛掌掌力之下，於少林派的面子須不大好看，請薛神醫慈悲。」說著深深一揖。

玄寂不等薛神醫回答，問阿朱道：「出手傷你的是誰？你在何處受的傷？此人現下在何處？」他顧念少林派聲名，又想世上居然有人會使大金剛掌，急欲問個水落石出。

阿朱天性極為頑皮，她可不像喬峯那樣，每句話都講究分寸，她胡說八道，瞎三話四，乃是家常便飯，心念一轉：「這些和尚都怕我公子，我索性抬他出來，嚇嚇他們。」便道：「那人是個青年公子，相貌很是瀟灑英俊，約莫二十八九歲年紀。我和這位喬大爺正在客店裏談論薛神醫的醫術出神入化，別說舉世無雙，甚且是空前絕後，前無古人，後無來者，只怕天上神仙也有所不及……」

世人沒一個不愛聽恭維的言語。薛神醫生平不知聽到過多少稱頌讚譽，但這些言語出之於一個韶齡少女之口，卻還是第一次，何況她不怕難為情的大加誇張，他聽了忍不住拈鬚微笑。喬峯卻眉頭微皺，心道：「那有此事？小妞兒信口開河。」

阿朱續道：「那時候我說：『世上既有了這位薛神醫，大夥兒也不用學甚麼武功啦？』

喬大爺問道：『為甚麼？』我說：『打死了的人，薛神醫都能救得活來，那麼練拳、學劍還有甚麼用？你殺一個，他救一個，你殺兩個，他救一雙，大夥兒這可不是白累麼？』」

她伶牙俐齒，聲音清脆，雖在重傷之餘，又學了青城派那些人的四川口音，但一番話說來猶如珠落玉盤，動聽之極。眾人都是一樂，有的更加笑出聲來。

阿朱卻一笑也不笑，繼續說道：「鄰座有個公子爺一直在聽我二人說話，忽然冷笑道：『天下掌力，大都輕飄飄的沒有真力，那姓薛的醫生由此而浪得虛名。我這一掌，瞧他也治得好麼？』他說了這幾句話，就向我一掌凌空擊來。我見他和我隔著數丈遠，只道他是隨口說笑，也不以為意。喬大爺卻大吃一驚……」

玄寂問道：「他就伸手擋架麼？」

阿朱搖頭道：「不是！喬大爺倘若伸手擋架，那個青年公子就傷不到我了。喬大爺離我甚遠，來不及相救，急忙提起一張椅子從橫裏擲來。他的勁力也真使得恰到好處，只聽得喀喇喇一聲響，那隻椅子已被那青年公子的劈空掌力擊碎。那位公子說的滿口是軟綿綿的蘇州話，那知手上的功夫卻一點也不軟綿綿了。我登時只覺全身輕飄飄的，好像是飛進了雲端裏一樣，半分力氣也無，只聽得那公子說道：『你去叫薛神醫多翻翻醫書，先練上一練，日後替玄慈大師治傷之時，就不會手足無措了。』」

玄難皺眉問道：「這句話是甚麼意思？」

阿朱道：「他好像是說，將來要用這大金剛掌來打傷玄慈大師。」

羣雄「哦」的一聲，好幾人同時說道：「以彼之道，還施彼身！」又有幾人道：「果然是姑蘇慕容！」所以用到「果然是」這三字，意思說他們事先早已料到了。誰也不知阿朱為了少林派冤枉慕容公子，他遲早與少林寺會有一番糾葛，是以胡吹一番，先行嚇對方一嚇，揚揚慕容公子的威風。

游駒忽道：「喬兄適才說道是有人冒充少林高僧，招搖撞騙，打傷了這姑娘。這位姑娘卻又說打傷她的是個青年公子。到底是誰的話對？」

阿朱忙道：「冒充少林高僧之人，也是有的，我就瞧見兩個和尚自稱是少林僧人，卻去偷了人家一條黑狗，宰來吃了。」她自知謊話中露出破綻，便東拉西扯，換了話題。

薛神醫也知她的話不盡不實，一時拿不定主意是否該當給她治傷，向玄寂、玄難瞧瞧，向游驥、游駒望望，又向喬峯和阿朱看看。

喬峯道：「薛先生今日救了這位姑娘，喬峯日後不敢忘了大德。」薛神醫嘿嘿冷笑，道：「日後不敢忘了大德？難道今日你還想能活著走出這聚賢莊麼？」喬峯道：「是活著出去也好，死著出去也好，那也管不了這許多。這位姑娘的傷勢，總得請你醫治才是。」薛神醫淡淡的道：「我為甚麼要替她治傷？」喬峯道：「救人一命，勝造七級浮屠。薛先生在武林中廣行功德，眼看這位姑娘無辜喪命，想必能打動先生的惻隱之心。」

薛神醫道：「不論是誰帶這姑娘來，我都給她醫治。哼，單單是你帶來，我便不治。」

喬峯臉上變色，森然道：「眾位今日羣集聚賢莊，為的是商議對付喬某，姓喬的豈有不知？」阿朱插嘴道：「啊喲，喬大爺，既然如此，你就不該為了我而到這裏來冒險啦。」喬峯道：「我想眾位都是堂堂丈夫，是非分明，要殺之而甘心的只喬某一人，跟這個小姑娘絲毫無涉。薛先生竟將痛恨喬某之意，牽連到阮姑娘身上，豈非大大的不該？」

薛神醫給他說得啞口無言，過了一會，才道：「給不給人治病救命，全憑我自己的喜怒好惡，豈是旁人強求得了的？喬峯，你罪大惡極，我們正在商議圍捕，要將你亂刀分屍，祭你的父母、師父。你自己送上門來，那是再好也沒有了。你便自行了斷罷！」

他說到這裏，右手一擺，羣雄齊聲吶喊，紛紛拿出兵刃。大廳上密密麻麻的寒光耀眼，說不盡各種各樣的長刀短劍，雙斧單鞭。跟著又聽得高處吶喊聲大作，屋簷和屋角上露出不少人來，也都手執兵刃，把守著各處要津。

喬峯雖見過不少大陣大仗，但往常都是率領丐幫與人對敵，己方總也是人多勢眾，從不如這一次般孤身陷入重圍，還攜著一個身受重傷的少女，到底如何突圍，半點計較也無，心中實也不禁惴惴。

阿朱更是害怕，哇的一聲，哭了出來，說道：「喬大爺，你快自行逃走。不用管我！他們跟我無怨無仇，不會害我的。」

喬峯心念一動：「不錯，這些人都是行俠仗義之輩，決不會無故加害於她。我還是及早離開這是非之地為妙。」但隨即又想：「大丈夫救人當救徹。薛神醫尚未答允治傷，不知她死活如何，我喬峯豈能貪生怕死，一走了之？」

縱目四顧，一瞥間便見到不少武學高手，這些人倒有一大半相識，俱是身懷絕藝之輩。他一見之下，登時激發了雄心豪氣，心道：「喬峯便是血濺聚賢莊，給人亂刀分屍，那又算得甚麼？大丈夫生而何歡，死而何懼？」哈哈一笑，說道：「你們都說我是契丹人，要除我這心腹大患。嘿嘿，是契丹人還是漢人，喬某此刻自己也不明白……」

人叢中忽有一個細聲細氣的人說道：「是啊，你是雜種，自己也不知道是甚麼種。」這人便是先前曾出言譏刺丐幫的，只是他擠在人叢之中，說得一兩句話便即住口，誰也不知到底是誰，羣雄幾次向聲音發出處注目查察，始終沒見到是誰口唇在動。若說那人身材特別矮小，這羣人中也無特異矮小之人。

喬峯聽了這幾句話，凝目瞧了半晌，點了點頭，不加理會，向薛神醫續道：「倘若我是漢人，你今日如此辱我，喬某豈能善罷干休？倘若我果然是契丹人，決意和大宋豪傑為敵，第一個便要殺你，免得我傷一個大宋英雄，你便救一位大宋好漢。是也不是？」薛神醫道：「不錯，不管怎樣，你都是要殺我的了。」喬峯道：「我求你今日救了這位姑娘，一命還一命，喬某永遠不動你一根寒毛便是。」薛神醫嘿嘿冷笑，道：「老夫生平救人治病，只有受人求懇，從不受人脅迫。」喬峯道：「一命還一命，甚是公平，也說不了是甚麼脅迫。」

人叢中那細聲細氣的聲音忽然又道：「你羞也不羞？你自己轉眼便要給人亂刀斬成肉醬，還說甚麼饒人性命？你……」

喬峯突然一聲怒喝：「滾出來！」聲震屋瓦，樑上灰塵簌簌而落。羣雄均是耳中雷鳴，心跳加劇。

人叢中一條大漢應聲而出，搖搖晃晃的站立不定，便似醉酒一般。這人身穿青袍，臉色灰敗，羣雄都不認得他是誰。

譚公忽然叫道：「啊，他是追魂杖譚青。是了，他是『惡貫滿盈』段延慶的弟子。」

丐幫羣豪聽得他是「惡貫滿盈」段延慶的弟子，更加怒不可遏，齊聲喝罵，心中卻也均慄慄危懼。原來那日西夏赫連鐵樹將軍，以及一品堂眾高手中了自己「悲酥清風」之毒，盡數為丐幫所擒。不久段延慶趕到，丐幫羣豪無一是他敵手。段延慶以奇臭解藥解除一品堂眾高手所中毒質，羣起反戈而擊，丐幫反而吃了大虧。羣丐對段延慶又惱且懼，均覺丐幫中既沒了喬峯，此後再遇上這「天下第一大惡人」，終究仍是難以抗拒。

只見追魂杖譚青臉上肌肉扭曲，顯得全身痛楚已極，雙手不住亂抓胸口，從他身上發出話聲道：「我……我和你無怨無仇，何……何故破我法術？」說話仍是細聲細氣，只是斷斷續續、上氣不接下氣一般，口唇卻絲毫不動。各人見了，盡皆駭然。大廳上只有寥寥數人，才知他這門功夫是腹語之術，和上乘內功相結合，能迷得對方心神迷惘，失魂而死。但若遇上了功力比他更深的對手，施術不靈，卻會反受其害。

薛神醫怒道：「你是『惡貫滿盈』段延慶的弟子？我這英雄之宴，請的是天下英雄好漢，你這種無恥敗類，如何也混將進來？」

忽聽得遠處高牆上有人說道：「甚麼英雄之宴，我瞧是狗熊之會！」他說第一個字相隔尚遠，說到最後一個「會」字之時，人隨聲到，從高牆上飄然而落，身形奇高，行動卻是快極。屋頂上不少人發拳出劍阻擋，都是慢了一步，被他閃身搶過。大廳上不少人認得，此人乃是「窮兇極惡」雲中鶴。

雲中鶴飄落庭中，身形微晃，已奔入大廳，抓起譚青，疾向薛神醫衝來。廳上眾人都怕他傷害薛神醫，登時有七八人搶上相護。那知雲中鶴早已算定，使的是以進為退、聲東擊西之計，見眾人奔上，早已閃身後退，上了高牆。

這英雄會中好手著實不少，真實功夫勝得過雲中鶴的，沒有五六十人，也有三四十人，只是被他佔了先機，誰都猝不及防。加之他輕功高極，一上了牆頭，那就再也追他不上。羣雄中不少人探手入囊，要待掏摸暗器，原在屋頂駐守之人也紛紛呼喝，過來攔阻，但眼看均已不及。

喬峯喝道：「留下罷！」揮掌凌空拍出，掌力疾吐，便如有一道無形的兵刃，擊在雲中鶴背心。

雲中鶴悶哼一聲，重重摔將下來，口中鮮血狂噴，有如泉湧。那譚青卻仍是直立，只不過忽而蹌踉向東，忽而蹣跚向西，口中咿咿啊啊的唱起小曲來，十分滑稽。大廳上卻誰也沒笑，只覺眼前情景可怖之極，生平從所未睹。

薛神醫知道雲中鶴受傷雖重，尚有可救，譚青心魂俱失，天下已無靈丹妙藥能救他性命了。他想喬峯只輕描淡寫的一聲斷喝，一掌虛拍，便有如斯威力，若要取自己性命，未必有誰能阻他得住。他沉吟之間，只見譚青直立不動，再無聲息，雙眼睜得大大的，竟已氣絕。

適才譚青出言侮辱丐幫，丐幫羣豪盡皆十分氣惱，可是找不到認頭之人，氣了也只是白饒，這時眼見喬峯一到，立時便將此人治死，均感痛快。宋長老、吳長老等直性漢子幾乎便要出聲喝采，只因想到喬峯是契丹大仇，這才強行忍住。每人心底卻都不免隱隱覺得：「只要他做咱們幫主，丐幫仍是無往不利，否則的話，唉，竟似步步荊棘，丐幫再也無復昔日的威風了。」

只見雲中鶴緩緩掙扎著站起，蹣跚著出門，走幾步，吐一口血。羣雄見他傷重，誰也不再難為他，均想：「此人罵我們是『狗熊之會』，誰也奈何他不得，反倒是喬峯出手，給大夥兒出了這口惡氣。」

喬峯說道：「兩位游兄，在下今日在此遇見不少故人，此後是敵非友，心下不勝傷感，想跟你討幾碗酒喝。」

眾人聽他要喝酒，都是大為驚奇。游駒心道：「且瞧他玩甚麼伎倆。」當即吩咐莊客取酒。聚賢莊今日開英雄之宴，酒菜自是備得極為豐足，片刻之間，莊客便取了酒壺、酒杯出來。

喬峯道：「小杯何能盡興？相煩取大碗裝酒。」兩名莊客取出幾隻大碗，一罈新開封的白酒，放在喬峯面前桌上，在一隻大碗中斟滿了酒。喬峯道：「都斟滿了！」兩名莊客依言將幾隻大碗都斟滿了。

喬峯端起一碗酒來，說道：「這裏眾家英雄，多有喬峯往日舊交，今日既有見疑之意，咱們乾杯絕交。那一位朋友要殺喬某的，先來對飲一碗，從此而後，往日交情一筆勾銷。我殺你不是忘恩，你殺我不算負義。天下英雄，俱為證見。」

眾人一聽，都是一凜，大廳上一時鴉雀無聲。各人均想：「我如上前喝酒，勢必中他暗算。他這劈空神拳擊將出來，如何能夠抵擋？」

一片寂靜之中，忽然走出一個全身縞素的女子，正是馬大元的遺孀馬夫人。她雙手捧起酒碗，森然說道：「先夫命喪你手，我跟你還有甚麼故舊之情？」將酒碗放到唇邊，喝了一口，說道：「量淺不能喝盡，生死大仇，有如此酒。」說著將碗中酒水都潑在地下。

喬峯舉目向她直視，只見她眉目清秀，相貌頗美，那晚杏子林中，火把之光閃爍不定，此刻方始看清她的容顏，沒想到如此厲害的一個女子，竟是這麼一副嬌怯怯的模樣。他默然無語的舉起大碗，一飲而盡，向身旁莊客揮了揮手，命他斟酒。

馬夫人退後，徐長老跟著過來，一言不發的喝了一大碗酒，喬峯跟他對飲一碗。傳功長老過來喝後，跟著執法長老白世鏡過來。他舉起酒碗正要喝酒，喬峯道：「且慢！」白世鏡道：「喬兄有何吩咐？」他對喬峯素來恭謹，此時語氣竟也不異昔日，只不過不稱「幫主」而已。

喬峯嘆道：「咱們是多年好兄弟，想不到以後成了冤家對頭。」白世鏡眼中淚珠滾動，說道：「喬兄身世之事，在下早有所聞，當時便殺了我頭，也不能信，豈知……豈知果然如此。若非為了家國大仇，白世鏡寧願一死，也不敢與喬兄為敵。」喬峯點頭道：「此節我所深知。待會化友為敵，不免惡鬥一場。喬峯有一事奉託。」白世鏡道：「但教和國家大義無涉，白某自當遵命。」喬峯微微一笑，指著阿朱道：「丐幫眾位兄弟，若念喬某昔日也曾稍有微勞，請照護這個姑娘平安周全。」

眾人一聽，都知他這幾句話乃是「託孤」之意，眼看他和眾友人一一乾杯，跟著便是大戰一場，在中原眾高手環攻之下，縱然給他殺得十個八個，最後總是難逃一死。羣豪雖然恨他是胡虜韃子，多行不義，卻也不禁為他的慷慨俠烈之氣所動。

白世鏡素來和喬峯交情極深，聽他這幾句話，等如是臨終遺言，便道：「喬兄放心，白世鏡定當求懇薛神醫賜予醫治。這位阮姑娘若有三長兩短，白世鏡自刎以謝喬兄便了。」這幾句話說得很是明白，薛神醫是否肯醫，他自然沒有把握，但他必定全力以赴。

喬峯道：「如此兄弟多謝了。」白世鏡道：「待會交手，喬兄不可手下留情，白某若然死在喬兄手底，丐幫自有旁人照料阮姑娘。」說著舉起大碗，將碗中烈酒一飲而盡。喬峯也將一碗酒喝乾了。

其次是丐幫宋長老、奚長老等過來和他對飲。丐幫的舊人飲酒絕交已畢，其餘幫會門派中的英豪，一一過來和他對飲。

眾人越看越是駭然，眼看他已喝了四五十碗，一大罎烈酒早已喝乾，莊客又去抬了一罎出來，喬峯卻兀自神色自若。除了肚腹鼓起外，竟無絲毫異狀。眾人均想：「如此喝將下去，醉也將他醉死了，還說甚麼動手過招？」

殊不知喬峯卻是多一份酒意，增一分精神力氣，連日來多遭冤屈，鬱悶難伸，這時將一切都拋開了，索性盡情一醉，大鬥一場。

他喝到五十餘碗時，鮑千靈和快刀祁六也均和他喝過了，向望海走上前來，端起酒碗，說道：「姓喬的，我來跟你喝一碗！」言語之中，頗為無禮。

喬峯酒意上湧，斜眼瞧著他，說道：「喬某和天下英雄喝這絕交酒，乃是將往日恩義一筆勾銷之意。憑你也配和我喝這絕交酒？你跟我有甚麼交情？」說到這裏，更不讓他答話，跨上一步，右手探出，已抓住他胸口，手臂振處，將他從廳門中摔將出去，砰的一聲，向望海重重撞在照壁之上，登時便暈了過去。

這麼一來，大廳上登時大亂。

喬峯躍入院子，大聲喝道：「那一個先來決一死戰！」羣雄見他神威凜凜，一時無人膽敢上前。喬峯喝道：「你們不動手，我先動手了！」手掌揚處，砰砰兩聲，已有兩人中了劈空掌倒地。他隨勢衝入大廳，肘撞拳擊，掌劈腳踢，霎時間又打倒數人。

游驥叫道：「大夥兒靠著牆壁，莫要亂鬥！」大廳上聚集著三百餘人，倘若一擁而上，喬峯武功再高，也決計無法抗禦，只是大家擠在一團，真能挨到喬峯身邊的，不過五六人而已，刀槍劍戟四下舞動，一大半人倒要防備為自己人所傷。游驥這麼一叫，大廳中心登時讓了一片空位出來。

喬峯叫道：「我來領教領教聚賢莊游氏雙雄的手段。」左掌一起，一隻大酒罈迎面向游駒飛了過去。游駒雙掌一封，待要運掌力拍開酒罈，不料喬峯跟著右掌擊出，嘭的一聲響，一隻大酒罈登時化為千百塊碎片。碎瓦片極為鋒利，在喬峯凌厲之極的掌力推送下，便如千百把鋼鏢、飛刀一般，游駒臉上中了三片，滿臉都是鮮血，旁人也有十餘人受傷。只聽得喝罵聲、驚叫聲、警告聲鬧成一團。

忽聽得廳角中一個少年的聲音驚叫：「爹爹，爹爹！」游駒知是自己的獨子游坦之，百忙中斜眼瞧去，見他左頰上鮮血淋漓，顯是也為瓦片所傷，喝道：「快進去！你在這裏幹甚麼？」游坦之道：「是！」縮入了廳柱之後，卻仍探出頭來張望。

喬峯左足踢出，另一隻酒罈又凌空飛起。他正待又加上一掌，忽然間背後一記柔和的掌力虛飄飄拍來。這一掌力道雖柔，但顯然蘊有渾厚內力。喬峯知是一位高手所發，不敢怠慢，回掌招架。兩人內力相激，各自凝了凝神。喬峯向那人瞧去，只見他形貌猥瑣，正是那個自稱為「趙錢孫李，周吳鄭王」的無名氏「趙錢孫」，心道：「此人內力了得，倒是不可輕視！」吸一口氣，第二掌便如排山倒海般擊了過去。

趙錢孫知道單憑一掌接他不住，雙掌齊出，意欲擋他一掌。身旁一個女子喝道：「不要命了麼？」將他往斜裏一拉，避開了喬峯正面這一擊。但喬峯的掌力還是洶湧而前的衝出，趙錢孫身後的三人首當其衝，只聽得砰砰砰三響，三人都飛了起來，重重撞在牆壁之上，只震得牆上灰土大片大片掉將下來。

趙錢孫回頭一看，見拉他的乃是譚婆。心中一喜，說道：「小娟，是你救了我一命。」譚婆道：「我攻他左側，你向他右側夾擊。」趙錢孫一個「好」字才出口，只見一個矮瘦老者向喬峯躍了過去，卻是譚公。

譚公身材矮小，武功卻著實了得，左掌拍出，右掌疾跟而至，左掌一縮回，又加在右掌的掌力之上，他這連環三掌，便如三個浪頭一般，後浪推前浪，併力齊發，比之他單掌掌力大了三倍。喬峯叫道：「好一個『長江三疊浪』！」左掌揮出，兩股掌力相互激盪，擠得餘人都向兩旁退去。便在此時，趙錢孫和譚婆也已攻到，跟著丐幫徐長老、傳功長老、陳長老等紛紛加入戰團。

傳功長老叫道：「喬兄弟，契丹和大宋勢不兩立，咱們公而忘私，老哥哥要得罪了。」喬峯笑道：「絕交酒也喝過了，幹麼還稱兄道弟？看招！」左腳向他踢出。他話雖如此說，對丐幫羣豪總不免有香火之情，非但不欲傷他們性命，甚至不願他們在外人之前出醜，這一腳踢出，忽爾中途轉向，快刀祁六一聲怪叫，飛身而起。

他卻不是自己躍起，乃是給喬峯踢中臀部，身不由主的向上飛起。他手中單刀本是運勁向喬峯頭上砍去，身子高飛，這一刀仍猛力砍出，嗒的一聲，砍在大廳的橫樑之上，深入尺許，竟將他刃鋒牢牢咬住。快刀祁六這口刀是他成名的利器，今日面臨大敵，那肯放手？右手牢牢的抓住刀柄。這麼一來，身子便高高吊在半空。這情狀本是極為古怪詭奇，但大廳上人人面臨生死關頭，有誰敢分心去多瞧他一眼？誰有這等閒情逸致來笑上一笑？

喬峯藝成以來，雖然身經百戰，從未一敗，但同時與這許多高手對敵，卻也是生平未遇之險。這時他酒意已有十分，內力鼓盪，酒意更漸漸湧將上來，雙掌飛舞，逼得眾高手無法近身。

薛神醫醫道極精，武功卻算不得是第一流人物。他於醫道一門，原有過人的天才，幾乎是不學而會。他自幼好武，師父更是一位武學深湛的了不起人物，但在某一年上，薛神醫和七個師兄弟同時被師父開革出門。他不肯另投明師，於是別出心裁，以治病與人交換武功，東學一招，西學一式，武學之博，可說江湖上極為罕有。但壞也就壞在這個「博」字上，這一博，貪多嚼不爛，就沒一門功夫是真正練到了家的。

他醫術如神之名既彰，所到之處，人人都敬他三分。他向人請教武功，旁人多半是隨口恭維幾句，為了討好他，往往言過其實，誰也不跟他當真。他自不免沾沾自喜，總覺得天下武功，十之八九在我胸中矣。此時一見喬峯和羣雄搏鬥，出手之快，落手之重，實是生平做夢也想像不到，不由得臉如死灰，一顆心怦怦亂跳，一句話也說不出來，更不用說上前動手了。

他靠牆而立，心中懼意越來越盛，但若就此悄悄退出大廳，終究說不過去，一斜眼間，只見一位老僧站在身邊，正是玄難。他突然想起一事，大是慚愧，向玄難道：「適才我有一句言語，極是失禮，大師勿怪才好。」

玄難全神貫注的在瞧著喬峯，對薛神醫的話全沒聽見，待他說了兩遍，這才一怔，問道：「甚麼話失禮了？」

薛神醫道：「我先前言道：『喬峯孤身一人，進少林，出少林，毫髮不傷，還擄去了一位少林高僧，這可奇了！』」玄難道：「那便如何？」薛神醫歉然道：「這喬峯武功之高，實是世上罕有其匹。我此刻才知他進出少林，傷人擄人，來去自如，原是極難攔阻。」

他這幾句話本意是向玄難道歉，但玄難聽在其中，卻是加倍的不受用，哼了一聲，道：「薛神醫想考較考較少林派的功夫，是也不是？」不等他回答，便即緩步而前，大袖飄動，袖底呼呼呼的拳力向喬峯發出。他這門功夫乃少林寺七十二絕技之一，叫作「袖裏乾坤」，衣袖拂起，拳勁卻在袖底發出。少林高僧自來以參禪學佛為本，練武習拳為末，嗔怒已然犯戒，何況出手打人？但少林派數百年來以武學為天下之宗，又豈能不動拳腳？這路「袖裏乾坤」拳藏袖底，形相便雅觀得多。衣袖似是拳勁的掩飾，使敵人無法看到拳勢來路，攻他個措手不及。殊不知衣袖之上，卻也蓄有極凌厲的招數和勁力，要是敵人全神貫注的拆解他袖底所藏拳招，他便轉賓為主，逕以袖力傷人。

喬峯見他攻到，兩隻寬大的衣袖鼓風而前，便如是兩道順風的船帆，威勢非同小可，大聲喝道：「袖裏乾坤，果然了得！」呼的一掌，拍向他衣袖。玄難的袖力廣被寬博，喬峯這一掌卻是力聚而凝，只聽得嗤嗤聲響，兩股力道相互激盪，突然間大廳上似有數十隻灰蝶上下翻飛。

羣雄都是一驚，凝神看時，原來這許多灰色的蝴蝶都是玄難的衣袖所化，當即轉眼向他身上看去，只見他光了一雙膀子，露出瘦骨稜稜的兩條長臂，模樣甚是難看。原來兩人內勁衝激，僧袍的衣袖如何禁受得住？登時被撕得粉碎。

這麼一來，玄難既無衣袖，袖裏自然也就沒有「乾坤」了。他狂怒之下，臉色鐵青，喬峯只如此一掌，便破了他的成名絕技，今日丟的臉實在太大，雙臂直上直下，猛攻而前。

眾人盡皆識得，那是江湖上流傳頗廣的「太祖長拳」。宋太祖趙匡胤以一對拳頭、一條桿棒，打下了大宋的錦繡江山。自來帝皇，從無如宋太祖之神勇者。那一套「太祖長拳」和「太祖棒」，當時是武林中最為流行的武功，就算不會使的，看也看得熟了。

這時羣雄眼見這位名滿天下的少林高僧所使的，竟是這一路眾所周知的拳法，誰都為之一怔，待得見他三拳打出，各人心底不自禁的發出讚嘆：「少林派得享大名，果非倖致。同樣的一招『千里橫行』，在他手底竟有這麼強大的威力。」羣雄欽佩之餘，對玄難僧袍無袖的怪相再也不覺古怪。

本來是數十人圍攻喬峯的局面，玄難這一出手，餘人自覺在旁夾攻反而礙手礙腳，自然而然的逐一退下，各人團團圍住，以防喬峯逃脫，凝神觀看玄難和他決戰。

喬峯眼見旁人退開，驀地心念一動，呼的一拳打出，一招「衝陣斬將」，也正是「太祖長拳」中的招數。這一招姿式既瀟灑大方已極，勁力更是剛中有柔，柔中有剛，武林高手畢生所盼望達到的拳術完美之境，竟在這一招中表露無遺。來到這英雄宴中的人物，就算本身武功不是甚高，見識也必廣博，「太祖拳法」的精要所在，可說無人不知。喬峯一招打出，人人都是情不自禁的喝了一聲采！

這滿堂大采之後，隨即有許多人覺得不妥，這聲喝采，是讚譽各人欲殺之而甘心的胡虜大敵，如何可以長敵人志氣，滅自己威風？但采聲已然出口，再也縮不回來，眼見喬峯第二招「河朔立威」一般的精極妙極，比之他第一招，實難分辨到底那一招更為佳妙，大廳上仍有不少人大聲喝采。只是有些人憬然驚覺，自知收斂，采聲便不及第一招時那麼響亮，但許多「哦，哦！」「呵，呵！」的低聲讚嘆，欽服之忱，未必不及那大聲叫好。喬峯初時和各人狠打惡鬥，羣雄專顧禦敵，只是懼怕他的兇悍厲害，這時暫且置身事外，方始領悟到他武功中的精妙絕倫之處。

但見喬峯和玄難只拆得七八招，高下已判。他二人所使的拳招，都是一般的平平無奇，但喬峯每一招都是慢了一步，任由玄難先發。玄難一出招，喬峯跟著遞招，也不知是由於他年輕力壯，還是行動加倍的迅捷，每一招都是後發先至。這「太祖長拳」本身拳招只有六十四招，但每一招都是相互剋制，喬峯看準了對方的拳招，然後出一招恰好剋制的拳法，玄難焉得不敗？這道理誰都明白，可是要做到「後發先至」四字，尤其是對敵玄難這等大高手，眾人若非今日親眼得見，以往連想也從未想到過。

玄寂見玄難左支右絀，抵敵不住，叫道：「你這契丹胡狗，這手法太也卑鄙！」

喬峯凜然道：「我使的是本朝太祖的拳法，你如何敢說上『卑鄙』二字？」

羣雄一聽，登時明白了他所以要使「太祖長拳」的用意。倘若他以別種拳法擊敗「太祖長拳」，別人不會說他功力深湛，只有怪他有意侮辱本朝開國太祖的武功，這夷夏之防、華胡之異，更加深了眾人的敵意。此刻大家都使「太祖長拳」，除了較量武功之外，便拉扯不上別的名目。

玄寂眼見玄難轉瞬便臨生死關頭，更不打話，嗤的一指，點向喬峯的「璇璣穴」，使的是少林派的點穴絕技「天竺佛指」。

喬峯聽他一指點出，挾著極輕微的嗤嗤聲響，側身避過，說道：「久仰『天竺佛指』的名頭，果然甚是了得。你以天竺胡人的武功，來攻我本朝太祖的拳法。倘若你打勝了我，豈不是通番賣國，有辱堂堂中華上國？」

玄寂一聽，不禁一怔。他少林派的武功得自達摩老祖，而達摩老祖是天竺胡人。今日羣雄為了喬峯是契丹胡人而羣相圍攻，可是少林武功傳入中土已久，中國各家各派的功夫，多多少少都和少林派沾得上一些牽連，大家都已忘了少林派與胡人的干係。這時聽喬峯一說，誰都心中一動。

眾家英雄之中，原有不少大有見識的人物，不由得心想：「咱們對達摩老祖敬若神明，何以對契丹人卻是恨之入骨，大家都是非我族類的胡人啊？嗯！這兩種人當然大不相同。天竺人從不殘殺我中華同胞，契丹人卻是暴虐狠毒。如此說來，也並非只要是胡人，就須一概該殺，其中也有善惡之別。那麼契丹人中，是否也有好人呢？」其時大廳上激鬥正酣，許多粗魯盲從之輩，自不會想到這中間的道理，而一般有識之士，雖轉到了這些念頭，卻也無暇細想，只是心中隱隱感到：「喬峯未必是非殺不可，咱們也未必是全然的理直氣壯。」

玄難、玄寂以二敵一，兀自遮攔多而進攻少。玄難見自己所使的拳法每一招都受敵人剋制，縛手縛腳，半點施展不得，待得玄寂上來夾攻，當下拳法一變，換作了少林派的「羅漢拳」。

喬峯冷笑道：「你這也是來自天竺的胡人武術。且看是你胡人的功夫厲害，還是我大宋的本事了得？」說話之間，「太祖長拳」呼呼呼的擊出。

眾人聽了，心中都滿不是味兒。大家為了他是胡人而加圍攻，可是己方所用的反是胡人武功，而他偏偏使本朝太祖嫡傳的拳法。

忽聽得趙錢孫大聲叫道：「管他使甚麼拳法，此人殺父、殺母、殺師父，就該斃了！大夥兒上啊！」他口中叫嚷，跟著就衝了上去。跟著譚公、譚婆，丐幫徐長老、陳長老、鐵面判官單氏父子等數十人同時攻上。這些人都是武功甚高的好手，人數雖多，相互間卻並不混亂，此上彼落，宛如車輪戰相似。

喬峯揮拳拆格，朗聲說道：「你們說我是契丹人，那麼喬三槐老公公和老婆婆，便不是我的父母了。莫說這兩位老人家我生平敬愛有加，絕無加害之意，就算是我殺的，又怎能加我『殺父、殺母』的罪名？玄苦大師是我受業恩師，少林派倘若承認玄苦大師是我師父，喬某便算是少林弟子，各位這等圍攻一個少林弟子，所為何來？」

玄寂哼了一聲，說道：「強辭奪理，居然也能自圓其說。」

喬峯說道：「若能自圓其說，那就不是強辭奪理了。你們如不當我是少林弟子，那麼這『殺師』二字罪名，便加不到我的頭上。常言道得好，『欲加之罪，何患無辭？』你們想殺我，光明磊落的出手便了，何必加上許多不能自圓其說、強辭奪理的罪名？」他口中侃侃道來，手上卻絲毫不停，拳打單叔山、腳踢趙錢孫、肘撞未見其貌的青衣大漢、掌擊不知姓名的白鬚老者，說話之間，連續打倒了四人。他知道這些人都非奸惡之輩，是以手上始終留有餘地，被他擊倒的已有十七八人，卻不曾傷了一人性命。至於丐幫兄弟，卻碰也不碰，徐長老攻到身前，他便即閃身避開。

但參與這英雄大會的人數何等眾多？擊倒十餘人，只不過是換上十餘名生力軍而已。又鬥片刻，喬峯暗暗心驚：「如此打將下去，我總有筋疲力盡的時刻，還是及早抽身退走的為是。」一面出招相鬥，一面觀看脫身的途徑。

趙錢孫倒在地下，動彈不得，卻已瞧出喬峯意欲走路，大聲叫道：「大家出力纏住他，這萬惡不赦的狗雜種想要逃走！」

喬峯酣鬥之際，酒意上湧，怒氣漸漸勃發，聽得趙錢孫破口辱罵，不禁怒火不可抑制，喝道：「狗雜種第一個拿你來開殺戒！」運功於臂，一招劈空掌向他直擊過去。

玄難和玄寂齊呼：「不好！」兩人各出右掌，要同時接了喬峯這一掌，相救趙錢孫的性命。

驀地裏半空中人影一閃，一個人「啊」的一聲長聲慘呼，前心受了玄難、玄寂二人的掌力，後背被喬峯的劈空掌擊中，三股凌厲之極的力道前後夾擊，登時打得他肋骨寸斷，臟腑碎裂，口中鮮血狂噴，猶如一灘軟泥般委頓在地。

這一來不但玄難、玄寂大為震驚，連喬峯也頗出意料之外。原來這人卻是快刀祁六。他懸身半空，時刻已然不短，這麼晃來晃去，嵌在橫樑中的鋼刀終於鬆了出來。他身子下墮，說也不巧，正好跌在三人各以全力拍出的掌力之間，便如兩塊大鐵板的巨力前後擠將攏來，如何不送了他的性命？

玄難說道：「阿彌陀佛，善哉善哉！喬峯，你作了好大的孽！」喬峯大怒，道：「此人我殺他一半，你師兄弟二人合力殺他一半，如何都算在我的帳上？」玄難道：「阿彌陀佛，罪過，罪過。若不是你害人在先，如何會有今日這場打鬥？」

喬峯怒道：「好，一切都算在我的帳上，卻又如何？」惡鬥之下，蠻性發作，陡然間猶似變成了一頭猛獸，右手一拿，抓起一個人來，正是單正的次子單仲山，左手奪下他單刀，右手將他身子一放，跟著拍落，單仲山天靈蓋碎裂，死於非命。

羣雄齊聲發喊，又是驚惶，又是憤怒。

喬峯殺人之後，更是出手如狂，單刀飛舞，右手忽拳忽掌，左手鋼刀橫砍直劈，威勢直不可當，但見白牆上點點滴滴的濺滿了鮮血，大廳中倒下了不少屍骸，有的身首異處，有的膛破肢斷。這時他已顧不得對丐幫舊人留情，更無餘暇分辨對手面目，紅了眼睛，逢人便殺。奚長老竟也死於他的刀下。

來赴英雄宴的豪傑，十之八九都親手殺過人，在武林中得享大名，畢竟不能單憑交遊和吹噓。就算自己沒殺過人，這殺人放火之事，看也看得多了。此刻這般驚心動魄的惡鬥，卻實是生平從所未見。敵人只有一個，可是他如瘋虎、如鬼魅，忽東忽西的亂砍亂殺、狂衝猛擊。不少高手上前接戰，都被他以更快、更猛、更狠、更精的招數殺了。羣雄均非膽怯怕死之人，然眼見敵人勢若顛狂而武功又無人能擋，大廳中血肉橫飛，人頭亂滾，滿耳只聞臨死時的慘叫之聲，倒有一大半人起了逃走之意，都想儘快離開，喬峯有罪也好，無罪也好，自己是不想管這件事了。

游氏雙雄眼見情勢不利，左手各執圓盾，右手一挺短槍，一持單刀，兩人唿哨一聲，圓盾護身，分從左右向喬峯攻了過去。

喬峯雖是絕無顧忌的惡鬥狠殺，但對敵人攻來的一招一式，卻仍是凝神注視，心意絲毫不亂，這才保得身上無傷。他見游氏兄弟來勢凌厲，當下呼呼兩刀，將身旁兩人砍倒，制其機先，搶著向游驥攻去。他一刀砍下，游驥舉起盾牌一擋，噹的一聲響，喬峯的單刀反彈上來，他一瞥之下，但見單刀的刃口捲起，已然不能用了。游氏兄弟圓盾係用百鍊精鋼打造而成，縱是寶劍亦不能傷，何況喬峯手中所持的，只是從單仲山手中奪來的一把尋常鋼刀？

游驥圓盾擋開敵刃，右手短槍如毒蛇出洞，疾從盾底穿出，刺向喬峯小腹。便在這時，寒光一閃，游駒手中的圓盾卻向喬峯腰間劃來。

喬峯一瞥之間，見圓盾邊緣極是鋒銳，卻是開了口的，如同是一柄圓斧相似，這一下教他劃上了，身子登時斷為兩截，端的厲害無比，當即喝道：「好傢伙！」拋去手中單刀，左手一拳，噹的一聲巨響，擊在游驥圓盾的正中，右手也是一拳，噹的一聲巨響，擊在游駒圓盾的正中。

游氏雙雄只感半身酸麻，在喬峯剛猛無儔的拳力震撼之下，眼前金星飛舞，雙臂酸軟，盾牌和刀槍再也拿揑不住，四件兵刃嗆啷啷落地。兩人右手虎口同時震裂，滿手都是鮮血。

喬峯笑道：「好極，送了這兩件利器給我！」雙手搶起鋼盾，盤旋飛舞。這兩塊鋼盾當真是攻守俱臻佳妙的利器，只聽得「啊唷」、「呵呵」幾聲慘呼，已有五人死在鋼盾之下。

游氏兄弟臉如土色，神氣灰敗。游驥叫道：「兄弟，師父說道：『盾在人在，盾亡人亡』。」游駒道：「哥哥，今日遭此奇恥大辱，咱哥兒倆更有甚麼臉面活在世上？」兩人一點頭，各自拾起自己兵刃，一刀一槍，刺入自己體內，登時身亡。

羣雄齊叫：「啊喲！」可是在喬峯圓盾的急舞之下，有誰敢搶近他身子五尺之內？又有誰能搶近他身子五尺之內？

只聽得一個少年的聲音大哭大叫：「爹爹，爹爹！」卻是游駒的兒子游坦之。

喬峯一呆，沒想到身為聚賢莊主人的游氏兄弟竟會自刎。他背上一涼，酒性退了大半，心中頗起悔意，說道：「游家兄弟，何苦如此？這兩塊盾牌，我還了你們就是！」持著那兩塊鋼盾，放到游氏雙雄屍體的足邊。

他彎著腰尚未站直，忽聽得一個少女的聲音驚呼：「小心！」

喬峯立即向左一移，青光閃動，一柄利劍從身邊疾刺而過。若不是阿朱這一聲呼叫，雖然未必便能給這一劍刺中，但手忙腳亂，處境定然大大不利。向他偷襲的乃是譚公，一擊不中，已然遠避。

當喬峯和羣雄大戰之際，阿朱縮在廳角，體內元氣漸漸消失，眼見眾人圍攻喬峯，想起他明知凶險，仍護送自己前來求醫，這番恩德，當真粉身難報，心中又感激，又焦急，見喬峯歸還鋼盾，譚公自後偷襲，當下出聲示警。

譚婆怒道：「好啊，你這小鬼頭，咱們不來殺你，你卻出聲幫人。」身形一晃，揮掌便向阿朱頭頂擊落。

譚婆這一掌離阿朱頭頂尚有半尺，喬峯已然縱身趕上，一把抓住譚婆後心，將她硬生生的拉開，向旁擲出，喀喇一聲，將一張花梨木太師椅撞得粉碎。阿朱雖逃過了譚婆掌擊，卻已嚇得花容失色，身子漸漸軟倒。喬峯大驚，心道：「她體內真氣漸盡，在這當口，我那有餘裕給她接氣？」

只聽得薛神醫冷冷的道：「這姑娘真氣轉眼便盡，你是否以內力替她接續？倘若她斷了這口氣，可就神仙也難救活了。」

喬峯為難之極，知道薛神醫所說確是實情，但自己只要伸手助阿朱續命，環伺在旁的羣雄立時白刃交加。這些人有的死了兒子，有的死了好友，出手那有容情？然則是眼睜睜的瞧著她斷氣而死不成？

他干冒奇險將阿朱送到聚賢莊，若未得薛神醫出手醫治，便任由她真氣衰竭而死，實在太也可惜，可是這時候以內力續她真氣，那便是用自己性命來換她性命。阿朱只不過是道上邂逅相逢的一個小丫頭，跟她說不上有甚麼交情，出力相救，還是尋常的俠義之行，但要以自己性命去換她一命，可說不過去了，「她既非我的親人，又不是有恩於我，須當報答。我盡力而為到了這步田地，也已仁至義盡，對得她住。我立時便走，薛神醫能不能救她，只好瞧她的運氣了。」

當下拾起地下兩面圓盾，雙手連續使出「大鵬展翅」的招數，兩圈白光滾滾向外翻動，逕向廳口衝出。

羣雄雖然人多，但喬峯招數狠惡，而這對圓盾又實在太過厲害，這一使將開來，丈許方圓之內誰都無法近身。

喬峯幾步衝到廳口，左足跨出了門檻，忽聽得一個蒼老的聲音慘然道：「先殺這丫頭，再報大仇！」正是鐵面判官單正。他大兒子單伯山應道：「是！」舉刀向阿朱頭頂劈落。

喬峯驚愕之下，不及細想，左手圓盾脫手，盤旋飛出，去勢凌厲之極。七八個人齊聲叫道：「小心！」單伯山急忙舉刀格擋，但喬峯這一擲的勁力何等剛猛，圓盾的邊緣又鋒銳無比，喀喇一聲，將單伯山連人帶刀的鍘為兩截。圓盾餘勢不衰，擦的一聲，又斬斷了大廳的一根柱子。屋頂瓦片泥沙紛紛跌落。

單正和他餘下的三個兒子悲憤狂叫，但在喬峯的凜凜神威之前，竟不敢向他攻擊，連同其餘六七人，都是向阿朱撲去。

喬峯罵道：「好不要臉！」呼呼呼呼連出四掌，將一干人都震退了，搶上前去，左臂抱起阿朱，以圓盾護住了她。

阿朱低聲道：「喬大爺，我不成啦，你別理我，快……快自己去罷！」

喬峯眼見羣雄不講公道，竟羣相欺侮阿朱這奄奄一息的弱女子，激發了高傲倔強之氣，大聲說道：「事到如今，他們也決不容你活了，咱們死在一起便是。」右手翻出，奪過了一柄長劍，刺削斬劈，向外衝去。他左手抱了阿朱，行動固然不便，又少了一隻手使用，局面更是不利之極，但他早將生死置之度外，長劍狂舞亂劈，只跨出兩步，只覺後心一痛，已被人一刀砍中。

他一足反踢出去，將那人踢得飛出丈許之外，撞在另一人身上，兩人立時斃命。但便在此時，喬峯右肩頭中槍，跟著右胸又被人刺了一劍。他大吼一聲，有如平空起個霹靂，喝道：「喬峯自行了斷，不死於鼠輩之手！」

但這時羣雄打發了性，那肯讓他從容自盡？十多人一擁而上。喬峯奮起神威，右手斗然探出，已抓住玄寂胸口的「膻中穴」，將他身子高高舉起。眾人發一聲喊，不由自主的退開了幾步。

玄寂要穴被抓，饒是有一身高強武功，登時全身酸麻，半點動彈不得，眼見自己的咽喉離圓盾刃口不過尺許，喬峯只要左臂一推，或是右臂一送，立時便將他腦袋割了下來，不由得一聲長嘆，閉目就死。

喬峯只覺背心、右胸、右肩三處傷口如火炙一般疼痛，說道：「我一身武功，最初出自少林，飲水思源，豈可殺戮少林高僧？喬某今日反正是死了，多殺一人，又有何益？」當即將玄寂放下地來，鬆開手指，朗聲道：「你們動手罷！」

羣雄面面相覷，為他的豪邁之氣所動，一時都不願上前動手。又有人想：「他連玄寂都不願傷，又怎會去害死他的受業恩師玄苦大師？」

但鐵面判官單正的兩子為他所殺，傷心憤激，大呼而前，舉刀往喬峯胸口刺去。

喬峯自知重傷之餘，再也無法殺出重圍，當即端立不動。一霎時間，心中轉過了無數念頭：「我到底是契丹還是漢人？害死我父母和師父的那人是誰？我一生多行仁義，今天卻如何無緣無故的傷害這許多英俠？我一意孤行的要救阿朱，卻枉自送了性命，豈非愚不可及，為天下英雄所笑？」

眼見單正黝黑的臉面扭曲變形，兩眼睜得大大的，挺刀向自己胸口直刺過來，喬峯心中悲憤難抑，斗然仰天大叫，聲音直似猛獸狂吼。

二十

悄立雁門　絕壁無餘字

喬峯一怔，回頭過來，只見山坡旁一株花樹之下，一個少女倚樹而立，身穿淡紅衫子，嘴角邊帶著微笑，正是阿朱。

單正聽到喬峯這震耳欲聾的怒吼，腦中斗然一陣暈眩，腳下踉蹌，站立不定。羣雄也都不由自主地退了幾步。單小山自旁搶上，挺刀刺出。

眼見刀尖離喬峯胸口已不到一尺，而他渾無抵禦之意，丐幫吳長老、白世鏡等都閉上了眼睛，不忍觀看。

突然之間，半空中呼的一聲，竄下一個人來，勢道奇急，正好碰在單小山的鋼刀之上。單小山抵不住這股大力，手臂下落。羣雄齊聲驚呼聲中，半空中又撲下一個人來，卻是頭下腳上，一般的勢道奇急，砰的一聲響，天靈蓋對天靈蓋，正好撞中了單小山的腦袋，兩人同時腦漿迸裂。

羣雄方始看清，這先後撲下的兩人，本是守在屋頂防備喬峯逃走的，卻給人擒住了，當作暗器般投了下來。廳中登時大亂，羣雄驚呼叫嚷。驀地裏屋頂角上一條長繩甩下，勁道兇猛，向著眾人的腦袋橫掃過來，羣雄紛舉兵刃擋格。那條長繩繩頭斗轉，往喬峯腰間一纏，隨即提起。

此時喬峯三處傷口血流如注，抱著阿朱的左手已無絲毫力氣，一被長繩捲起，阿朱當即滾在地下。眾人但見長繩彼端是個黑衣大漢，站在屋頂，身形魁梧，臉蒙黑布，只露出了兩隻眼睛。

那大漢左手將喬峯挾在脅下，長繩甩出，已捲住了大門外聚賢莊高高的旗桿。羣雄大聲呼喊，霎時之間鋼鏢、袖箭、飛刀、鐵錐、飛蝗石、甩手箭，各種各樣暗器都向喬峯和那大漢身上射去。那黑衣大漢一拉長繩，悠悠飛起，往旗桿的旗斗中落去。騰騰、拍拍、擦擦，響聲不絕，數十件暗器都打在旗斗上。只見長繩從旗斗中甩出，繞向八九丈外的一株大樹，那大漢挾著喬峯，從旗斗中盪出，頃刻間越過那株大樹，已在離旗桿十餘丈處落地。他跟著又甩長繩，再繞遠處大樹，如此幾個起落，已然走得無影無蹤。

羣雄駭然相顧，但聽得馬蹄聲響，漸馳漸遠，再也追不上了。

喬峯受傷雖重，神智未失，這大漢以長繩救他脫險，一舉一動，他都看得清清楚楚，自是深感他救命之恩，又想：「這甩繩的準頭膂力，我也能辦到，但以長繩當作兵刃，同時揮擊數十人，這一招『天女散花』的軟鞭功夫，我就不能使得如他這般恰到好處。」

那黑衣大漢將他放上馬背，兩人一騎，逕向北行。那大漢取出金創藥來，敷上喬峯三處傷口。喬峯流血過多，虛弱之極，幾次都欲暈去，每次都是吸一口氣，內息流轉，精神便是一振。那大漢縱馬直向西北，走了一會，道路越來越崎嶇，到後來已無道路，那馬儘是在亂石堆中蹪蹶而行。

又行了半個多時辰，馬匹再也不能走了，那大漢將喬峯橫抱手中，下馬向一座山峯上攀去。喬峯身子甚重，那大漢抱著他卻似毫不費力，雖在十分陡峭之處，仍是縱躍如飛。到得後來，幾處險壁間都無容足之處，那大漢便用長繩飛過山峽，纏住樹枝而躍將過去。那人接連橫越了八處險峽，跟著一路向下，深入一個上不見天的深谷之中，終於站定腳步，將喬峯放下。

喬峯勉力站定，說道：「大恩不敢言謝，只求恩兄讓喬峯一見廬山真面。」

那大漢一對晶光燦然的眼光在他臉上轉來轉去，過得半晌，說道：「山洞中有足用半月的乾糧，你在此養傷，敵人無法到來。」

喬峯應道：「是！」心道：「聽這人聲音，似乎年紀不輕了。」

那大漢又向他打量了一會，忽然右手揮出，拍的一聲，打了他一記耳光。這一下出手奇快，喬峯一來絕沒想到他竟會擊打自己，二來這一掌也當真打得高明之極，竟然沒能避開。

那大漢第二記跟著打來，兩掌之間，相距只是電光般的一閃，喬峯有了這個餘裕，卻那能再讓他打中？但他是救命恩人，不願跟他對敵，而又無力閃身相避，於是左手食指伸出，放在自己頰邊，指著他的掌心。

這食指所向，是那大漢掌心的「勞宮穴」，他一掌拍將過來，手掌未及喬峯面頰，自己掌上要穴先得碰到手指。這大漢手掌離喬峯面頰不到一尺，立即翻掌，用手背向他擊去，這一下變招奇速。喬峯也是迅速之極的轉過手指，指尖對住了他手背上的「二間穴」。

那大漢一聲長笑，右手硬生生的縮回，左手橫斬而至。喬峯左手手指伸出，指尖已對準他掌緣的「後谿穴」。那大漢手臂陡然一提，來勢不衰，喬峯及時移指，指向他掌緣的「前谷穴」。頃刻之間，那大漢雙掌飛舞，連換了十餘下招式，喬峯只守不攻，手指總是指著他手掌擊來定會撞上的穴道。那大漢第一下出其不意的打了他一記巴掌，此後便再也打他不著了。兩人虛發虛接，俱是當世罕見的上乘武功。

那大漢使滿第二十招，見喬峯雖在重傷之餘，仍是變招奇快，認穴奇準，陡然間收掌後躍，說道：「你這人愚不可及，我本來不該救你。」喬峯道：「謹領恩公教言。」

那人罵道：「你這臭騍子，練就了這樣一身天下無敵的武功，怎地去為一個瘦骨伶仃的女娃子枉送性命？她跟你非親非故，無恩無義，又不是甚麼傾國傾城的美貌佳人，只不過是一個低三下四的小丫頭而已。天下那有你這等大傻瓜？」

喬峯嘆了口氣，說道：「恩公教訓得是。喬峯以有用之身，為此無益之事，原是不當。只是一時氣憤難當，蠻勁發作，便沒細思後果。」

那大漢道：「嘿嘿，原來是蠻勁發作。」抬頭向天，縱聲長笑。

喬峯只覺他長笑聲中大有悲涼憤慨之意，不禁愕然。驀地裏見那大漢拔身而起，躍出丈餘，身形一晃，已在一塊大巖之後隱沒。喬峯叫道：「恩公，恩公！」但見他接連縱躍，轉過山峽，竟遠遠的去了。喬峯只跨出一步，便搖搖欲倒，忙伸手扶住山壁。

他定了定神，轉過身來，果見石壁之後有個山洞。他扶著山壁，慢慢走進洞中，只見地下放著不少熟肉、炒米、棗子、花生、魚乾之類乾糧，更妙的是居然另有一大罈酒。打開罈子，酒香直衝鼻端，伸手入罈，掬了一手上來喝了，入口甘美，乃是上等的美酒。他心下感激：「難得這位恩公如此周到，知我貪飲，竟在此處備得有酒。山道如此難行，攜帶這個大酒罈，不太也費事麼？」

那大漢給他敷的金創藥極具靈效，此時已止住了血，幾個時辰後，疼痛漸減。他身子壯健，內功深厚，所受也只皮肉外傷，雖然不輕，但過得七八天，傷口已好了小半。

這七八天中，他心中所想的只是兩件事：「害我的那個仇人是誰？救我的那位恩公是誰？」這兩人武功都十分了得，料想俱不在自己之下，武林之中有此身手者寥寥可數，屈著手指，一個個能算得出來，但想來想去，誰都不像。仇人無法猜到，那也罷了，這位恩公卻和自己拆過二十招，該當料得到他的家數門派，可是他一招一式全是平平無奇，於質樸無華之中現極大能耐，就像是自己在聚賢莊中所使的「太祖長拳」一般，招式中絕不洩漏身分來歷。

那一罈酒在頭兩天之中，便已給他喝了個罈底朝天，堪堪到得二十天上，自覺傷口已好了七八成，酒癮大發，再也忍耐不住，料想躍峽逾谷，已然無礙，便從山洞中走了出來，翻山越嶺，重涉江湖。

心下尋思：「阿朱落入他們手中，要死便早已死了，倘若能活，也不用我再去管她。眼前第一件要緊事，是要查明我到底是何等樣人。爹娘師父，於一日之間逝世，我的身世之謎更是難明，須得到雁門關外，去瞧瞧那石壁上的遺文。」

盤算已定，逕向西北，到得鎮上，先喝上了二十來碗酒。只過得三天，身邊僅賸的幾兩碎銀便都化作美酒，喝得精光。

是時大宋撫有中土，分天下為一十五路。以大梁為都，稱東京開封府，洛陽為西京河南府，宋州為南京，大名府為北京，是為四京。喬峯其時身在京西路汝州，這日來到梁縣，身邊銀兩已盡，當晚潛入縣衙，在公庫盜了幾百兩銀子。一路上大吃大喝，鷄鴨魚肉、高粱美酒，都是大宋官家給他付錢。不一日來到河東路代州。

雁門關在代州之北三十里的雁門險道。喬峯昔年行俠江湖，也曾到過，只是當時身有要事，匆匆一過，未曾留心。他到代州時已是午初，在城中飽餐一頓，喝了十來碗酒，便出城向北。

他腳程迅捷，這三十里地，行不到半個時辰。上得山來，但見東西山巖峭拔，中路盤旋崎嶇，果然是個絕險的所在，心道：「雁兒南遊北歸，難以飛越高峯，皆從兩峯之間穿過，是以稱為雁門。今日我從南來，倘若石壁上的字跡表明我確是契丹人，那麼喬某這一次出雁門關後，永為塞北之人，不再進關來了。倒不如雁兒一年一度南來北往，自由自在。」想到此處，不由得心中一酸。

雁門關是大宋北邊重鎮，山西四十餘關，以雁門最為雄固，一出關外數十里，便是遼國之地，是以關下有重兵駐守。喬峯心想若從關門中過，不免受守關官兵盤查，當下從關西的高嶺繞道而行。

來到絕嶺，放眼四顧，但見繁峙、五台東聳，寧武諸山西帶，正陽、石鼓挺於南，其北則為朔州、馬邑，長坡峻阪，茫然無際，寒林漠漠，景象蕭索。喬峯想起當年過雁門關時，曾聽同伴言道，戰國時趙國大將李牧、漢朝大將郅都，都曾在雁門駐守，抗禦匈奴入侵。倘若自己真是匈奴、契丹後裔，那麼千餘年來侵犯中國的，都是自己的祖宗了。

向北眺望地勢，尋思：「那日汪幫主、趙錢孫等在雁門關外伏擊契丹武士，定要選一處最佔形勢的山坡，左近十餘里之內，地形之佳，莫過於西北角這處山側。十之八九，他們定會在此設伏。」

當下奔行下嶺，來到該處山側。驀地裏心中感到一陣沒來由的悲愴，只見該山側有一塊大巖，智光大師說中原羣雄伏在大巖之後，向外發射餵毒暗器，看來便是這塊巖石。

山道數步之外，下臨深谷，但見雲霧封谷，下不見底。喬峯心道：「倘若智光大師之言非假，那麼我媽媽被他們害死之後，我爹爹從此處躍下深谷自盡。他躍進谷口之後，不忍帶我同死，又將我拋了上來，摔在汪幫主的身上。他……他在石壁上寫了些甚麼字？」

回過頭來，往右首山壁上望去，只見那一片山壁天生的平淨光滑，但正中一大片山石上卻盡是斧鑿的印痕，顯而易見，是有人故意將留下的字跡削去了。

喬峯呆立在石壁之前，不禁怒火上衝，只想揮刀舉掌亂殺，猛然間想起一事：「我離丐幫之時，曾斷單正的鋼刀立誓，說道：我是漢人也好，是契丹人也好，決計不殺一個漢人。可是我在聚賢莊上，一舉殺了多少人？此刻又想殺人，豈不是大違誓言？唉，事已至此，我不犯人，人來犯我，倘若束手待斃，任人宰割，豈是男子漢大丈夫的行徑？」

千里奔馳，為的是要查明自己身世，可是始終毫無結果。心中越來越暴躁，大聲號叫：「我不是漢人，我不是漢人！我是契丹胡虜，我是契丹胡虜！」提起手來，一掌掌往山壁上劈去。只聽得四下裏山谷鳴響，一聲聲傳來：「不是漢人，不是漢人！……契丹胡虜，契丹胡虜！」

山壁上石屑四濺。喬峯心中鬱怒難伸，仍是一掌掌的劈去，似要將這一個多月來所受的種種委屈，都要向這塊石壁發洩，到得後來，手掌出血，一個個血手印拍上石壁，他兀自不停。

正擊之際，忽聽得身後一個清脆的女子聲音說道：「喬大爺，你再打下去，這座山峯也要給你擊倒了。」

喬峯一怔，回過頭來，只見山坡旁一株花樹之下，一個少女倚樹而立，身穿淡紅衫子，嘴角邊帶著微笑，正是阿朱。

他那日出手救她，只不過激於一時氣憤，對這小丫頭本人，也沒怎麼放在心上，後來自顧不暇，於她的生死存亡更是置之腦後了，不料她忽然在此處出現，喬峯驚異之餘，自也歡喜，迎將上去，笑道：「阿朱，你身子大好了？」只是他狂怒之後，轉憤為喜，臉上的笑容未免頗為勉強。

阿朱道：「喬大爺，你好！」她向喬峯凝視片刻，突然之間，縱身撲入他的懷中，哭道：「喬大爺，我……我在這裏已等了你五日五夜，我只怕你不能來。你……你果然來了，謝謝老天爺保佑，你終於安好無恙。」

她這幾句話說得斷斷續續，但話中充滿了喜悅安慰之情，喬峯一聽便知她對自己不勝關懷，心中一動，問道：「你怎地在這裏等了我五日五夜？你……你怎知我會到這裏來？」

阿朱慢慢抬起頭來，忽然想到自己是伏在一個男子的懷中，臉上一紅，退開兩步，再想起適才自己的情不自禁，更是滿臉飛紅，突然間反身疾奔，轉到了樹後。

喬峯叫道：「喂，阿朱，阿朱，你幹甚麼？」阿朱不答，只覺一顆心怦怦亂跳，過了良久，才從樹後出來，臉上仍是頗有羞澀之意，一時之間，竟訥訥的說不出話來。喬峯見她神色奇異，道：「阿朱，你有甚麼難言之隱，儘管跟我說好了。咱倆是患難之交，同生共死過來的，還能有甚麼顧忌？」阿朱臉上又是一紅，道：「沒有。」

喬峯輕輕扳著她肩頭，將她臉頰轉向日光，只見她容色雖甚憔悴，但蒼白的臉蛋上隱隱泛出淡紅，已非當日身受重傷時的灰敗之色，再伸指去搭她脈搏。阿朱的手腕碰到了他的手指，忽地全身一震。喬峯道：「怎麼？還有甚麼不舒服麼？」阿朱臉上又是一紅，忙道：「不是，沒……沒有。」喬峯按她脈搏，但覺跳動平穩，舒暢有力，讚道：「薛神醫妙手回春，果真名不虛傳。」

阿朱道：「幸得你的好朋友白世鏡長老，答允傳他七招『纏絲擒拿手』，薛神醫才給我治傷。更要緊的是，他們要查問那位黑衣先生的下落，倘若我就此死了，他們可就甚麼也問不到了。我傷勢稍稍好得一點，每天總有七八個人來盤問我：『喬峯這惡賊是你甚麼人？』『他逃到了甚麼地方？』『救他的那個黑衣大漢是誰？』這些事我本來不知道，但我老實回答不知，他們硬指我說謊，又說不給我飯吃啦，要用刑啦，恐嚇了一大套。於是我便給他們捏造故事，那位黑衣先生的事我編得最是荒唐，今天說他是來自崑崙山的，明天又說他曾經在東海學藝，跟他們胡說八道，當真有趣不過。」說到這裏，回想到那些日子中信口開河，作弄了不少當世成名的英雄豪傑，兀自心有餘歡，臉上笑容如春花初綻。

喬峯微笑道：「他們信不信呢？」阿朱道：「有的相信，有的卻不信，大多數是將信將疑。我猜到他們誰也不知那位黑衣先生的來歷，無人能指證我說得不對，於是我的故事就越編越希奇古怪，好教他們疑神疑鬼，心驚肉跳。」喬峯嘆道：「這位黑衣先生到底是甚麼來歷，我亦不知。只怕聽了你的信口胡說，我也會將信將疑。」

阿朱奇道：「你也不認得他麼？那麼他怎麼竟會甘冒奇險，從龍潭虎穴之中將你救了出來？嗯，救人危難的大俠，本來就是這樣的。」

喬峯嘆了口氣，道：「我不知該當向誰報仇，也不知向誰報恩。不知自己是漢人，還是胡人，不知自己的所作所為，到底是對是錯。喬峯啊喬峯，你當真枉自為人了。」

阿朱見他神色淒苦，不禁伸出手去，握住他的手掌，安慰他道：「喬大爺，你又何須自苦？種種事端，總有水落石出的一天。你只要問心無愧，行事對得住天地，那就好了。」

喬峯道：「我便是自己問心有愧，這才難過。那日在杏子林中，我彈刀立誓，決不殺一個漢人，可是……可是……」

阿朱道：「聚賢莊上這些人不分青紅皂白，便向你圍攻，若不還手，難道便胡裏胡塗的讓他們砍成十七廿八塊嗎？天下沒這個道理！」

喬峯道：「這話也說得是。」他本是個提得起、放得下的好漢，一時悲涼感觸，過得一時，便也撇在一旁，說道：「智光禪師和趙錢孫都說這石壁上寫得有字，卻不知是給誰鑿去了。」

阿朱道：「是啊，我猜想你定會到雁門關外，來看這石壁上的留字，因此一脫險境，就到這裏來等你。」

喬峯問道：「你如何脫險，又是白長老救你的麼？」阿朱微笑道：「那可不是了。你記得我曾經扮過少林寺的和尚，是不是？連他們的師兄弟也認不出來。」喬峯道：「不錯，你這門頑皮的本事當真不錯。」阿朱道：「那日我的傷勢大好了，薛神醫說道不用再加醫治，只須休養七八天，便能復元。我編造那些故事，漸漸破綻越來越多，編得也有些膩了，又記掛著你，於是這天晚上，我喬裝改扮了一個人。」喬峯道：「又扮人？卻扮了誰？」

阿朱道：「我扮作薛神醫。」

喬峯微微一驚，道：「你扮薛神醫，那怎麼扮得？」阿朱道：「他天天跟我見面，說話最多，他的模樣神態我看得最熟，而且只有他時常跟我單獨在一起。那天晚上我假裝暈倒，他來給我搭脈，我反手一扣，就抓住了他的脈門。他動彈不得，只好由我擺布。」

喬峯不禁好笑，心想：「這薛神醫只顧治病，那想到這小鬼頭有詐。」

阿朱道：「我點了他的穴道，除下他的衣衫鞋襪。我的點穴功夫不高明，生怕他自己衝開穴道，於是撕了被單，再將他手腳都綁了起來，放在床上，用被子蓋住了他，有人從窗外看見，只道我在蒙頭大睡，誰也不會疑心。我穿上他的衣衫鞋帽，在臉上堆起皺紋，便有七分像了。只是缺一把鬍子。」

喬峯道：「嗯，薛神醫的鬍子半黑半白，倒不容易假造。」阿朱道：「假造的不像，終究是用真的好。」喬峯奇道：「用真的？」阿朱道：「是啊，用真的。我從他藥箱中取出一把小刀，將他的鬍子剃了下來，一根根都黏在我臉上，顏色模樣，沒半點不對。薛神醫心裏定是氣得要命，可是他有甚麼法子？他治我傷勢，非出本心。我剃他鬍子，也算不得是恩將仇報。何況他剃了鬍子之後，似乎年輕了十多歲，相貌英俊得多了。」

說到這裏，兩人相對大笑。

阿朱笑著續道：「我扮了薛神醫，大模大樣的走出聚賢莊，當然誰也不敢問甚麼話，我叫人備了馬，取了銀子，這就走啦。離莊三十里，我扯去鬍子，變成個年輕小夥子。那些人總得到第二天早晨，才會發覺。可是我一路上改裝，他們自是尋我不著。」

喬峯鼓掌道：「妙極！妙極！」突然之間，想起在少林寺菩提院的銅鏡之中，曾見到自己背影，當時心中一呆，隱隱約約覺得有甚麼不安，這時聽她說了改裝脫險之事，又忽起這不安之感，而且比之當日在少林寺時更加強烈，沉吟道：「你轉過身來，給我瞧瞧。」阿朱不明他用意，依言轉身。

喬峯凝思半晌，除下外衣，給她披在身上。

阿朱臉上一紅，眼色溫柔的回眸看了他一眼，道：「我不冷。」

喬峯見她披了自己外衣，登時心中雪亮，手掌一翻，抓住了她手腕，厲聲道：「原來是你！你受了何人指使，快快說來。」阿朱吃了一驚，顫聲道：「喬大爺，甚麼事啊？」喬峯道：「你曾經假扮過我，冒充過我，是不是？」

原來這時他恍然想起，那日在無錫趕去相救丐幫眾兄弟，在道上曾見到一人的背影，當時未曾在意，直至在菩提院銅鏡中見到自己背影，才隱隱約約想起，那人的背影和自己直是一般無異，那股不安之感，便由此而起，然而心念模糊，渾不知為了何事。

他那日趕去相救丐幫羣雄，到達之時，眾人已然脫險，人人都說不久之前曾和他相見。他雖矢口不認，眾人卻無一肯信。當時他莫名其妙，相信除了有人冒充自己之外，更無別種原因。可是要冒充自己，連日常相見的白世鏡、吳長老等都認不出來，那是談何容易？此刻一見到阿朱披了自己外衣的背影，前後一加印證，登時恍然。雖然此時阿朱身上未有棉花墊塞，這瘦小嬌怯的背影和他魁梧奇偉的模樣大不相同，但要能冒充自己而瞞過丐幫羣豪，天下除她之外，更能有誰？

阿朱卻毫不驚惶，格格一笑，說道：「好罷，我只好招認了。」便將自己如何喬裝他的形貌、以解藥救了丐幫羣豪之事說了。

喬峯放開她手腕，厲聲道：「你假裝我去救人，有甚麼用意？」

阿朱甚是驚奇，說道：「我只是鬧鬧玩笑。你從西夏人手裏救了我和阿碧，我兩個都好生感激。我又見那些叫化子待你這樣不好，心想喬裝了你，去解了他們身上所中之毒，讓他們心下慚愧，也是好的。」嘆了口氣，又道：「那知他們在聚賢莊上，仍然對你這般狠毒，全不記得舊日的恩義。」

喬峯臉色越來越是嚴峻，咬牙道：「那麼你為何冒充了我去殺我父母？為何混入少林寺去殺我師父？」

阿朱跳了起來，叫道：「那有此事？誰說是我殺了你父母？殺了你師父？」

喬峯道：「我師父給人擊傷，他一見我之後，便說是我下的毒手，難道還不是你麼？」他說到這裏，右掌微微抬起，臉上布滿了殺氣，只要她對答稍有不善，這一掌落將下去，便有十個阿朱，也登時斃了。

阿朱見他滿臉殺氣，目光中盡是怒火，心中十分害怕，不自禁的退了兩步。只要再退兩步，那便是萬丈深淵。

喬峯厲聲道：「站著，別動！」

阿朱嚇得淚水點點從頰邊滾下，顫聲道：「我沒……殺你父母，沒……沒殺你師父。你師父這麼大……大的本事，我怎能殺得了他？」

她最後這兩句話極是有力，喬峯一聽，心中一凜，立時知道是錯怪了她，左手快如閃電般伸出，抓住她肩頭，拉著她靠近山壁，免得她失足掉下深谷，說道：「不錯，我師父不是你殺的。」他師父玄苦大師是玄慈、玄寂、玄難諸高僧的師兄弟，武功造詣，已達當世第一流境界。他所以逝世，並非中毒，更非受了兵刃暗器之傷，乃是被極厲害的掌力震碎臟腑。阿朱小小年紀，怎能有這般深厚的內力？倘若她內力能震死玄苦大師，那麼玄慈這一記大金剛掌，也決不會震得她九死一生了。

阿朱破涕為笑，拍了拍胸口，說道：「你險些兒嚇死了我，你這人說話也太沒道理，要是我有本事殺你師父，在聚賢莊上還不助你大殺那些壞蛋麼？」

喬峯見她輕嗔薄怒，心下歉然，說道：「這些日子來，我神思不定，胡言亂語，姑娘莫怪。」

阿朱笑道：「誰來怪你啊？要是我怪你，我就不跟你說話了。」隨即收起笑容，柔聲道：「喬大爺，不管你對我怎樣，我這一生一世，永遠不會怪你的。」

喬峯搖搖頭，淡然道：「我雖然救過你，那也不必放在心上。」皺起眉頭，呆呆出神，忽問：「阿朱，你這喬裝易容之術，是誰傳給你的？你師父是不是另有弟子？」阿朱搖頭道：「沒人教的。我從小喜歡扮作別人樣子玩兒，越是學得多，便越扮得像，這那裏有甚麼師父？難道玩兒也要拜師父麼？」

喬峯嘆了口氣，說道：「這可真奇怪了，世上居然另有一人，和我相貌十分相像，以致我師父誤認是我。」阿朱道：「既然有此線索，那便容易了。咱們去找到這個人來，拷打逼問他便是。」喬峯道：「不錯，只是茫茫人海之中，要找到這個人，實在艱難之極。多半他也跟你一樣，也有喬裝易容的好本事。」

他走近山壁，凝視石壁上的斧鑿痕跡，想探索原來刻在石上的到底是些甚麼字，但左看右瞧，一個字也辨認不出，說道：「我要去找智光大師，問他這石壁上寫的到底是甚麼字。不查明此事，寢食難安。」

阿朱道：「就怕他不肯說。」喬峯道：「他多半不肯說，但硬逼軟求，總是要他說了，我才罷休。」阿朱沉吟道：「智光大師好像很硬氣，很不怕死，硬逼軟逼，只怕都不管用。還是……」喬峯點頭道：「不錯，還是去問趙錢孫的好。嗯，這趙錢孫多半也是寧死不屈，但要對付他，我倒有法子。」

他說到這裏，向身旁的深淵望了一眼，道：「我想下去瞧瞧。」阿朱嚇了一跳，向那雲封霧繞的谷口瞧了兩眼，走遠了幾步，生怕一不小心便摔了下去，說道：「不，不！你千萬別下去。下去有甚麼好瞧的？」喬峯道：「我到底是漢人還是契丹人，這件事始終在我心頭盤旋不休。我要下去查個明白，看看那個契丹人的屍體。」阿朱道：「那人摔下去已有三十年了，早只賸下幾根白骨，還能看到甚麼？」喬峯道：「我便是要去瞧瞧他的白骨。我想，他如果真是我親生父親，便得將他屍骨撿上來，好好安葬。」

阿朱尖聲道：「不會的，不會的！你仁慈俠義，怎能是殘暴惡毒的契丹人後裔。」

喬峯道：「你在這裏等我一天一晚，明天這時候我還沒上來，你便不用等了。」

阿朱大急，哇的一聲，哭了出來，叫道：「喬大爺，你別下去！」

喬峯心腸甚硬，絲毫不為所動，微微一笑，說道：「聚賢莊上這許多英雄好漢都打我不死。難道這區區山谷，便能要了我的命麼？」

阿朱想不出甚麼話來勸阻，只得道：「下面說不定有很多毒蛇、毒蟲，或者是甚麼兇惡的怪物。」

喬峯哈哈大笑，拍拍她的肩頭，道：「要是有怪物，那最好不過了，我捉了上來給你玩兒。」他向谷口四周眺望，要找一處勉強可以下足的山崖，盤旋下谷。

便在這時，忽聽得東北角上隱隱有馬蹄之聲，向南馳來，聽聲音總有二十餘騎。喬峯當即快步繞過山坡，向馬蹄聲來處望去。他身在高處，只見這二十餘騎一色的黃衣黃甲，都是大宋官兵，排成一列，沿著下面高坡的山道奔來。

喬峯看清楚了來人，也不以為意，只是他和阿朱處身所在，正是從塞外進關的要道，當年中原羣雄擇定於此處伏擊契丹武士，便是為此。心想此處是邊防險地，大宋官兵見到面生之人在此逗留，多半要盤查詰問，還是避開了，免得麻煩。回到原處，拉著阿朱往大石後一躲，道：「是大宋官兵！」

過不多時，那二十餘騎官兵馳上嶺來。喬峯躲在山石之後，已見到為首的一個軍官，不禁頗有感觸：「當年汪幫主、智光大師、趙錢孫等人，多半也是在這塊大石之後埋伏，如此瞧著契丹眾武士馳上嶺來。今日峯巖依然，當年宋遼雙方的武士，卻大都化作白骨了。」

正自出神，忽聽得兩聲小孩的哭叫，喬峯大吃一驚，如入夢境：「怎麼又有了小孩？」跟著又聽得幾個婦女的尖叫聲音。

他伸首外張，看清楚了那些大宋官兵，每人馬上大都還擄掠了一個婦女，所有婦孺都穿著契丹牧人的裝束。好幾個大宋官兵伸手在契丹女子身上摸索抓捏，猥褻醜惡，不堪入目。有些女子抗拒支撐，便立遭官兵喝罵毆擊。喬峯看得大奇，不明所以。見這些人從大石旁經過，逕向雁門關馳去。

阿朱問道：「喬大爺，他們幹甚麼？」喬峯搖了搖頭，心想：「邊關的守軍怎地如此荒唐？」阿朱又道：「這種官兵就像盜賊一般。」

跟著嶺道上又來了三十餘名官兵，驅趕著數百頭牛羊和十餘名契丹婦女，只聽得一名軍官道：「這一次打草穀，收成不怎麼好，大帥會不會發脾氣？」另一名軍官道：「遼狗的牛羊雖搶得不多，但搶來的女子中，有兩三個相貌不差，陪大帥快活快活，他脾氣就好了。」第一個軍官道：「三十幾個女人，大夥兒不夠分的，明兒辛苦一些，再去搶些來。」一個士兵笑道：「遼狗得到風聲，早就逃得清光啦，再要打草穀，須得等兩三個月。」

喬峯聽到這裏，不由得怒氣填胸，心想這些官兵的行徑，比之最兇惡的下三濫盜賊更有不如。

突然之間，一個契丹婦女懷中抱著的嬰兒大聲哭了起來。那契丹女子伸手推開一名大宋軍官的手，轉頭去哄啼哭的孩子。那軍官大怒，抓起那孩兒摔在地下，跟著縱馬而前，馬蹄踏在孩兒身上，登時踩得他肚破腸流。那契丹女子嚇得呆了，哭也哭不出聲來。眾官兵哈哈大笑，蜂擁而過。

喬峯一生中見過不少殘暴兇狠之事，但這般公然以殘殺嬰孩為樂，卻是第一次見到。他氣憤之極，當下卻不發作，要瞧個究竟再說。

這一羣官兵過去，又有十餘名官兵呼嘯而來。這些大宋官兵也都乘馬，手中高舉長矛，矛頭上大都刺著一個血肉模糊的首級，馬後繫著長繩，縛了五個契丹男子。喬峯瞧那些契丹人的裝束，都是尋常牧人，有兩個年紀甚老，白髮蒼然，另外三個是十五六歲的少年。他心下了然，這些大宋官兵出去擄掠，壯年的契丹牧人都逃走了，卻將婦孺老弱捉了來。

只聽得一個軍官笑道：「斬得十四具首級，活捉遼狗五名，功勞說大不大，說小不小，升官一級，賞銀一百兩，那是有的。」另一人道：「老高，這裏西去五十里，有個契丹人市集，你敢不敢去打草穀？」那老高道：「有甚麼不敢？你欺我新來麼？老子新來，正要多立邊功。」說話之間，一行人已馳到大石左近。

一個契丹老漢看到地下的童屍，突然大叫起來，撲過去抱住了童屍，不住親吻，悲聲叫嚷。喬峯雖不懂他言語，見了他這神情，料想被馬踩死的這個孩子是他親人。拉著那老漢的小卒不住扯繩，催他快走。那契丹老漢怒發如狂，猛地向他撲去。這小卒吃了一驚，揮刀向他疾砍。契丹老漢用力一扯，將他從馬上拉了下來，張口往他頸中咬去，便在這時，另一名大宋軍官從馬上一刀砍了下來，狠狠砍在那老漢背上，跟著俯身抓住他後領，將他拉開，摔在地下的小卒方得爬起。這小卒氣惱已極，揮刀又在那契丹老漢身上砍了幾刀。那老漢搖晃了幾下，竟不跌倒。眾官兵或舉長矛，或提馬刀，團團圍在他的身周。

那老漢轉向北方，解開了上身衣衫，挺立身子，突然高聲叫號起來，聲音悲涼，有若狼嗥。一時之間，眾軍官臉上都現驚懼之色。

喬峯心下悚然，驀地裏似覺和這契丹老漢心靈相通，這幾下垂死時的狼嗥之聲，自己也曾叫過。那是在聚賢莊上，他身上接連中刀中槍，又見單正挺刀刺來，自知將死，心中悲憤莫可抑制，忍不住縱聲便如野獸般的狂叫。

這時聽了這幾聲呼號，心中油然而起親近之意，更不多想，飛身便從大石之後躍出，抓起那些大宋官兵，一個個都投下崖去。喬峯打得興發，連他們乘坐的馬匹也都一掌一匹，推入深谷，人號馬嘶，響了一陣，便即沉寂。

阿朱和那四個契丹人見他如此神威，都看得呆了。

喬峯殺盡十餘名官兵，縱聲長嘯，聲震山谷，見那身中數刀的契丹老漢兀自直立不倒，心中敬他是個好漢，走到他身前，只見他胸膛袒露，對正北方，卻已氣絕身死。喬峯向他胸口一看，「啊」的一聲驚呼，倒退了一步，身子搖搖擺擺，幾欲摔倒。

阿朱大驚，叫道：「喬大爺，你……你……你怎麼了？」只聽得嗤嗤嗤幾聲響過，喬峯撕開自己胸前衣衫，露出長毛茸茸的胸膛來。阿朱一看，見他胸口刺著花紋，乃是青鬱鬱的一個狼頭，張口露牙，狀貌兇惡；再看那契丹老漢時，見他胸口也是刺著一個狼頭，形狀神姿，和喬峯胸口的狼頭一模一樣。

忽聽得那四個契丹人齊聲呼叫起來。

喬峯自兩三歲時初識人事，便見到自己胸口刺著這個青狼之首，他因從小見到，自是絲毫不以為異。後來年紀大了，向父母問起，喬三槐夫婦都說圖形美觀，稱讚一番，卻沒說來歷。北宋年間，人身刺花甚是尋常，甚至有全身自頸至腳遍體刺花的。大宋係承繼後周柴氏的江山。後周開國皇帝郭威，頸中便刺有一雀，因此人稱「郭雀兒」。當時身上刺花，蔚為風尚，丐幫眾兄弟中，身上刺花的十有八九，是以喬峯從無半點疑心。但這時見那死去的契丹老漢胸口青狼，竟和自己的一模一樣，自是不勝駭異。

四個契丹人圍到他身邊，嘰哩咕嚕的說話，不住的指他胸口狼頭。喬峯不懂他們說話，茫然相對，一個老漢忽地解開自己衣衫，露出胸口，竟也是刺著這麼一個狼頭。三個少年各解衣衫，胸口也均有狼頭刺花。

一霎時之間，喬峯終於千真萬確的知道，自己確是契丹人。這胸口的狼頭定是他們部族的記號，想是從小便人人刺上。他自來痛心疾首的憎恨契丹人，知道他們暴虐卑鄙，不守信義，知道他們慣殺漢人，無惡不作，這時候卻要他不得不自認是禽獸一般的契丹人，心中實是苦惱之極。

他呆呆的怔了半晌，突然間大叫一聲，向山野間狂奔而去。

阿朱叫道：「喬大爺！喬大爺！」隨後跟去。

阿朱直追出十餘里，才見他抱頭坐在一株大樹之下，臉色鐵青，額頭一根粗大的青筋凸了出來。阿朱走到他身邊，和他並肩而坐。

喬峯身子一縮，說道：「我是豬狗也不如的契丹胡虜，自今而後，你不用再見我了。」

阿朱和所有漢人一般，本來也是痛恨契丹人入骨，但喬峯在她心中，乃是天神一般的人物，別說他只是契丹人，便是魔鬼猛獸，她也不願離之而去，心想：「他這時心中難受，須得對他好好勸解寬慰。」柔聲道：「漢人中有好人壞人，契丹人中，自然也有好人壞人。喬大爺，你別把這種事放在心上。阿朱的性命是你救的，你是漢人也好，是契丹人也好，對我全無分別。」

喬峯冷冷的道：「我不用你可憐，你心中瞧不起我，也不必假惺惺的說甚麼好話。我救你性命，非出本心，只不過一時逞強好勝。此事一筆勾銷，你快快去罷。」

阿朱心中惶急，尋思：「他既知自己確是契丹胡虜，說不定便回歸漠北，從此不踏入中土一步。」一時情不自禁，站起身來，說道：「喬大爺，你若撇下我而去，我便跳入這山谷之中。阿朱說得出做得到，你是契丹的英雄好漢，瞧不起我這低三下四的丫鬟賤人，我還不如自己死了的好。」

喬峯聽她說得十分誠懇，心下感動，他只道自己既是胡虜，普天下的漢人自是個個避若蛇蠍，想不到阿朱對待自己仍是一般無異，不禁伸手拉住她手掌，柔聲道：「阿朱，你是慕容公子的丫鬟，又不是我的丫鬟，我……我怎會瞧不起你？」

阿朱道：「我不用你可憐。你心中瞧不起我，也不用假惺惺的說甚麼好話。」她學著喬峯說這幾句話，語音聲調，無一不像，眼光中滿是頑皮的神色。

喬峯哈哈大笑，他於失意潦倒之際，得有這樣一位聰明伶俐的少女說笑慰解，不由得煩惱大消。

阿朱忽然正色道：「喬大爺，我服侍慕容公子，並不是賣身給他的。只因我從小沒了爹娘，流落在外，有一日受人欺凌，慕容老爺見到了，救了我回家。我孤苦無依，便做了他家的丫鬟。其實慕容公子也並不真當我是丫鬟，他還買了幾個丫鬟服侍我呢。阿碧妹子也是一般，只不過她是她爹爹送她到燕子塢慕容老爺家裏來避難的。慕容老爺和夫人當年曾說，那一天我和阿碧想離開燕子塢，他慕容家歡歡喜喜的給我們送行……」說到這裏，臉上微微一紅。原來當年慕容夫人說的是：「那一天阿朱、阿碧這兩個小妮子有了歸宿，我們慕容家全副嫁妝、花轎吹打送她們出門，就跟嫁女兒沒半點分別。」頓了一頓，又對喬峯道：「今後我服侍你，做你的丫鬟，慕容公子決計不會見怪。」

喬峯雙手連搖，道：「不，不！我是個胡人蠻夷，怎能用甚麼丫鬟？你在江南富貴人家住得慣了，跟著我漂泊吃苦，有甚麼好處？你瞧我這等粗野漢子，也配受你服侍麼？」

阿朱嫣然一笑，道：「這樣罷，我算是給你擄掠來的奴僕，你高興時向我笑笑，不開心時便打我罵我，好不好呢？」喬峯微笑道：「我一拳打下來，只怕登時便將你打死了。」阿朱道：「當然你只輕輕的打，可不能出手太重。」喬峯哈哈一笑，說道：「輕輕的打，不如不打。我也不想要甚麼奴僕。」阿朱道：「你是契丹的大英雄，擄掠幾個漢人女子做奴僕，有甚麼不可？你瞧瞧那些大宋官兵，不也是擄掠了許多契丹人嗎？」

喬峯默然不語。阿朱見他眉頭深皺，眼色極是陰鬱，擔心自己說錯了話，惹他不快。

過了一會，喬峯緩緩的道：「我一向只道契丹人兇惡殘暴，虐害漢人，但今日親眼見到大宋官兵殘殺契丹的老弱婦孺，我……我……阿朱，我是契丹人，從今而後，不再以契丹人為恥，也不以大宋為榮。」

阿朱聽他如此說，知他已解開了心中這個鬱結，很是歡喜，道：「我早說胡人中有好有壞，漢人中也有好有壞。胡人沒漢人那樣狡猾，只怕壞人還更少些呢。」

喬峯瞧著左首的深谷，神馳當年，說道：「阿朱，我爹爹媽媽被這些漢人無辜害死，此仇非報不可。」

阿朱點了點頭，心下隱隱感到害怕。她知道這輕描淡寫的「此仇非報不可」六字之中，勢必包含著無數的惡鬥、鮮血和性命。

喬峯指著深谷，說道：「當年我媽媽給他們殺了，我爹爹痛不欲生，就從那邊的巖石之旁，躍入深谷。他人在半空，不捨得我陪他喪生，又將我拋了上來，喬峯方有今日。阿朱，我爹爹愛我極深，是麼？」阿朱眼中含淚，道：「是。」

喬峯道：「我父母這血海深仇，豈可不報？我從前不知，竟然認敵為友，那已是不孝之極，今日如再不去殺了害我父母的正兇，喬某何顏生於天地之間？他們所說的那『帶頭大哥』，到底是誰？那封寫給汪幫主的信上，有他署名，智光和尚卻將所署名字撕下來吞入了肚裏。這個『帶頭大哥』顯是尚在人世，否則他們就不必為他隱瞞了。」

他自問自答，苦苦思索，明知阿朱並不能助他找到大仇，但有一個人在身邊聽他說話，自然而然的減卻不少煩惱。他又道：「這個帶頭大哥既能率領中土豪傑，自是個武功既高，聲望又隆的人物。他信中語氣，跟汪幫主交情大非尋常，他稱汪幫主為兄，年紀比汪幫主小些，比我當然要大得多。這樣一位人物，應當並不難找，嗯，看過那封信的，有智光和尚、丐幫的徐長老和馬夫人、鐵面判官單正。那個趙錢孫，自也知道他是誰。趙錢孫已告知他師妹譚婆，想來譚婆也不會瞞她丈夫。智光和尚與趙錢孫，都是害死我父母的幫兇，那當然是要殺的，這個他媽的『帶頭大哥』，哼，我……我要殺他全家，自老至少，鷄犬不留！」

阿朱打了個寒噤，本想說：「你殺了那帶頭的惡人，已經夠了，饒了他全家罷。」但這幾句話到得口邊，卻不敢吐出唇來，只覺得喬峯神威凜凜，對之不敢稍有拂逆。

喬峯又道：「智光和尚四海雲遊，趙錢孫漂泊無定，要找這兩個人甚是不易。那鐵面判官單正並未參與害我父母之役，我已殺了他兩個兒子，他小兒子也是因我而死，那就不必再去找他了。阿朱，咱們找丐幫的徐長老去。」

阿朱聽到他說「咱們」二字，不由得心花怒放，那便是答應攜她同行了，嫣然一笑，心想：「便是到天涯海角，我也和你同行。」

金庸作品集 22

天龍八部 2 胡漢恩仇

The Semi-gods and the Semi-devils, Vol. 2

作者／金庸

副總編輯／鄭祥琳
特約編輯／李麗玲、沈維君
封面與內頁設計／林秦華
內頁插畫／王司馬
排版／連紫吟、曹任華
行銷企劃／廖宏霖

發行人／王榮文
出版發行／遠流出版事業股份有限公司
地址／臺北市中山北路一段 11 號 13 樓
電話／（02）2571-0297 傳真／（02）2571-0197 郵撥／0189456-1
著作權顧問／蕭雄淋律師

1987 年 2 月 1 日 初版一刷
2023 年 11 月 1 日 五版一刷
平裝版 每冊 380 元（本作品全五冊，共 1900 元）

ISBN 978-626-361-318-8（套：平裝）
ISBN 978-626-361-314-0（第 2 冊：平裝）
Printed in Taiwan

遠流博識網 http://www.ylib.com E-mail: ylib@ylib.com
金庸茶館粉絲團 https://www.facebook.com/jinyongteahouse

封面圖片／明朝繪畫「天龍八部羅叉女衆」。克利夫蘭藝術博物館藏。

天龍八部 . 2, 胡漢恩仇 = The Semi-gods and the Semi-devils. vol.2 ／金庸著 . – 五版 . -- 臺北市：遠流 , 2023.11
面； 公分 --（金庸作品集；22）
ISBN 978-626-361-314-0（平裝）

857.9 112016224